平舘英子

萬葉悲別歌の意匠

塙書房刊

日本女子大学叢書 17

目次

目次

目　次

萬葉悲別歌の意匠

序章　「別離」と「悲別」

1　「別離」の把握

『萬葉集』における歌の部類には、「雑歌」「相聞」「挽歌」の三部立てがまず挙げられる。ただし、その部類意識のみが二十巻全体に及んでいるわけではない。例えば巻八・巻十には「雑歌」「相聞」をさらに春夏秋冬に区分する季節の部類意識が反映されており、巻十一・巻十二には「譬喩」「正述心緒」「寄物陳思」といった表現方法に関する小部類も見られるからである。こうした部類に加えて巻十二には、小部類名に「羈旅発思」「悲別歌」という生別離への意識に基づく部類名が見られる。「羈旅発思」はその具体的な場を推測させるが、「悲別歌」はその情感を想起させる。それらは、その内容の詳細な検証を措くとすれば、後の『古今和歌集』に見られる「羈旅歌」「離別歌」という部立てに踏襲されてゆくものと考えられる。また、中国詩には『文選』中に「離別」の語が複数[1]見え、梁の江淹（文通）「雑体詩三十首」（巻三十一）中には「古離別」と題する詩も収められている。六朝時代には離別詩として「別離」を詠じることが定着していたことを窺わせる。[2] 離別の語は、『文選』（巻三十二　騒上）に載せる屈原「離騒経」に「余既不レ難二離別一兮　傷二霊脩之数一化」と見え、王逸は「近曰レ離　遠曰レ別」と注している。「離」も「別」も、共に同一の生の世界にありつつ、時間的空間的に距離のある状況への把握を示している。[3] 生別離に対して、やはり『文選』（巻三十二　騒下）の屈原「九歌二首」中の「少司命」に「悲莫㆑悲㆓兮生別離㆒、楽莫㆑楽㆓兮新相知㆒」とあって、生別離を「悲」とする把握が見える。ただし、「悲別」の語は、中国の文献に漢語としての用例を未だ見いだせない。巻十一・巻十二に見える「正述心緒」「寄物陳思」が和習を帯びた形で四字の成語に整えられていると捉えることもできるのと同じく、「悲別」も成語として音読した蓋然性の高いことはすでに指摘されているが、[4]他に用例に恵まれないことは『萬葉集』に特異な把握として注目してよいであろう。生別離を「悲別」とする把握には、距離感のみならず、「悲」の情感が表明されている。「悲」の文字は『説文解字』には「悲　痛也、从㆑心非声」とあり、『広雅』（釈詁）にも同様に「悲　痛也」と見え、『新撰字鏡』や『篆隷万象名義』には「傷也」ともあって、一般的に「痛」や「傷」に通じる感情であることが理解される。それは挽歌にも用いられる「悲傷」に通じる、深い愁いに重なる質であろう。「羈旅発思」と共に、『萬葉集』における「悲別歌」という把握にどのような意図があるのか。

記紀において、「別離」を語ることはイザナキノ命・イザナミノ命の死別を始めとして少なくなく、死別については葬歌から挽歌へという展開がすでに把握されていると言える。[5]しかし、生別離については羈旅の歌における把握、及び個々の作品の理解にとどまり、「別離」という主題について、歌謡から和歌へいかに展開しているのかは必ずしも明らかにされていないようである。「別離」が歌謡に詠まれる例は決して多くない。記紀に記されるのはホヲリノ命（紀ではホホデミノ命）とトヨタマヒメ、仁徳天皇と吉備の黒日売（紀では黒姫）、そして顕宗天皇と置目老媼の「別離」譚である。結果として「別離」には至っていないが、ヤチホコノ神とスセリヒメとの旅立ちの前の贈答歌謡も挙げられる。このことは上代と呼ばれる時代、その中でも律令体制が整う以前においては、そもそも生別離をもたらしたであろう「旅」の存在自体が、一般的な生活においては日常的なものではなく、生別離も限られた状況や対象に対する事情でしかなかったという把握を考えさせる。とはいえ、そこに生別離に対する初期の、言い換えると神話上の理解があることは確かであろう。その理解の内実を探ることは、続く律令体制下における「旅」から「羈旅」への概念の変化[6]に伴う実際に即して、『萬葉集』における生別離の把握と表現の意匠の展開を理解することに繋がると考えられる。

記紀の神話において、別れの場面が見られる最初はイザナキノ命とイザナミノ命とが生と死を分かつ場面である。イザナミノ命は火の神を生んだために焼かれて亡くなり、黄泉国に去る。イザナミノ命を追って黄泉国を訪れたイザナキノ命は、イザナミノ命の様子に恐れをなして逃げ、黄泉比良坂を千引の石で引き塞いで「別離」を言い交わす。ここに生と死はそれぞれ別の世界として分かたれ、以後イザナミノ命が黄泉の国を出ることはない。生と死とは世界を異にすることであって、異なる世界に住むという関係に「別離」が生じている。その後イザナキノ命は橘の小門で御禊祓をして三貴神を生んで行くという生の時間を語られるが、黄泉国に留まるイザナミノ命は死者としてあることで、もはやその行為などを語られることはない。死別ではないが、境を隔てることによってその生きる世界を異にすることが記述されるのはホヲリノ命とトヨタマヒメとの「別離」譚である。海神の女トヨタマヒメは御子を出産するに際して、人ではない本来の姿をホヲリノ命に見られたために海坂を塞いで海神の宮に帰って行くが、その後もホヲリノ命への慕情を歌に詠み、一方のホヲリノ命は歌に応えるだけでなく、皇統の継承を語られる。トヨタマヒメのその後は、記紀においてその記述の詳細を異にするものの、ホヲリノ命や御子への慕情が語られている。「別離」は、いずれも女神の実の姿を目にしたことに因をなし、境を塞いで往来を禁じることに生じていることは共通するが、前者が死者のその後を語らないのに対し、後者はそれぞれのその後を語るという点において相違する。二つの神話については「異界の妻との別れを語る意味」を持ち、「異界との一時的な交渉によって、葦原中国が新たな力を得て更新されていくという神話の方法」であるとの指摘[7]がある。本来交わることのない異界との交渉は神話の方法において意味を持ち、結果として死別と生別という二様の「別離」を生じている。その「別離」は、住む世界を異にするという共通性を有しながら、別れた後のその存在の把握において相違を見せることをまず確認しておきたい。ホヲリノ命とトヨタマヒメとは、本来葦原中つ国と海神宮という異世界に住む。両者の関係は異界との往来に生じているが、ホヲリノ命のそれは「無間勝間之小船」に乗り、或いは「一尋和邇」に乗っての短時間での往来として語られる。トヨタマヒメのそれは『古事記』には記されないが、『日本書紀』では「風濤急峻之日」の訪れとあって、暴風と共にある瞬時の訪れを印象づける。ここには、後の神武天皇やヤマトタケルノ命の東征譚に見られるような旅程は意識外と言える。神武東征譚では、日向を出発し、宇佐、筑紫、阿岐、吉備から明石海峡を通り、半島を巡って熊野及び吉野を抜けて、橿原での即位を語っている。征討の「旅」の実態が語られているが、それは新天地を求めての、日向から大和への一方向的な「旅」であり、帰郷の意思を有しない「旅」である。一方、『古事記』におけるヤマトタケルノ命の東征譚は都を出立し、伊勢に立ち寄って、叔母ヤマトヒメに別れを告げ、東国征伐を果たすものの、都のわずか手前の能褒野で亡くなり、帰還を果たすことはかなわない。帰還を目前にして詠まれるのは故郷大和への思国歌である。

　大和は　国の真秀ろば　たたなづく　青垣　山籠れる　大和し麗し　（記三〇）

征討という「旅」が帰郷への願いを含みつつも、それがかなわないことが起こりうることへの改めての気づきを窺わせる。故郷を離れた遠い地に留まることが当初から目的であった神武征討譚とは異なり、帰郷を目的とする「旅」が示され、しかしそれは死という異界へ留まる「旅」にもなりうるものであった。『古事記』においてヤマトタケルノ命は東征譚の前に熊襲討伐という西征を行っている。兄殺しを行った「煌㆓其御子之建荒之情㆒而」ヤマトタケルノ命を遠ざけようとした父天皇の思いに反して、西征を果たした御子は帰還する。しかし、すぐに東征を命じられている。伊勢の斎宮でもあった叔母ヤマトヒメに向かって「天皇既所㆔以思㆓吾死㆒乎、何」と患へ泣くヤマトタケルノ命には、東征が確かな帰郷を約束するものではない予感がすでにある。斎宮であるヤマトヒメが旅立ちに与えた品（剣と嚢）は後にヤマトタケルノ命の危難を救うが、しかし剣を身から離した時には加護はなく、病に倒れ、帰郷はかなわない。東征における伊勢神宮の加護という宗教的政治的な立場から、「別離」に視点を移すと、ここには旅立ちにおける親しい者との別れの嘆きと親しい者による旅程の無事を祈る呪的な行為とを窺いうる。後に律令体制下における官命を帯びた「羈旅」の把握の有り様が顕著に見られるのは、『萬葉集』における天平八年（七三六）の遣新羅使人等の歌群（巻十五・三五七八～三七二二）だが、その冒頭歌群にも「別離」の嘆きと共に、旅行く者に対して待つ者の「斎ふ」行為への期待が詠まれている。なお、思国歌は「大和は（ヤマトハ）」「青垣（アヲガキ）」と言った四音の句を持ち、その古さを窺わせるが、類似の歌謡は『日本書紀』では景行天皇の九州巡行における望郷歌謡としてあり、ヤマトタケル譚のその実態性を保証するものではない。『古事記』の成立が和銅五年（七一二）であることからすれば、両者の把握の共通性を確認しがたい。むしろ、記成立時における生別離への把握の反映を考えることも可能かと思われる。

　こうした「別離」への把握は男性の旅立ちによりもたらされる例がほとんどであるが、神話の世界でのそれが異界への別れを意味しているのに対して、「羈旅」（旅）による別れは実際には他国（異郷）への別れであって、異界との別れではない。その関係性を表現方法の展開においてどのように位置づけうるかが検討課題となると思われる。

2　別離詩

中国詩において、人口に膾炙した別離詩として、想起されるのは『文選』（巻二十九）に載せる次の作品であろう。

行行重行行、与レ君生別離。相去万余里、各在二天一涯一。道路阻且長、会面安可レ知。胡馬依二北風一、越鳥巣二南枝一。相去日已遠、衣帯日已緩。浮雲蔽二白日一、游子不二顧反一。思レ君令二人老一、歳月忽已晩。棄捐勿二復道一、努力加二餐飯一。

（「古詩一十九首　一」）

右の詩に李善は先に挙げた句を「楚辞曰、悲莫レ悲二兮生別離一」と注しており、生別離の悲しさが妻を遠く離れた望郷の思いにあることを理解させる。当該の詩は「雑詩九首　其三」として『玉台新詠』にも載せられ、晋の陸機（士衡）「擬古詩十二首」（文選巻三十）などに継承されている。それは①妻と離れている遠い距離の嘆き、②間の道のりの険しさで再会は不明、③お互いの隔たりの長い時間の経過への嘆き、④年の暮れを迎えての改めての侘びしさ、⑤あきらめの気持ちと妻の元気を願う、といった内容を含み、両者を隔てる距離と時間の遠さが把握され、再会のかなわない嘆きと思慕の情を抱きつつ、再会への諦めに繋がる様子が詠じられている。一方で、男性同士の「別離」を詠じる別離詩としてまず挙げられるのは、『文選』（巻二十九）に見える次の詩であろう。蘇武が匈奴に使いする時の別れに臨んで、李陵が贈ったとも、後に李陵を匈奴に残して蘇武が漢朝に帰る時に、李陵が作ったともいわれる作である。

良時不二再至一、離別在二須臾一。屏二営衢路側一、執レ手野踟躕。……風波一失レ所、各在二天一隅一。長当レ従二此別一、且復立斯須。

（漢李陵「与二蘇武一三首　五言　一」）

遠く離れて再会を望めない嘆きを詠じているが、同詩の三には「皓首以為レ期」とあって遠い時間における再会を期している。「別離」への嘆きが主題となっているのである。

『文選』（巻二十九）に収められ、蘇武の作と伝える「詩四首」には、a肉親に対して、b交わりの深い友人に対して、c妻に対して、さらにd友人に対して、出立する時の発想が窺える。

a骨肉縁㆓枝葉㆒、結交亦相因。四海皆兄弟、誰為㆓行路人㆒。……　昔者常相近、邈若㆓胡与㆑秦。惟念当㆓離別㆒、恩情日以新。……　（漢蘇武「詩四首　五言　一」）

b黄鵠一遠別、千里顧徘徊。胡馬失㆓其群㆒、思心常依依。……　長歌正激烈、中心愴以摧。欲㆑展㆓清商曲㆒、念㆓子不㆑能㆑帰。俛仰内傷㆑心、涙下不㆑可㆑揮。願爲㆓双黄鵠㆒、送㆑子倶遠飛。　（同　二）

c結髪為㆓夫妻㆒、恩愛両不㆑疑。歓娯在㆓今夕㆒、嬿婉及㆓良時㆒。征夫懐㆓往路㆒、起視㆓夜何其㆒。参辰皆已没、去去従㆑此辞。行役在㆓戦場㆒、相見未㆑有㆑期。握㆑手一長嘆、涙為㆓生別㆒滋。努力愛㆓春華㆒、莫㆑忘㆓歓楽時㆒。生当㆓復来帰㆒、死当㆓長相思㆒。　（同　三）

d燭燭晨名月、馥馥我蘭芳。芬馨良夜発、随㆑風聞㆓我堂㆒。征夫懐㆓遠路㆒、遊子恋㆓故郷㆒。……　（同　四）

aは「恩情日以新」と互いに呼び合う心情を詠じ、bは李善注に「韓詩外伝曰、田饒謂㆓魯哀公㆒曰、夫黄鵠一挙千里」とするように「別離」の距離の遥かさを詠じている。cは『玉台新詠』（巻一）に「留㆓別妻㆒詩」として載り、これまでの互いの情愛の深さと「死当㆓長相思㆒」という別れた後までも詠じている。注意されるのは、その別れへの嘆きに「悲」の文字が使われることがない点である。「悲」が見えるのは、例えば、『文選』（巻二十四）に載る次の詩においてである。

e浩浩洪流、帯㆓我邦畿㆒。……　思㆓我良朋㆒、如㆑渇如㆑飢。願言不㆑獲、愴矣其悲。
（魏嵆康「贈秀才入軍五首　四言　三」）

軍の巻き狩りに加わる兄を見送った詩で「願言不レ獲　愴矣其悲」と「悲」の文字が見える。それを李善注は「曹植責躬詩曰、心之云慕、愴矣其悲」と解している。「責躬詩」（文選巻二十）は酒の酔いに任せて無礼な振る舞いをし、重罪に問われた時に、曹植が罪を恥じ、償いを決意して、兄の文帝への愛情をも綴った沈痛な作である。「悲」の文字は兄文帝への愛情を示すもので、eにおいても同様の用法と考えられる。別れそのことを「悲」としてはいない。

これらは、中国の別離詩においては望郷の情感を「悲」とし、別れのその時の情感は「悲」とは捉えない傾向にあったことを推測させる。『萬葉集』の部立て「悲別」が成語であるとすれば、「悲別」がどのような情感として把握されているか、検討される必要があると考えられる。

3　相聞歌と悲別歌

『萬葉集』における羇旅歌は、早く伊藤博によって、その旅情を「旅と妻」を中心とするものとして把握されている。[8]『萬葉集』巻十五の半ばを占める遣新羅使人等歌群においても、冒頭十一首における男女の歌を除いて、旅行く者の歌であり、眼前の景と妹（家）への慕情が繰り返し詠まれている。しかし、冒頭歌群を除いて、残る者の側の作品は載せていない。ところが、巻十二の「悲別歌」は同巻の部立て「羇旅発思」との対の関係で把握される時、「羇旅発思」は旅する者（男性）の歌、「悲別歌」は残る者（女性）の歌を中心とするという区分が可能である。[9]この区分の可能性は、「悲別」が中国詩に見られたような望郷に対する「悲」の情感ではなく、残る者の「別離」に対する情感を捉えていることを考えさせる。

『萬葉集』巻二、「相聞」の部の冒頭にあるのは残る者、仁徳天皇の大后の作品と伝えられる歌である。

磐姫皇后思二天皇一御作歌四首

君が行き日長くなりぬ山尋ね迎へか行かむ待ちにか待たむ　（巻二・八五）

右一首歌、山上憶良臣類聚歌林載焉。

かくばかり恋ひつつあらずは高山の岩根しまきて死なましものを　（巻二・八六）

ありつつも君をば待たむうちなびく我が黒髪に霜の置くまでに　（巻二・八七）

秋の田の穂の上に霧らふ朝霞いつへの方に我が恋止まむ　（巻二・八八）

或本歌曰

居明かして君をば待たむぬばたまの我が黒髪に霜は降るとも　（巻二・八九）

右一首、古歌集中出。

古事記曰、軽太子奸二軽太郎女一。故其太子流二於伊豫湯一也。此時、衣通王不レ堪二恋慕一而、追往時、歌曰

君が行き日長くなりぬやまたづの迎へを行かむ待つには待たじ［ここにやまたづといふは、これ今の造木をいふ］
（巻二・九〇）

左注に『類聚歌林』が載せると伝える八五歌は、さらに『古事記』歌謡の類歌であることを注されている。右は恋愛感情を主とする歌とされる「相聞」の部立ての冒頭に位置している。「君が行き日長くなりぬ」とある八五歌・九〇歌が示すのは、男が旅立った後に、残された者が帰りを待つ感慨の吐露である。その慕情は相手を迎えに行くか、待っているかという差はあるものの、「我が黒髪に霜の置くまでに」「いつへの方に我が恋止まむ」とあって、未来の時間へと継続してゆくものとして捉えられている。別れの時点ではなく、「別離」の状況にあっての慕情であり、その慕情には相手が帰ることへの不安が「待ちにか」「迎へか」に推測できるが、相手が「帰

らず」となることへの想像は表面化していない。「旅」を行き、戻らない者への諦念も詠まれず、ひたすら恋い続ける心情を表明している。

一方、『萬葉集』巻十二の「悲別歌」の冒頭は次のように詠まれている。

うらもなく去にし君故朝な朝なもとなそ恋ふる逢ふとはなけど　（巻十二・三一八〇）

別れにおいて、「うらもなく」とする態度は、残る者に対する無関心さを露呈させてしまう。そこへの不審を抱きながら、旅立った相手に逢えることはないにもかかわらず、無性に恋い焦がれる心情が表明されている。両者の相手を恋う心情表現は共通性を持つが、その背後にある相手への把握にはかなり差異が窺える。左注が伝える『古事記』の九〇歌では「迎へを行かむ待つには待たじ」と再会するための行動を思い、八五歌でも「待ちにか待たむ」として、再会への疑念を持たずに「待つ」ことの表明がある。旅行く人への慕情は「相聞」の部の冒頭に相応しいとする理解が窺えるが、そこには慕情の純粋さへの把握があるのではないか。しかし、巻十二「悲別歌」の冒頭に位置する三一八〇歌のそれは、純粋な慕情表現の延長上にありつつ、より複雑な状況と心情が表明されている。次章以下、そこへの展開の過程における表現の意匠を考察する。

注

（1）『文選』（巻二十一）「詠史」に「存為久離別　没為長不㆑帰」（宋顔延之「秋胡詩」）、同（巻二十四）「贈答　二」に「離別永無㆑会、執㆑手将何時」（魏曹植「贈㆓白馬王彪㆒」）などと見える。

（2）戸倉英美氏『詩人たちの時空—漢賦から唐詩へ—』平凡社　昭和六三年

（3）注2前掲書。本書第二章第三節注6参照。

（4）芳賀紀雄氏「歌の由縁ということ」『萬葉集における中国文学の受容』塙書房　平成一五年　初出平成九年

（5）伊藤博「挽歌の創成」『萬葉集の歌人と作品　上』塙書房　昭和五〇年　初出昭和四五年七月
（6）拙著「萬葉歌の意匠」『萬葉歌の主題と意匠』塙書房　平成一〇年
（7）村上桃子氏『古事記の構想と神話論的主題』塙書房　平成二五年
（8）「伝説歌の形成」『萬葉集の歌人と作品　下』塙書房　昭和五〇年　初出昭和三九年三月
（9）露木悟義氏「羈旅発思と悲別歌」『万葉集を学ぶ　第六集』有斐閣　昭和五三年

第一章　「別離」の歌の形成

第一節　豊玉毘売の「別離」の歌

一　火遠理命と豊玉毘売の「別離」譚

『古事記』神代巻は、天孫天津日高日子番能邇々芸能命の子である日子穂々手見命（火遠理命）と海の神の女豊玉毘売との婚姻譚を記載する。その婚姻譚の末尾、「別離」を語る部分には、二神の心情が贈答形式の歌謡二首に託されている。

於是、海神之女豊玉毘売命、自参出白之、妾、已妊身。今、臨二産時一。此念、天神之御子、不レ可レ生二海原一。故、参出到也。爾、即於二其海辺波限一、以二鵜羽一爲二葺草一、造二産殿一。於是、其産殿未二葺合一、不レ忍二御腹之急一。故、入二坐産殿一。

爾、将二方産一之時、白二其日子一言、凡他国人者、臨二産時一、以二本国之形一産生。故、妾、今以二本身一為レ産。願、勿レ見レ妾。於是、思レ奇二其言一、窃伺二其方産一者、化二八尋和邇一而、匍匐委蛇。即見驚畏而、遁退。爾、豊玉毘売命、知二其伺見之事一、以二為心恥一、乃生二置其御子一而、白、妾、恒通二海道一欲二往来一。然、伺二見吾形一、是甚怍之。即塞二海坂一而、返入。是以、名二其所レ産之御子一、謂二天津日高日子波限建鵜葺草葺不合命一。

訓二波限一云二那藝佐一。訓二葺草一云二加夜一。

然後者、雖レ恨二其伺情一、不レ忍二恋心一、因下治二養其御子一之縁上、附二其弟玉依毘売一而、献レ歌之。其歌曰、

阿加陀麻波　袁佐閇比迦礼杼　斯良多麻能　岐美何余曾比斯　多布斗久阿理祁理

（赤玉は　緒さへ光れど　白玉の　君がよそひし　貴くありけり）（記七）

爾、其比古遅、三字以レ音。答歌曰、

意岐都登理　加毛度久斯麻邇　和賀韋泥斯　伊毛波和須礼士　余能許登碁登邇

（沖つ鳥　鴨著く島に　我が率寝し　妹は忘れじ　世の悉に）（記八）

故、日子穂々手見命者、坐二高千穂宮一、伍佰捌拾歳。御陵者、即在二其高千穂山之西一也。（神代記）

当該部分は、以下の譚を前提とする。すなわち、山佐知毘古として山での狩を専らとしていた火遠理命が、海佐知毘古として海での漁を専らとする兄火照命に「さち（獲物を捕る道具）」の交換を申し出て、それぞれ相手の持ち場に出かけるものの、いずれも獲物は未収穫であるばかりか、火遠理命は兄火照命の釣り鉤を海中に失ってしまう。釣り鉤に対する兄の強い返還要求に困惑した火遠理命は、兄の釣り鉤を求めて海中の海神の宮に至りつき、そこで海神の女豊玉毘売と結ばれる。三年後、火遠理命は「赤海鯽魚《たひ》」ののどに刺さっていた釣り鉤を得て地上に戻り、海神より与えられた呪言と塩盈珠・塩乾珠の力によって兄を従えるという譚である。火遠理命と豊玉毘売の「別離」譚は、海の霊力を手中にした火遠理命が地上の抗争の勝利者となった譚の、後日譚にあたるものである。後に、子を産むために地上にやって来た豊玉毘売は、子を産む際に本来の姿に戻るが、その姿を見られたことで、海坂を塞ぎ、海に帰って行く。贈答歌謡はその後に詠まれている。

豊玉毘売による天津日高日子波限建鵜葺草葺不合命の出産譚は、同時に海の神の国との隔絶の起源譚となって

おり、天孫降臨後の、神代から人代へという系譜において、転換点とも言うべき位置づけを持つ。吉井巖は豊玉毘売との聖婚がメルシナ型の伝承であることは明らかで、「神話的世界を閉じるべき役割が要請されていた」と説いて、その位置づけの意図を明らかにした(1)。二首の贈答歌謡は、こうした『古事記』の構造において、基本的には付加的部分であって「歌の挿入による抒情的方法」が取られたとする従来の理解(2)に対して、矢嶋泉氏は「〈水の呪力〉を保証するための海神の女との婚姻と、神話的海神の世界との隔絶を説くための海神の女との別離」という二つの両立しがたい要素に対して「二神の唱和は、現実に於ける肉体的別離を超越して精神的結合を確認しあうのである」として、二神の唱和を「主たる目的を具体化する方法として要請された抒情(3)」であると位置づけた。二首の贈答歌謡の位置づけは、『古事記』の構造における抒情性の意味を考える上で、重要な意味を有すると考えられるが、歌謡の内実については、別れにおける互いの心情を詠んだものであって、恋心の表明であるという以上の分析はなされて来なかったように思われる(4)。もとより、贈答歌謡が恋心の表明であることを否定するわけではない。しかし、この贈答歌謡が神話的世界との隔絶という位置に置かれていることに留意すると、その内容は検討されるべきであろう。

『古事記』において、贈答歌謡は豊玉毘売から火遠理命へという順で詠まれる。住む世界を異にしながらも豊玉毘売は火遠理命への変わらない恋情を抱き「不レ忍二恋心一（恋ふる心に忍へずして）」、妹玉依毘売に託して歌を詠む。火遠理命も「其比古遅《ひこぢ》（夫の意）」と呼ばれ、答歌は夫の立場で詠まれていて、夫婦であることの親密さが明確にされている。矢嶋氏が説かれるように、別れつつも両者が融和していることを示して、火遠理命譚は完結していると言えよう。火遠理命は右に記されるように、邇々芸能命以来日向三代に亙る高千穂宮の主としては、誕生の際に又の名とされる「日子穂々手見命」と呼ばれているからである。その名は系譜上の正式名称と推測される。(5) すなわち、この名称の転換は、火遠理命が本来持っていた山佐知毘古としての有り様に加えて、海の霊力を借りて海佐知毘古である兄を従え、且つ両方の霊力を血統として継承する天津日高日子波限建鵜葺草葺不合命を得たことで、系譜の正当な継承者「日子穂々手見命」として、立ち現れたことを意味していよう。豊玉毘売と火遠理命との「別離」に基づく贈答歌謡は、火遠理命譚の末尾にあって、日子穂々手見命譚へと転換する位置にある。そこに、どのような作品世界が構成されているのか、『日本書紀』の表現と比較しつつ、考察したい。

二　火遠理命と豊玉毘売

『古事記』における火遠理命譚は『日本書紀』では神代第十段に彦火火出見尊（命とも）譚として見えるが、豊玉姫の出産譚を載せるのは、正文の他に一書第一、第三、第四、第四・一云で、内容は以下の通りである。なお、第二書にはまったく見えない。(6)

a　後豊玉姫、果如二前期一、将二其女弟玉依姫一、直冒二風波一来二到海辺一。逮二臨産時一、請曰、妾産時、幸勿二以看一之。天孫猶不レ能レ忍、窃往覘之。豊玉姫方産化二為竜一。而甚慙之曰、如有レ不レ辱レ我者、則使二海陸相通一、永無二隔絶一。今既辱之。将何以結二親昵之情一乎。乃以レ草裹レ児棄二之海辺一、閉二海途一而径去矣。故因以名レ児、曰二彦波瀲武鸕鷀草葺不合尊一。（神代紀下　第十段　正文）

b　先レ是且レ別時、豊玉姫従容語曰、妾已有身矣。当以二風濤壮日一、出二到海辺一。請為レ我造二産屋一以待之。是後豊玉姫果如二其言一来至、謂二火火出見尊一曰、妾今夜当レ産。請勿レ臨之。火火出見尊不レ聴、猶以レ櫛燃レ火視之。時豊玉姫化二為八尋大熊鰐一、匍匐逶虵。遂以レ見レ辱為レ恨、則径帰二海郷一、留二其女弟玉依姫一、持二養児一焉。所三以児名称二彦波瀲武鸕鷀草葺不合尊一者、以下彼海浜産屋、全用二鸕鷀羽一為レ草葺之、而甍未レ合時、児即生上焉、故因以名焉。

（神代紀下　第十段　一書第一）

c　先レ是豊玉姫謂二天孫一曰、妾已有娠也。天孫之胤、豈可レ産二於海中一乎。故当レ産時、必就二君処一。如為レ我造二屋於海辺一、以相待者、是所望也。故彦火火出見命已還レ郷、即以二鸕鷀之羽一、葺為二産屋一。屋甍未レ及レ合、豊玉姫自馭二大亀一、将二女弟玉依姫一、光レ海来到。時孕月已満、産期方急。由レ此、不レ待二葺合一、径入居焉。已而従容謂二天孫一曰、妾方産、請勿レ臨之。天孫心怪二其言一、窃覘之、則化二為八尋大鰐一、而知二天孫視其私屏一、深懐二慙恨一。既児生之後、天孫就而問曰、児名何称者当レ可乎。対曰、宜レ号二彦波瀲武鸕鷀草葺不合尊一。言訖乃渉レ海径去。于レ時、彦火火出見尊乃歌之曰、

飫企都鄧利　軻茂豆勾志磨爾　和我謂禰志　伊茂播和素邏珥　誉能拠鄧馭鄧母

（沖つ鳥　鴨著く島に　我が率寝し　妹は忘らじ　世の尽も）　（紀五）

亦云、彦火火出見尊取二婦人一、為二乳母・湯母及飯嚼・湯坐一。凡諸部備行、以奉レ養焉。于レ時権用二他婦一、以レ乳養二皇子一焉。此世取二乳母一、養レ児之縁也。是後豊玉姫聞二其児端正一、心甚憐重、欲二復帰養一。於レ義不レ可。故遣二女弟玉依姫一、以来養者也。于レ時、豊玉姫命寄二玉依姫一、而奉二報歌一曰、

阿軻娜磨廼　比訶利播阿利登　比鄧播伊珮耐　企弭我誉贈比志　多輔妬勾阿利計利

（赤玉の　光はありと　人はいへど　君がよそひし　貴くありけり）　（紀六）

凡此贈答二首、号曰二挙歌一。

（神代紀下　第十段　一書第三）

d　先レ是、豊玉姫、出来、当レ産時、請二皇孫一曰、云云。皇孫不レ従。豊玉姫大恨之曰、不レ用二吾言一、令二我屈辱一。故自レ今以往、妾奴婢至二君処一者、勿二復放還一。君奴婢至二妾処一者、亦勿二復還一。遂以二真床覆衾及草一、裹二

其児一置二之波瀲一、即入レ海去矣。此海陸不二相通一之縁也。（神代紀下　第十段　一書第四）

e　一云、置二児於波瀲一者非也。豊玉姫命自抱而去。久之曰、天孫之胤、不レ宜レ置二此海中一、乃使二玉依姫持一之送出焉。初豊玉姫別去時、恨言既切。故火折尊知二其不レ可二復会一、乃有レ贈レ歌。已見レ上。（神代紀下　第十段　一書第四・一云）

『日本書紀』の中で歌そのものが記されるのは一書第三のみである。そこでは歌を詠む順序が『古事記』とは逆になり、歌の語句にも多少の相違が見える。一書第四には歌についての記述がないが、一云では歌自体は記載されないものの、「有レ贈レ歌」とあって、歌の存在が知られる。歌の有無とそれぞれの文脈との関係を確認しておきたい。『古事記』では「八尋大熊鰐」となった姿を見られた豊玉毘売（紀は豊玉姫とするが、以下神名を統一して示す場合はトヨタマヒメとする。また記の火遠理命を紀では彦火火出見尊（命）とするが、統一して示す場合はアマツカミノミコとする）の心情を、「以二為心恥一」「是甚怍之」「雖レ恨二其伺情一」と記している。『日本書紀』では歌のある場合には「深懐二慙恨一」（一書第三）、「恨言既切」（一書第四・一云）とあるのに対して、歌がない場合には「而甚慙之曰、如有レ不レ辱レ我者」「今既辱之」（正文）、「遂以レ見レ辱為レ恨」（一書第二）、「令二我屈辱一」（一書第四）とあって、後者にはいずれにも「辱」の文字が見えている。「恥」は『説文解字』に「恥　辱也、从心耳声」とあり、同義は『広雅』（釈詁）にも見える。一方、「辱」について『説文解字』は「辱　恥也、从三寸在二辰下一」とする。「恥」も「辱」も同義の如くであるが、『篆隷万象名義』には「恥　癡理反、愧也」とあり、意味の異なりを窺わせる。「愧」は『爾雅』（釈言）に「愧　慙也」、『説文解字』にも「媿　慙也、从女鬼声、愧、媿或从二恥省一」「慙　媿也」とある。「慙」は『文選』（巻十四）の宋の鮑照「舞鶴賦」に（見事に舞い、鳴く鶴の姿に）「当是時也、燕姫色沮巴童心恥」とあるのに対して、劉良の注ではあるが「良曰、巴童燕姫竝善二歌舞一者。沮敗。恥慙也」と見える。見事な鶴の舞や鳴き声に著名な歌舞者達が、面目を失い、自ら心を斬られるような思いであることを指している。このことは同様に「心恥」とする豊玉毘売の心情が、「本国之形」を見られたことで、面目を失い、そのことを辛く感じていることを推測させる。また「是甚怍之」とある「怍」(7)は、『論語』（憲問篇）に「其言之不レ怍、則為レ之也難」の注に「馬融曰、怍　慙也」とあり、「恥」と同義であろう。こうした心情は「深懐二慙恨一」の「慙恨」に通うと考えられる。『庾開府全集箋注』巻十の「周大将軍懐徳公呉明徹墓誌銘」には「嗚呼哀哉……陸平原破二於河橋一死生二慙恨一」とあって、西晋の詩人陸機が八王の乱の折、長沙王討伐にあたって戦に敗れ、謀反の罪に問われて処刑された時の無念さを推察した表現に「慙恨」が用いられている(8)。豊玉姫の「深懐二慙恨一」とある心情も、面目を失った深い無念さを指す表現と推測される。

「辱」は、『説文解字』に前掲の文に続けて「失二耕時一、於二封畺之上一戮レ之也。辰者、農之時也。故房星為レ辰。田候也」と説明され、『大漢和辞典』「辱」の部は「解字」の項でこの字義を「古昔、農耕をなすに房星を以て時を候す。其の時を失ふ者は封彊（あぜ）の上に誅戮して是をはづかしむ。故に、辰（房星の時）と寸（法度）とを合せて、はづかしめる意を表はし、……」と解して、他者の意図を含む語とする。自らの心情に由来する「恥」とは用法を異にすることを示している。

記紀においても、「恥」と「辱」の用法に、こうした使い分けがあるのか、確認しておきたい。『古事記』における「恥」の用例は他に二例、「辱」は一例が次のように見える。

①大山津見神、因レ返二石長比売一而、大恥　白送言、我之女二並立奉由者、使二石長比売一者、天神御子之命、雖二雪零風吹一、恒如レ石而、常堅不レ動坐、亦、使二木花之佐久夜毘売一者、如二木花之栄一々坐宇気比弖、

自レ字下四。字以レ音貢進。此、令レ返二石長比売一而、独留二木花之佐久夜毘売一故、天神御子之御寿者、木花之阿摩比能微此五文字以レ音坐。（神代記）

②其大長谷天皇者、雖レ為二父之怨一、還為二我之従父一、亦、治二天下一之天皇。是、今単取二父仇之志一、悉破下治二天下一之天皇陵上者、後人、必誹謗。唯父王之仇、不レ可レ非レ報。故、少掘二其陵辺一。既以二是恥一、足レ示二後世一。（顕宗記）

③於是、伊耶那岐命、見畏而逃還之時、其妹伊耶那美命言、令レ見レ辱レ吾、即遣二予母都志許売一、此六字。以レ音令レ追。（神代記）

①は天孫邇々芸能命が木花之佐久夜毘売に求婚した折、共に奉った姉石長比売を醜いという理由で返された父大山津見神の心情を「大恥」と表現する。「大恥」は『春秋左氏伝』（僖公二十八年）に、晋の文公がかつて受けた楚の恩恵を思い、戦いを躊躇うのに対する欒貞子の言に「漢陽諸姫、楚実尽レ之。思二小恵一而忘二大恥一。不レ如レ戦也」とあって、戦わずに面目を失うことを指している。大山津見神の場合も、地上における天孫の命を石の如く堅固にと寿いだ意図が理解されずに、面目を失った無念さを指すと推測される。豊玉毘売の「心恥」と記される心情と、程度の差はあるものの、同義と解される。②は父を殺した大長谷天皇を怨み、その墓の破壊を望む顕宗天皇に対して、墓の辺を少し掘るだけにとどめた兄意祁命が釈明をする場面である。「恥」は墓を掘られた大長谷天皇が受けたものだが、「以二是恥一」からは、それを意祁命らが把握したことを指すと考えられる。大長谷天皇に対して、「我之従父」であり「天皇」であるという敬意を払うべき相手としての把握がある点からすると、大長谷天皇の側にとっては「はづかしめ」られたという怒りに結びつく大きさのものではなく、面目を失ったという思いに繋がるものであろう。「以二是恥一」は、大長谷天皇が墓を掘られたというその不面目によっての意と

なる。①と②の「恥」には当事者がそれを感じる場合と他者が当事者のその感情を認める場合という視点の相違による関係を見ることができる。③は伊耶那岐命に黄泉国での姿を見られた伊耶那美命の怒りを表しているが、その怒りの源に「令レ見レ辱」と使役表現があることは、当事者である伊耶那美命が自らの有り様に対して自身で「辱」と感じたのではなく、相手によって「辱」の感情を与えられたという怒りであることが理解できる。『古事記』における用例は、「恥」が当事者が抱く感情であるのに対して、「辱」は他から与えられた感情に使うという用法の相違を見せている。

同様の相違は『日本書紀』にも認められる。

④于時伊奘冉尊恨曰、何不レ用二要言一、令二吾恥辱一、乃遣二泉津醜女八人一一云、泉津日狭女。追留之。（神代紀下　第五段　一書第六）

⑤故伊奘冉尊恥恨之曰、汝已見二我情一。我復見二汝情一。時伊奘諾尊亦慙焉。（神代紀下　第五段　一書第十）

⑥倭迹迹姫命、心裏密異之、待レ明以見二櫛笥一、遂有二美麗小虵一。其長大如二衣紐一。則驚之叫啼。時大神有レ恥忽化二人形一、謂二其妻一曰、汝不レ忍令レ羞レ吾。（崇神紀十年条）

⑦天皇謂二皇太子億計一曰、吾父先王無レ罪、而大泊瀬天皇射殺棄二骨郊野一、至レ今未レ獲。憤歎盈レ懐。臥泣、行号、志レ雪二讎恥一。（顕宗紀二年秋八月条）

⑧滅二任那国一、奉レ辱二天皇一。卿其戒之、勿レ為二他欺一。（欽明紀二年六月条）

④は黄泉における伊奘冉尊の姿を伊奘諾尊が見てしまったことに対する伊奘冉尊の恨みが表現されているが、そこでは「不レ用二要言一」と伊奘諾尊の不実が伊奘冉尊に「恥辱」を見せたとしており、他者から被った「はづかしめ」という把握は、『古事記』の③の「辱」と同じ用法である。類似の用法は⑧の天皇を目的格とする用法で

あろう。⑤は同様の場面ではあるが「恥恨」とあって、伊奘冉尊の感情として記される「恥」は、それを受ける伊奘諾尊の「慙」に通じるものと理解できる。⑥は倭迹迹姫命によって自らの形に驚きの叫びをあげられた大物主神が抱いた「恥」の感情を示し、さらに「令レ羞」は「汝不レ忍」と倭迹迹姫命によって「羞」をかかされたという文脈となる。「羞」については、『春秋左伝』（襄公十八年）に「苟捷有レ功、無レ作二神羞一」の杜預注に「羞、耻（耻＝恥）也」とあり、『漢書』（巻四十四）淮南衡山済北王伝に「幸臣皆伏レ法而誅、為二天下一笑、以羞二先帝之徳一」の顔師古注に「羞　辱也」とある。文脈によって両様の意味が見られるが、「令レ羞」とある使役になる用法からは後者であり、『古事記』の③と同様に捉えうる。⑦は父先王の無念を晴らす意で「志レ雪二讎恥一」とあり、その用法は『古事記』の②に通じよう。[9]

「恥」と「辱」の用法の使い分けは、『古事記』及び『日本書紀』a～eにおけるトヨタマヒメとアマツカミノミコとの関係の差を明らかにする。すなわち『古事記』の豊玉毘売には、火遠理命に対して「勿レ見レ妾」という願いが破られたことに「恨二其伺情一」という恨みの気持ちはあっても、自らの姿を劣ったものとして面目なく思う心情が中心であり、それは怒りに発展するものではない。当然のことながら、恋心も失われてはいない。しかし、『日本書紀』正文では、その本来の姿を「竜」という中国の想像上の霊獣とする把握自体に豊玉姫の気位の高さが推察され、「而甚慙之」とする感情は「今既辱之」とあるように「辱」を受けたという怒りに繋がり、「将何以結二親昵之情一乎。乃以レ草裹レ児棄二之海辺一」と将来への「親昵之情」を絶ち、児をも「棄」という行動に及んでいる。紀一書第一も「遂以レ見レ辱為レ恨」とあって、その「恨」は本来の姿を見られたことを「辱」を受けたとする感情に発するもので、「恨」の起こる質を『古事記』とは異にし、むしろ紀正文と同質である。しかし、紀一書第三では「深懐二慙恨一」とあるのみで、そこには天孫に対して怒りに直接繋がる描写がなく、その心情はむしろ、『古事記』に近いと推測される。紀一書第四では皇孫の行為に対して「大恨之曰……令二我屈辱一」という怒りは奴婢をそれぞれの許に戻さないという断絶の宣言として表明されている。ところが一云では「初豊玉姫別去時、恨言既切。故火折尊知二其不レ可二復会一、乃有レ贈レ歌」とあって、豊玉姫の恨みの強さ故に再会が適わず、天孫が歌を贈ったとしていて、豊玉姫の返歌については記されない。

記紀両書において、トヨタマヒメの恨みの心情が自身の本来の姿を見られた恥ずかしさという自身の有り様にある場合には恋心の表明として歌が有り、トヨタマヒメが自身を辱められたという怒りがアマツカミノミコに向けられた場合には両者の関係は絶たれ、歌がないという事情を把握できる。なお、アマツカミノミコの歌が先にある紀第三書では児に関わる描写が詳しいことも注意される。では、共に恋心の表明と考えられる『古事記』と『日本書紀』第三書において、歌の記載順の相違、特に赤玉に始まる歌の表現上の差異は何を意図するのであろうか。

三　赤玉と白玉

「赤玉」については『古事記』と『日本書紀』第三書とで、理解を異にする説がある。『厚顔抄』に「赤珠之也、七宝ノ随一也。是ヲ珊瑚トモ云」と注したのに対して、『本草和名』に、「虎魄　一名江珠出二兼名苑一　一名明玉神珠出二丹口訣一　和名阿加多末、一名阿末多末」とあることから、「琥珀」とする理解がある。[10] いずれもその材質を問題視するのに対して、『古事記伝』は契沖に反論して「たゞ赤き玉なり。又書紀の注に、明玉としたるもわろし。此記にては、殊に白玉に対へたるにかなはず。また吾玉と見て、葺不合の御ことゝ云るなどは、殊にひがことなり」とする。『古事記伝』の理解は「『白玉』をひきだすために『赤玉』を持ち出しただけのことか。『白玉』は海にかかわるものであるがゆえに、ここに取り出された」（古事記〈新編日本古典文学全集〉）[11]とする理解に展開されていると考えられる。さらに両者の意味について、神話の内容に即した理解として「赤玉」と「白玉」を「御子」と火遠理命とにことよせたものとする理解もある。[12]一方で、紀六の歌謡との比較において、「古事記の伝えの方が平明であって、日本書紀の『明珠の光はありと人はいへど』の逆態条件は、適切でない。明珠のような光のあることが貴いことになるのである」（記紀歌謡集全講）と解して、赤玉の色ではなく、その明るさに視点をあてる説も見られる。

「筑後国正税帳」天平十年七月十一日符には白玉・紺玉・縹玉・緑玉と共に「赤勾玉柒枚、直稲壱拾陸束捌把」のような記述が見え、「赤玉」を実際の物とする把握も肯われる。一方で、「出雲国造神賀詞」には、「白玉能大御白髪坐、赤玉能御阿加良毗坐、青玉能水江玉能行相爾、明御神登大八島国所レ知食、天皇命能手長大御世乎、……」と見えるように、白玉はその白さと白髪の尊さが比較され、赤玉はその明るい輝きが捉えられている。「赤玉」に対して、「緒まで光れど」「赤玉の光は有りと」と、その輝きが「光る」という語によって形容されていることは注意すべきであろう。赤玉の例は少ないが、応神記の天之日矛譚は、赤玉を光との関係で語っている。

名謂二阿具奴摩一。自レ阿下四字以レ音。此沼之辺、一賤女、昼寝。於是、日耀、如レ虹、指二其陰上一。亦、有二一賤夫一。思レ異二其状一、恒伺二其女人之行一。故、是女人、自二其昼寝時一、妊身、生二赤玉一。爾、其所レ伺賤夫、乞二取其玉一、恒裹著レ腰。……然、猶不レ赦。爾、解二其腰之玉一、幣二其国主之子一。故、赦二其賤夫一、将二来其玉一、置二於床辺一、即化二美麗嬢子一。仍婚、為二嫡妻一。（応神記）

日耀（日の光）がさして妊娠した女性が赤玉を生み、その赤玉が「美麗嬢子」に化したとする右の例は赤玉に関する当時の把握の中に光との関係や子の誕生に関わる物という印象があったことを窺わせる。

一方白玉は、「夏五月辛丑朔、詔曰、食者天下之本也。黄金万貫、不レ可レ療レ飢。白玉千箱、何能救レ冷」（宣化紀元年五月条）のように、具体的に真珠そのものを指す用例が見られる一方で、『萬葉集』には美しい女性を意味する「白玉の　人のその名」（巻九・一七九二）や、また我が子に対する「白玉の　我が子」（巻五・九〇四）、さらには男性の譬喩として「白玉の見が欲し君」（巻十九・四一七〇）のように見えるが、次の例のように本来は海の産物としての把握であったと推測される。

琴頭に　来居る影媛　玉ならば　吾が欲る玉の　鰒白珠　（紀九一）

海神の持てる白玉見まく欲り千たびぞ告りし潜きする海人　（萬　巻七・一三〇二）

白玉に海に関する連想が働く時、記七における白玉は『古事記』（新編日本古典文学全集）が注するように、海の宮との関係から取り出されたという印象は拭いがたい。『古事記伝』は「きみがよそひ」を「君之儀」としている。白玉を「よそひ」にかかる語と認めて「白玉のような君の容儀」（古事記〈武田祐吉〉）と解して、火遠理命の姿への讃美と取る理解は多い。記七では「赤玉は…白玉の君のよそひし」とあって、文脈上対比されているのが赤玉と白玉そのものではない故であろう。紀六についても『書紀集解』は「答歌全褒二揚尊之容姿一故、一首皆号曰二挙歌一而已」とするが、角林文雄は「『装』は単に姿などではなく、装束の意」としている（『『日本書紀』神代巻全注釈』）。「君のよそひ」が「姿」であるのか、「装束」であるのかは、検討の対象になろう。

『古事記』では、火遠理命が海の宮を訪れた様子を次のように描写する。

故、随レ教少行、備如二其言一、即、登二其香木一以坐。爾、海神之女豊玉毘売之従婢、持二玉器一将レ酌レ水之時、於レ井有レ光。仰見者、有二麗壮夫一。訓二壮夫一云二袁登古一。下效此。……　爾、見二其璵一、問レ婢曰、若、人、有二門外一哉。答曰、有レ人、坐二我井上香木之上一。甚麗壮夫也。益二我王一而甚貴。……　爾、豊玉毘売命、思レ奇、出見、乃見感、目合而、白二其父一曰、吾門有二麗人一。爾、海神、自出見、云、此人者、天津日高之御子、虚空津日高矣。

（神代記）

水を汲みに来た豊玉毘売の従婢が井に「光」有るのを見て、木の上の火遠理命を見つけている。井の光は、火遠理命が井の水面に映って、其の美しさが光を発しているということであろう。その美しさは、「麗壮夫」「益我王而甚貴」「麗人」と描写される。『文選』（巻二十五）の晋の陸雲「為二顧彦先一贈レ婦二首」に「佳麗良可レ美、衰賤焉足レ紀」とあるのに、李善は「戦国策司馬喜曰、趙佳麗之所レ出。高誘曰、佳大也、麗美也」と注している。また「貴」は『説文解字』に「貴　物不レ賤也、从レ貝臾声」とあり、「賤」に対する語で、物の値の高いことを意味しているが、『広雅』（釈言）には「貴　尊也」とある。『漢書』（巻二十三）刑法志に「八議（大夫以上八種の身分ある者に対して特別に審議する意）」の一つとして、「六曰、議貴」をあげ、注に「師古曰、爵位高者也」とあって、身分の高い者を指すことが明らかである。火遠理命は大変美しく、海の神にもまして、その出自の尊さを窺わせる姿の持ち主として、豊玉毘売の前に立ち現れている。

一方、『日本書紀』で豊玉姫出産譚を持つ各文では次のように描写する。

a’　良久有二一美人一。排レ闥而出、遂以二玉鋺一来当レ汲レ水。因挙目視之。乃驚而還入、白二其父母一曰、有二一希客者一、在二門前樹下一。

（神代紀下　第十段　正文）

b’　良久有二一美人一。容貌絶レ世。侍者群従、自レ内而出、将下以二玉壺一汲上レ水、仰見二火火出見尊一。便以驚還、而白二其父神一曰、門前井辺樹下、有二一貴客一。骨法非レ常。若従レ天降者、当レ有二天垢一。従レ地来者、当レ有二地垢一。実是妙美之。虚空彦者歟。

（神代紀下　第十段　一書第一）

b'　一云、豊玉姫之侍者、……俯視二井中一、則倒映二人咲之顔一。因以仰観、有二一麗神一、倚二於杜樹一。
（神代紀下　第十段　一書第一・一云）

c'　忽有二可怜御路一。故尋レ路而往、自至二海神之宮一。是時海神自迎延入。乃鋪二設海驢皮八重一、使レ坐二其上一。
（神代紀下　第十段　一書第三）

d'　時有二豊玉姫侍者一、持二玉鋺一当レ汲二井水一、見三人影在二水底一、酌取之不レ得。因以仰見二天孫一。即入告二其王一曰、吾謂二我王独能絶麗一。今有二一客一。弥復遠勝。
（神代紀下　第十段　一書第四）

a'の歌のない正文では具体的な姿は語られないが、「一希客」とあって、その姿の比類なさを記している。同様に歌を持たない紀一書第一でも「有二一貴客一。骨法非レ常」と尋常ではない様子を捉えて、「虚空彦」という讃辞が選ばれている。「貴客」には、「貴賓」の意味が籠もる。また、紀第十段一書・一云では「一麗神」とのみであるが、紀一書第四では海神の絶麗さに遥かに勝れた神として描写されている。いずれもその比類なさが描写され、その程度に差は有るものの、いずれも讃美の対象として捉えられ、海の神の女豊玉姫との婚姻へと自ずと展開している。ところが紀一書第三では、即「海神自迎延入」とあって、豊玉姫、或いは姫の侍者もなく、天孫の姿の描写もなく、姫との婚姻は既定のことであるかの如く展開する。そこに天孫の美麗さ比類なさは自明のこととしてあったと読むべきであろう。アマツカミノミコは「麗」なる、「貴」なる者として、トヨタマヒメの前に現れるのである。それはトヨタマヒメ歌の讃美表現が「たふとくありけり」であることと対応するように思われる。

「たふとし」について、田中久美氏は「タフトシ」を「タ／フトシ」と分節され、「フト」は「フツ」と交替しやすいという観点から「フトタマ」「フツヌシ」などとの関連を説き、「タフトシ（貴）は神ないし神に準ずる神性をもつものに対して用いられ、神ながら神さびて、非常に神々しい・神霊がたいへんよく発動して盛んに光り照り輝いている」とするのが本義であり、「そこから、単に高貴であるとか崇め重んずべきであるとか価値が高いとかいう議にもなってくるのである」とし、神代に限られる『古事記』の三例は、いずれもその本義によってのみ用いられることを指摘している。(13)

なお、『古事記』においてはその美しさが光を発するそれとして描かれているのに対して、『日本書紀』にはそうした表現が見られないことに注意しておきたい。光があるものとして、赤玉が歌われているからである。白玉にはその光に対する直接的な表現はない。しかし、一般に「玉」は照るものとしての質を把握されている。

大き海の水底照らし沈く玉斎ひて取らむ風な吹きそね　（萬　巻七・一三一九）

新室を踏み鎮む児し手玉鳴らすも玉のごと照りたる君を内にと申せ　（萬　巻十一・二三五二）

一三一九は水底の玉の輝きを詠み、二三五二は君の輝きの譬喩としてある。「白玉」の輝きは当然備わっているべきものとして理解されていた。では「君がよそひ」はアマツカミノミコのその姿を指しているのであろうか。

四　よそひ

「よそひ」の語の仮名表記は当該の神代記の他には『萬葉集』に次のように見える。

水鳥の立たむよそひ（与曾比）に妹のらに物言はず来にて思ひかねつも　（巻十四・三五二八　防人歌）

文脈上、「与曾比」は防人の出立時に関係する事柄を指していることが理解できる。「与曾比」と表記されるその仮名遣いは「与（余）曾」が乙類、「比」は甲類であることから、語の成立には「よそ〈与（余）曾〉」＋「ひ〈比〉」という関係が推察される。「よそ」は集中に次のように見える。

……　あしひきの　山のたをりに　立つ雲を　よそ（余曾）のみ見つつ　嘆くそら　安けなくに　思ふそら
苦しきものを　……　（巻十九・四一六九）

右の「余曾」は山の向こうに立つ雲を遠く見る状況を詠み、「よそ」は「他所」の意と解される。同語は次のようにも見える。

いつしかも見むと思ひし粟島をよそ（与曾）にや恋ひむ行くよしをなみ　（巻十五・三六三一）

遣新羅使人等が航路において、粟島を遠く眺めて過ぎて行く時の作である。こうした「よそ（他所）」のあり方からすると、「よそふ」の名詞形と考えられる「よそひ」は、「よそ（他所）」＋「ふ（経）」が本義と推測される。「よそひ」は「他所」に在り続けることが本来的な義であったのではないか。

「よそひ」の語は『新撰字鏡』に「よそひかざる」として見える。天治本に、「揀　龟勾反、去、装□也、与曽比□佐留也」とあって、文字を欠く部分があるが、享和本ではその部分が「装棟・、与曽比加佐留・」とある。「棟」は群書類従本では「棟」としている。「揀」は「揀　装揀、又色句切」（広韻）とあり、「扌」と「木」の混乱と見られる。「装揀」は『一切経音義』（玄応撰）に「装揀　阻良側亮二反、下師句反、今中国人謂撩二理行具一為二縛音附揀音戌一。説文装束也。裹衣也」と説かれており、同文は『類聚名義抄』（図書寮本）にも引かれている。(14)「撩理」は、『説文解字』に「撩　理レ之也」とあり、段注は「通俗文曰、理レ乱謂二之撩理一」と説明する。「行具」については「臣急使二燕趙一。急約レ車為二行具一」（戦国策巻十二魏一）とある。以上は「装揀」と「装束」とが同義で、和語「よそひかざる」に対応し、かつ中国では出立時に乗り物、道具類、衣服を整える意であることを理解させる。『類聚名義抄』（図書寮本）が「装治　ヨソフ」と訓じるのも、同義による訓の展開を窺わせよう。なお、「装」は『説文解字』に「装　裹也、从レ衣壮声」とある。(15) 以上を踏まえた上で、では日本の上代において、「よそひ」がどのような意味を有していたのか、確認しておきたい。

先の防人歌では「よそひ」は出立時の事柄を示していた。『古事記』でも「よそひ」の仮名表記は次のように出立時に関わっている。

又、其神之嫡后須勢理毘売命、甚為二嫉妬一。故、其日子遅神、和備弖、三字以レ音。自二出雲一将レ上二坐倭国一而、束装《よそひ》立時、片御手者繫二御馬之鞍一、片御足踏二入其御鐙一而、歌曰、

ぬばたまの　黒き御衣を　ま具に　とりよそひ（登理与曾比）　沖つ鳥　胸見る時　羽叩ぎも　これはふさはず　辺つ波　そに脱き棄て　鴗鳥の　青き御衣を　ま具に　とりよそひ（登理与曾比）　沖つ鳥　胸見る時　羽叩ぎも　こもふさはず　辺つ波　そに脱き棄て　山県に　蒔きし藍蓼舂き　染木が汁に　染衣を　ま具に　とりよそひ（登理与曾比）　沖つ鳥　胸見る時　羽叩ぎも　こしよろし　いとこやの　妹の命　……

（記四）

八千矛の神は出雲から大和へと出立する際に衣装を様々に取り替えては出立にふさわしい衣装を選んでいる。それを「束装立時」とし、「黒き御衣」から、「染衣」へ、具体的な衣装選びが繰り返しのリズムに乗せて詠まれている。「黒き御衣」「青き御衣」が枕詞を冠して讃美の形を取るのに対して、「染衣」はその製法が述べられ、黒土摺り、青草摺りよりも進歩した、より鮮やかな色を指していると考えられる[16]。出立においてあでやかな美しい衣装を身に纏うことが重要視されていたことを窺わせる。特に倭国への出立という特別な場において、「よそふ」だけでなく「とり」がつくことは、同様に「とり」のつく「取り持つ」が呪術的所作を示す象徴的表現とされる[17]要素と通う面を持つのではないか。なお、「装束」は鈴鹿登本以降「ヨソヒ」と訓じている。

『古事記』には「装束」について、類似の用法が見られる。

①爾、天照大御神・高木神之命以、詔二太子正勝吾勝々速日天忍穂耳命一、今平二訖葦原中国一之白。故、随二言依賜一、降坐而知者。爾、其太子正勝吾勝々速日天忍穂耳命答白、僕者将レ降装束《ヨソヒ》之間、子、生出。名天邇岐志国邇岐志自レ邇至レ志以レ音。天津日高日子番能邇々芸命、此子応レ降也。（神代記）

②又、一時、天皇登二幸葛城山一之時、百官人等、悉給下著二紅紐一之青摺衣上服。彼時、有下其自二所レ向之山尾一登二山上一人上、既等二天皇之鹵簿一、亦、其装束《ヨソヒ》之状及人衆、相似不レ傾。（雄略記）

①は忍穂耳命が高天原から葦原中国へ降臨しようとして準備を整えている期間のことを指している。②の「其装束」とある内容が、葛城山に登った時の百官人らの「著二紅紐一之青摺衣」を指していることからすると、やはり衣装を整えていることを示していよう。①は高天原から葦原中国へ、②は都から葛城山へ、いずれも自分の所属する場所から他所へ行くにあたって、衣服を整えたことが知られる。『古事記』における「装束」は他所への出立の際に、整えられた衣服を主として指すのであろう。「装束」の訓について、①は諸本「ヨソヒ」。②は真福寺本には「束装」とあるが、諸本は「装束」とし、その訓は鈴鹿登本以降「スカタ」とあるのを、延佳本に至って、「ヨソヒ」に改めている。『古事記』において、文脈上、「装束」が対応するのは「衣服」であるが、「装束」が単に衣服を整えることではなく、他所への出立に関連してのそれであることは注意すべきである。

では、『日本書紀』においてはどうであろうか。なお、注記のない古訓は兼右本（天理図書館蔵）による。

③一云……然後皇后随二神教一而祭。則皇后為二男束装《ヨソヒ》一征二新羅一。[18]（神功皇后摂政前紀）

④大臣出二立於庭一、索二脚帯一。時大臣妻持二来脚帯一、愴矣傷懐而歌曰、（歌略）大臣装束《ヨソヒ》（図書寮本）已畢、進二軍門一跪拝曰、臣雖レ被レ戮、莫二敢聴一レ命。（雄略天皇即位前紀）

⑤（高麗の副使らが自分たちの過失を、帰国後大使によって王に告げられることを恐れて大使を殺す謀をし

た。）是夕謀泄。大使知レ之装束衣帯《ヨソヒシテ》（前田家所蔵本）、独自潜行。
（敏達紀元年六月）

⑥夏五月五日、薬獦之、集二于羽田一以相連参二趣於朝一。其装束《ヨソイ》（岩崎本）如二菟田之猟一。
（推古紀二十年五月五日）

⑦是月、天皇、将レ蒐二於広瀬野一、而行宮構訖、装束《ヨソイ》既備。然車駕遂不レ幸矣。唯親王以下及群卿皆居二于軽市一、而検二校装束《ヨソイセル》鞍馬一。
（天武紀十年冬十月）

⑧閏四月壬午朔丙戌、詔曰、来年九月、必閲之。因以教二百寮之進止・威儀一。又詔曰、凡政要者軍事也。是以文武官諸人、務習二用レ兵、及乗レ馬。則馬・兵幷当身装束《ヨソイ》之物、務具儲足。……　若忤二詔旨一、有レ不二便馬・兵一亦装束有レ闕、親王以下、……
（天武紀十三年閏四月五日）

③は新羅遠征の折の神功皇后の男装を指し、⑤は高麗に帰国するために衣帯を身に着けている。⑥は薬猟への出立、⑦は広瀬野への行幸に際して服装を整えたことを意味している。④は旅支度ではなく、死を覚悟した戦支度である。⑧は戦支度の検閲を意味している。いずれもその場を考慮すると、衣服そのものだけとは限らないであろうが、「装束」は衣服を中心とした身支度を整えることである。いずれも日常生活から離れて、外部へ出て行く、或いは外部との交渉において服装を整えることを意味していると推測され、海外遠征をはじめとして、他所へ赴く場合であることは明らかであろう。「装束」を「よそひ（い）」と訓むその用法は『古事記』と合致する。ただし、『萬葉集』での「装束」は、記紀の用法と必ずしも一致していない。

⑨……　木綿花の　栄ゆる時に　我が大君　皇子の御門を〈一に云ふ「さす竹の　皇子の　御門を」〉　神宮に　よそひまつりて（装束奉而）　使はしし　御門の人も　白たへの　麻衣着て　埴安の　御門の原に　あかねさす　日のことごと　鹿じもの　い這ひ伏しつつ　……
（巻二・一九九）

⑩かけまくも　あやに恐し　言はまくも　ゆゆしきかも　我が大君　皇子の尊　万代に　食したまはまし　大日本　久邇の都は　……　いや日異に　栄ゆる時に　逆言の　狂言とかも　白たへに　とねりよそひて（舎人装束而）　和束山　御輿立たして　ひさかたの　天知らしぬれ　……　（巻三・四七五）

⑨は人麻呂作の高市皇子への挽歌で、その薨去に対して、生前の皇子の宮殿を神宮として飾り立てる意である。旧訓はいずれも「カザリ」と訓じているのを、『萬葉集略解』が「ヨソヒ」に改めた。⑩は家持作の安積皇子への挽歌で、舎人達が葬儀のための衣装を身に着けていることを意味していて、旧訓も「ヨソヒ」と訓じている。この旧訓の差は、「装束」が非日常的な条件に合わせて、たたずまいや衣装を整えることを意味し、しかし表記を同じくしながら、旧訓の段階では、「よそひ」は人の衣装に関わる語であるという理解のあったことを考えさせる。皇子の薨去という非日常への対応は、その根本的な意味において他所への出立に衣装を整えることと通う要素を有している。『萬葉集』の「装束」の用法が葬儀という場に関わっていることには、「装束」における意味の展開を考えることができる。が、まず、「よそひ」と「装束」とを分けて考察する必要があろう。

『萬葉集』の中で、「よそひ」を仮名表記するのは前に挙げた三五二八である。

水鳥の立たむよそひ（与曾比）に妹のらに物言はず来にて思ひかねつも　（巻十四・三五二八　防人歌）

「水鳥の立たむよそひ」は「水鳥は慌しく出発するもののたとえ」で「よそひ」は「旅の身支度をすること」（萬葉集〈新編日本古典文学全集〉）とされるが、その身支度の内容は旅への出立の衣装に改めたことが主眼になると考えられる。記四に見えた鳥に喩えた衣装替えが遠い記憶としてあることを推測してよいのかもしれない。類似の表現は家持作「為二防人情一陳レ思作歌」にも見える。

⑪……　妻別れ　悲しくはあれど　ますらをの　心振り起こし　取りよそひ（等里与曾比）　門出をすれば

……

（巻二十・四三九八）

「取りよそひ」はその状況から「兵器や携行衣食類を身に着けて」（萬葉集〈新編日本古典文学全集〉）のように旅立ちの装備を指すとする理解がほとんどである。しかし、その主眼は新しい衣装を整えて、これまでの日常から離れることに有るのではないか。集中の他の用例において、「よそひ」と旅立ちとの関連は、いずれも船の出航に関わっているからである。

⑫おし照るや難波の津ゆりふなよそひ（布奈与曾比）我は漕ぎぬと妹に告ぎこそ　（巻二十・四三六五）

⑬津の国の海の渚にふなよそひ（布奈与曾比）立し出も時に母が目もがも　（巻二十・四三八三）

⑭八十国は難波に集ひふなかざり（布奈可射里）我がせむ日ろを見も人もがも　（巻二十・四三二九）

いずれも防人歌である。難波からの出航に際して四三六五・四三八三は「船よそひ」と詠むが四三二九に「船かざり」とあり、出航の準備に加えて、船を飾り立てたことが知られる。

⑮難波津によそひよそひて（余曾比余曾比弖）今日の日や出でて罷らむ見る母なしに　（巻二十・四三三〇）

『萬葉集全注』は『類聚名義抄』（観智院本）に「艤　カサル　フナヨソヒ」とあることから「かざる」と「よそひ」との間に「意味上の差を見出しがたい」とするが、後に『萬葉集④』（新編日本古典全集）頭注では「船かざり」に対して「船が出航準備をすること。カザルはヨソフと意味・用法が近いが、主として旗や幟のぼりの類を立てる儀礼的装飾をいうのであろう」とする。述べて来た「よそひ」の用法と対応させて理解すると、「ふなよそひ」は後者の意となろう。船出の準備ではあるものの、いずれもその出立が、「妹に告ぎこそ」「母が目もがも」「見も人もがも」「見る母なしに」と、「見る」ことによって、妹や母などとの別れの情を喚起していることは、船出における「よそひ」が単なる出航の準備であるとは考えがたい。外見からは「飾り」と見える装飾的な旗などを付けるといった、船出と一目でわかる状況が想像される。船を立派に飾り立てることは航海の無事を願うことに繋がったであろうし、そこに日常を離れた航海への畏怖と覚悟とがあったことは容易に想像できる。防人歌はその「船よそひ」の華やかさとは裏腹に別れの悲しさと旅への不安が交錯する心情を詠んでいると理解される。

なお集中には「装」のみで「よそふ」と訓める例が見える。

⑯としによそふ（年丹装）我が舟漕がむ天の川風は吹くとも波立つなゆめ　（巻十・二〇五八）

「年丹装」は「一年にわたって準備をして」（萬葉集全注など）とする解釈もあるが、七夕説話における一年に一度の逢瀬は距離の遠さによるものではない。ここは「一年一度舟よそひをする」（萬葉集注釈）意ととるべきであり、舟をも美麗に飾り立てる様に逢瀬への募る思いが読み取れる。また七夕歌では「そほ船の　艫にも舳にも　船装（ふなよそひ）ま舵しじ貫き」（巻十・二〇八九）とも詠まれ、船尾・船首を飾り立てて船を漕ぐ様が窺われる。「よそひ」は、旅立ち、すなわち日常生活から離れて他所へ出かけるにあたって、服装を整えることが本来的な意義であったと考えられる。

ただし、『日本書紀』・『萬葉集』などにおける「ヨソヒ」の訓は「装束」についてのみとは限らず、後に意味の広がりを持ったことを理解させる。例えば、『日本書紀』の古訓には次のように見える。

⑰百済荘《カザラシ》《ヨソヒ》㆓厳慕尼夫人女㆒、曰㆓適稽女郎㆒、貢㆓進於天皇㆒。（雄略紀二年秋七月）

⑱天皇即命㆓根使主㆒、為㆓共食者㆒、遂於㆓石上高抜原㆒饗㆓呉人㆒。時密遣㆓舎人㆒、視㆓察装餝《ヨソオヒヲ》㆒。舎人服命曰、根使主所㆑著玉縵、大貴最好。……於㆑是天皇欲㆓自見㆒、命㆓臣・連㆒、装《ヨソヒセシムルコト》如㆓饗之時㆒、引㆓見殿前㆒。

（雄略紀十四年夏四月一日）

⑲丙寅、遣二臣・連等一、持レ節以備二法駕一、奉レ迎二三国一。夾二衛兵仗一、粛二整容儀《ヨソ〔ホヒ〕テ》一、警二蹕前駈一、奄然而至。於レ是男大迹天皇晏然自若、踞二坐胡床一。（継体紀元年正月六日）

⑳大連憂二朕無レ息、披二誠款一、以二国家一世世尽レ忠。豈唯朕日歟。宜下備二礼儀《コトワリノヨソヒヲ》一、奉上迎二手白香皇女一、（継体紀元年三月一日）

㉑庚辰、於二大寺南庭一厳《ヨソヒ》三仏菩薩像与二四天王像一、屈二請衆僧一、読二大雲経等一。（皇極紀元年秋七月二七日）

右の訓は⑰から⑳が前田家所蔵本、[19]㉑が岩崎本である。⑰の「荘厳」は天皇への貢進にふさわしく女性の衣装を整えたことを指し、⑱の「装餝」「装」は呉人の饗応に際して、身不相応に飾り立てた装いをしたことを指していて、いずれも儀礼的な場における装いであって、出立といった内容は含まない。さらに⑲は服装を含めて意義を整える意であり、同本雄略紀元年三月の条には「臣、観二女子行歩一、容儀《スガタ》能似二天皇一」とあって「スガタ」と訓じていて、ヨソヒの意味の広がりを訓が反映していることを確認できる。⑳の「礼儀」は手白香皇女を皇后として迎える儀礼を指し、㉑の「厳」は「厳飾」の意で「漢訳仏典に多いことば」（日本書紀〈日本古典文学大系〉）とされる。同様の例は『萬葉集』にも見える。

㉒山吹のたちよそひたる（立儀足）山清水汲みに行かめど道の知らなく（巻二・一五八）

㉓君なくはなぞみよそはむ（奈何身将装餝）くしげなる黄楊の小櫛も取らむとも思はず（巻九・一七七七）

一五八の「儀」に対して、『類聚名義抄』（観智院本）に「ヨソホフ・ヨソフ」の訓が見え、紀州本に「ヨソヒ」の訓が見える。「儀（ヨソヒ）」は山吹の美しく咲く様子を指すと考えられる。一七七七の「装餝」は美しく身なりを整える意である。

さらに、『東大寺諷誦文稿』には、「諸天雲（返読符）飛零精粳之米継於肌身釋王吹風生錦繍粧《ヨソヒ》」とあり、『遊仙窟』

においても「十娘読詩を慷息《(平)オノヽヒテ》《ショウソク》と而て起《タツ》匣中《ノ》取《トリコフ》鏡を箱裏《ノウ》に帖《タヽム》衣を陸法言帖《テム》取也音取兼反切韻曰帖者指《ユ》に取物也袨《ノヨソヒ》《クヱム》服《ノコロモ》と靚粧《サウトカサネ》と左太冲蜀都賦曰都《ト》人士女袨服は靚粧蘇林曰袨服謂《ハク》盛《ナル》服《キモノ》也張揖《シウ》曰靚粧謂《イハク》粉《シロモノ》白黛《マユスミ》墨也袨音苦練反靚音疾政反當《ア》て階《ハシタ、》に正《シク》す履《ハクモノ》を」（金剛寺本）と訓が見え、注から「よそひ」は美麗な衣装と推測できる。

「よそひ」は本来的には、他所への出立においてあるいはそれに準ずる場において、衣装を整えることを意味し、漢語「装束」はその文字表記として、選ばれたものと考えられる。そこには、他所という非日常的世界への出立に際しての、無事を祈るといった呪術的儀礼的な意味も含まれたと推測される。「船よそひ」の語の存在はそれを証するものといえよう。しかし、その儀礼的な面がむしろ強まることで、儀礼的な場における衣装を含む装備や装飾、さらにそうしたことを総合した儀礼的な態度にまで、意味が及んでいったものと思われる。(20)記七・及び紀六の歌謡における「よそひ」は、記四の八千矛の神の歌と同様に出立における衣装を歌ったものであり、それを「君がよそひし貴くありけり」と讃美を込めた詠嘆で結んでいるのである。

五　「赤玉は……」の構成――対比的表現――

記紀が記載するトヨタマヒメの歌は再掲すると、次の通りである。

A　赤玉は　緒さへ光れど　白玉の　君がよそひし　貴くありけり　（記七）

B　赤玉の　光はありと　人はいへど　君がよそひし　貴くありけり　（紀六）

二首は、共に「赤玉」の語に始まり、「君がよそひし　貴くありけり」の詠嘆で閉じるという語句上の類似性を持ち、共に「～（已然形）＋ど～」とあって、「ど」という接続助詞を介した二文の構造からなっている。ただし、その内容の解釈は必ずしも明確にされてきてはいない。そこで、已然形＋接続助詞「ど」（及び同義の「ども」）を介して、前後の文がどのような意味的な関係性を持つかを考察しておきたい。

Aは、「已然形＋ど・ども」の構文の中で、赤玉と白玉の対を持つが、その関係性については、従来、あまり関心が払われて来ていないようである。Aにおいて、前句は「緒さへ光る」という状況を詠み、後句が「貴くありけり」という感嘆する心情を詠んでいて、その表現内容は対比の関係にないが、その意味するところはいずれも讃美として括ることができるものである。ただし、前句と後句との主体の関係性は未だ明確にされていない。

一方Bは、前句において「人はいへど」と他者の見解として「赤玉の光はあり」を挙げ、対する自分の主張として「君がよそひ」の貴さを挙げている。紀第十段一書第三では、Bの歌の前にアマツカミノミコの許に残してきた児に対して、乳母・湯母の婦人が置かれて養われている状況を述べた上で、「豊玉姫聞二其児端正一、心甚憐重、欲二復帰養一。於レ義不レ可。故遣二女弟玉依姫一、以来養者也」と児の端正さを聞いて、児を思う心が描写されている。児への思いの反映として、赤玉を児の譬喩と理解すると、「人はいへど」の内容とその状況は一致する。人から聞いた児の美しさと自ら見た「君がよそひ」との比較を詠んだと理解することが可能であろう。

接続助詞「ど」「ども」で結ばれる二文の構造について、前後の句の意味的関係を検討したのは山口堯二氏(21)である。山口氏は「已然形＋ど・ども」形式に認められる意味関係を「両句の事態が意味上対立する対立性の関係と、前句がいわば前置きのように用いられる関係（前置性）とが認められる」と二分された上で、対立の関係を具体的な意味関係のあり方によって区分している。(22)そして山口氏はBに見えるような、他者の言動が有り、後句に対の関係の句を持つ例について、その意味関係を対比の質の中でも意志対抗性の一つとする。その構文を次のように示している。

1　垣ほなす人は言へども（雖）高麗錦紐解き開けし君ならなくに　（巻十一・二四〇五　人麻呂歌集）

2　人皆は今は長しとたけと言へど（雖）君が見し髪乱れたりとも　（巻二・一二四）

3　鶉鳴く古しと人は思へれど（騰）花橘のにほふこのやど　（巻十七・三九二〇　家持）

同様の形式は記紀歌謡及び『萬葉集』に、他にも用例が見られる。

4　蝦夷を　一人　百な人　人は言へども（廼毛）　抵抗もせず　（紀一一）

5　相見ては恋慰むと人は言へど（雖）見て後にぞも恋まさりける　（巻十一・二五六七　正述心緒）

6　桜花今ぞ盛りと人は言へど（雖）我れは寂しも君としあらねば　（巻十八・四〇七四　家持）

4は神武紀の来目部の歌。蝦夷を一騎当千と人は言うが、自分達に手向かいもしないとその強さを自負する。5は、逢えば恋しさが消えると人は言うが、見た後こそ恋心が増すことを嘆息し、6は花盛りを人は愛でているが、君のいないその盛りになじめない心情を詠む。いずれも前句の他者の言動に対して、後句ではその言動とは逆の状況や相容れない自己の心情を表明している。中でも、5は文末に「けり」の詠嘆を持ち、前・後句の主体を異にし、紀六と同様の形式を有する。こうした用法に照らすと、紀六の構造との類似性は明らかであろう。人づてに聞く児の端正さを赤玉の光に喩え、それを慕わしく思いつつも、より貴いものとして「君のよそひ」を導いていると推測できる。こうしたあり方に対して「他者の言動や思惟を前句とする場合は後句が自己の見解の主張になっている表現も多い」とした上で、「後句の見解における他者の判断をその内容や価値において結局否定していることになろう」とその関係性を説明する山口氏の理解は納得の行くものである。

Bの構造を以上のように押さえた上で、Aについて、前後句の意味関係を確認しておきたい。AはBと同様にトヨタマヒメの歌である。赤玉に対応している後句の主体は「白玉の君がよそひ」であり、その対比を念頭に置くと、児と夫の関係として理解することが可能かと推測されるが、そうした解釈は少ない(23)。今、「白玉の君がよそひ」を含むものとして白玉を捉え、Aの前句と後句において赤玉と白玉とが同一主体の言い換えである可能性から探ってみたい。「已然形＋ど・ども」の構文で、前句と後句とが同一主体について詠む場合は次のような例が見える。

7　梯立の　倉梯山は　嶮しけど（杼）　妹と登れば　嶮しくもあらず　（記七〇）

8　道の後　古波陀嬢子を　神の如　聞こえしかど（迺）　相枕枕く　（紀三七）

9　橘は　己が枝枝　生れれども（騰母）　玉に貫く時　同じ緒に貫く　（紀一二五）

10　潮には　立たむと　言へど（止）　汝夫の　子が　八十島隠り　我を　見さば　知りし　（風土記八）

いずれも歌謡の例である。7は山の険しさと妹と共にある喜びの心情との差を詠み、8は神の如く遠い存在と思っていた嬢子を身近に「枕く」歓喜の表明である。9は童歌とされ、渡来人を異国産の橘に喩えて、「己が枝枝」と種々異なっていた人々が結果として一緒に叙爵を賜った意ととれる。10は歌垣において、「汝夫の　子」は潮（人混み）に立っていて（どこかわからないはずだが）、自分への視線を感じてその居所を「知りし」という関係である。類似の例は『萬葉集』にも見える。

11　心には思ひ渡れど（跡）よしをなみよそのみにして嘆きそ我がする　（巻四・七一四）

12　橘は実さへ花さへその葉さへ枝に霜置けど（雖）いや常葉の木　（巻六・一〇〇九）

いずれも、前句と後句とが同一主体における相反する行為や状況にあることを詠んでいる。同一主体であることが明示されていない場合はあるが、別の語で言い換えられている例は見えない。こうした用法は、Aの構文が同一主体の言い換えではないことを考えさせる。

では前句と後句とが主体を異にする時、どのような関係性を考えることができるのであろうか。次は主体が、赤玉・白玉のように種類を同じくしながら、主体としてのあり方が明らかに異なる例である。

13　遠方の　浅野の雉　響さず　我は寝しかど（騰）　人そ響す　（紀一一〇）

14　玉櫛笥覆ふを安み明けていなば君が名はあれど（雖）吾が名し惜しも　（巻二・九三　鏡王女）

15　筑波嶺の新桑繭の衣はあれど（杼）君が御衣しあやに着欲しも　（巻十四・三三五〇　東歌）

16　さ寝る夜は多くあれども（杼毛）物思はず安く寝る夜はさねなきものを　（巻十五・三七六〇）

1314は前句後句の主体は、「静かな（我）と響す人」、「君の名と我の名」のように「ひと」「名」といった種類を同一にしながら、その質を異にすることで、それぞれの主体の行為や心情が相反していることを詠んでいる。ただし、1516における「新桑繭の衣と君の御衣」、「さ寝る夜と安く寝る夜」という対比は、一般的な事態に対して、特殊な事態を対比させて、後句が強調される状況を詠むもので、前二首とは対比の方法が異なっている。1314は主体が同一の種類であるという点ではAの赤玉・白玉の対比と類似しているように見えるが、その意味は対立する構成をなし、前後句が讃美という意味上の共通性を持つこととは一致しない。また1516に見える一般と特殊という対比を、Aにおける赤玉と白玉に見ることはできないと思われる。Aの「赤玉は緒さへ光る」という状況は、赤玉に常に付随する質とは言い難いからである。

また前句と後句とが異なる例として、赤玉と白玉が種類を異にする主体の用法と見た時にはどのような意味関係が可能であろうか。

17　沖つ藻は　辺には寄れども（耐母）　さ寝床も　与はぬかもよ　浜つ千鳥よ　（紀四）

18　風雲は二つの岸に通へども（杼母）我が遠妻の〈一に云ふ「愛し妻の」〉言そ通はぬ　（巻八・一五二一　山上憶良）

19　年のはに梅は咲けども（友）うつせみの世の人我し春なかりけり　（巻十・一八五七）

20　冬過ぎて春し来れば年月は新たなれども（雖）人は古りゆく　（巻十・一八八四）

21　ひぐらしは時と鳴けども（雖）恋しくにたわやめ我は定まらず泣く　（巻十・一九八二）

17は岸に寄る沖の藻と寄っては来ない我が思う妻、18は二つの岸に通う風雲と通っては来ない遠妻の言、19は毎年春に咲く花と春の訪れない我、20は新たになる年月と老い行く人、21は定まった時に鳴くヒグラシと時を定めず泣く我が対比されている。前句と後句の主体は有機的な関係性を持たないが、それぞれの述部は事柄としての共通性を持ち、しかし意味は相反している。これもAの用法が前句と後句とで讃美という共通性を持つことと異なる用法であろう。さらに、次は同様に主体が異なる例だが、前句は景の状況を後句は心情を詠んで、前句と後句との構造的な関係はAに類似するように見える。

22　笹の葉はみ山もさやにさやげども（友）我は妹思ふ別れ来ぬれば　（巻二・一三三）

23　高島の阿渡白波は騒けども（友）我は家思ふ廬り悲しみ　（巻七・一二三八）

いずれも前句の景は後句の我の居る状況としてあるが、その景と我の心情は直接の関係性を否定され、前句の景の様子が後句の心情と切り離されてあることで、後句の心情の深さを窺わせる表現となっている。2223の方法は、Aの歌謡が前句では状況を、後句では心情を詠むという点で構造的には類似する。ただし、主体が玉という同一性を有するのに対して前句の主体は景の一部であり、後句の心情の主体と関係性を持っていないという差は考慮されなければならず、赤玉と白玉を2223のような関係性として捉えるのには無理があろう。

なお、他に「已然形＋ど・ども」の構文では、前句に後句に対する条件的要素のある場合が見られる。

24　うつたへに鳥は食まねど（雖）縄延へて守らまく欲しき梅の花かも　（巻十・一八五八）

25　天の川遠き渡りはなけれども（友）君が船出は年にこそ待て　（巻十・二〇五五）

26　あしひきの山のあらしは吹かねども（雖）君なき夕はかねて寒しも　（巻十・二三五〇）

27　あらたまの五年経れど（雖）吾が恋ふる跡なき恋の止まなくも怪し　（巻十一・二三八五　人麻呂歌集）

28　朝月の日向黄楊櫛古りぬれど（雖）なにしか君が見るに飽かざらむ　（巻十一・二五〇〇　人麻呂歌集）

右は、山口氏が因果関係（27 28）、因由関係（24 26）と分類される形式でもある。24 25 26は否定的な条件を挙げており、逆に27 28は前句の条件に対して、後句で否定的な結果への詠嘆を詠んでいて、前句と後句は対立性の関係を有する。やはりAの形式とは重ならない。

さらに、次のような場合はどうであろうか。前句と後句は先に挙げた二者対比性に類似して、主体は対立するが、主体に対する基盤は等価である。

29　あかねさす日は照らせれど（雖）ぬばたまの夜渡る月の隠らく惜しも　（巻二・一六九）

30　草枕たびには妻は率たれども（雖）櫛笥の内のたまこそ思ほゆれ　（巻四・六三五）

31　百伝ふ八十の島回を漕ぎ来れど（雖）粟の小島は見れど飽かぬかも　（巻九・一七一一）

32　海原を八十島隠り来ぬれども（杼母）奈良の都は忘れかねつも　（巻十五・三六一三）

33　山川の清き川瀬に遊べども（杼母）奈良の都は忘れかねつも　（巻十五・三六一八）

29は人麻呂作歌。阿岐野での軽皇子の狩猟の作で、亡き草壁皇子を追慕する意図を含むとされ、枕詞を伴う日と月は軽皇子と草壁皇子とを示すといわれる。その日月は明暗による対比を表しているが、その根底には両者への讃美があり、一方が隠れてしまった（薨去）ことへの哀惜が籠もっている。ここには讃美を共通とした把握に立った上での対比がある。Aでは、後句における感慨が「貴くありけり」と、前句以上の価値を認めている。29は照る日に対して「夜渡る月の隠らく」とあって、暗い闇の世界を詠むが、そこに「惜しも」の感慨を詠むことによって、作者の情感の比重が後句にあることが理解される。これはAの形式に類似する。30は妻と櫛笥の内の玉を対比させる。櫛笥の玉を妻以外の親しい女性の譬喩とすると、その対比は類似の質を持つ異なる主体の対比である。妻を「率《ゐ》て」、つまり伴っていることからすれば、妻は疎かに扱いうる存在ではなく、ただしそれ以上に玉への思いの強さを吐露している。その関係はAと類似しよう。31が詠む「八十の島回」と粟の小島の対比は、粟の小島に対する讃美が主眼になろうが、八十の小島に讃美の要素がまったくないとは思われず、価値の比重の相違と受け取れる。このことは32により明らかであろうと考えられる。遣新羅使等の歌である32で奈良の都と対比されている八十島は、瀬戸内海の美しい島々を指す。しかしなお、奈良の都が美しいの意である。山川の清き瀬を詠む33も同様で山川の清き瀬と奈良の都とが対比され、両者に讃美的要素が通底している。ただし、31以下は山口氏が一般と特殊とされるように、その対比は赤玉が一般で、白玉が特殊とは言い難くその用法は共通性を持ちつつ、29 30ほどの類似性は持たないと言えるであろう。

　以上のように赤玉・白玉の対比について、主体が同一の場合、或いは主体を異にする場合の「已然形＋ど・ども」の構文の意味関係を見てきたが、Aと類似する意味関係として、特に、29 30のような用例を見出すことが可能である。すなわち、Aの構文は赤玉が御子を白玉の君が火遠理命を指して、赤玉の「緒さへ光る」様子と白玉の「よそひ」とが対比された構文と見られる。

六　白玉の　君がよそひ

トヨタマヒメの歌謡とされているAとBとは共に「已然形＋ど」の構文を持つ。両者の大きな相違点は、赤玉への讃美が、「人はいへど」という他者からの伝聞の有無に関連している点であろう。Bは他者の基準による赤玉の讃美と自らの基準になる君のよそひへの讃美が対応しているのに対して、Aではいずれも自らの基準によって、赤玉の緒までもが光る現象と、白玉の如き君の「よそひ」という現象とが対比され、共に讃美を導いている。両者の作品世界はどのように異なるのであろうか。歌のある『古事記』と紀一書第三では、トヨタマヒメは、アマツカミノミコの麗しさ貴さを愛で、子を産む姿を見られた後も、アマツカミノミコに対して、「辱」を受けたという「怒り」に繋がる記述はなく、アマツカミノミコに対する「怒り」も見られない。アマツカミノミコへの恋情は変わらない。ただし、『古事記』が豊玉毘売自ら「塞二海坂一」として海に留まるのに対して、紀一書第三にはそうした表現は見られない。そして異なるのは、子、ウガヤフキアヘズノミコトへの対応である。紀一書第三ではウガヤフキアヘズノミコトは「児」と呼ばれて、その養育が詳しく語られるが、豊玉姫は「豊玉姫聞二其児端正一」と人づてにその「児」の噂を聞いているのである。『古事記』では「生二置其御子一而」とあって、ウガヤフキアヘズノミコトの呼称は「御子」という敬意の籠もった表現がなされているが、豊玉毘売は生んだ直後に「御子」を置いてきたことが記されているのみである。豊玉毘売は妹を御子の養育のために送っているが、そこでも御子の様子が伝えられたとは記されない。しかし「生二置其御子一而」に注意したい。『日本書紀』正文には「以レ草裹レ児棄二之海辺一」と記され、見られた怒りから、児を「棄」てたとあることとの差を考えるからである。

紀一書第四（二―d）には「遂以二真床覆衾及草一、裹二其児一置二之波瀲一」とあって「真床覆衾」という皇位継承に繋がる語句が記され、「棄」とは見られないが、正文と同じく「児」とあり、「及草」ともあること、歌も記されないことからすると、その内容は正文と同系統かと推測される。「生二置其御子一而」とある文章からは、豊玉毘売にとって「御子」との直接的な関わりは生まれたばかりを見ただけであっても、「棄」てたのではなく、後ろ髪ひかれる思いで「置」いて来たということである。しかもその呼称は、『日本書紀』には見えない「御子」とあり、位置づけの高さが窺える。紀第三書は「児」と呼んではいるが、正文等には記されない玉依姫の養育係としての派遣が記されて、「児」の扱いは丁重である。『古事記』と紀第三書ではいずれも赤玉に光を詠む。赤玉をウガヤフキアヘズノミコトの譬喩と解すれば、赤玉に光が詠まれることに関連して想起されるのは、『古事記』において、火遠理命の海の宮訪問時に、その姿が映った井が光っていたという点である。それによって、海神は「此人者、天津日高之御子、虚空津日高矣」と判断するのである。赤玉に光があるという表現は、天つ神の系統にあることへの意味づけを推測できるのではないか。

紀六において、地上にある「児」に対して、人が「光はあり」と告げることは、海神の女であり、天つ神に対して「恥」を感じる本来の姿を持つ豊玉姫にとって、「児」が地上において天つ神の子孫としての位置づけを持つことを意味しよう。「人は言ふ」はそうした他者の讃美を窺わせ、その安堵感が豊玉姫にとって重要な意味を持ったであろうことが推測される。豊玉姫の歌謡は彦火火出見尊の歌謡に報いるものである。「妹は忘らじ」と四段活用動詞[24]で、記憶から消すことのない対象として詠むのに対して、豊玉姫は彦火火出見尊の「君がよそひ」を讃美するのである。自分の生んだ児が、彦火火出見尊の正当な継承者であることを「人の言」によって確認した上で、それにもまして、となろう。「よそひ」が、旅支度のりっぱな衣装を指すとすると、この場合の具体的な場面は、彦火火出見尊が、海の宮に降って来た出会いの時とも、海の宮から地上へと戻る時のいずれとも解釈は可能である。

一方、記七において、「白玉の君のよそひ」には、玉は照るということが自明のこととして、光を内包させていると考えられる。赤玉が「緒さへ光る」と詠まれるのは、天つ神の系譜において、天つ神の継承者としてさらなる光の輝きの強さを持つことを語ることによって、「御子」の後継者としての位置が揺るがないものとしてあることの確認であろう。対する白玉は海を象徴するものであり、火遠理命の海の宮から地上への出立が海の霊力を身につけていることを具現化したものと推測される。そこには、後に出産のために、地上にやって来て再会を果たしはするものの、「恒通㆓海道㆒欲㆓往来㆒」という思考に、当初から豊玉毘売にとっての地上での滞在は、継続性を持つ生活を望めないものであったことが知られる。火遠理命の海の宮からの帰国はすでに「別離」の様相を帯びるものであったに違いない。豊玉毘売の歌を火遠理命は「比古遅」として受け止め、「忘れじ」という忘却の否定によって、両者の恋情の永続性を表明する。「比古遅」の歌としてあることは、豊玉毘売の歌が「妻」の歌としてあることを意味しよう。その別れにおける「よそひ」は妻である豊玉毘売にとって、特別な意味を持ったものであったはずである。二首の贈答歌において、特に記七の豊玉毘売の歌は後継者である「御子」の存在の確認と同時に、白玉に喩えられる「よそひ」は海の霊力を負ったそれであり、火遠理命の帰還が日子穂々手見命としての転換に繋がるものであることを示していると言えよう。『古事記』の豊玉毘売と火遠理命の「別離」譚における贈答歌謡は、文脈との有機的な関係を持つものとしてあり、豊玉毘売の歌をこのように解することができると考えられる。

注

（1）吉井巖「海幸山幸の神話と系譜」『天皇の系譜と神話　三』塙書房　平成四年　初出昭和五二年一一月

（2）神田秀夫『古事記の構造』明治書院　昭和三四年、土橋寛『古代歌謡の世界』塙書房　昭和四三年

（3）「所謂〈『古事記』の文芸性〉について―火遠理命と豊玉毗賣命の唱和をめぐって―」『青山語文』第二〇号　平成二年三月

（4）最も新しいと思われる論文、室屋幸恵氏「豊玉毗賣神話の歌謡―「戀心」との関連を中心に―」（『美夫君志』第八六号　平成二五年三月）も恋心の表現としての把握がなされている。

（5）『古事記全註釈』は日子穂々手見命が正系であり、以下の部分は「帝皇日継」に資料を仰いだことを物語るとしている。

（6）『古語拾遺』にも彦火尊と豊玉姫との婚姻、子の誕生は見えるが歌などは伝えない。『先代旧事本紀』にも見えるが、『日本書紀』を踏襲した要素が強いため、今回論義の対象としない。

（7）真福寺本・道祥本・春瑜本には「恠」とあるのに対して、鈴鹿登本に「作」とあるのを『訂正古訓古事記』が「怍」に改めた。「恠」は「怪」の異体字で「怪」とすれば火遠理命がその姿を見た心を納得ゆかず、いぶかる意味になる。「作」には「ミワサ（ザ）」の訓があたり、やはり火遠理命の行為をいぶかる表現となろう。後に「怍」とあるのは文脈に沿って改めたものと推測できる。

（8）『庾子山集注』の倪璠注に「晋書曰、陸機為㆓長沙王㆒又敗㆓於河橋㆒孟玖譖㆓於成都王㆒潁潁殺之」とする。

（9）『日本書紀』には自らの抱く感情としての「恥」の用法に、他に神代紀に「磐長姫恥恨而」（第九段一書第二）、欽明紀二十三年七月条に「恥㆑背㆓国恩㆒、不㆓敢請㆑罷」、孝徳紀大化五年三月条に「皇太子始知㆓大臣心猶貞浄㆒、追生㆓悔恥㆒」、天智即位前紀十二月に「噬㆑臍之恥、非㆑此而何」といった用例が見え、他者に及ぼす「辱」の用法としては雄略紀二十三年条に「必当㆔戮辱遍㆓於臣連㆓」、敏達紀十四年三月条の「令㆑生㆓毀辱之心㆒」が見える。「辱」には「カタジケナシ」の訓に相当する用例もあるが、これは検討から除外した。

（10）『古事記全註釈』、土橋寛『古代歌謡集』（日本書紀編）、土橋寛『古代歌謡全注釈　古事記編』、『古代歌謡全注釈　日本書紀編』、『日本書紀［歌］全注釈』など

（11）同様の理解は『記紀歌謡集全講』など

(12) 田中久美氏「『タフトシ（貴）』の本義」『叙説』四号　昭和五四年一〇月

(13) 注12前掲論文

(14) 『類聚名義抄』（図書寮本）には「装捒　応云阻良側亮反、下師句反、今中国謂撩三理行具一為二縛音附捒音戍一也、丨束也、裹衣也」とある。なお、辞書類などの表記は「装」とあるが、すべて「装」に統一した。

(15) なお、「褚、卒也、从レ衣者声。一曰装也」とあることに注意しておきたい。「褚」は『方言』に「楚東海之間、亭父謂二之亭公一　卒謂二之弩父一、或云之褚」と見え、郭璞注が「言二衣赤一也　褚音赭」とする。

(16) 土橋寛『古代歌謡全注釈　古事記編』

(17) 本田義寿「万葉集における『取持』上・下」『論究日本文学』第二七・二八号　昭和四〇年四月・九月

(18) 北野神社所蔵兼永本では「スガタト」と訓まれているが、ヨソヒの意が広がりを持った後の訓と推測される。

(19) ⑲の「ヨソ［ホヒ］」の［　］は欠損部分を『訓点語彙集成』の訓に従った。

(20) 現代語で、「ヨソイ」が福岡市や佐賀の一部、徳島県の西部などで晴れ着のことを言うことは、おそらく装《よそおい》という古語の残留と考えられる（『改訂綜合日本民俗語彙』第四巻）。「ヨソユキ」という名詞は無論「他所いき」の意味だろうが、明らかにこの語の影響も受けていると推測される。古語の直接的な影響というよりも、日本人の生活習慣の名残が窺われる点である。なお、『現代日本語方言大辞典』によれば、岡山方言では晴着の意味の「他所行衣（ヨソイキゴ）」が残っており、東京あたりでは単にヨソイキと言っている。

(21) 『古代接続法の研究』明治書院　昭和五五年

(22) 氏の区分の内容は因果対立性・因由不在性・期待無効性・二者対比性・反面随伴性・意志対抗性といった分類である。

(23) 注12前掲論文

(24) 「忘る」の用法については、拙著『萬葉歌の主題と意匠』塙書房　平成一〇年参照。

第二節　吉備の黒日売訪問と「別離」の歌

一　仁徳天皇と黒日売譚

『古事記』仁徳天皇条は、石之日売の嫉妬譚の一環として吉備の黒日売の帰国と仁徳天皇の吉備国訪問譚を載せている。その内容は、次に挙げるように、Ⅰ大后の嫉妬による吉備の黒日売帰国譚、Ⅱ仁徳天皇の国見譚、Ⅲ吉備における菘菜摘み譚、そしてⅣ天皇の帰京に伴う「別離」譚からなっている。

Ⅰ　其大后石之日売命、甚多二嫉妬一。故、天皇所レ使之妾者、不レ得レ臨二宮中一、言立者、足母阿賀迦邇嫉妬。自レ母下五。字以レ音　爾天皇、聞三看吉備海部直之女、名黒日売、其容姿端正一、喚上而使也。然畏二其大后之嫉一、逃三下本国一。天皇坐二高台一、望三瞻其黒日売之船出浮㆑海以歌曰、

淤岐幣邇波　袁夫泥都羅羅玖　久漏邪夜能　摩佐豆古和芸毛　玖邇幣玖陀良須

（沖方には　小船連らく　黒鞘の　まさづ子我妹　国へ下らす）　（記五二）

故、大后聞二是之御歌一、大忿、遣三人於二大浦一、追下而、自レ歩追去。

Ⅱ　於レ是、天皇恋二其黒日売一、欺二大后一曰、欲レ見二淡道島一而、幸行之時、坐二淡道島一、遥望、歌曰、

淤志弖流夜　那邇波能佐岐用　伊伝多知弖　和賀久邇美礼婆　阿波志麻　淤能碁呂志摩　阿遅摩佐能

志麻母美由　佐気都志麻美由

（押し照るや　難波の崎よ　出で立ちて　我が国見れば　淡島　おのごろ島　檳榔の　島も見ゆ　離つ島見ゆ）　（記五三）

Ⅲ　乃自二其島一伝而、幸二行吉備国一。爾、黒日売、令レ大二坐其国之山方地一而、献二大御飯一。於レ是為レ煮二大御羹一、採二其地之菘菜一時、天皇到二坐其嬢子之採レ菘処一歌曰、

夜麻賀多邇　麻祁流阿袁那母　岐備比登登　等母邇斯都米婆　多怒斯久母阿流迦

（山方に　蒔ける菘菜も　吉備人と　共にし摘めば　楽しくもあるか）　（記五四）

Ⅳ　天皇上幸之時、黒日売献二御歌一曰、

夜麻登弊邇　爾斯布岐阿宜弖　玖毛婆那礼　曾岐袁理登母　和礼和須礼米夜

（倭方に　西風吹き上げて　雲離れ　退き居りとも　我忘れめや）　（記五五）

又歌曰、

夜麻登弊邇　由玖波多賀都麻　許母理豆能　志多用波閇都々　由久波多賀都麻

（倭方に　ゆくは誰が夫　隠り処の　下よ延へつつ　行くは誰が夫）　（記五六）

右はⅠ～Ⅲが仁徳天皇の歌を、Ⅳが吉備の黒日売の歌を伴う構造を持つ。Ⅰ～Ⅲの歌について、土橋寛は黒日売を望瞻するⅠを国見的恋歌、淡路島を遥望したⅡを国見的望郷歌として物語化し、Ⅲは春菜摘みの恋歌という構想とする。[1] ただしⅣのみが黒日売の歌で別れを歌っている。Ⅰ～Ⅳを一体として理解できないであろうか。

仁徳記は系譜に続いて、御代における名代部の設定と灌漑事業を記した後、その御代を課役免除の逸話によって「聖帝の世」と位置づける。それは石之日売大后の嫉妬に起因する女性達（吉備の黒日売、八田若郎女、女鳥王）との交流をはさんで「雁の卵」及び「枯野による琴」の瑞祥譚と対応している。さらに、女性達との交流も

「それ（大后の嫉妬）を受け入れ和めて、すべて破綻無く調和させることが大王たるものの徳なのである」（古事記〈新編日本古典文学全集〉頭注）とする理解に立つならば、その前後と整合性を持つと考えられる。注意されるのは吉備の黒日売訪問譚において、天皇と黒日売の間には、大后や八田若郎女に対するような実質的な関係が築かれていない点である。すなわち、八田若郎女と天皇の関係に嫉妬して都を離れた大后は筒木宮に迎えに訪れた天皇と共に宮中に戻り、大后としてその役割を担い、八田若郎女は御名代八田部を定められている。ところが、黒日売の場合は「別離」があるのみである。これはその内容に類似性が指摘される応神紀の吉備の兄媛訪問譚（後述）において兄媛が「織部」を賜ることとも異なる点である。何故なのであろうか。吉備の黒日売訪問譚は大后の嫉妬に発端を持ち、吉備からの天皇の帰還による別離で終結する。この訪問譚を語る意図は奈辺にあるのか。特にⅣにおける記五五は別れに際しての黒日売の心情を歌っていると理解されるが、『丹後国風土記』逸文に見える浦島子譚には神女の歌とされる類歌を持つ。黒日売と神女が何故類歌を持ちえたのであろうか。その関係も含めてⅠ～Ⅳの内容と一つの譚としての整合性にはなお検討の余地があると思われる。吉備の黒日売訪問譚の形成と意図について探りたい。

二　黒日売の「喚上」

当該譚は黒日売に対する大后の嫉妬に始まる。仁徳記に石之日売が大后と記されることについて、吉井巖は「仁徳王朝での皇妃のありかたは、皇族出身皇妃をめとることはむしろ異例であり、有力な豪族（葛城氏など）に出自をもつ女性を皇妃とすることによって、中央勢力を形成してゐた諸氏族の結束をはかり、政権の安定を目指すとともに、総力をあげて半島経営などの諸問題に当たろうとする態度が一貫して打ち出されてゐたのではあるまいか[2]」として、石之日売が皇族出身皇妃の上に大后として記されることに対する事実性の不確かさを述べられる。このことは逆に大后石之日売とある仁徳記の物語性を確認させることでもある。その上で皇妃が諸氏族を背景とした存在であることを改めて理解させる。当該譚における黒日売の出自は「吉備海部直之女」と記される。吉田晶氏は諸国の海部には、カバネを有して各地域の海部を総括する首長的氏族が存在し、そのカバネに海部直を称するものが多いことを指摘される[3]。氏はその吉備海部直は四世紀末から六世紀にかけて牛窓湾を包み込む形で五基の前方後円墳を営造した首長勢力であり、海上交通の専門集団であると共に牛窓湾沿岸部の塩生産をも掌握する首長勢力であったともされる。さらに『古事記』の当該の海部直の他に、『日本書紀』には吉備の海部直氏の三人（雄略紀七年の吉備海部直赤尾、敏達紀二年吉備海部直難波、敏達紀十二・十三年の吉備海部直羽島）が見えるが、いずれも朝鮮半島との往来に関する事件を記されており[4]、吉備海部直氏は日本国内ばかりではなく、海外とも交流した海上交通の専門集団として捉えられていたことが知られる。『記紀歌謡評釈』は吉備の人に渡来人の多いことを述べて、黒日売の出自から「エキゾチックの美女好みは、大和人の一般的嗜好であったように思われる」として、その容姿をも推測する。大后石之日売が嫉妬した黒日売はそうした吉備の海部の首長の女という位置づけを持つ女性である。

　黒日売の「容姿端正」を聞いた天皇は黒日売を「喚上」して使っていた。黒日売に対して「喚上」とすることについて、青木周平は「喚上する女性には氏族を代表する女性像がある[5]」とし、阿部寛子氏は『古事記』における「『天皇』が、『某豪族の女』を『容姿端正《かたちうるは》し』と聞し看して『喚上《めさ》』げたという、定型の表現」が『古事記』独自のものであり、元来は氏族伝承であったものが、中央において、天皇中心の「語り」として定着したことで定型表現が生じえたとして、その語りの主体が特定の場「後宮」を経ているとする。(6)『古事記』において「喚上」の対象となった女性は、垂仁記における美知能宇斯王の女など四柱、景行記における三野国造の祖大根王の女の兄比売・弟比売、応神記における日向国諸県君の女の髪長比売と当該の黒日売であり、いずれも王族・豪族の女達である。天皇が女達を「喚上」する以外では、もう一例、天皇の糧食を奪った猪甘の翁を探し出した場面で、「是得レ求、喚上而、斬二於飛鳥河之河原一、皆断二其族之膝筋一。是以至二于今一其子孫、上二於倭一之日、必自跛也」（顕宗記）と記される。「喚上」し、「斬」したことが猪甘部の風習の由来に繋がる場面である。また、『日本書紀』での使用は一例のみ「則遣二使者一、喚二上出雲国之土部壹佰人一、自領二土部等一、取レ埴以造二作人・馬及種種物形一」（垂仁紀三十二年秋七月条）とあって、埴輪製造のための土部を「喚上」している。女達への「喚上」と後者の二例のそれとの語義の関連を考えたい。

景行記において、大根王之女、名兄比売・弟比売二嬢子の「喚上」は次のように語られる。

於レ是天皇、聞二看定三野国造之祖、大根王之女、名兄比売、弟比売二嬢子、其容姿麗美一而、遣二其御子大碓命一以、喚上。故、其所レ遣大碓命、勿二召上一而、即己自婚二其二嬢子一、……（景行記）

右では天皇が招く段階では「喚上」とあり、使者である大碓命が天皇の御前に連れて行くことについては「召上」と書き分けが見える。『古事記伝』は「喚上」と「召上」を共に「めさぐ」と訓むが用字の相違には触れず、以後の諸注にも触れられていないようである。「喚」と「召」とは『篆隷万象名義』に「喚　荒旦反、召呼也」「囂　荒旦反、呼也、嚾也」「召　馳廣反、評也」とある。評は呼と同。共に「呼ぶ」意を持つ。「喚」と「召」両者に用法の相違はないのであろうか。

「召」は「楚人有下烹レ猴而召二其隣人一。以為中狗羮也上、而甘レ之。」（淮南子　修務訓）の高誘注に「召　猶請也」とあり、「呼ぶ」ことが「招く」意に通じる。『古事記』においては「（大国主神が）召二久延毘古一問時」（神代記）、「天照大神、高木神、二柱神之命以、召二建御雷神一而詔」（神武記）、「（大后石之日売命が）召二出其夫大楯連一、以詔之」（仁徳記）、「（仁徳天皇が）爾、召二建内宿禰命一、以レ歌、問二雁生卵之状一」（仁徳記）、「（履中天皇は水歯別命を）爾、召入而相語也」（履中記）、「（顕宗天皇は）故、還上坐而、召二其老媼一、誉三其不レ失レ見、貞知二其地一以、賜レ名号二置目老媼一。仍、召二入宮内一、敦広慈賜。故、其老媼所レ住屋者、近作二宮辺一、毎レ日必召。故、鐸懸二大殿戸一、欲レ召二其老媼一之時、必引二鳴其鐸一」（顕宗記）等のように、神や天皇など身分の上位の者が下位の者を招く意に使われていて、例外がない。

「喚」は『古事記』に「（速須佐之男命が）於是、喚二其足名椎神一、告言汝者、任二我宮之首一」（神代記）、「爾、其（速須佐之男命）大神出見而告、此者謂二之葦原色許男命一、即喚入而、令レ寝二其蛇室一」（神代記）、「（速須佐之男命が葦原色許男命を）喚二入八田間大室一而、令レ取二其頭之虱一」（神代記）、「（神倭伊波礼毘古命は）乗二亀甲一為レ釣乍打羽挙来人、遇二于速吸門一。爾、喚帰問レ之、汝者、誰也」（神武記）、「（雄略天皇は赤猪子に）爾令レ詔者、汝不レ嫁レ夫。今将レ喚而」（雄略記）のように使われる。いずれも上位の者が下位の者に対しているように見えるが、神武記の例は後に国つ神を名乗って「（従に）仕へ奉らむ」となるものの、「喚帰」する時点では上下の関係は明確ではなく、むしろ「声に出して呼んだ」意になると思われる。そしてこの「声に出して呼ぶ」意を本来的な理解とすることは他の用例についても不都合ではないと思われる。

「喚」は『広韻』に「嚻同」とあり、「嚻」は「囂」に同。原本系『玉篇』は「囂」について「許高五高二反、周礼司虣、掌レ禁二其闘囂一。鄭玄曰、囂譲也。野王案、譲囂猶喧註也。左氏伝、左陳而囂、秋盗囂塵、是也。毛詩、選レ徒囂〻。伝曰、囂〻声也。又曰、讒口囂〻。戔云、囂〻衆多貌也。又曰聴レ我囂〻。伝曰、囂〻猶嗷〻也。爾雅、囂閑也。郭璞曰、囂然、閑貌也。孟子湯使三人聘二伊君一囂々然曰、我何以二湯之満一為哉。劉熙曰、気死自得之貌也。説文、気生二頭上一也。広雅、囂々客也、或為二買字一也。在二吅部一」とかまびすしく騒がしい意のあること、さらに『爾雅』『孟子』の例では他人に左右されず自得無欲の様を表すことなどを詳細に説く。(7)すなわち、「囂」は人が声を出し、騒がしい様子が本来の意と考えられる。引かれている「左陳而囂」「秋盗囂塵」は『春秋左氏伝』には「在レ陳而囂」（成公十六年）、「湫隘囂塵」（昭公三年）とあり、それぞれその杜預注に「囂　喧嘩也」「囂　声」として市の人混みや陣中の騒がしさの意味とする。また、原本系『玉篇』に「讙　虚園反呼丸反、礼記子夏曰、鼓鼙之声讙、鄭玄曰、讙囂之声也」とある。「鼓鼙之声讙」は『礼記』「楽器」に「鼓鼙之声讙、讙以立レ動、動以進レ衆。君子聴二鼓鼙之声一、則思二将帥之臣一」とある箇所で、攻め太鼓の音のかまびすしさを指す。玄応撰『一切経音義』には「嚾猶」に注して「又作、囂喚二形同、呼讙反也。通俗文、大呼曰レ嚾也」（巻十三）とも見える。これらは「喚」の字義が本来「声に出して呼ぶ」ことであり、その騒がしさも含む用法であることを確認させる。

『萬葉集』中の「喚」は高市皇子の殯宮挽歌において壬申の乱を描写する場面に「鶏が鳴く　東の国の　御軍を　喚賜而《めしたまひて》」（巻二・一九九）とあって、唯一「めす」の訓を持ち、諸本に異同はない。この「喚」は述べて来た「喚」の字義からすれば、東国の兵士を単に招いたの意ではなく、東国軍を呼び寄せた際の喧噪をも含む表現と考えられる。一方、安積皇子が狩への出立に際して、八十伴男を率いた場面は「我が大君　皇子の尊　もののふの　八十伴の男を　召集聚《めしつどへ》　率ひたまひ」（巻三・四七八）と詠まれ、その整然とした統率に皇子の勇姿を描写するものであろう。集中の他の「喚」は「この背の山を妹とは不喚《よばじ》」（巻三・二八六）、「宇治川を船渡せをと雖レ喚《よばへども》」（巻七・一一三八）と声に出して言う場合、或いは「沖辺には　鴨つま喚《よばひ》」（巻三・二五七、二六〇）と鳥の鳴き声に使われている。

以上のことから見えてくるのは、女達を天皇の許へ「喚上」とある場合、その招きが声に出して「喚ぶ」実態に繋がる華やかな喧噪を伴っていたであろうことである。それは天皇と出身氏族との繋がりを公表する儀礼的な要素を伴ってもいたであろう。これは他の例、垂仁天皇の許に「喚上」された四姉妹の中の二人が醜いが故に国に返された際、円野比売が自死する理由に「同兄弟之中、以㆓姿醜㆒被㆑還之事、聞㆓於隣里㆒、是甚慚而」といって近隣の噂をあげているのも、「喚上」されたことによって近隣の評判がたっていたことを窺わせる。また、天皇の求めた女性を他の男が手に入れる場合、応神記では「喚上」された髪長比売を求めた太子大雀命は「豊明」において天皇から「於㆓髪長比売㆒令㆑握㆓大御酒柏㆒、賜㆓其太子㆒」と正式に譲られるのに対して、景行記では「喚上」するために遣わされた大碓命は兄比売・弟比売に自らが婚《あ》い、代わりに他の女を差し出している。一方、仁徳記において女鳥王を乞《こ》う媒として遣わされた速総別王は女鳥王と相婚い、そのまま復奏をせずにすましているが、結果的に咎められることはない。「喚上」とある場合と似た状況のようであるが、天皇の対応は異なっており、速総別王は私的な使いであったことを考えさせる。さらに雄略記において、赤猪子に名を尋ねた天皇が「汝、不㆑嫁㆑夫。今将㆑喚」と言ってその場で連れ帰らない事情も、また後に赤猪子が「百取之机代物」を持参するのも、行きずりの関係ではないことを「喚」が物語る故と考えられる。なお、『日本書紀』で「喚」とされた女性達も「喚㆓丹波五女㆒納㆓於掖庭㆒」（垂仁紀十五年春二月）、「喚㆓八坂入媛㆒為㆑妃」（景行紀四年二月）、「天皇宴㆓于後宮㆒之日、始喚㆓髪長媛㆒、因以坐㆓於宴席㆒」（応神紀十三年九月）とある。前二者は「喚」されて後宮の一員としての位置を占めており、応神紀の例は宴にまさに呼び出された趣きである。

以上のことは、「喚上」が王族・豪族の女達において公的な招きを示す表現として儀礼的な要素を有して定着していたことを考えさせる。「喚上」された吉備の黒日売は吉備海部直一族との服属関係を示す重要な担い手として、公的におそらくは呼び声高く丁重に迎え入れられたはずであり、それは氏族内での黒日売の地位を示すものとも言える。

三　大后の「忿」

応神紀には、仁徳天皇の吉備訪問譚とよく似た記事として、吉備の兄媛の話が載せられている。

廿二年春三月甲申朔戊子、天皇幸二難波一、居二於大隅宮一。丁酉、登二高台一而遠望。時妃兄媛侍之。望レ西以大歎。兄媛者、吉備臣祖。御友別之妹也。於レ是天皇問二兄媛一曰、何爾歎之甚也。対曰、近日妾有下恋二父母一之情上。便因二西望一、而自歎矣。冀暫還之得レ省レ親歟。爰天皇愛三兄媛篤二温凊之情一、則謂之曰、爾不レ視二二親一、既経二多年一。還欲二定省一、於レ理灼然、則聴之。仍喚二淡路御原之海人八十人一為二水手一、送二于吉備一。

夏四月、兄媛自二大津一発船而往之。天皇居二高台一、望二兄媛之船一以歌曰、

阿波旋辞摩　異椰敷多那羅弭　阿豆枳辞摩　異椰敷多那羅弭　予呂辞枳辞摩之魔　儺伽多佐例阿羅智之　吉備那流伊慕塢　阿比瀰菟流慕能。

（淡路島　いや二並び　小豆島　いや二並び　宜しき島々　誰かた去れあらちし　吉備なる妹を　相見つるもの）

（紀四〇）

秋九月辛巳朔丙戌、天皇狩二于淡路島一。是島者横レ海、在二難波之西一。峰巌紛錯、陵谷相続。芳草薈蔚、長瀾潺湲。亦麋鹿・鳬・雁、多在二其島一。故乗輿屢遊之。天皇便自二淡路一転、以幸二吉備一遊二于小豆島一。

庚寅、亦移二居於葉田葉田、此云二簸娜一。葦守宮一。時御友別参赴之。則以二其兄弟子孫一為二膳夫一而奉レ饗焉。天皇於レ是看二御友別謹惶侍奉之状一、而有二悦情一。因以割二吉備国一、封二其子等一也。則分二川島県一、封二長子稲速別一。是下道臣之始祖也。次以二上道県一封二中子仲彦一。是上道臣・香屋臣之始祖也。次以二三野県一封二弟彦一。是三野臣之始祖也。復以二波区芸県一封二御友別弟鴨別一。是笠臣之始祖也。即以二苑県一封二兄浦凝別一。是苑臣之始祖也。即以二織部一賜二兄媛一。是以其子孫於レ今在二于吉備国一。是其縁也。

（応神紀二十二年）

右の伝承について、吉井巖は黒日売譚と兄媛譚との共通点と相違点とを検討して、両者が同根から出たもので、その相違点も物語の発展・潤色の間に生じたものであり、二つの物語を別系とする證としがたいことを説く。(8) 大久間喜一郎もその先後を問わず、伝承として語られて行く中での別の物語への展開を考えている。(9) 両氏の論は、両者を比較しつつ考察することの有効性を示唆する。そこで、注目されるのは一つは黒日売と兄媛が吉備に下る理由とそこに関わる吉備氏との関係であり、一つは記が仁徳天皇及び黒日売の歌五首を中心に当該の訪問譚を展開する点についてである。

黒日売が大后の嫉妬を畏れて吉備に逃げ下るのに対して、兄媛は両親に会う目的で戻っている。黒日売は吉備海部直の女とされるものの、天皇が吉備を訪れた際には黒日売との菜摘みが語られ、吉備海部直の一族はまったく姿を現さない。一方、兄媛は「吉備臣祖御友別之妹也」とあって、親に会いたいと国に戻るものの、天皇が吉備国を訪れた際に接待をするのは御友別とその兄弟子等であり、そこに兄媛と天皇との出合いは語られない。語られるのは吉備国を割譲して兄弟達に封じ、兄媛には「織部」を賜ったという服属に関わる実利的な話である。語記の物語性と紀の政治性が指摘される点である。(10)

黒日売と兄媛、両者の相違の一つに吉備に下る理由がある。兄媛は親を思う情を認められ、天皇の許しを得て吉備に戻るのに対して、黒日売は大后を畏れて逃げ出し、大后はその黒日売を船から追い下ろして「歩《かち》」で追いやっている。そこに仁徳天皇の関与は見られない。黒日売の帰国も大后の行為も妨げようとはせず、傍観している如くである。ここには女鳥王に求婚して「不レ治二賜八田若郎女一」と批判される天皇像に共通する要素が見られる。注意されるのは、確かに大后はその嫉妬を記され、「天皇所レ使之妾者、不レ得レ臨二宮中一」とされるものの、黒日売は自ら本国に逃げ下るのであって、当初は大后が黒日売を追い出したわけではない点である。しかも黒日売は天皇に「喚上而使也」とされながら、吉備への帰国に際して、天皇の許しを得たとは記されない。天皇は黒日売の帰国を止めるすべがなかったかのように、望瞻して次の歌を歌っている。

　沖方には　小船連らく　黒鞘の　まさづ子我妹　国へ下らす　（記五二）

去ろうとする黒日売の乗る船は「小船連らく」中にある。「小船」の「小とは必しも小さからねどいふ」（古事記伝）とされる親しみをこめた接頭語であり、小さい意ではない。それは兄媛の「仍喚二淡路御原之海人八十人一為二水手一、送二于吉備一」に類似する場面であろう。これをもともと吉備海部直の豪勢さを歌った民謡と見る説もある[11]。その賑々しさは、「喚上」の際に賑々しくやって来た船団の状況を髣髴とさせるものでもあろう。ところが、大后はこの御歌を聞いて「大忿」、黒日売を船より下ろして歩かせたとある。従来、大后の嫉妬が前面に出た理解がなされるが、「大忿」とある点に注目したい。

『古事記』で「大忿」を記すのは他に三例、①仲哀天皇が神の託宣を信じなかったことに対して「爾、其神、大忿詔、凡、兹天下者、汝非二応レ知国一。汝者向二一道一」（仲哀記）とする場面、②雄略天皇が葛城山に登った時に相似た一行に出合い、「爾、天皇、望、令レ問曰、於二兹倭国一、除レ吾亦、無レ王、今誰人如此而行。即答曰之状、亦、如二天皇之命一。於是、天皇、大忿而矢刺、百官人等、悉矢刺」（雄略記）とする場面である。また、③速須佐之男命が海を治めずに哭きいさち、母の国にまかろうと言うことに対して「爾、伊耶那岐大御神、大忿怒詔、然者、汝、不レ可レ住二此国一」（神代記）とする場面も見える。いずれも国の経営や天皇としての尊厳に関わる場面に用いられており、「忿」のみでも④「（死者と間違えられて）故、阿治志貴高日子根神者、忿而飛去之時」（神代記）、⑤「（歌垣で袁祁命に挑発され）志毘臣、愈忿歌曰……」（清寧記）のように、自尊心を傷つけられた時の怒りの用法として見える。

「忿」の文字は「忿　悁也、从レ心分声」（説文解字）とあり、「悁」は「悁　忿也。从レ心肙声、曰レ憂也」（説文解字）とあり、「忿　孚粉切。怨也、恨也、悁也、恚也」（篆隷万象名義）とされる。『文選』（巻三）には、「歴レ載三六、偷二安天位一。于レ時蒸民、罔二敢或レ弐。其取レ威也重矣。我世祖忿レ之、乃龍二飛白水一、鳳二翔参墟一。」（張衡「東京賦」）とあって、漢の初めに、宗統が中絶し、すきに乗じて天下を奪い取った王莽に対して「忿」を抱いて征伐した場面で使われており、「忿」について薛綜注に「忿　恚」とある。「恚　怒也、从レ心圭声」（説文解字）、「恚　於睡切、恨也、怒也」（篆隷万象名義）とされる、また『世説新語』には「宣王既与レ亮対レ渭而陳、亮設二誘譎一万方。宣王果大忿、将欲三応レ之以二重兵一」（方正）ともあって、諸葛亮の挑発に対して怒る司馬懿の姿が描かれている。[12]

こうした文字の字義と用法は大后の「忿」が「恨怒」に通じるものの、単純な嫉妬ではないことを考えさせる。「忿」によって、船から追い下ろされたとあることからは、大后の「忿」は、「小船連らく」と賑々しく吉備へ還る姿に向かっているのではないか。黒日売が「喚上」されたにもかかわらず逃げ下るという立場でありながら「小船連らく」ままに還る、大后のみならず天皇への反抗を顕わにするかのように見える行為への「忿」であり、それでもなお「まさづ子我妹　国へ下らす」と愛しさを顕わにする心情を天皇に歌わせることへの「忿」でもあろう。大后が御綱柏を採りに紀伊国へ出かけた留守中に「天皇者、比日婚二八田若郎女一而、昼夜戯遊」と聞いた時の「大恨怒」とあることとの差が考えられてよいのではないか。大后石之日売は、後に女鳥王の玉釧を奪った大楯連に対して君臣の理を説いている。その石之日売にしてみれば、「喚上」された黒日売が逃げ下るのに賑々しく帰国する様は大后として許せるものではなかった、それ故に「歩」で追いやったのであろう。「歩」で追いやるという黒日売に対する措置に天皇が異を唱えず、実行されえたのは、大后の背後に強大な葛城氏の力があることもさることながら、大后の行為に理があったということではないだろうか。吉備氏も強大な勢力を誇っていたと推測される故でもある。

　黒日売の屈辱は如何ばかりであったであろうか。また、「歩」で行く道のりの困難さも察せられる。垂仁記で「喚上」されながら返された円野比売はわが身を慚じて自死していた。また、仁徳紀には当該の黒日売譚との類似が指摘される桑田玖賀媛の話が載せられている。天皇は玖賀媛を愛そうとするが大后の嫉妬のために逢うことができず、玖賀媛が徒に年月を重ねることを惜しんで播磨国造祖速待に与える。

　即日、以㆓玖賀媛㆒賜㆓速待㆒。明日之夕、速待詣㆓于玖賀媛之家㆒。而玖賀媛不㆑和。乃強近㆓帷内㆒。時玖賀媛曰、妾之寡婦以終㆑年。何能為㆓君之妻㆒乎。於是天皇聞之欲㆑遂㆓速待之志㆒、以㆓玖賀媛㆒副㆓速待㆒、送㆓遣於桑田㆒。則玖賀媛発病死㆓于道中㆒。故於㆑今有㆓玖賀媛之墓㆒也。

（仁徳紀十六年七月条）

桑田は玖賀媛の出身地で丹波国桑田郡（現在の京都府北桑田郡・亀岡市）。玖賀媛は故郷へ戻る途中で病死する。その地は丹波国ではあるが、播磨国造祖速待が同行していたことはこの話が播磨国、すなわち瀬戸内海沿岸に流伝したことを推測させる。仁徳記は黒日売の屈辱と「歩」で行く旅の困難さについて何も伝えていないが、類似の帰国譚はいずれも女達の死を伝えている。黒日売の帰国譚はそうした女達の帰国譚と類似の要素を内在させている。そこで、一つの仮説を立ててみたい。それは黒日売が帰国の途中亡くなったという仮説である。その仮説に立って、吉備の黒日売訪問譚の整合性を検証してみたい。

四　国見の歌

仁徳天皇は、本国に逃げ下った黒日売を恋い、「欲㆑見㆓淡路島㆒」と大后を欺いて、吉備へと追って行く。守谷俊彦氏は、「恋」の用語について『古事記』には四例しかなく、男性が女性を恋うのは仁徳記の二例のみ（黒日売・八田若郎女）であり、「天皇は権力を求めているのではなく、一途に愛を求めているのである[13]」とされる。仁徳天皇は八田若郎女との関係に嫉妬した大后を和めて宮中に連れ戻った後、八田若郎女に対しては恋の贈答歌を「別離」の契機として、恋の成就はかなわないとしても八田若郎女の御名代として八田部を定めるという実質的な処遇をしている。それは応神紀の兄媛にも行われていた。黒日売の場合も、天皇は「本国」に下った黒日売を追って行くが、それは「別離」で終わってしまっている。黒日売への処遇が何ら語られないのは、現実における黒日売の不在を暗示するのではなかろうか。

黒日売が逃げ下る時、吉備国とはいわず「本国」とされる。「本国」の語は『古事記』の中では豊玉毘売が海宮に対して用い、置目の老媼が故郷近江について用いている。豊玉毘売は「（子を産む時に）凡他国人者、臨㆓産時㆒、以㆓本国之形㆒産生」と人とは異なる姿を持つ異界の者であることを告げている。一方、老いた置目は「本国」に退ることを願い、天皇は見送りに際して、歌を歌って別れを惜しんでいる。

置目もや　近江の置目　明日よりは　み山隠りて　見えずかもあらむ　（記一一二）

右の「見えず」の表現は、み山を境とした遠さを直接的には示すが、老いた置目と再び逢うことのかなわない別れが意識されており、海宮を「本国」と呼ぶ表現に重ねれば、それはみ山を境とした異界という把握にも繋がろう。ちなみに『日本書紀』では新羅・百済といった海外からの渡来人が故国を指す語として「本国」が使われている。それは実質的にも日本国に対する異国であり、広義には異界に通じる把握である。黒日売の帰国に対する「本国」の使用にはそうした意味が内在している。

仁徳天皇は大后を欺いて淡路島に坐して、遥望して、次の歌を歌っている。遥望がただ遠くを見る意ではなく、異界（仙郷）をも含む遠さを見ようとする意であることはかつて述べたことがある。(14)

押し照るや　難波の崎よ　出で立ちて　我が国見れば　淡島　おのごろ島　檳榔の　島も見ゆ　離つ島見ゆ　（記五三）

右の歌は国見歌における「見れば……見ゆ」という定型表現を持ち、淡島・おのごろ島という神話の島を歌うことにより、天皇の国見歌としての位置づけが指摘されている。そのことが吉備訪問譚を国見的恋愛譚として把握することに繋がっている。ただし、この御製には黒日売を思う情が少しも現れていないことが『稜威言別』以来指摘されてきた。さらに、淡路島で「押し照るや　難波の崎よ」に始まる記五三が歌われた理由も問われている。淡島・おのごろ島は檳榔の島と共に「見ゆ」とされる。淡島・おのごろ島はいうまでもなく記紀神話に見える島である。檳榔の島については檳榔は我が国には自生せず、檳榔に似た亜熱帯植物の蒲葵を指すともいわれるが、『本草和名』に「檳榔　和名阿知末佐」とあり、『肥前国風土記』松浦郡値嘉島の植物名に「檳榔」が見え、『延喜式』には大宰府から檳榔馬蓑が奉られた記事を載せるだけでなく、「檳榔葉廿八枚八枚扇㆓涼御飯㆒料。廿枚扇㆓雑膳火㆒料」（巻三九　内膳司）と、その葉の使用法までが見える。檳榔には南の島に生える植物という認識があったと思われる。そうであれば、檳榔の生える南の島は、言わば語られる島である。神話の島と並列させて歌っている手法からは、その島は実在の島というよりも語られていた説話の島だったのではないか。大久間喜一郎はそれを常世のイメージにも通う島とし、「離つ島」は固有名詞ではなくて遠く離れた島の意とする。[15] しかし、そう解すれば、「我が国」の中に常世の島があることになる。檳榔の島は「我が国」という限定の中で考えるべきで、常世は「我が国」のさらに先にあるはずではないだろうか。

「〜見れば〜見ゆ」の定型表現を持ち、さらに「見ゆ」の繰り返しを歌う国見歌が応神記に見える。

千葉の　葛野を見れば　百千足る　家庭《やには》も見ゆ　国の秀《ほ》も見ゆ　（記四一）

「見ゆ」の対象には家々の建つ広々とした土地と「秀」である土地とが挙げられている。「秀」は「大和は　国の真秀ろば」の「ほ」にあたり、「すぐれているところ」（時代別国語大辞典上代編）という抽象的な概念を表す語と考えられる。そこから「総括的に山野の美しいところ」（記紀歌謡集全講）、「国の中で秀でた良い処」（記紀歌謡全註解）「生活を営む適地」（記紀歌謡評釈）といった解釈の他に「国土の高く隆起している所」（古代歌謡全注釈　古事記編）という地形自体の表現という理解も見える。『古代歌謡全注釈　古事記編』の理解は「家庭」という平面的な広がりに対して垂直的な高さという対比による理解と推測できるが、記紀歌謡における繰り返しの表現にそうした対比の意識があったかは疑問である。むしろ、その対比は「家庭」という具体的な景に対して、それも含めた抽象的な「国の秀」をいうことで国讃めの表現としているのではないか。

記五三においても淡島・おのごろ島・檳榔の島の前二島は神話の島であり、檳榔は見たことのない説話の島として具体的に挙げられているのに対して、「離つ島」は遠い島という抽象的な意味を持とう。それは「難波の崎よ　出で立ちて　我が国見れば」という難波という天皇の宮の所在地から見はるかす瀬戸内海の海上に「我が国」という枠を想定し、遠い島までもが「我が国」として「見ゆ」という意と考えられる。大久間喜一郎は「選ばれた神聖な大地の上にたち、一定の土地を望見することで、その全てを望見し得たとすることは、国見の如き呪的行為にあっては、正当な方法なのである」[16]という。実際に歌っている場所は淡路島ではあっても、「我が国」という範疇は、淡路島からでは中途半端なものとなる。宮讃めの意を込めた枕詞を冠し、「難波の崎よ」と歌い出した所以には、天皇の宮のあるその場所こそが「我が国」を見はるかしうる聖なる地という意識は持ちやすかった故と思われる。

記五三には目的地である吉備——「欺㆓大后㆒」とあるので、当初から、淡路島ではなく、吉備が目的地であろう——が歌われず、当該の訪問譚において吉備が、すなわち黒日売にとっての「本国」である吉備が「我が国」に入っていたかを疑わせる。「本国」とあることからは「我が国」の外に思われているのではないか。その後、仁徳天皇は「自㆓其島㆒伝而、幸㆓行吉備国㆒」とあり、ここには「我が国」に対する「吉備国」という対比を捉えうるからである。応神紀には「自㆓淡路㆒転、以幸㆓吉備㆒、遊㆓于小豆島㆒」とあって、対比されているのは淡路と吉備であり、吉備は淡路と同格に扱われている。紀四〇が「淡路島　いや二並び　小豆島　いや二並び」と島同士を同格に扱うのとは異なるが、応神紀において吉備は淡路島と同じく天皇の領土という把握であり、それ故に割譲した土地を御友別等に封じることが可能だったのであろう。

一方、『古事記』においては散文部分と歌との関係に、島と国との把握のずれはない。『古事記』（新編日本古典文学全集）は「淡路島から島々を経て行く船旅であることを示す」とするが、淡路島から小豆島の間には播磨灘が広がっており、姫路と小豆島の中央に家島諸島が点在する。その距離はさほど遠いものではないにしても、播磨灘の広がりがあることは、実在の島々を伝ってという印象であったかどうか難しい。ここに「自㆓其島㆒伝而」は淡路島から記五三に見えた島々を伝っての意という可能性も生まれよう。吉備国を「我が国」に対比することによって神話の島・説話の島よりもさらに遠い異界としての印象が重ねられているのではないか。

五　山方の菘菜摘み

応神紀の吉備訪問譚は、淡路島から小豆島への行幸が語られ、その後葉田葦守宮へ移り、兄媛の兄である御友別とその兄弟子孫が饗応するという、天皇の行幸にふさわしい設定となっている。しかし、『古事記』では、「爾、黒日売、令レ大二坐其国之山方地一而、献二大御飯一。」とあって、そこに饗応はあるものの黒日売一人によるもので、「其国」としながら、吉備海部直一族の姿は見えず、場も「山方地」で行宮の設置も語られない。その扱いは『日本書紀』のそれとはかけ離れており、吉備国で大きな勢力を誇っていたであろう吉備海部直一族の、天皇の行幸を歓待する対応としてふさわしいとは考えにくく、吉備における天皇と黒日売との関係に政治的要素を推測することはかなり難しい。

天皇と氏族の首長の女と考えられる黒日売との間にあって、「献二大御飯一」という行為には、酒食の献上が服属の誓いを意味する当時の習俗との関連が考えられている。[17] 原田留美氏はここに吉備海部直の話として「吉備の服属」を見て、「山方」が語られることに吉備勢力と山部との関係を推測される。[18] しかし、その行為自体には服属の要素があるとしても黒日売以外は登場せず、吉備海部直氏の服属に繋がるような背景は見えてこない。これは何故なのであろうか。黒日売の追放に関して吉備海部直氏が尊重される要素が見られなかったことを思い起こしたい。

『萬葉集』冒頭歌、野での菜摘みの乙女に求婚する雄略天皇御製において、天皇は天皇としての存在を主張する。

籠もよ　み籠持ち　ふくしもよ　みぶくし持ち　この岡に　菜摘ます児　家告らせ　名告らさね　そらみつ
大和の国は　押しなべて　我こそ居れ　しきなべて　我こそいませ　我こそば　告らめ　家をも名をも
（巻一・一）

菜摘みの行事が婚姻の儀礼の場として、服属の誓いの場となりうることは充分認められ、そこに「そらみつ　大和の国は」以下、天皇としての立場は鮮明である。しかし、仁徳天皇は黒日売の饗応を次のように歌う。

山方に　蒔ける菘菜も　吉備人と　共にし摘めば　楽しくもあるか
（記五四）

「山方」は早く、『厚顔抄』に「山ノ方トノタマフニヤ、山方ト聞ユル処余処ニモアレハ、地ノ名ニテモ有ヘシ」とし、山の方とも或いはそれが地名化した地ともされてきた。歌謡という限定はあるが、記五三の国見歌に見えた天皇としての立場はこの歌には見えない。

『記紀歌謡評釈』はその性格を「一般性を持った農村民謡であったものが、吉備氏伝承の物語に定着する際に、『吉備人』という形を取り入れたものであろう」と推測している。「共にし摘めば　楽しくもあるか」という感慨は野遊びの折の歌にふさわしく、そこに天皇と黒日売の関係を示す要素は見つけにくい。「山方の地」において、黒日売を「吉備人」と歌う理由は何であろうか。

国名を付けた「〜人」の表現は『萬葉集』に紀伊行幸の際の調首淡海の「あさもよし紀人ともしも真土山行き来と見らむ紀人ともしも」（巻一・五五）が見え、他国の者が訪れた土地の人に対して使うことが知られる。「我が国見れば」と歌う天皇が「吉備人」と歌うことには「我が国」に対して他国である「吉備国」の人という捉え方がある。そこには、「喚上」して使っていた女性に対する身分関係や「恋」の対象者への親密さよりも、日常的に共に居られるはずのない異国の人といる楽しさが窺える。菘菜を摘むという日常的な世界が、非日常の世界として把握されているのである。

仁徳天皇は淡路島で「遥望」した上で、吉備国の山方で黒日売と再会し、菜摘みを楽しんでいる。これは上代における春の菜摘みという一般的な行事を基盤としていると見られるが、このように「望」から「菜摘み」での出合いという型を持つのは、『萬葉集』に見える竹取翁の歌（巻十六・三七九一～三七九三）である。その序文には次のようにある。

昔有二老翁一、号曰二竹取翁一也。此翁季春之月、登レ丘遠望。忽値二煮レ羹之九箇女子一也。百嬌無レ儔、花容無レ止。于レ時娘子等、呼二老翁一嗤曰、叔父来乎、吹二此燭火一也。於レ是翁曰唯々、漸趍徐行、著二接座上一。（以下略）

右の序文に『遊仙窟』の影響が認められることはすでに知られていることである。複数の女子に合うという点は黒日売との出合いとは異なるが、場の類似性は指摘できる。また、「吹二此燭火一也」の行為は「共にし摘めば」に重なる労働の行為であり、「望」から「菜摘み」という出合いも類似する。このことは、仁徳天皇の吉備の黒日売との山方地の菜摘みに神仙的世界の反映があることを考慮する余地があることを示唆し、黒日売の帰国における仮説の有効性に繋がると思われる。

六　吹き上げる風

Ⅳに含まれる第四首は『丹後国風土記』逸文に見える浦島子譚の歌と類歌の関係にある。第四首、

倭方に　西風吹き上げて　雲離れ　退き居りとも　我忘れめや　（記五五）

は、吉備を訪れた天皇が倭へと去って行く、その別れを惜しむ黒日売の歌とされる。この歌は、わずかな語句の相違はあるものの、『丹後国風土記』逸文では仙郷から去った浦島子を思う神女の歌とされている。

神女遥飛、芳音歌曰、

倭辺に　風吹き上げて　雲離れ　退き居りともよ　我を忘らすな

共に別れの場面であるが、一方は人の世界の中での天皇と地方豪族の女との別れであり、一方は漁師と仙郷（異界）の神女との別れと解されてきた。「倭辺に　風吹き上げて　雲離れ」は「退き」に懸かる序詞。『古風土記逸文考證』では「倭辺」を日本の意ととり、島子が常世の国から風に吹き上げられて日本に帰ったと解しており、「即相別分乗舟仍教令眠目忽到本土筒川郷とある如く、風の吹くまに〳〵舟の走りて、忽に本土に帰る様を云り」とする。黒日売の歌は吉備国に対する大和を歌うのに対して、神女の歌は常世に対する本土（日本）として、「倭」を把握している。なお、「倭」の使用法は『風土記』の方が後次的であることを藤田徳太郎は指摘している。[19]

神女が歌いつつ「遥飛」とあるところからすれば、「雲離れ」に連想されるのは神女の飛び去る姿にふさわしい。神女との出合いで「詎人忽来」という浦島子の問いに神女が「就二風雲一来」と答えてもいるからである。しかし、「倭辺に」の句はそれを神女とすることに無理を感じさせる。浦島子が常世から本土の筒川に戻った時に神女が歌った歌であり、別れて行った男に対する女の歌として、黒日売歌との類似性を考えてよいと思われる。

吉備訪問譚の第四首の歌において、浦島子譚の神女の歌との相違に「風」と「西風」とがある。「倭方」は大和の国の方角の意であり、「にし」は『厚顔抄』が「西ハ西風ヲイヘリ」として以来、『稜威言別』が「吹と云に、風の用あれば」として、方角の意のみを見るのを除いて、「西風」の意と解されている。「にし」の「し」に風の意があることは『古事記伝』が『冠辞考』を引いて注するように『日本書紀』に「伊奘諾尊曰、我所生之国、唯有二朝霧一而薫満之哉、乃吹撥気、化二為神一。号曰二級長戸辺《しなとべ》命一。亦曰二級長津彦《しなつひこ》命一。是風神也」（神代紀下　第五段一書第六）とある、風神の名の「し」から推測され、『古事記伝』は「嵐飆《アラシツムシ》などの志《シ》も同じ」としている。風が神の御息という神秘として、把握されていたことがまず注意される。[20]「にし」の「に」については、「ヒガシ」の古語「ヒムカシ」の「ヒムカ」が「日向」であることと対応させて、「ニシ」の「ニ」は「往ぬ」の義[21]といわれる。こうした語源説に対して、土橋寛は明治以降の民俗学の成果を反映させて、「ニ」に「（「ニ」は）霊力、根の国、常世の国のことを意味するから（南島のニラ・ニール・ニルヤはその意味）、ニシは霊力を持った風、または根の国から吹く風の意」とし、「宮城県登米郡と其の周辺」などでは西風を意味するとする柳田国男の報告[22]によりながら、「これをニライ・ネライの風で、元来は他界から吹く風であったと解するのは突飛であろうか[23]」と、提言する。ただし、柳田論に関しては多少誤解があるようで、柳田は類音を持つ「ナライ」「ナレエカゼ」を西風とするのは東部日本に限られ、他地域での用法とも照らすと「ナライはすなわち山並みと同じ方向に、吹いて来る風であった」と解している。さらに西北風の名として「タマカゼ」を挙げ、「竜田・広瀬の両社なども、其の方角は都から西北に当たる処であり、大和で風神を祀った理由が西北から吹く悪風の害を防ぐためであったことは、ほぼ疑いない」としている。そこに実際の害敵というのではなく「霊魂の帰り行く方角を西北と考えていた」故の恐れを推測している。

吉備国は大和から西北にあたり、難波からはほぼ西の方角である。そこに吹く風が天皇に対する奉仕への予兆に繋がる逸話を『新撰姓氏録』右京皇別下の笠朝臣の条は伝える。

笠朝臣

> 孝霊天皇皇子稚武彦命之後也。応神天皇巡㆓幸吉備国㆒。登㆓加佐米山㆒時、飄風吹㆓放御笠㆒。天皇恠㆑之。鴨別命言。神祇欲㆑奉㆓天皇㆒。故其状爾。天皇欲㆑知㆓其真偽㆒。令㆑猟㆓其山㆒。処㆑得甚多。天皇大悦。賜㆑名賀佐。

笠朝臣は笠臣と同祖で、その始祖伝承が応神紀二十二年の吉備訪問譚に見える。前に触れたように、応神天皇の吉備訪問譚は、仁徳天皇の吉備の黒日売訪問譚に類似した話である。吉備臣祖御友別の妹兄媛が吉備へ帰国したのを追って応神天皇は吉備を訪れ、御友別及びその兄弟子孫の饗奉を悦んで吉備国を割いてその兄弟子孫に封じたとある。その折、波区芸県を封された御友別弟鴨別が笠臣の始祖とされている。『新撰姓氏録』では加佐米山に吹く風は神祇が天皇に奉仕するその予兆としての風とされており、その予兆通りたくさんの獲物があったことはその地が天皇に服属することを意味し、結果として天皇の讃美にも繋がっている。吉備に滞在する天皇にとって、その地に吹く風は悪しき風として語られるどころか、たくさんの獲物に繋がる予祝を含む風であり、応神紀の政治性に繋がる要素を持つ。

しかし、仁徳記ではその吉備の地から西風が吹き上げて天皇を大和へと還すのである。それは非日常の風といってもいいであろう。大和から見て西北の方角を霊魂の帰り行く処とすれば、吉備から吹く風は、土橋寛が推測する「ニライ・ネライの風」「他界から吹く風」に匹敵することを考えさせる。ここに黒日売に対する仮説を置いてみたい。黒日売の帰国に関連して立てた仮説にとって、吉備はまさに黒日売の霊魂の帰り着く処といえるであろう。「西風吹き上げて」は天皇が帰京するための風である。そこに悪しき風の意識があったとは考えにくい。しかも、それは「吹き上げる」風であった。なぜ「吹く風」ではなく「吹き上げる風」と歌われるのだろうか。

浦島子譚において、「倭辺に　風吹き上げて」は前に『古風土記逸文考證』が指摘していたように「即相分乗レ船、仍教令レ眠レ目、忽到二本土筒川郷一」に対応しよう。常世から本土へ、浦島子が眠っている間に船がたちまちに着いたとされている。これは、浦島子が常世の国という異界から本土へと境界を越えていることを意味する。もちろん「倭辺に　風吹き上げて　雲離れ」を「退く」の序詞として、遠く離れて行く様子、上京する様子の表現上のあやと解釈することは可能であろう。しかし、記紀などに見える、風が吹く現象を捉えた感覚には、そうした表現上のあやに過ぎないとする解釈を躊躇させる要素があるように思われる。

『古事記』神代の条に見える「風木津別之忍男神」は風の強さに対抗できる威力の神格化と考えられ、永遠の命を象徴する石長比売の御名は「雪降り風吹くとも、常に石の如く」と風の威力に抵抗できるもの（石）に託されている。また、「天神地祇共和享、而風雨順レ時、百穀用成」（崇神紀十二年秋九月）と風雨が季節に従うことが五穀豊穣をもたらすことが記され[24]、当然のことながら逆に風雨の厳しさ、不順によって五穀が実らない情況が多くあったであろうことを推測させる。風に対するこうした記述は雪や雨と共に風の威力に対する畏怖の念が強くあったことに基づくものであろうが、その一方で風に対しては「故載二之（蛭児）於天磐櫲樟船一、而順レ風放棄」（神代紀上　第五段　正文）とあるように、遥か見知らぬ地へと物を運び動かし行くその質を捉えている。風による辛苦は五穀豊穣への影響以上に「又汝兄渉レ海時、吾必起二迅風・洪濤一、令レ其没溺辛苦矣」（神代紀下　第十段　一書第二）のように海上での遭難に繋がる。その風を司る力を海神が有することは「時海神、授二鉤彦火火出見尊一、……又兄入レ海釣時、天孫、宜下在二海浜一、以作中風招上、風招即嘯也。如此、則吾起二瀛風・辺風一、以二奔波一溺悩」（神代紀下　第十段　一書第四）とあることからも推測される。『日本書紀』における海難事故の記録は、海神に海を渡る加護を祈ることが必然的な発想であったことを納得させる。

風のこの二つの質は、「豊玉姫、謂二天孫一曰、妾已娠矣。当レ産不レ久。妾、必以二風濤急峻之日一、出二到海浜一。

請為レ我作二産室一相待矣」（神代紀下　第十段　正文）とあるように、その強さと遠くへ物を運び動かし行く働きとが、異界との境界を越えるという発想に繋がっている。豊玉姫は「風濤急峻之日」に海神の宮から地上の海浜に到着するのである。「風濤急峻之日」という限定は異界の境を越えることが日常的な行為ではなく、強い風の力が波を立て異界を越える力としてあることを考えさせる。「迅風・洪濤」は没溺辛苦をもたらすのに対し、「風濤急峻」が境界を越えさせるのである。両者の関係はそれぞれ無縁のことではない。それをよく示すのが、「海中卒遇二暴風一、皇舟漂蕩。時稲飯命乃歎曰、嗟乎、吾祖則天神、母則海神。如何厄二我於陸一、復厄二我於海一乎。言訖、乃抜レ剣入レ海、化二為鋤持神一。三毛入野命、亦恨之曰、我母及姨並是海神。何為起二波瀾一、以漼溺乎、則踏二浪秀一、而往二乎常世郷一矣」（神武即位前紀六年）である。これらは強い風が船を漂流させ、そこで溺れた者が「常世」という異界を訪れることに繋がっている。こうした風とそれに伴う波の暴力的な破壊力は異界への境界をも越える力となりうると解されていた。

境界を越えることは風のみの場合にも当然見られる。『古事記』神代の条、高天原からの返し矢にあたって亡くなった天若比古の仮喪の折、「下照比売之哭声、与レ風響到レ天」と風が地上から天へと哭き声を運びうる質を具えていることを示している。ちなみに神代紀では「天稚彦之妻下照姫、哭泣悲哀、声達二于天一。是時天国玉聞二其哭声一、則知二夫天稚彦已死一、乃遣二疾風一、挙レ尸致レ天。便造二喪屋一而殯之」（神代紀下　第九段　正文）と、「尸」が天へ吹き上げられている。このことは風が単に物をその吹く力で動かすということだけでなく、葦原中国から高天原という異なる世界へと吹き上げたことを示している。『萬葉集』の七夕歌で次のように歌うのも、通えぬ二つの世界を風は往き来する、その質に惹かれる故であろう。

風雲は　二つの岸に　通へども　我が遠妻の〈一に云ふ「愛し妻の」〉言そ通はぬ　（巻八・一五二一）

右天平元年七月七日夜憶良仰㆓観天河㆒〔一云帥家作〕

黒日売の歌に「西風吹き上げて　雲離れ」とある表現は、神代紀の「挙㆑尸致㆑天」と同じ質を持とう。そこに表現されるのは、たなびいていた雲が穏やかに流れて行くように天皇を乗せた船が瀬戸内海を航行して行く様子というよりも、雲が遠くに離れるように、気づいた時には手の届かない遠さに一瞬にして引き離されていたという情況である。大和の方角に、強い風が一瞬吹き上げて、遥かに連れ去ってしまった別れの描写と言える。それは別れを急に突きつけられた嘆きの情感に繋がるだけでなく、天稚彦の尸を天へ吹き上げた情況が想起され、吉備と大和の関係が、葦原中国と高天原との関係に類似するかのような印象を残している。それは浦島子の「忽」という別れと変わらない別れである。「西風」と「風」のみであるという相違はあるものの、「吹き上げて」が描写する別れは両者に共通するものであり、風が異界へと越えうるものとする神仙説話的発想との類似性を捉えうる。むしろ「西風」と歌う背景には、黒日売の居る吉備を大和に対する異界として設定していることを考えさせる。その結果、人の世界の男女の別れと、人と仙郷の女の別れという両者が持つ質の違いが、実は把握しにくく、両方の本質的な部分は共通する。ここに、黒日売に対する仮説は整合性を持つと思われる。

七　「別離」の心情

吉備訪問譚の第四首と浦島子譚の神女の歌では、第五句に「我忘れめや」と「我を忘らすな」という差が生じている。この両句を異伝として持つ歌が『萬葉集』に見える。

a大名児を彼方野辺に刈る草の束の間も我忘れめや　（巻二・一一〇）

b紅の浅葉の野らに刈る草の束の間も我を忘らすな　(巻十一・二七六三)

aは日並皇子尊が石川女郎に贈った歌。「忘れ」は下二段活用の動詞の已然形で、「記憶・印象が薄れて消え失せるの意」(時代別国語大辞典上代編)であり、「忘れめや」は時間の経過のもとで自然に忘れて行くという情況に対して、それを否定する意。ここには、恋の相手に向かう思いを「我忘れめや」という自身の心情を見つめる表現としており、類似の表現が他にも見える。

①三諸の神の帯ばせる泊瀬川水脈し絶えずは我忘れめや　(巻九・一七七〇　人麻呂歌集)
②秋山に霜降り覆ひ木の葉散り年は行くとも我忘れめや　(巻十・二二四三　人麻呂歌集)

①は神の川の水脈という変わりようのない自然を仮定条件に挙げて比べ、②は上の句が「年は行く」を導く序詞で年が暮れて行くその時間に抵抗して、忘れて行くことへの否定が歌われる。その「忘る」を否定する思いは、逆に恋心の深まりへと向かっている。

③我が命の全けむ限り忘れめやいや日に異には思ひ増すとも　(巻四・五九五)
④逢はずして恋ひ渡るとも忘れめやいや日に異には思ひ増すとも　(巻十二・二八八二)

③は「命の限り」とあり、④は「逢はずして恋ひ渡る」とあって、「忘れめや」のひたすらな思いが、しばらくの「別離」ではなく、「再び逢はず」を前提とすることが注意される。

一方、bの「我を忘らすな」の「忘る」は四段活用の動詞で、「思い切る。忘れようとして忘れる、思い切るの意」(時代別国語大辞典上代編)で、相手の心情への願いを表現する。それは恋心に対応する心情の方向をaとは逆にし、相手に求める心である。

⑤我妹子や我を忘らすな石上袖布留川の絶えむと思へや　(巻十二・三〇一三)

⑥うちひさす宮の我が背は大和女の膝まくごとに我を忘らすな　（巻十四・三四五七）

⑤は「石上袖布留川の」が序詞となり、第五句を導いて、自分の思いが途絶えないことを明言した上での、⑥は旅先の夫への不信に立っての、相手への願望であり、特に⑥は大和から戻れば再び逢うことが予測される歌である。ａｂは恋心を共に表明しており、両者が容易に交替しうることは予想されるものの、ａは相手に求めることなく、自らのひたむきな思いを伝えるのに対して、ｂは相手の心情を慮りつつの願望である。すなわち、第四首第五句の異伝は、黒日売の天皇に対する思いと神女の浦島子に対する思いの差を浮かび上がらせる。黒日売の歌は天皇との別れに対して自らのひたむきな思いを伝え、そのことが再会を望めない状況を窺わせる。大久間はその表現を「第四句の『退き居りとも』の主体を男と見るのが適切だと思われるから、第五句で主体が変換されていると考えるべきで、一段ひねった表現となっている」[25]とする。一方、浦島子譚の歌では戻ることを前提として渡された匣をあけてしまった浦島子に対しての願望の表明である。戻りえたはずの浦島子が、結果として再び仙境へ行く方法を自ら絶ってしまった、そこにある恨みのこもる思いと言ってよいのかもしれない。

吉備の黒日売訪問譚を締めくくるのは次の歌である。

倭方に　ゆくは誰が夫　隠り処の　下よ延へつつ　行くは誰が夫　（記五六）

右は第二句と第五句が繰り返され、歌謡としての質を顕著に見せるものである。「こもりづの」は「下よ延へつつ」に懸かり、草などに隠れて通う水と密かに大和（倭）に行く男とを重ねている。その「行くは誰が夫」について、夫は仁徳天皇と見る説がほとんどであるが、『記紀歌謡集全講』は「広く一般の夫が大和の方へ行くのを見て、叙事的な態度で歌っているもの」と解する。だが、一般の夫ととると別れた後の心情となり、「我忘れめや」と結んだ「別離」の情と齟齬をきたす。やはり大后を欺いて訪れ、また窃かに去って行く天皇の姿を表現したととる方が穏当と思われる。「下よ延へつつ」はそうした天皇の行為に結びつく表現と言えよう。その心情には、大后を憚る天皇への思いと大后への羨ましさを汲む意と二通りが見られる。

『古事記伝』は「誰夫《タガツマ》とおぼめき云るは、大后を憚り賜ひて御思すまゝにも得物し給はで、いそぎ還り坐すを、あはれと思ひ奉れる意」として「大后を憚る天皇を思ふ」歌とし、『記紀歌謡全註解』も賛意を示している。同様に大后を憚る思いを捉えながら、『古代歌謡全注釈』はもう一歩踏み出して「黒日売の天皇に対する不満の気持ちを歌ったものと解され、天皇の姿も戯画化されている」として黒日売の不満までも読み取っている。一方、『稜威言別』は「下に忍びて、かく遥々来坐ほどの、御なさけの深き此君に、妾は得仕へもはてず、あかずも離別れ奉るを、いかなる幸福人か、都にして夫といつきかしづくらんが、返す〲も羨ましとなり」と大后への羨ましい気持ちを捉えている。この他に、『古事記』(日本古典文学大系)などは「帰って行くのは誰の夫か、それは他ならぬ私の夫であるという黒日売の自信のほどを歌ったものと見たい」と黒日売の自信を捉える。ただし、大后を憚る天皇への思いと大后への羨ましさは、天皇と大后に対するそれぞれの心情であり、必ずしも切り離せないと思われる。問題は、どちらが第四首との関係に立った理解かという点であろう。第四首を先に述べたように解すれば、黒日売は「我忘れめや」とひたすらな恋心を表明しており、そこに天皇への不満は見えない。とすれば、天皇がはるばる吉備を訪れてくれたことを「あはれ」と思いやる心情をまず把握すべきであろう。吉備の黒日売訪問譚の中に、第五首を位置づけるべきだと考えられる。

第五首の表現は、吉備訪問に際して「欺㆓大后㆒曰、欲㆑見㆓淡道島㆒」とした仁徳天皇の行為と黒日売に対する恋情に沿うものであり、当該訪問譚の背景にある状況と対応するものである。天皇の吉備訪問の契機をなすのは黒日売の「喚上」時さながらの帰国方法とそれに対する大后の「大忿」がもたらした黒日売の「歩」による追放だが、そこに見えるのは黒日売にも大后にもどちらにも対応しえない仁徳天皇像である。が、一転「欺㆓大后㆒」て、淡路島から吉備を訪れている。この一連の展開の背景には、宮中に「喚上」されながら返された女達の道中での死という悲劇の伝承があったのではないか。黒日売が「歩」による追放で受けた屈辱と道の困難さは、円野比売の自死、桑田玖賀媛の道中での病死に重ねうる因子を内在させていよう。特に桑田玖賀媛が播磨国造祖速待に与えられていることは、瀬戸内海沿岸に玖賀媛の悲劇が伝承されていたことを推測させ、黒日売が吉備海部直を出自に持つことで、両者は容易に結びつきえたと考えられる。藤田徳太郎は「大和（倭）方に」の歌について瀬戸内海の港の遊女の歌が「倭部曲」として、宮廷に保存され[26]、それが『古事記』『風土記』両方に載せられたとする。実際に「倭部曲」であったかは推測の域を出ないが、『古事記』においても吉備海部直が海部として海上交通に大きな勢力を持っていた一族であることは、海浜で流布していた歌が取り入れられたという理解に繋がると考えられる。特に吉備海部直が、海外にまで及ぶ海上交通の専門集団であったことは、黒日売に異国的な雰囲気を与えていたかもしれない。黒日売に対する「歩」による追放はその死を暗示させ、天皇の淡路島における国見歌は黒日売の「本国」である吉備国が天皇の神話や説話の島を含む「我が国」のさらに先にあることを暗示し、吉備の「山方地」における菜摘みが形成する神仙的な世界はその暗示と符合する。そこでの別れに臨む黒日売の歌はその神仙的な世界から大和へ天皇を送り返す、その折の心情表現として解しえた。「倭方に」の歌が、『丹後国風土記』逸文の浦島子譚の神女の歌と類歌であるのも、そこに共通する神仙譚的要素を吉備訪問譚が内在させていたからにほかなるまい。

仁徳天皇の吉備の黒日売訪問譚を以上のように位置づけることによって、神仙的世界に遊びえた天皇として、そうした意味でも聖帝としての位置づけを持ったのではないであろうか。ここに吉備訪問譚の形成があり、意図があったと考えられる。

注

(1)『古代歌謡と儀礼の研究』岩波書店　昭和四〇年

(2)「応神天皇の周辺」『天皇の系譜と神話　二』塙書房　昭和四二年

(3)「古代邑久地域史に関する一考察」『吉備古代史の展開』塙書房　平成七年　初出昭和五九年

(4)『日本書紀』の記事は次の通りである。

・(七年是歳)于時、新羅不レ事二中国一。天皇詔三田狭臣子弟君与二吉備海部直赤尾一曰、汝宜往罰二新羅一。(雄略紀)

・二年夏五月丙寅朔戊辰、高麗使人、泊二于越海之岸一。破レ船溺死者衆。朝庭猜二頻迷一レ路、不レ饗放還。仍勅二吉備海部直難波一、送二高麗使一。(敏達紀)。

・(十二年秋七月)乃遣三紀国造押勝与吉備海部直羽島一、喚二於百済一(敏達紀)。

・(十二年)是歳、復遣二吉備海部直羽島一、召二日羅於百済一(敏達紀)。

(5)「神武記高佐士野伝承の神話的性格」『古事記研究―歌と神話の文学的表現―』おうふう　平成六年　初出昭和五八年九月

(6)「吉備の伝承―仁徳記から―」お茶の水女子大学『国文』昭和五〇年七月。なお「喚」について、史学の立場から横田健一が特異な用語であることを指摘し(『日本書紀成立論序説』塙書房　昭和五九年　初出昭和四一年)、川上順子氏は「喚」「喚上」で招かれた女性が水の祭祀的任務を負うとし(『古事記と女性祭祀伝承』高科書店　平成七年)、伊集院葉子氏は「喚上」による召し出しは官位に繋がり、男女を問わない(「髪長媛伝承の「喚」―地方豪族の仕奉と王権―」『続日本紀研究』四〇〇号　平成二四年一〇月)とされているが、本書では「喚」の字義から考察した。

(7)『孟子』の引用は十三経注疏本には「湯使二人以レ幣聘一レ之。囂々然曰、我何以二湯之幣聘一為哉」とあり、劉熙の注に「自得之志、無欲之貌也」とする。

(8)注2前掲書

（9）「吉備の黒日売伝承考」『古代歌謡と伝承文学』塙書房　平成一三年　初出平成一一年
（10）守谷俊彦氏「黒日売の饗宴」『国語国文』第四四巻四号　昭和五〇年四月
（11）注10前掲論文
（12）『芸文類聚』に「大忿憤」とあるが、景明袁氏嘉趣堂刊本『世説新語』によった。なお、古田敬一『世説新語校勘表』（広島大学文学部中国文学研究室　昭和三二年）によれば『芸文類聚』のみが「大忿憤」と記載する。
（13）注10前掲論文
（14）拙著『萬葉歌の主題と意匠』塙書房　平成一〇年
（15）「常世郷への路」『古代文学の伝統』笠間書院　昭和五三年
（16）注9前掲論文
（17）土橋寛「氏族伝承の形成—「この蟹や何処の蟹」をめぐって—」『萬葉學論叢』澤瀉博士喜壽記念論文集刊行会　昭和四一年
（18）「黒日売の物語について—吉備の服属の語るもの—」『菅野雅雄博士古稀記念古事記・日本書紀論究』おうふう　平成一四年
（19）『日本歌謡の研究』厚生閣　昭和一五年
（20）内田賢徳氏「風と口笛」『説話論集　第六集』清文堂出版　平成九年
（21）金沢庄三郎『国語の研究』同文館　明治四三年
（22）「風位考」『定本柳田国男集　第二十巻』筑摩書房　昭和三七年
（23）『古代歌謡全注釈　古事記編』角川書店　昭和四七年　初出昭和一〇年
（24）仁徳紀四年三月・反正紀元年冬十月などにも見えるが、いずれも「風雨順時」と記載されている。それは『漢書』（成帝紀）の「風雨時順、百穀用成」によることが指摘されており（小島憲之『上代日本文学と中国文学　上』塙書房　昭和三七年）、季節に従った自然への関心が窺える点である。
（25）注15前掲論文
（26）注19前掲書

第三節　岡本天皇御製一首

一　岡本天皇御製への疑問

岡本天皇御製一首〈并短歌〉

神代より　生れ継ぎ来れば　人さはに　国には満ちて　あぢ群の　去来は行けど　我が恋ふる　君にしあらねば　昼は　日の暮るるまで　夜は　夜の明くる極み　思ひつつ　眠も寝かてにと　明かしつらくも　長きこの夜を　（巻四・四八五）

反歌

山のはにあぢ群騒き行くなれど我はさぶしゑ君にしあらねば　（巻四・四八六）

近江道の鳥籠の山なる不知哉川日のころごろは恋ひつつもあらむ　（巻四・四八七）

右、今案、高市岡本宮後岡本宮二代二帝各有㆑異焉。但、偁㆓岡本天皇㆒未㆑審㆓其指㆒。

『萬葉集』巻四相聞の部の第一首として「岡本天皇御製」と題される右の作品は、長歌に反歌二首を伴う相聞歌として、いわゆる初期萬葉に大きな位置を占めるべき作品であると思われる。しかし、長歌の内容の理解に始まり、作者と古体を含む表現との関連性、反歌第二首の存在と内容、さらに歌の内容の質が挽歌に通じるなどが様々に論じられて、その位置づけは必ずしも定まっていないように見える。

当該歌が様々に論じられる理由の一つに左注の存在がある。岡本宮を都とした天皇は舒明天皇と斉明天皇であるが、左注は、その作者がいずれか「未レ審二其指一」としており、編纂の段階[1]ですでに疑問を抱かれていたことが理解される。この疑問には二つの要素が含まれよう。すなわち、この作品が舒明天皇作か、斉明天皇作かという疑問と、いずれかの天皇の名ではなく、何故岡本天皇と呼称されているかという疑問である。歌中に「君」と呼んでいることからすれば、女性の作であり、斉明天皇の歌と考えられる。にもかかわらず、それを岡本天皇御製とすることに対しては、皇極・斉明を中つぎと見て、舒明天皇と斉明天皇とを一体化した天皇とする見方[2]もある。

一方で、斉明天皇実作ではなく、伝承歌という立場からの理解を示したのは『萬葉集注釈』である。『萬葉集注釈』は長歌の末尾が五・七・七・七句になっていることに対して、額田王歌の巻一・一六歌末尾と同形であり、歌体として古いものであることを指摘した上で、その関係を、民謡から四八五と類歌三二四八とに分かれて伝承された、と推測する。それは「関係が想定されているのは穏当と思う」（『萬葉集全注』）といった支持に繋がっている。『萬葉集私注』は反歌に「近江」の地を詠むことから、武智麿伝に「近江国者宇宙有名之地也、地広人衆、国富家給」とあるのを承けて、「此等の作は本来が息長地方に伝えられた民謡で、漫然と天皇御製とも伝えられた」とも推測している。また、『萬葉集注釈』を補強する立場から、稲岡耕二氏は、長歌末尾の古体は認められるものの、「昼…夜…」の順の対句の手法の新しさ、「神代より　生れ継ぎ来れば」の「生れ」の用法の新しさ[3]、初期萬葉には珍しく反歌二首を伴うこと、その第二反歌が「独立しても存在しうる歌」（萬葉集評釈〈窪田〉）であること等を指摘され、「斉明天皇実作への躊躇[4]」を述べられている。

当該歌には成立に関わる問題とは別に、その表現の質に挽歌的要素を認めて、歌の内容を挽歌と捉える説がある。『秘府本萬葉集抄』には四八六の下に小さく「死者」とあり、早く平安末期にはすでに挽歌としての理解があったのかもしれない。近代では、折口信夫『口訳万葉集』が「君にしあらねば」を「君しあらねば」としていて、挽歌と捉えていたと見られ、『萬葉集全註釈』は長歌の内容が待つ意に及んでいないことから挽歌とし、挽歌の部に収めなかったのは集の編者の失と推測している。また、小野寺静子氏は水鳥が人の魂を運ぶという発想との類似や「さびし」が挽歌的表現であることを指摘される。(6)

当該歌はその成立や歌の内容について、諸説に様々な要素が指摘されているけれども、では、何故、『萬葉集』は岡本天皇御製として相聞の部に分類したのであろうか。その根拠を探るべく、文脈に沿って読む時、見えてくるのは王者の相聞とも言うべき、古代的な発想で、「別離」を主題とする。そこには舒明天皇の「国見歌」（巻一・二）における讃歌的構成と、額田王の「春秋判別歌」（巻一・一六）における初句からの転換の構成、さらには「近江に下る時の歌」（巻一・一七〜一九）における第二反歌の方法を読み取ることが可能である。その構成と方法に、『萬葉集』において当該歌が岡本天皇御製とされる意図を窺うことができ、『萬葉集』の初期の作品としての位置づけを自ずと知らしめる内容を持つと考えられる。以下、文脈に沿って考察したい。

二　讃歌の方法

長歌（四八五）において問題になるのは「神代より　……　君にしあらねば」の文脈の理解であろう。この部分では本文に「去来」とある訓と共に、「人さはに満ちて」「あぢ群の去来」と「君」との関係が論じられてきている。早く仙覚は「去来」を「イサト」と訓み、「村鳥」の羽音と聞いて、「村鳥」と「我」独りとの対比を言い（『萬葉集註釈』）、契沖は仙覚の訓を受けつつ、「あぢ群の去来」を「男女ノ思フトテイサ〱トサソヒ行ニ喩テ」

と解して、「人さはに満ちて」の具体的な行為と捉え、巻十三・三二四八、三二四九と同意として、たくさんの人に対して、「君」ではないという関係を把握する（萬葉代匠記・精撰本）。こうした「人さはに満ちて」あることと「あぢ群の　去来は行く」ことを重ねる理解は、後の諸注釈書において「去来」の訓や「あぢ群の」を比喩、または比喩的枕詞と解するという相違は生むものの、ほぼ踏襲されている。しかし、この仙覚以来の把握と前に述べた伝承歌から四八五と三二四八への分離という発想（萬葉集注釈）が重なって、四八五の文脈の理解に対する混乱を生んできているのではないだろうか。

巻十三・三二四八は反歌を伴って次のように歌われる。

磯城島の　大和の国に　人さはに　満ちてあれども　藤波の　思ひもとほり　若草の　思ひ付きにし　君が目に　恋ひや明かさむ　長きこの夜を（巻十三・三二四八）

反歌

磯城島の　大和の国に　人二人　ありとし思はば　何か嘆かむ（巻十三・三二四九）

右二首

四八五と三二四八は「人さはに　満ちて」とある点と「恋ひや明かさむ　長きこの夜を」といった表現に共通の語句を見ることができる。特に集中における「人さはに　満ちて」は、時代は下るが三二四八と同様の文脈を持つ。

①神代より　言ひ伝て来らく　そらみつ　大和の国は　……　人さはに　満ちてはあれども　高光る　日の大朝廷　神ながら　愛での盛りに　天の下　奏したまひし　家の子と　選ひたまひて　……（巻五・八九四）

②大君の　遠の朝廷と　しらぬひ　筑紫の国は　敵守る　おさへの城そと　聞こし食す　四方の国には　人さ

はに　満ちてはあれど　鶏が鳴く　東男は　出で向かひ　かへり見せずて　勇みたる　猛き軍士と　……

（巻二十・四三三一）

①の山上憶良の「好去好来歌」では遣唐使に使わされる者が多くの人の中から選ばれた者であることを称揚し、②の大伴家持の「追㆓痛防人悲㆑別之心㆒作歌」においても、四方の国の人々の中で東国の男子の勇敢さを称えている。このように、多くあることを挙げて逆接の接続詞によって選ばれる対象を示す表現は、「さはに」のみでも同様である。

③やすみしし　我が大君の　聞こし食す　天の下に　国はしも　さはにあれども　山川の　清き河内と　御心を　吉野の国の　花散らふ　秋津の野辺に……

（巻一・三六）

③は人麻呂の吉野讃歌で、「さはにある国」と対照させて吉野国を寿ぐ表現である。「人さはに満ちて」と「君」との対照の発想は肯われるものであるけれども、注意されるのはいずれも「さはに満ちて」「さはに」とあること自体が逆接の関係で選ばれた者、優れた国、と直接的に対照されている点である。しかし、当該歌では「人さはに満ちて　……　行けど」という文脈で逆接の関係を持つ。両者は同じ文脈とは言えないのではないか。例えば『萬葉集』（新日本古典文学大系）は「去来」を「カヨヒ」と訓んで「人がいっぱい国には満ち溢れ、あじ鴨の群のように行き来しているけれども」と解している。しかし、「満つ」という状況と「去来は行く」という行為とは果たして重なりうるものなのであろうか。

集中に「満つ（四段活用）」の語は二一例見られるが、その多くは潮が満ちる意（一五例）に使われ、人が国に満つ[7]（五例）、くくみら（茎韮）が籠に満つ（一例）がある。他には複合語に、月の「満ち欠け」（三例）、松の香りが「満ち盛る」・人が「満ち行く」・浪が「満ち渡る」（各一例）。枕詞「そらにみつ」（一例）。さらに「玉敷き満つ

（下二段活用）」（一例）である。「満つ」は「満ちる。一杯になる」（時代別国語大辞典上代編）意とされる。潮が「満つ」は、まさにそうした景と言える。

④沖つ島荒磯の玉藻潮干満ちい隠り行かば思ほえむかも　（巻六・九一八）

⑤夕なぎにあさりする鶴潮満てば沖波高み己がつま呼ぶ　（巻七・一一六五）

⑥潮満てば水沫に浮かぶ砂にも我は生けるか恋ひは死なずて　（巻十一・二七三四）

⑦玉敷ける清き渚を潮満てば飽かず我行く帰るさに見む　（巻十五・三七〇六）

いずれも潮が満ちた景を歌っている。ここには潮が満ちた状況における他者の様子（④玉藻が隠れる、⑥満ちた潮の泡に砂が浮かぶ）や行為（⑤潮が満ちたことに対して鶴が妻呼びをする、⑦潮が満ちた渚を我は行く）が歌われているけれども、満ちている潮自体の様子や潮自体の動きを示す表現は見られない。つまり、潮が満ちていることは結果的な状況であって、その状況において、その潮の干満の動きを言うことはできず、言えば満ちているとは言えない状況への変化を示すことになるからである。それは潮に限らない。

⑧玉敷かず君が悔いて言ふ堀江には玉敷き満てて継ぎて通はむ　（巻十八・四〇五七）

⑨伎波都久の岡の茎韮我摘めど籠にも満たなふ背なと摘まさね　（巻十四・三四四四）

⑧は玉を敷き詰めた上を通うことを歌い、結果として堀江は玉で満ちている。⑨はまだ茎韮が籠に満ちていないので、さらに摘むことを歌っており、「満つ」という語が、満ちていない経過を踏まえて、現在満ちている結果としての状況を示す語であることを理解させる。籠に満ちている状態で、茎韮を動かせば、籠から外に溢れ出て、「満つ」ではない。こうした理解は「人さはに　国には満ちて」という状況が一つの結果としてあることを考えさせる。注意されるのは複合語「満ち行く」であろう。

⑩うちひさす宮道を人は満ち行けど我が思ふ君はただ一人のみ　（巻十一・二三八二）

宮道を人が溢れるほどに通る意だが、主眼は「行く」にあろう。国という枠内に人が満ちている状況が結果としてある四八五の表現との差を考えたい。もちろん、現代語としての「人がいっぱい国には満ち溢れ」という表現が一種の誇張表現であることへの理解を我々は持ちえよう。しかし、萬葉歌において「さはに満ちて」という状況と「去来は行く」とを重ねて理解することは躊躇される。当該歌の冒頭部分は、神代から続いて多くの人が生まれ、大和の国に「さはに」人間が満ちている状況の表現である。神代から営々と続いて、国における人の充足が現前していることを歌っているのであって、それは国が人で満ちている現在を栄えとして寿ぐ表現ではないのか。「あぢ群の　去来は行く」は国に人が満ちている状況の描写ではなく、むしろその状況の上空を行く「あぢ群」の描写であろう。「あぢ群の　去来は行く」を国に満ちてある人々の行為の譬喩として捉えることには無理があると考えられる。では「あぢ群の　去来は行けど」はどのように理解されるのであろうか。

「あぢ群」は味鴨の群の意。群棲することからの名。味鴨は巴鴨とも呼ばれ、中形で雄の羽色が美しい水鳥である。(8)

⑪天降りつく　天の香具山　霞立つ　春に至れば　松風に　池波立ちて　桜花　木の暗繁に　沖辺には　鴨つま呼ばひ　辺つへに　あぢ群騒き　ももしきの　大宮人の　罷り出て　遊ぶ舟には　梶棹も　なくてさぶしも　漕ぐ人なしに　（巻三・二五七・類歌巻三・二六〇〈或本歌〉）

⑫あぢ群の　とをよる海に　舟浮けて　白玉採ると　人に知らゆな　（巻七・一二九九）

⑬……　布勢の海に　舟浮け据ゑて　沖辺漕ぎ　辺に漕ぎ見れば　渚には　あぢ群騒き　島回には　木末花咲き　ここばくも　見のさやけきか　……　（巻十七・三九九一）

⑪は「右、今案、遷二都寧楽一之後、怜レ旧作二此歌一歟」の左注を持ち、奈良遷都後の藤原の宮を怜れんだものだが、そこに歌われる「あぢ群騒き」は松風・桜花・鴨つまと共に、自然の豊かさを具象化するものとして、大宮人の不在による舟の荒廃に対置されている。⑪は旧都を怜れむ歌ではあるけれども、自然の繁栄と人事の荒廃という対比をなしていることからすれば、「あぢ群騒き」に讃歌意識を見るのは不自然ではあるまい。大伴家持作の⑬でも布勢水海の「ここばくも　見のさやけきか」とされる景を具象化する対象として歌われている。さらに⑫は海に浮かぶ「あぢ群」の優美な姿を詠む[9]。こうした「あぢ群」の用法を踏まえると、「あぢ群の　去来は行く」は、「人さはに　国には満ちて」に対応する讃歌表現として歌われているという理解が可能である。

「去来」の訓はサリキ（元暦校本・萬葉集註釈）、イサト（西本願寺本・萬葉集註釈・萬葉代匠記・萬葉集攷證・萬葉集評釈〈窪田〉・萬葉集私注）、サハ《ママ》キ（萬葉拾穂抄・萬葉集古義・萬葉集注釈・萬葉集〈新潮日本古典集成〉）、カヨヒ（萬葉集玉の小琴・口訳萬葉集・萬葉集全註釈・萬葉集〈日本古典文学全集〉・萬葉集〈日本古典文学大系〉・萬葉集全注・萬葉集〈新編日本古典文学全集〉・萬葉集〈新日本古典文学大系〉）、ユキキ（新訓万葉集・萬葉集評釈〈佐佐木〉・萬葉集全釈）のように見られる。人の行為に重ねて「カヨヒ」と訓む注釈書が多いけれども、「去来」が人の往来の意としては理解できないことは述べた通りである。「あぢ群」の行為とすれば、⑪⑬に見たように「さわき」と続いて讃歌的表現を構成しており、古く『袖中抄』にも「サハ《ママ》キ」と見える。また、『萬葉集注釈』が「カヨフ」と続く場合は「いずれも山野を飛び交ふ鳥ばかりであって、群をなして海面に浮かぶ水禽ではない」と指摘していることが注目される。集中の「あぢ群」はいずれも水鳥としての姿を歌われている。「あぢ群」が歌われる時、想起されたのは水面の水鳥の群の騒ぎではなかったか。

岡本天皇とも呼ばれうる舒明天皇は国見歌（巻一・二）において「国原は　煙立ち立つ　海原は　かまめ立ち

立つ　うまし国ぞ　あきづ島　大和の国は」と国と海の豊かさを炊煙とかまめに託して対比させ、国土讃美を歌っている。「神代より　生れ継ぎ来れば」に導かれて、国に人が満ち、（水面に）あぢ群が騒ぎという対応は舒明天皇の「国見歌」における国土讃美と質を同じくしていると思われる。

三　逆接の構成

舒明天皇の国見歌において、国土讃美は「立ち立つ」という繰り返し的要素を含むものの、国と海という明確な対比の形が与えられている。しかし、当該歌では「去来は行けど」と逆接の接続助詞によって文脈が続いていて、国（前項）と海（後項）の対比に気づきにくい。しかし、対比の手法から、後項が逆接の関係で文脈を続ける手法は額田王の「春秋判別歌」の前半部分にも見られるものである。「春秋判別歌」の前半部分は次のような構造を持つ。

冬ごもり　春さり来れば　鳴かざりし　鳥も来鳴きぬ
　　咲かざりし　花も咲けれど　山をしみ　入りても取らず
　　　　草深み　取りても見ず　　（巻一・一六）

春の到来という条件に対して、「鳥も鳴く」「花も咲く」が対比されるが、文脈は「花も咲けれど」と後項のみに逆接の関係で続き、花に対する嘆きを歌う。「……ば」という条件の提示に導かれた対比から、後項のみが継続してゆく手法である。一六の文脈を参考にすると、四八五の前半部分は次のような構造と考えられる。

神代より　生れ継ぎ来れば　人さはに　国には満ちて[10]
　　あぢ群の　去来は行けど　我が恋ふる　君にしあらねば　（巻四・四八五）

「神代より　生れ継ぎ来れば」について、曽倉岑氏は「神代」は宮廷的な語で、「生れ」も宮廷男子官人的用語であることを指摘され、当該歌の新しさを言われる。(11)しかし、この二句は春秋判別歌の文脈に従えば、人とあぢ群を共に対象にした、讃歌表現と考えられ、その用法はむしろふさわしい。ただし、こうした理解には「あぢ群」が「君」ではないという関係が認められなければならない。

「春秋判別歌」において、「花も咲けれど」の逆接は構文上「入りても取らず」「取りても見ず」にかかるように見える。しかし、「花が咲く」と「花を取る」とは必ずしも有機的関係にあるわけではない。「花が咲く」に対して想起されるべきはその美しさであり、それを愛でる心であろう。それは歌句の上に直接表明されてはいないけれども、取る行為は愛でる心情を前提とするであろう。すなわち「花も咲けれど」における逆接の意味関係は、「花が咲く」(因)に対して当然期待される「花を愛でる」(果)関係が、「花を取る」という条件を満たせないことによって、成立しないところに生じていると言える。

一方、「あぢ群の　去来は行けど」については、「あぢ群の　去来は行く」さまと「君」のさまとの逆接の関係と捉える説がほとんどである。前に述べたように、「あぢ群の　去来は行く」と「人さはに満ちて」を重ねて解する故である。しかし、述べてきたような讃歌の手法と、対比の関係において後項に続く構成からすれば、「あぢ群の　去来は行けど」における逆接の意味関係において、「あぢ群の　去来は行く」(因)に期待されるのは、その豊かさを受け止めた「充足感」(果)であろう。しかし、その関係は「我が恋ふる　君にしあらねば」という条件によって、否定されている。それ故に「(君を)思ひつつ　眠も寝かてにと　明かしつらくも」である。

こうした逆接の文脈における意味関係は、山口堯二氏が「朝づく日向かふ黄楊櫛古りぬれどなにしか君が見れど飽かざらむ」(巻十一・二五〇〇)等を挙げて説かれる逆接の接続助詞の用法の因果対立関係(12)に共通すると考えられる。「向かう黄楊櫛のように古い仲」は「飽きる」という感情を当然生じる。それなのに「飽きない」という逆接の意味関係への疑問を歌うことで、変わらぬ愛情を表明している。こうした方法に、確定条件句が加わったのが、一六や四八五の方法であろう。山口氏はこの関係に条件句が加わることによってより高次の因果関係が見出されることも指摘されている。こうした方法は、集中に見うる次のような用例と同じ手法と考えられる。

⑭皆人を寝よとの鐘は打つなれど君をし思へば寝ねかてぬかも　（巻四・六〇七）
⑮明日香川瀬々に玉藻は生ひたれどしがらみあればなびきあへなくに　（巻七・一三八〇　寄河）
⑯秋の夜を長しと言へど積もりにし恋を尽くせば短かりけり　（巻十・二三〇三　寄夜）
⑰うつせみの常の言葉と思へども継ぎてし聞けば心惑ひぬ　（巻十二・二九六一）
⑱大君の遠の朝廷と思へれど日長くしあれば恋ひにけるかも　（巻十五・三六六八）

⑭は「皆人を寝よとの鐘は打つ」（因）と「寝る」（果）生活が「君」への思い（条件）で寝られないと歌い、⑮は「玉藻は生ふる」（因）と「なびきあふ」（果）が「しがらみ」（条件）によってできない状況に寄り合えない心情を託している。⑯は「秋の夜は長いと人が言ふ」（因）ので「長い」（果）はずが「恋を尽くす」（条件）と逆に短いと歌い、⑰は「常の言葉を聞く」（因）と「心惑ひはない」（果）関係が「継ぎてし聞く」（条件）と逆になることを歌い、⑱は遣新羅使人等の作で「大君の遠の朝廷（遠い使者）」（因）の自負に家恋しさはない（果）はずが旅の日数が重なって（条件）恋しくなったと歌う。こうした逆接の関係は条件句が倒置の関係にある次の歌に一層明快に見ることが可能である。

⑲桜花　今そ盛りと　人は言へど　我はさぶしも　君としあらねば　（巻十八・四〇七四）

四八五の「……ど……ば」という構文を、「君にしあらねば」を確定条件句を含む因果関係による逆接の手法と解する時、問われるのは「あぢ群」と「君」との関係に他ならない。その関係は反歌第一首の理解とも関連する。

　⑳山のはにあぢ群驂き行くなれど我はさぶしゑ君にしあらねば　（巻四・四八六）

⑳の「あぢ群驂き行くなれど」（因）「我はさぶしゑ」（果）「君にしあらねば」（条件）の順は、⑲と構文を同じくする。⑳について、『萬葉集全註釈』は「味鳧の群鳥が騒いでゆくけれども、わが思う君ではないから」と訳し、「人が多く往来するがわが思う君ではない」と解した長歌との用法の差を指摘し、『萬葉集注釈』は上三句を実景の句が譬喩の句になったとし、『萬葉集評釈』（金子）の「味鳧の群が、鳴き騒いで通りはするけれど、それが恋しい君様ではないから」という理解に対して、「鴨が君ではないといふのは、言葉の足らぬ難よりももつと根本的な難のやうに思はれる」としつつ、「上古歌謡の具象性の強い鮮明な譬喩の姿がここにもあるとも云へる」としている。長歌と反歌における「あぢ群の　去来は行けど　我が恋ふる　君にしあらねば」「あぢ群驂き行くなれど……君にしあらねば」という類似の表現を整合的に理解するためには「あぢ群」は「君」であって、かつ「さびしくない」情感を呼ぶ対象でなければならない。

四　王者の相聞

又其の神の嫡后須勢理毘売命、甚く嫉妬為き。故、その日子遅の神わびて、出雲より大和に上りまさむとして、束装ひ立ちし時に、片御手は御馬の鞍に繋け、片御足は其の御鐙に踏み入れて、歌ひて曰はく、

　ぬばたまの　黒き御衣を　ま具に　取り装ひ　沖つ鳥　胸見る時　羽叩きも　これは相応はず　辺つ波
　背に脱き棄て　鴗鳥の　青き御衣を　ま具に　取り装ひ　沖つ鳥　胸見る時　羽叩きも　此も相応はず

辺つ波　背に脱き棄て　山縣に　蒔きし　茜舂き　染木が　汁に　染衣を　ま具に　取り装ひ　沖つ鳥　胸見る時　羽叩きも　此し宜し　いとこやの　妹の命　群鳥の　我が群れ往なば　引け鳥の　我が引け往なば　泣かじとは　汝は云ふとも　山処の　一本薄　項傾し　汝が泣かさまく　朝雨の　霧に立たむぞ　若草の　妻の命　事の　語り言も　こをば　（記四）

嫡后須勢理毘売命の嫉妬にわびた八千矛の神が装いを整え、馬の鐙に片足をかけて、出雲から大和へとまさに出立しようとして須勢理毘売命に歌いかけた作である。八千矛の神の装いは水鳥に託して歌われる。「沖つ鳥胸見る時　羽叩きも」と具象的に歌われるその装いの黒・青・茜という色の順には「染め色の美しさ(13)」が推測される。しかもその出立は「群鳥の　我が群れ往なば　引け鳥の　我が引け往なば」と鳥の群の行為と重なる。鳥に関わるこうした表現は「沖つ鳥」「群鳥」が生活の中でなじみ深いものであったことを考えさせる。この表現は「上古歌謡の具象性の強い鮮明な譬喩」（萬葉集注釈）に該当すると思われるが、それは内田賢徳氏が「山処の一本薄　項傾し　汝が泣かさまく」に対して「そこには何か比喩と一概に言ってしまえないことがあるようにも感じられよう。異質のものとの同一性が、身体に自然への帰属として自然に受け入れられているような感覚を思って見ることはできよう(14)」とされる比喩と同質のものであろう。氏はこうした表現が類型性を持つことも指摘する。記四における八千矛の神と「沖つ鳥」「群鳥」との関係はなじみ深い「鳥」に対する把握の類型として括り得るものであろう。

神代からのその類型への記憶は、いわば王者の行為に重なるものとして、岡本天皇御製の「あぢ群」と重なっているのではないのか。「あぢ群」は「味鴨」の群の意。「味鴨」の雄は羽の美しい鳥であり、群で行動する水鳥（前述）であった。とすれば、記四の「沖つ鳥」「群鳥」と四八五・四八六に見える「あぢ群」、またその群の飛翔という表現には類型性を把握できる。長歌四八五の冒頭部分は、国に人が満ち、（海に）あぢ群が去来する讃歌的表現から、そのあぢ群の飛翔に「君」の姿を見たのではないか。当該歌が「君」を詠み、女性の立場に立つ作であることからすれば斉明天皇と推測され、「君」として歌われるのは舒明天皇であろう。八千矛の神の姿も重ねた「沖つ鳥」「群鳥」の類型への記憶が、舒明天皇が王者として集団を率いる様子と「あぢ群の　去来は（驂）行く」とを重ねたとしても不思議ではあるまい。

さらに補足として「驂行く」を確認しておきたい。「驂」は集中に「五月蝿成　驟驂舎人者」（巻三・四七八　家持）、「ますらをは　友の驂に」（巻十一・二五七一）、「沖つ波　驂を聞けば」（巻七・一一八四）のように見えるけれども、「驂」自体の字義に「さわく」の意は見られない。「彦星の秋漕ぐ船の浪⿰足参香」（巻十・二〇四七）の「⿰足参」について、『萬葉代匠記』が『⿰足参』は『躁』又は『驂』の誤かとして、「驂」と「躁」を同義のように注し、小島憲之も「『縿《くる》みち』（二四二二）が『躁《くる》みち』に通じる如く（『萬葉集文字弁証』上参照）、旁《つくり》の『參』と『喿』と通用することと」を指摘した上で、「万葉集中にはサワクに当てられた『騒』の字の例が多く、また『驟』の扁の『馬』につられるなどして、『⿰足参』（『躁』）の足扁を馬扁に変へて、『驂』の字に代用させたのではなかつたか」[15]としている。

「躁」は「祖到反　ウコカス《ク》　サハガシ　吴《ミタル》ー掃」（類聚名義抄〈観智院本〉）、「又作㆑趮、子到反、去、擾也、動也、燥也、佐和久」（『新撰字鏡』）のようにある字だが、「驂」の字は「総含反、駕㆓三馬㆒也」[16]（篆隷万象名義）を始め、「驂　千含反、小馬、駕三馬、ソヒムマ」（類聚名義抄〈観智院本〉）、「志桼反、旁馬曰、驂車馬也」（新撰字鏡）とあって、「騒く」の意ではなく、そえ馬の意である。さらに『文選』には「故能代㆓驂象輿㆒歴㆓配鉤陳㆒」（顔延之「赭白馬賦一首」巻十四）に「鄭玄毛詩箋曰、在旁曰㆑驂」、「停㆑驂我悵望、輟㆑棹子夷猶」（謝朓「新亭渚別㆓范零陵㆒」

詩一首」巻二十）に「鄭玄毛詩注曰、驂両騑也」と注し、さらに「如二彼騑駟、配レ服驂レ衡」（顔延之「陽給事誄一首」巻五十七）の李善注に「服、謂二中央両馬夾レ轅者一。在服之左曰レ驂、右曰レ騑」と注される。「驂」のそえ馬としての字義の詳細が知られる。

集中において、「驂」の字は「躁」と同義に使われていたと解されるが、当該歌に限って言えば、記四が馬に足をかけて歌われていることへの類型性が考えられる。「驂」の表記に王者の行列に馬が加わっていることへの連想が働いたためと考えるとすれば、うがちすぎであろうか。

四八五の冒頭五句に捉えられた讃歌表現は、「君にしあらねば」の否定によって、讃歌表現の対の後項「あぢ群の　去来は行く」様に、王者の姿が重なって見られるという転換を持つ。と同時に、その強い否定には「あぢ群」は「君」ではないという、現実の認識に対する、強い主調もこもる。そこには鳥の群に八千矛の神（王者と言い換えてもよいであろう）の姿を重ねたような類型的把握が記憶として、未だ残っていることを窺わせる。反歌第一首が「あぢ群の　驂行く」様をまず「さぶしゑ」と感じるのは、「驂行く」あぢ群を見る感覚がそれを「君」として捉える感覚の記憶に逆行する故である。そこに「君にしあらねば」の否定の確認があり、「君」の不在は顕わな現実として一層「さぶし」の情感を募らせる。

五　挽歌と相聞

長歌における「君にしあらねば」の把握は「昼は……夜は……」と歌われる対比の嘆きの時間を経て「明かしつらくも長きこの夜を」の嘆息に繋がっている。「昼……夜……」の対比の手法は、その昼夜の順に当該歌の成立の新しさが、またその対比的表現に挽歌との類似性が指摘される。[17] ただし、昼夜の順の交替については挽歌の時間としての把握を考えられること、すでに触れたことがある。[18] 次は、昼夜の対比の手法が見られる顕著な例である。[19]

㉑やすみしし　わご大君の　恐きや　御陵仕ふる　山科の　鏡の山に　夜はも　夜のことごと　昼はも　日のことごと　音のみを　泣きつつありてや　ももしきの　大宮人は　行き別れなむ　（巻二・一五五）

㉒うつせみと　思ひし時に〈一に云ふ「うつそみと思ひし」〉取り持ちて　我が二人見し　走り出の　堤に立てる　槻の木の　こちごちの枝の　春の葉の　繁きがごとく　思へりし　妹にはあれど　……　我妹子と　二人我が寝し　枕づく　つま屋の内に　昼はも　うらさび暮らし　夜はも　息づき明かし　嘆けども　……　（巻二・二一〇）

㉑は天智天皇への額田王の挽歌であり、㉒は人麻呂の泣血哀慟歌の第二首で、「昼はも……夜はも……」と添加の助詞を伴って、共に死者への嘆きが昼も夜も繰り返されることが歌われる。一方、当該歌では、添加の助詞は伴わない。昼に対しては、「日の暮るるまで」と「動作・状態の程度を極限的にあらわす副助詞」（時代別国語大辞典上代編）を伴い、夜に対しても「限界」（時代別国語大辞典上代編）を意味する「極み」を伴って、昼の時間、夜の時間を嘆き尽くすことが歌われる。「まで」と「極み」を対応させる表現は他にも見える。

㉓……　世間の　悔しきことは　天雲の　そくへの極み　天地の　至れるまでに　杖つきも　つかずもゆきて　夕占問ひ　石占持ちて　……　（巻三・四二〇）

㉓は挽歌ではあるが、当該歌と類似の対を持つ。「極み」「まで」が示すのは「天雲」「天地」のその空間の果ての意で、そこでの占の効き目を願うものである。次は「極み」のみの例。

㉔……　天をば　知らしめすと　葦原の　瑞穂の国を　天地の　寄り合ひの極み　知らしめす　神の尊と　天雲の　八重かき分けて　……（巻二・一六七）

㉕……　恋ふれかも　心の痛き　末つひに　君に逢はずは　我が命の　生けらむ極み　恋ひつつも　我は渡らむ　まそ鏡　直目に君を　相見てばこそ　我が恋止まめ（巻十三・三二五〇）

㉔は人麻呂の日並皇子への挽歌であるが、「天地の　寄り合ひの極み」が示すのは空間的な限界で、神の尊が天地の限界まで知らすことを表現している。㉕は命の限界まで「恋ひつつも」である。これらから知られるのは、「極み」「まで」を伴う句が表現するのはその空間的時間的限界であることであるが、挽歌であっても、「極み」「まで」は嘆きに対する表現ではない点である。挽歌における嘆きは一五五・二一〇のように繰り返される時間としてある。一方、相聞の部にある三二五〇は「生けらむ極み　恋ひつつも　我は渡らむ」と相聞の情感が生の時間の極限を見つめていることが理解される。すなわち、当該歌四八五における「昼は……夜は……」は、挽歌における繰り返される嘆きの時間の表現とは異なり、昼と夜の時間の極限まで、「君」を思う相聞の時間の表現と言える。「明かしつらくも」の「つらく」は完了の助動詞「つ」のク語法と考えられ、そこには夜明かしをしたことへの感慨が籠もっていよう。むしろ、「昼は」「夜は」の三音の対比が破調であることに対して「古風な作であるから」（萬葉集注釈）とあることが注目される。

また、当該歌に指摘される挽歌的要素には、「あぢ群」の飛翔に死者の魂を見る説がある。小野寺静子氏は、渡瀬昌忠氏の「水鳥の挽歌史」[20]の論を受けて、あぢ群は実景であり、かつ死者の魂でもあるという二重性を持つ[21]とされ、「さぶし」「さぶ」を挽歌詞句と規定されて、当該歌を挽歌と捉えられる。鳥が人の魂を運ぶという発想には、倭建命の魂の飛翔が大きな白智鳥であったことがまず思い浮かぶ。日並皇子挽歌にも「放ち鳥」が歌われ、水鳥と挽歌との関連性も肯われる。しかし、当該歌において、「あぢ群」のにぎにぎしさと「君」の魂の飛翔とは重なるのであろうか。

㉖いさなとり　近江の海を　沖離けて　漕ぎ来る舟　辺につきて　漕ぎ来る舟　沖つかい　いたくなはねそ
　辺つかい　いたくなはねそ　若草の　夫の　思ふ鳥立つ　（巻二・一五三　倭大后）

㉗百伝ふ磐余の池に鳴く鴨を今日のみ見てや雲隠りなむ　（巻三・四一六　大津皇子）

鳥の飛翔、特に水鳥の飛翔に魂のそれを重ねるという見方は、㉖の倭大后の歌がまさに示すものであろう。しかし、「かい」にはねる「若草の　夫の　思ふ鳥」に群鳥を重ねられるであろうか。㉗の大津皇子の悲しみは「泉路無二賓主一、此夕離レ家向」（大津皇子「臨終　一絶」懐風藻）と独り黄泉路を行くことにある。明日も鳴く鴨と、明日は鳴くことなく、雲隠る我との対比において、我にあぢ群の騒ぎを重ねることは難しい。

六　反歌第二首

讃歌的要素を背景とした相聞としての長歌に続き、反歌第一首も長歌の内容をほぼ踏襲しているのに対し、反歌第二首は次のように、その内容が長歌と直接重ならない。舒明斉明朝において反歌を二首持つことが一般的ではないことは周知のことと言え、反歌第二首の意味は、述べてきた当該長反歌の位置づけとも関連しよう。

近江道の鳥籠の山なる不知哉川日のころごろは恋ひつつもあらむ　（巻四・四八七）

鳥籠の山は彦根市東南の山を指すと推測され、正法寺山かともされる（萬葉集〈日本古典文学全集〉）。鳥籠の山は壬申の乱の折に「（天武元年七月）戊戌。男依等討二近江将秦友足於鳥籠山一斬レ之」（天武紀）と見える山である。また、『延喜式』（兵部省）には「近江国駅馬　篠原　清水　鳥籠　横川　各十五疋」と見え、交通の要路であったことが知られる。舒明天皇の名は息長足日広額天皇とあり、祖母広姫の墓所は『延喜式』（諸陵寮）に「息長墓舒明天皇之祖母名曰二広姫一。在二近江国坂田郡一」とある。天皇の鳥籠への行幸の記録はないが、親しい地であったと推測される。長反歌との関連を考える時、この地が交通路にあたっていたことは示唆的である。述べてきたように解すれば、「山のはに　あぢ群騒き行く」景は天皇の行幸の景に重なりうる要素をを持つ。鳥籠の字義には鳥籠の形をした山の意が籠もっているのであろうが、そうしたこととも響き合おう。「不知哉川」には「知らず」の意が籠もるとして、これを相手の状態として、「恋ひつつもあらむ」は自己の状態とする説（萬葉集注釈・萬葉集私注・萬葉集評釈〈窪田〉）と、「知らず」を相手の状態として「いさや」の内容として「恋ひつつあらむ」を考える説（萬葉集全註釈・萬葉集〈日本古典文学大系〉別解）と「いさや」を「恋ひつつもあらむ」に掛けて解する説（萬葉集〈日本古典文学大系〉）また、「日のころごろは」に対して、「後は」を考え、「後は知らず」と解する説（萬葉集〈新編日本古典文学全集〉）など解釈は定まらない。この歌に関連して、鳥籠の山を詠む歌が巻十一にあり、『萬葉集』（新編日本古典文学全集）はこの歌と贈答関係をなすと考えている。

　犬上の鳥籠の山なる不知哉川いさとを聞こせ我が名告らすな　（巻十一・二七一〇）

二七一〇は『古今和歌集』巻第十三の墨滅歌に類歌があり、次のような所伝を付している。

　犬上の鳥籠の山なる名取川いさとこたへよわが名洩らすな　（巻十三・一一〇八）

　　この歌、ある人、天の帝の近江の采女に賜へると

　返し　　采女の奉れる

山科の音羽の瀧の音にだに人の知るべく和が恋ひめやも　（巻十三・一一〇九）

一一〇九は『古今和歌集』中で、六六四に類歌があり、また一一〇八の左注は七〇二とほとんど同じである。このことは近江の釆女に与えた歌という伝承歌があったものの、『古今和歌集』の時代にはその記憶がかなり曖昧になっていたことが知られる。それを踏まえた上で、四八七と二七一〇とを贈答と見る時、二七一〇の類歌を『古今和歌集』が天皇の歌とすることには疑問が残る。『萬葉集』中で「我が名告らすな」とするのは圧倒的に女性である。とすれば、二七一〇は女性の歌となり、四八七は男性の歌となる。四八七について斎藤茂吉が「上半は序詞だが、やはり古調で佳い歌である。そしてこの方は男性の歌のやうな語気だから、或はこれが御製で、『山の端に』の歌は天皇にさしあげた女性の歌ででもあらうか」（万葉秀歌）とするのが注目される。

　四八七を男性の歌とすれば、長歌と反歌第一首は斉明天皇の作としてあり、反歌第二首は舒明天皇の作としてあることになる。鳥籠の山から不知哉川を導き、『萬葉集全註釈』のように「知らず」を相手の状態として「いさや」の内容として「恋ひつつあらむ」と解する時、舒明天皇を待つ斉明天皇の長歌と反歌第一首に対して、離れている舒明天皇が斉明天皇を思いやる反歌第二首の構成として理解される。長歌と反歌第一首との緊密な関係に対して、反歌第一首と反歌第二首が異なった観点からの歌であるという形態は、中大兄の三山歌（巻一・一三〜一五）や「額田王下㆓近江国㆒時作歌井戸王即和歌」（巻一・一七〜一九）と類似し、これらにおいて、第二首が長歌と反歌第一首とに和する歌という関係性の中で理解されることは、すでに伊藤博の説くところでもある。(22) とすれば、当該歌が舒明天皇と斉明天皇の都した岡本宮の天皇作として「岡本天皇御製」と伝えられたのではなかったか。

　『萬葉集』初期作品の方法と構成を持つ「別離」を主題とした作品として理解されると思われる。

注

（1）『萬葉集全注』は「強いて言えば、おそらく岡本宮が二代あると知らないままにこれを岡本宮天皇の御製と信じていた人があったらしいこと、そして編纂者は二代別々であるとは知っていたが、疑問のままに留めた」とする。

（2）阪下圭八「岡本天皇の歌」『万葉集を学ぶ　第三集』有斐閣　昭和五三年

（3）曽倉岑氏「万葉集巻四『岡本天皇御製一首』」『青山語文』八　昭和五三年三月参照。

（4）『万葉集の作品と方法』岩波書店　昭和六〇年。氏は「記紀万葉にみる斉明御製の謎」（『明日香風』昭和五八・一一）、「舒明天皇・斉明天皇（その六）」『国文学解釈と鑑賞』昭和四六年四月）でも同様の論を展開されている。

（5）渡瀬昌忠氏「水鳥の挽歌史」『渡瀬昌忠著作集　第六巻』おうふう　平成一五年　初出昭和五一年

（6）「『岡本天皇御製』反歌考」『札幌大学教養部・短大紀要』第一四号　昭和四八年三月

（7）人が「満つ」とする例は四八五の他に八九四・三二四八・三三二四・四三三一がある。

（8）東光治『続萬葉動物考』有明書房　昭和六一年

（9）他に「さわき」にかかる枕詞「あぢ群の」の例が大伴家持作（巻二十・四三六〇）に見える。

（10）巻一・一六では「鳥も来鳴きぬ」と対の前項を終止形にしているが、四八五歌で「さはに満ちて」と接続助詞「て」を介して後項に続く。これは例えば人麻呂の吉野讃歌における「春へには　花かざし持ち　秋立てば　黄葉かざせり」（巻一・三八）の連用中止法に準ずると考えられる。

（11）注3前掲論文

（12）『古代接続法の研究』明治書院　昭和五五年

（13）土橋寛『古代歌謡全注釈　古事記編』角川書店　昭和四七年。ただし本文「阿多尼」を「藍蓼」と解する。

（14）「比喩事典」『万葉集事典』学燈社　平成五年八月

（15）「万葉用字考証実例㈢」『萬葉集研究　第四集』塙書房　昭和五〇年七月

（16）出典は「驂、駕㆓三馬㆒也。从㆑馬參聲」（『説文解字』）によるか。

（17）注4前掲論文など参照。

(18) 津田大樹氏「亡き人への相聞歌」『日本文芸論叢』第九・一〇合併号　平成六年一〇月
(19) 拙著『萬葉歌の主題と意匠』塙書房　平成一〇年
(20) 注5前掲書
(21) 注6前掲論文
(22) 『萬葉集の歌人と作品　上』塙書房　昭和五〇年　初出昭和四〇年一月、『萬葉集の表現と方法　上』塙書房　昭和五〇年
初出昭和三三年七月

第四節　大伯皇女の御作歌

一　「大伯皇女御作歌」の背景

『萬葉集』巻二相聞の部に斎宮[1]大伯皇女の御作歌が次のように見える。

大津皇子竊下二於伊勢神宮一上来時大伯皇女御作歌二首

吾勢祜乎倭辺遣登佐夜深而鶏鳴露尓吾立所霑之　（巻二・一〇五）

（我が背子を大和へ遣るとさ夜ふけて暁露に我が立ち濡れし）

二人行杼去過難寸秋山乎如何君之独越武　（巻二・一〇六）

（二人行けど行き過ぎ難き秋山をいかにか君がひとり越ゆらむ）

題詞は、大伯皇女[2]が斎宮として奉仕する伊勢神宮を「竊《ひそかに》」に訪れた大津皇子が都へ戻る時の「別離」を詠んだ作であるという主題を明記する。朱鳥元年（六八六）九月九日、天武天皇が崩御し、その一ヶ月足らず後の十月二日、大津皇子の謀反事件が発覚。すぐさま捕えられた皇子は翌日刑死する。二首の情感の背景に、よく知られたこの事件があるという理解は、早く契沖に、「殊ニ身ニシムヤウニ聞ユルハ、御謀反ノ志ヲモ聞セ給フヘケレハ事ノ成ラスモ覚束ナク、又ノ対面モ如何ナラムト思召御胸ヨリ出レハナルヘシ」（萬葉代匠記・精撰本）と見られる。二首の理解を大津皇子謀反事件に引きつけるのは「考え過ぎ」（萬葉集私注）とする説もあるが、切り離せないものとする読み方を大方が踏襲している。

「大伯皇女御作歌」は、他に集中巻二挽歌部に、大津皇子薨去後都に戻った嘆き（一六三・一六四）と皇子の屍を移葬した時の悲哀（一六五・一六六）の四首がある。いずれも大津皇子関連の作で、大伯皇女にとっての弟皇子の存在の大きさが知られるが、当時の人々にとっても、この事件の衝撃が強かったことを『日本書紀』は記している。

> （朱鳥元年十月）庚午（三日）、賜㆓死皇子大津於訳語田舎㆒。時年二十四。妃皇女山辺被㆑髪徒跣、奔赴殉焉。見者皆歔欷。皇子大津、天渟中原瀛真人天皇第三子也。容止墻岸、音辞俊朗。為㆓天命開別天皇㆒所㆑愛。及㆑長弁有㆓才学㆒、尤愛㆓文筆㆒。詩賦之興自㆓大津㆒始也。（持統紀）

『日本書紀』は事件の詳細は語らず、山辺皇女への哀れさと共に優れた資質を持った皇子への哀惜を強くにじませる。皇子が即座に厳しく処断を下されたのに対して、連座したとして捕えられた三十余人は二十九日の詔で独り帳内礪杵道作のみが罪を負って伊豆に流された他は皆赦されている。その不可解さは事件の謎を深め、事件に悲劇性を与えている。事件の背後に推測されるのは皇統の継承問題における持統天皇（皇后鸕野皇女）と皇太子草壁の大津皇子の存在に対する恐れであろう。大津皇子の母は持統天皇の実姉（天智六年以前薨去）であり、大津皇子の出自の尊さは草壁皇子に匹敵する。天智天皇に愛されたという優れた資質に恵まれ、父天武天皇にも「（天武十二年二月）始聴㆓朝政㆒」（天武紀）と遇された皇子である。後に『懐風藻』がその伝記に「状貌魁梧、器宇峻遠。幼年好㆑学、博覧而能属㆑文。及㆑壮愛㆑武、多力而能撃㆑剣。性頗放蕩、不㆑拘㆓法度㆒、降㆑節礼㆑士。由㆑是人多附託」と記すのは人望もあったのであろう。が、『日本書紀』の事件の記述は持統天皇の絶大な権力の前に、都において孤立した皇子の状況を推測させる。大伯皇女の右の二首は、皇女の悲痛と大津皇子謀反事件の悲劇性とを響き合わせて人々に受け入れられたと思われる。しかも、大津皇子の命を奪った最大の要因であったと推測される皇統の継承を担うべき皇太子草壁が天武天皇崩御後その二年余りで他界したことは、大津皇子の悲運をさらに印象づけたのではなかったか。

　こうした大津皇子の悲劇は、大津皇子関連の歌の理解に深く影響し、当該の二首も含めて、大津皇子関係の歌々については物語性を読み取るだけでなく、そこに後世の仮託説も見られる。しかし、品田悦一氏は仮託説の根拠が概して状況証拠に頼っている危うさを指摘し、むしろ作歌と編纂者とを分けて理解する方向性を示されている。[3]氏は仮託という視点に対して、『萬葉集』の初期作品を扱う配慮として、「一般的に言って、ある歌が万葉集に集録されるまでに口頭で伝承された期間を有する場合、伝承者によって歌詞の一部が意識的／無意識的に改変された可能性」「改変の手は編纂段階で加わる可能性」を示唆される。

　当該二首は石川郎女をめぐる大津皇子と草壁皇子歌群（巻二・一〇七～一一〇）の前に置かれている。六首の物語性が推測されるが、氏は一〇五から一一〇の編成に謀反事件の遠因が石川郎女をめぐる大津・草壁皇子の三角関係にあったとする編者の意図を推測する。一〇七、一〇八の助詞「に（「二」とし、他の歌は「尒」とする）」「と（「跡」とし、他は「登」とする）」の用字法が特殊であるとする福沢健氏の指摘[4]を受けて、二首は「巻二の編纂以前に文字化されていたと見られるが、一〇五歌・一〇六歌及び一〇九歌・一一〇歌は、編纂段階ではじめて書きとめられた可能性もある」とする品田氏の推測は大伯皇女の二首を考える上で納得される。後述するように一〇五と一〇七・一〇八の用字の相違は「ぬる」の表記「霑」と「沾」にも指摘でき、記載の段階が考慮されるからである。なお福沢氏は六首について、「～時～作歌」「～歌」という題詞の差にも触れ、各群はそれぞれ別個に記載された歌としている。さらに品田氏は歌い方については、感動がこもるとされる一〇五の第二句「大和へ遣ると」は、題詞による説明がなければ、むしろ防人歌の類型的な別れの表現法に近く[5]、同様に一〇六も歌謡の類型的発想との親近性があると指摘し、二首には細部が表現されていないことを論じて大伯皇女の作としている。

作歌と改変の可能性を考慮した上で、発想と表現方法から二首を大伯皇女作歌とするその方向性は肯われる。作歌が伝承され、記載され、編纂される、それぞれの段階を考慮する必要があるが、仮に語句の改変がなかったとしても、記載時、或いは編纂時の記載における用字の選択は意味の限定、ないしは付与に繋がり、受容という側面を持つ一種の改変と言える。結果として残されている『萬葉集』は、その編纂段階における作品の受容の意識を示すものと考えられる。それを検討してみたい。

二　斎宮大伯皇女

大伯皇女は、斉明七年（六六一）に誕生。大津皇子には二歳上になる。

七年春正月丁酉朔丙寅、御船西征、始就二于海路一。甲辰、御船到二大伯海一。時大田姫皇女、産レ女焉。仍名二是女一、曰二大伯皇女一。（斉明紀）

皇子女誕生の記録は草壁皇子にも大津皇子にもなく、大伯皇女にのみある。しかも皇女誕生の記事が西征に続いて記述されていることから、女児の誕生が戦の予兆として祝福されるべき一種の神判の記録として残されていたことによるという指摘がある[6]。姉弟の母大田皇女は天智天皇と蘇我倉山田石川麻呂の女、遠智娘との間に生まれている。天智紀本文は建皇子・大田皇女・鵜野皇女が兄妹と伝える。或本に美濃津子娘と伝えるのは造《ミヤツコ》媛

（美野津子《ミノツコ》の野が野《ノヤ》と誤読）かとされるが、詳細は不明である。天智六年二月小市岡上陵への、斉明天皇と間人皇女との合葬に際して、「以二皇孫大田皇女一、葬二於陵前之墓一」（天智紀）とあり、大田皇女は夫大海人皇子ではなく、皇孫という出自に基づく埋葬を行われている。大田皇女に対して使う「皇孫」の呼称は、『日本書紀』の中では天孫ニニギノ命とホホデミノ命を除いては建皇子にのみ使われる呼称であり(7)、建皇子は斉明天皇がその死を「万歳千秋之後、要合二葬於朕陵一」と悼んだ皇子である。大田皇女に関する記録は少ないが、その母の出自と祖母斉明天皇との絆の深さは、歌という観点からすれば孝徳紀において造媛を悼む歌を奉った野中河原史満や斉明紀における建皇子を悼む歌の伝承者秦大蔵造万里など渡来人の属する文化圏近くに居たことを窺わせる。『日本書紀』に天智天皇に愛されたと記される大津皇子の漢籍への嗜好は、近江朝における渡来系文化の影響があると推測され(8)、大田皇女とその一族が天智天皇の猶子的存在だったと見る説(9)もある。女人である大伯皇女にも同様に漢籍を学ぶ機会が与えられたかは疑問だが、同じ文化圏には属していたはずである。

　壬申の乱で勝利し、天武二年（六七三）二月、飛鳥浄御原宮に即位した天武天皇は、早くもその四月に大伯皇女を伊勢斎宮とする準備を泊瀬の斎宮で始めさせている。この時、大伯皇女は十三歳。翌年十月には伊勢神宮に立ち、天武帝崩御の朱鳥元年（六八六）九月までの十二年間、伊勢で神に奉仕するという禁欲的な時を過ごさねばならなかった。天武天皇は壬申の乱の折、朝明郡の迹太川辺で天照太神を望拝して勝利を収めている。これによって天武天皇が伊勢神宮の強力な祭祀権を獲得したのであり、皇女達の中でも最も尊貴な大伯皇女を斎宮とすることはその顕示でもあったろう。斎宮として祭祀権を分与された大伯皇女の政治的な地位が後代の斎王よりも遥かに高かったであろうことが指摘されている(10)。その一方で、ちょうど婚期にあたる時期を斎宮として都から遠ざけられた理由には、皇女自身が天皇にもなりうる身分にあったことへの皇后の恐れによる深謀遠慮も推測され(11)、身分が高い故に周囲に翻弄される皇女の不自由な境遇が窺える。

大伯皇女にとって伊勢斎宮としての生活からの解放は、父帝崩御によってもたらされたものだが、父帝の崩御に対する挽歌は残らない。朱鳥元年五月の「天皇始体不安」（天武紀下）から、同年九月九日の崩御までの期間には「（秋七月二日）詔二諸国一大解除」「（八月九日）為二天皇体不予一祈二干神祇一」（天武紀下）とあり、皇女にとっても、天皇御病気平癒の祈りの期間であったはずだが、同時に父天皇の庇護から独り残される弟皇子への不安も抱えていたことになる。十四歳で斎宮に立ち、都から離れて独り神に仕える日々を過ごしていた十二年の間、皇女の許へは姉妹である十市皇女・阿倍皇女の参赴（天武四年二月）、及び多紀皇女・山背姫王・石川夫人による遣い（朱鳥元年四月）が見えるが、姉弟の間の具体的交流を史書は伝えない。しかし、大伯皇女の作歌六首はこの姉弟の心情が緊密な関係にあったことを窺わせる。大津皇子の謀反事件は、大津皇子の出自・資質に反する悲運な状況と華やかさとは無縁な生活を営む大伯皇女の状況に姉弟の心情を響き合わせて、その悲劇性を一層増す形で人々の記憶に残ったであろうことは想像に難くない。

二首の題詞「大津皇子竊下二於伊勢神宮一上来時」に記された「竊」は作歌事情を示すものとして注目される。『萬葉集』中では、「木梨軽皇子為二太子一、容姿佳麗、見者自感。同母妹軽太娘皇女亦艶妙也云々。遂竊通。乃悒懐少息」（巻二・九〇左注）、「大津皇子竊婚二石川女郎一時、津守連通占二露其事一、皇子御作歌一首」（巻二・一〇九題詞）、「但馬皇女在二高市皇子宮一時、竊接二穂積皇子一、事既形而御作歌一首」（巻二・一一六題詞）のように男女間の許されない行為の例が多く見えるが、助字としての用法はそこに限定されない。『広雅』（巻四　釈詁）に「竊　私也」と見えることが注目される。人目につかないこと、人目を盗んでこっそりとの意と解される。『春秋左氏伝』（荘公）に「斎師・宋師次二于郎一。公子偃曰、宋師不レ整、可レ敗也。宋敗、斎必還。請撃レ之。公弗レ許。自二雩門一竊出。蒙二皋比一而先犯レ之。公従レ之。大敗二宋師于乗丘一。斎師乃還」と見え、公的な許しを得ずに行動する場面で使われている。大津皇子は公的な許しを得ずにこっそりと伊勢神宮を訪れたのであろう。その行為の意図は、題詞に斎宮ではなく「下二於伊勢神宮一」とあることから、伊勢神宮への何らかの祈願であり、それが『皇太神宮儀式帳』『延喜式』に載る「私幣禁断の制」に触れたのだともされる。(12) 皇子の行為はそうした疑いを伴う。それが持統天皇側には皇子を処断する口実を与える結果になってしまったのであろうが、皇子の周囲への処断からは実際に具体的な罪を犯したとは考えにくい。

皇子が神宮を訪れた期間には諸説あるが、神堀忍氏は殯宮が起《た》てられた九月十一日から殯宮儀礼の記事が連続的に記される二十四日までの間の可能性を示唆し、『萬葉集』（新編日本古典文学全集）は二十四日大津皇子謀反以後「この歌が詠まれたのは恐らく九月三十日未明」とする。一〇六に「二人行けど行き過ぎ難き」とあることを弟皇子の謀反の企てを知った上での表現とすれば、後者には現実感があると思われる。ただし、「二人行けど」の内容については後に検討したい。

大伯皇女の二首は、事件との関係を省けば歌としての質は浅見徹氏・品田悦一氏の指摘されるように、むしろ類型的であると言えよう。そこに、二首の題詞は作歌事情の緊迫さを伝えて「大伯皇女御作歌」に一つの枠を求めていることが読み取れる。『萬葉集』において題詞と歌は緊密な関係を有して「大伯皇女御作歌」を構成している。『萬葉集』における「大伯皇女御作歌」を考察してみたい。

三　用字の意図

第一首は都に上る弟大津皇子を見送るそのままに立っていて、気づくと明け方の露に濡れていたという感慨を、第二首は二人でも越えて行くのが難儀な秋山を弟が一人でどのように越えて行くのかという不安を詠む。二首の背景には伊勢と大和を隔てる山々が晩秋の風情をたたえて暗く広がっている。第一首は「さ夜ふけて」とあるので、弟の出立後かなりの時間が経過した時点での作である。飛鳥から伊勢まで約一〇〇キロメートル。徒歩で往復五日の道のりだが、馬では朝早く飛鳥を立ち、迂回路を通れば夕方には伊勢に着く計算になるという[13]。おそらく夕方到着して、夜更けには慌ただしく去って行く弟を見送ったことになる。夜明けにはまだ都には着いていないであろう。本文「越武」を「越ゆらむ」と訓む旧訓に対して「越えなむ」（萬葉考）の訓みがあるが、「越ゆらむ」の臨場感が優先されてよいと思われる。

「遣る」の語は「分れ難き意をあらはしたまへるなり」（萬葉集講義）とされ、遣りたくないけれども遣らざるをえない悲痛な思いが読み取られてきた。伊勢神宮を「竊」訪れた大津皇子の行為を大伯皇女は斎宮としては肯定できなかったことが「遣る」には込められていよう。伊藤博は弟から支援の要請を受けながら、公的な立場を優先した大伯皇女の心情を推し量る[14]。後代に比べて政治的な地位が高い斎宮であったとしても、それは天武天皇との結びつきがあってこそであろう。天皇の御杖代としての伊勢での禁欲的な生活が都の実質的な政治権力と結びついていたとは考えにくい。そうした権力との結びつきがあれば、逆に大津皇子の「竊」の行為はなかったはずである。斎宮としては支援を拒み、姉としては弟の企てを諌めて、その困難な状況を憂慮しつつも速やかに皇子を都に上らせることが危険を承知の次善の策だったのではなかったか。
弟皇子を指す「我が背子《せこ》」は「吾勢祜」と表記される。女性の側から「我が背子」と親しい異性を呼ぶことはごく一般的だが、「せこ」の「こ」に「祜」の字をあてるのは一〇五のみである。(15) 一〇五の「祜」の用字は古写本に異同が見られない。ちなみに集中「祜」の字が使われるのは越中の「多祜乃浦」に対してのみである。大伴家持は遊覧の地として「多祜乃浦(16)」と表記する。「祜」の字は『爾雅』に「祜　福也」「祜　厚也」と見え、『毛詩』（小雅甫伝・桑扈）に「交交桑扈、有㆓鶯其羽㆒。君子楽胥、受㆓天之祜㆒」とあり、鄭箋は「胥有㆓才知㆒之名也。祜福也。王者楽㆔臣下有㆓才知文章㆒。則賢人在㆑位、庶官不㆑曠、政和而民安。天子之以㆓福禄㆒」と注する。また『一切経音義』（玄応撰）には「薄祜　胡古反、爾雅祜福也、天之福也、又云祜厚也。謂㆓福厚㆒也」（書陵部本）ともあり、「天から下される厚い福」の意と考えられる。とすれば、「多祜乃浦」とある用字は景勝の地にいかにも相応しい。大伯皇女の大津皇子に対する「我が背子」の呼びかけも「勢祜」と表記されることで「天から幸いを授かった我が弟よ」の意味になり、そこには予祝の意がこもる。「遣る」対象に「勢祜」の字を用いる時、斎宮としての選択と困難な状況にある弟への愛情の板挟みの中で、「祈り」以外に方法を持たない大伯皇女の悲しみが浮かび上がる。それは第二首の「二人行けど」以下の皇女の無力感不安感とも重なるものであろう。

第一首の下の句は「鶏鳴露尓吾立所《たちぬれし》㆑霑之」とある。「立ちぬれし」という連体形の結びは記歌謡にも見られ、古い形式を伝えるものである。用字で注意されてきたのは「鶏鳴露」だが、それについては次に述べることとして、もう一点「露にぬる」に注目したい。

ぬばたまの黒髪山を朝越えて山下露尓沾来鴨《にぬれにけるかも》　（巻七・一二四一　古集）

誰そ彼と我をな問ひそ九月の露に沾乍君待吾《ぬれつつきみまつわれを》　（巻十・二二四〇　人麻呂歌集）

朝戸出の君が足結を閏露《ぬらす》原早く起き出でつつ吾も裳下閏奈《もすそぬらさな》　（巻十一・二三五七　人麻呂歌集）

集中、「露」は「置く」ものとして、その消えやすさ、はかなさが注目されるが、「露にぬる」とある時、右の三首のように、まず生活の中での行為の際に触れるものとして詠まれており、「ぬる」という直接的な実感に気づくことで自己の感慨や相手への情感表現としてあることが窺える。それは東歌における素朴な発想にも通うものである。

馬来田の嶺ろの笹葉の露霜の濡れて我来なば汝は恋ふばそも　（巻十四・三三八二　上総国歌）

なお、奈良朝に入って「露」への視線がより微細になる時、「ぬる」を介して、「涙」との関係性を詠む歌も見られることにも注意しておきたい。

秋萩に置きたる露の風吹きて落つる涙は留めかねつも　（巻八・一六一七）

夏草の露別け衣着けなくに我が衣手の乾る時もなき　（巻十・一九九四）

こうした「露にぬる」の「ぬる」の用字として一〇五にある「霑」は他に一例しかない。集中「ぬる」には「閏」「湿」も見えるが、多く「沾」の字が用いられている。大伯皇女の二首に続く大津皇子と石川郎女との贈答の「ぬる」も「沾」である。

あしひきの山のしづくに妹待つと吾立所沾《われたちぬれぬ》山のしづくに　（巻二・一〇七）

我を待つと君之沾計武《きみがぬれけむ》あしひきの山のしづくにならましものを　（巻二・一〇八）

贈歌は山中で相手を待っている間に滴に濡れた身体的感覚の侘びしさに発想し、答歌はそれを恋心に転化している。「しづくにぬる」の身体的感覚による表現法は一〇五と類似する。一〇七・一〇八は先に触れたように、その文字化が編纂以前と見られるものである。「霑」のもう一例は、石上乙麻呂の「雨降らば着むと思へる笠の山人にな着せそ霑《ぬれ》者《は》漬《ひつ》跡《と》裳《も》」（巻三・三七四）のみである。乙麻呂は『懐風藻』に四首の詩を残し、その伝記に「頗愛二篇翰一」とされて詩集『銜悲藻』二巻の存在を記されており、漢籍に卓越していた人物である。「霑」は古字書に「霑　雨䨮也」（説文解字）、「霑　漬也」（広雅・釈詁）、「霑　致廉反、濡也」（篆隷万象名義）と見え、「沾」は「沾　益也」「沾　縛也」（広雅・釈詁）、「沾　勅兼反、益也、薄也」（篆隷万象名義）と見える。また『漢書』（巻二十二）礼楽志に「太一況天馬下。霑二赤汗一、沫流赭」の應劭注に「太宛馬汗レ血、霑濡也」とあるのに対して、同じ『漢書』（巻五十二）竇田灌漑韓国伝の「魏其沾沾自喜耳」には「師古曰、沾沾軽薄也」と注されており、本来「霑」が濡れる意だったと考えられる。『一切経音義』（玄応撰）には「沾濡、又作霑同、致廉反、広疋沾漬也、濡湿也」（高麗本）とあって、早くから「沾」も濡れる意として用いられたことが知られるが、『漢書』の使い分けは注意される。先に一〇七・一〇八が編纂以前に文字化されていた可能性について触れたが、文字遣いの差を編纂時における改変と見るのであれば、集中にほとんど見られない「霑」の字の使用に編纂者の意図を読む必要があろう。

『文選』（巻三十）には、露に濡れる意で「霑」を用い、しかも別れを主題とする詩に、晋の陸機の七夕詩「擬二迢迢牽牛星一」がある。

昭昭清漢暉、粲粲光レ天歩。牽牛西北迴、織女東南顧。華容一何冶、揮レ手如レ振レ素。怨二彼河無レ梁、悲二此年歳暮一。跂彼無二良縁一、睆焉不得レ度。引レ領望二大川一、雙涕如二霑露一。

別れに流す涙を露にしっとり霑れる様に喩えている。「古詩十九首」に擬したこの詩は『玉台新詠』にも見える。記載の段階で「あかとき露に我立ちぬれし」の情感は、露と涙に関する発想や、七夕の別れにおける男女の恋愛感情に準ずるものとして、皇子との別れにおける「露にぬる」様に、「涙」を想起する「霑」の字を用いることには、こうした詩の表現がよぎったかもしれない。用字の意識を推測するものである。

四　鶏鳴

一〇五・一〇六の後人仮託説の根拠ともなったのは「あかときつゆ」というそれまでに見られない語である。「鶏鳴露」と記されるそれは、集中唯一例であり、小島憲之は「あかときつゆ」は、「語数に制限されて自然に萬葉人の生んだものともみられるが、近江詩壇の大津皇子の作詩より考へると、やはり詩語の借用に原因があるともみるべきであらう」(17)として「暁露」の和語化とされた。氏はそれを「鶏鳴露」とする用字の関係及びその時間についても詳細に考証されている(18)。大伯皇女が斎宮として過ごしていた間に漢籍に触れる機会があったかは不明であり、斎宮になる以前には大津皇子に近く暮らしても、漢詩文を学ぶ機会があったかは疑問である。和語「あかときつゆ」に、「鶏鳴露」の用字が選ばれていることについてはなお検討が必要であろう。『萬葉集』では「暁」が即「鶏鳴」と結びつくとは限らないことを次の歌は示している。

暁跡夜烏雖鳴この山の木末が上はいまだ静けし　（巻七・一二六三　古歌集出）

「あかとき」という訓は集中に「秋の夜はあかとき（阿加登吉）寒し」（巻十七・三九四五）、「あかとき（阿加等伎）のかはたれ時に」（巻二十・四三八四）といった音仮名表記のあること、『新撰字鏡』に「昢　芳昧普佩二反、去、向曙色也、阿加止支」、「旭　許玉反、且日欲ㇾ除也、日乃弓留（享和本「又阿加止支」あり）四字訓同」とあることによる。『新撰字鏡』からは「あかとき」が明け方の色を指し、日が照りだす明るさを指すと解される。集中ではそれを告げるのが鶏鳴である。

旭時《あかとき》等《と》鶏鳴成《かけはなくなり》よしゑやしひとり寝る夜は明けば明けぬとも
（巻十一・二八〇〇）

「あかとき」は「織女の袖つぐ夕の五更は」（巻八・一五四五）とある「五更」の訓でもあるが、「鶏鳴」とすると、小島憲之が早く指摘したように『新撰字鏡』（天部）に「鶏鳴　丑時」とあり、晩秋では夜明け前の未だ暗い四時以前となる。二八〇〇では鶏の鳴き声が「あかとき」を告げるとしており、夜明け前の時刻そのものを指してはいない。厳密に言えば、鶏鳴が「あかとき」そのものではない。鶏が鳴き、朝を告げることはすでに『古事記』の八千矛神の歌謡に「嬢女の寝すや板戸を　……　青山に鵼は鳴きぬ　さ野つ鳥雉はとよむ　庭つ鳥鶏は鳴く」（記二）と見られる表現である。一方、集中の「鶏鳴」の表記は「鶏鳴　東の国に」（巻九・一八〇七　高橋連虫麻呂之歌集）、「鶏鳴　東の坂を」（巻十二・三一九四）とあって、「等里我奈久　安豆麻乎佐之天」（巻十八・四一三一）、「登利我奈久　安豆麻乎能故波」（巻二十・四三三一）、及び「鶏之鳴　東の国の　御いくさを」（巻二・一九九　人麻呂）、「鶏之鳴　東の国に」（巻三・三八二　丹比真人国人）と同じく「鶏が鳴く」と訓んで「東」にかかる枕詞と解される。こうした用法には夜明けが東の方角から明るくなることと「鶏が鳴く」という語とを重ねる意識が窺えるが、「鶏鳴」には、あくまでも「鶏が鳴く」という具体的な意識があったことを考えさせる。なお、「鶏鳴」は『日本書紀』では、「将レ及二鶏鳴一、牡鹿謂二牝鹿一曰……」（仁徳紀三十八年七月条）、「十九年夏五月五日、薬二猟於菟田野一。取二鶏鳴時一、集二于藤原池上一」（推古紀）、「以二八日鶏鳴之時一、順二西南風一、放二船大海一」（斉明紀七年五月条）とある。「鶏鳴」、すなわち鳥が鳴くことが夜明けの時間の把握に繋がっていることが窺えるが、「鶏鳴之時」「鶏鳴時」と「時」を伴うことは「鶏鳴」のみでは時間そのものを表現しえず、鳥の鳴き声の連想がまだ意識されていると解される。また、『風土記』では歌垣の集いを描写して「茲宵于レ茲、楽莫二之楽一。偏沈二語之甘味一、頓忘二夜之将一レ開。俄而鶏鳴狗吠、天暁日明」（常陸国香島郡）とあり、夜が明ける実感が鳥の鳴き声・犬の吠える声と明るい空の色という音と色の両面から語られている。このことは「鶏鳴」が時間を表現しつつ、「鶏が鳴く」という実景そのものを消化させるまでには至らず、夜明けの一つの景として捉えたところに「あかとき」との結びつきのあることを考えさせる。

以上のような理解に立つと、「あかとき」に対しては「鶏鳴」の用字だけでなく「時」を示す語句が必要に思われる。「さ夜ふけて」から「鶏鳴露」とある時間の経過を夜の闇から明け方へという光の推移としてのみ理解するのは難しいであろう。『萬葉集全注』の「夜ふけから暁方まで茫然と立ち尽くしていた皇女の、鶏鳴によって我にかえられた時の心境を想像させて、あわれ深い作である」とする理解がその状況を把握していると思われる。用字から連想されるのである。その一方で「暁露」を和語化した「あかときつゆ」に対して、「あかとき」を「鶏鳴」とのみ表記したことには、罪を負わされるかもしれない弟皇子を思う皇女の御作歌に対して、「鶏鳴」の語への別の連想が働く。

「鶏鳴」は早く『毛詩』に見え、「朝の時間の告知者として恋愛詩で用いられる常套語[19]」とされる。『毛詩』（国風・斎風）には詩題「鶏鳴」としてもみえる。

鶏既鳴矣、朝既盈矣。匪二鶏則鳴一、蒼蠅之声。東方明矣、朝既昌矣。匪二東方則明一、月出之光。虫飛薨薨、甘二与レ子同レ夢。会且レ帰矣、無二庶予子憎一。

詩の内容は、鶏の鳴き声に目覚めた女が男を起こし、早く出勤せよとせき立てるのに対して男が鶏の声を蠅の声だとすることに始まり、朝日の光に対しては月の光を言う、恋人達の問答を歌って、後朝の別れを惜しむものである。が、『毛詩』はその小序に「鶏鳴、思二賢妃一也。哀公荒淫怠慢、故陳二賢妃貞女夙夜警戒相成之道一焉」とし、鄭箋も「鶏鳴朝盈。夫人也、君也。可二以起一之常礼」「夫人以二蒼蠅声一為二遠鶏鳴一。則起早二於常礼一敬也」等と注して、夫を早く起こして勤勉を促す賢夫人をほめる歌と解している。この貞女の歌という解釈が広く行われたようで、『文選』（巻三十六）では官吏候補者に対する天子の試問の文章にも及んでいる。斉の王融の「英明九年策秀才文五首」の第三問、罪の軽重に関する問の文に次のように「鶏鳴」が見える。

徒以百鍰軽科、反行二季葉一、四支重罰、爰創二前古一。訪二游禽於絶澗一、作二覇秦基一。歌二鶏鳴於闕下一、称二仁漢牘一。二途如レ爽、即レ用兼通。昌言所レ安、朕将二親覧一。

右の「鶏鳴」に李善は次のように注している。

班固歌詩曰、三王徳彌薄、惟後用二肉刑一。太倉令有レ罪、就二逮長安城一。自恨二身無一レ子、困急独煢煢。小女、痛二父言一、死者不レ復レ生。上書詣二北闕一、闕下歌二鶏鳴一。憂心摧折裂、晨風激揚レ声。聖漢孝文帝、惻然感二至誠一。百男何憒憒、不レ如二一緹縈一。列女伝曰、緹縈歌二鶏鳴晨風之詩一。然鶏鳴、斎詩、冀夫人及君早起而視レ朝。晨風、秦詩、言二未レ見レ君而心憂一也。

李善が引く班固の「詠史詩」は列女伝にその徳を称えられる緹縈の故事を詠む。『列女伝』（巻六　弁通伝斉太倉女）には漢の太倉令（倉の出納を司どる長官）淳于公が罪を犯して、処刑のための取り調べを受けるために長安の牢に送られた。まだ肉刑（体を損傷する刑）が行われていた時代である。淳于公には娘が五人いたが緹縈が独り悲しんで父の後について行き、長安で書を奉って父に対する肉刑の許しを願った。天子はその心を憐れみ、肉刑の廃止に繋がったと伝えている。ただし、李善の挙げる『列女伝』の「緹縈歌二鶏鳴晨風之詩一」の部分が今本には見えず、班固の文飾とされる。[20] なお、「晨風」は『爾雅』（釈鳥）に「晨風　鸇」とあり鷹の一種（訓はハヤブサ）で、詩は古巣に帰らない恋人（夫）を待つつらさを詠じるが、『毛詩』は小序に「晨風、刺二康公一。忘二穆公之業一、始棄二其賢臣一焉」として賢者を忘れて招かない康公を非難した詩としている。

大伯皇女歌の「あかとき」を「鶏鳴」と記す時、右の『文選』の注が浮かぶことはなかったのであろうか。「鶏鳴」の用字には、鶏の鳴き声に我に返って露に濡れた我が身に気づくという意味を含み、それだけでも充分に皇女の悲痛な情感は伝わるが、さらに「鶏鳴」「晨風」の詩を歌って父の刑の許しを訴えた緹縈の心に通じる皇女の真情を思いやることは、詩に精通した者であれば、可能であったろう。皇女は次の歌で「二人行けど」と歌うのである。

五　二人行けど

第二首は都へ戻る大津皇子が秋山を越えて行く姿を想起してその行程を案じる歌である。「二人行けど」の二人は当然大伯皇女と大津皇子であろうが、「二人行く」ことの具体的な理由は、皇子の伊勢神宮訪問の目的と同様に、判然としない。題詞をはずせば、時間的には真っ暗な秋山を越える困難さを歌っているとも取りうる。だが、題詞はそこに政治的な状況を暗示する。しかし、弟皇子の伊勢神宮訪問は大伯皇女に「二人で行く」ことを思わせるほどに重要事であった。その理由として考えられるのは、一つは皇子の謀反の企てを聞き、皇子を支援するために都へ上ることであり、一つは皇子の伊勢下向に謀反の意図がなかったという申し開きをするために都へ上ることである。「遣る」の語はどちらの状況にも対応しえよう。しかし、「鶏鳴露」に『文選』の李善注を重ねて理解する時、「二人行けど」ははっきりとした輪郭を表す。

『列女伝』において、緹縈は罪を犯した父について「二人」で長安に赴き、父の肉刑を止める嘆願をし、肉刑を廃止させていた。大伯皇女の場合は皇子の帰京後に不安を感じ、皇子の伊勢下向の罪に対して共にあって嘆願することを思い、しかし斎宮の我をしても皇子を囲む状況の打破は難しいと思い返すといった憂慮を抱えていることが連想される。皇女が「遣る」としたのは皇子の困難さを憂慮しつつ、皇子の刑死までは確信していなかった故ではないか。斎宮の任を解かれて伊勢から都に戻る大伯皇女の御作歌の二首には弟皇子の死に対する皇女の嘆きが吐露される。

大津皇子薨之後大来皇女従㆓伊勢斎宮㆒上㆑京之時御作歌二首

神風乃伊勢能国尓母有益乎奈何可来計武君毛不㆑有尓　（巻二・一六三）

（神風の伊勢の国にもあらましをなにしか来けむ君もあらなくに）

欲㆑見吾為君毛不㆑有尓奈何可来計武馬疲尓　（巻二・一六四）

（見まく欲り我がする君もあらなくになにしか来けむ馬疲らしに）

弟皇子の刑死を伝えられながら、それを事実として受け入れがたい皇女の心情が伝わる作である[21]。右の二首の「馬疲」に漢語的な表記の可能性が指摘されるが[22]、「鶏鳴露」にあたるような詩語の和語化や字義に注意すべき用字は見られない。むしろ、大伯皇女の相聞歌の二首の用字の特殊性を考慮すべきかと思われる。

一方で、「二人行けど」の発想に『萬葉集』（新編日本古典文学全集）は「速総別王・女鳥王の駆落ちなどを暗示するか」とする。仁徳天皇に謀反を企てた二人が追われて大和から伊勢への逃避行を行うものの、二人は宇陀の蘇邇（奈良県宇陀郡曽爾村）で殺される。『古事記』は二人の逃避行の折の歌謡を収めている。

梯立の倉橋山を嶮しみと岩懸きかねて我が手取らすも　（記六九）

梯立の倉橋山は嶮しけど妹と登れば嶮しくもあらず　（記七〇）

大和から伊勢に至る途中の大和国十市郡倉梯（現磯城郡多武峰大字倉橋）の実際の地名を歌い、二人の逃避行の難しさが具体性を持つ。異なるのは大伯皇女歌の場合、大津皇子が都へと上る山名はなく「秋山」とある点である。大津皇子が越えて行く山名が具体的に示されていれば、臨場感は一層増したに違いない。皇女が具体的な地名を歌わなかったのは大津皇子の伊勢神宮への下向を具体的な事件として残すことを嫌ったのかもしれない。女鳥王と速総別王との逃避行にならえば、「秋山」という季節を表す表現ではなく、むしろ都との境の地を具体的に示してもよかったことになる。集中で「越ゆ」の対象となる地名は固有名詞の他は「百重山」（巻五・八八六）のように土地の形状を指し、「秋山」という季節を冠した語は特殊といえる。「秋山」を歌うのは、額田王作「春秋判別歌」（巻一・一六）と鏡王女作「秋山の木の下がくり行く水の」（巻二・九二）が早い例である。一六では「秋山」はその木の葉を見て山の黄葉を「しのふ」美の対象としてあり、九二ではその下に流れる激しい情熱に相応しい黄葉の景であろう。『万葉私記』は「秋山」の語感に「挽歌的イメージに繋がる要素」を指摘して、人麻呂の「秋山の黄葉を繁み迷ひぬる」に対応することによる「死のイメージを暗示する」としている。[23]しかし、人麻呂は「たたなはる　青垣山　……　春へには　花かざしもち　秋立てば　黄葉かざせり」（巻一・三八）と秋の山の黄葉の景を春の花と等価にある美として捉えている。「秋山」は人麻呂歌集にも「秋山のしたひ」（巻十・二二三九）のようにその黄葉を歌われ、そこに秋の凋落の要素は未だ見出しがたい。挽歌におけるそれはむしろ「秋山」の美しさ故の「迷ひ」であることを考えさせる。

一〇六が歌うのは秋山を独り行く孤独な皇子の姿だが、その背景の「秋山」は時間的には闇の世界のはずである。晩秋の秋山の黄葉の美しさは目に名残としてあって、現実には夜の闇が広がっている。斎宮になる以前、大伯皇女は近江朝の文雅の世界に触れていたはずである。「秋山」はそこで額田王や鏡王女らによって開かれた新しい語であった。その華やかな宮廷で印象深かったであろう「秋山」は、今、闇をたたえて行き過ぎがたい地として広がっている。それこそが皇女に感じられる都であるのではないか。

しかし「秋山が何となく物さびしく、わびしいものであるといふ心がこめられてゐる事がわかる」（萬葉集注釈）という感覚をやはり我々はぬぐいがたいように思われる。それは秋を悲愁の時期とする感覚を学んでいるからではないだろうか。中国文学において、孤独感を表すために秋の季節を利用したものがあることはすでに知られている。小尾郊一は魏の阮籍の「詠懐」の詩で疇匹なき羈旅の寂しさを、「また晋の潘岳の『悼亡』の詩は、妻の亡くなった孤独の悲しみを、秋景から感じ取っている」とし、「秋は詩人の感情を悲しくゆさぶるものである」として、魏の阮瑀の「雑詩」を挙げ、「秋日なるが故に哀傷の感を催し、したがって、また、吹く風も悲風と感ずる。つまり詩人は秋の季節に哀傷を感ずるのである」とする。[24]

臨レ川多悲風、秋日苦清涼。客子易レ為レ戚、感レ此用哀傷。攬レ衣起躑躅、上観二心与房一。三星守二故次一、明月未レ収レ光。鶏鳴当何時、朝晨尚未レ央。還坐長歎息、憂憂安可レ忘。

右の詩は『芸文類聚』の「行旅」と「哀傷」の部に載せられ、「行旅」の部では同じ阮瑀の次の詩が「又曰」として続く。征旅から帰還後の宴でありながら、またあるであろう征旅とそれによる友人との離別の悲しみを詠じている。

我行自二凜秋一、季冬乃来帰。置二酒高堂上一、友朋集光輝。念当レ復離別一、渉路険且夷。思慮益二惆悵一、涙下霑二裳衣一。

もとより、こうした詩が「大伯皇女御作歌」に直接するとは思われない。しかし「行旅」の部に挙げられた詩の示す、秋の悲愁と孤独感、そして「別離」への思いは『萬葉集』における皇女の二首の受容の背景にあったことは考えられよう。

皇女には大津皇子が移葬された時の歌が二首残る。

移二葬大津皇子屍於葛城二上山一之時大来皇女哀傷御作歌二首

うつそみの人なる我や明日よりは二上山を弟と我が見む　（巻二・一六五）

磯の上に生ふるあしびを手折らめど見すべき君がありといはなくに　（巻二・一六六）

右一首、今案不レ似二移葬之歌一。盖疑従二伊勢神宮一還レ京之時、路上見レ花、感傷哀咽作二此歌一乎。

二首の内容についてはすでに検討したことがあり、[25]特に一六六における題詞と左注との間には、「あしび」の「生」と皇子の「死」の対照に対して、「あしび」に花を連想しても訃を聞いた相手とそれを共有する時間を持たないことへの感傷という意識の差があることを指摘した。それは作歌と左注時の歌の理解の差でもあった。

（大宝元年〈七〇一〉十二月）乙丑大伯内親王薨。天武天皇之皇女也。　（続日本紀）

享年四十一歳。皇女薨去十数年後、『萬葉集』巻二が成立したと考えられる。[26]当該の皇女の歌二首がどのように伝わっていたかはわからない。口承、記載、そして編纂という過程の中で、その用字に対する意識には漢籍の知識が窺える。ただし、巻二の大津皇子関連の歌六首の中で、編纂以前の文字化を推測させるものがあることは、当該の「大伯皇女御作歌」二首の現行の表記が、おそらくは編纂時以降の文字化であることを推測させる。そこには皇女の「別離」を詠む御作歌に対する当時の理解の反映があると思われる。それは奈良朝における斎宮大伯皇女に対する理解でもあったであろう。

注

（1）「斎宮」は御所としての呼称で、「斎王」と呼ばれるべきところだが、当時の呼称に斎王が見られないために斎宮と称しておく。
（2）大伯皇女の名は『萬葉集』には「大伯皇女」とも「大来皇女」とも書かれる。飛鳥池遺跡の木簡には「大伯皇子」とあり、「大伯皇女」が古い表記とされる（榎村寛之「『大来皇女』と『続日本紀』」『続日本紀研究』三六四号　平成一八年一〇月）。本節では一〇五・一〇六の題詞によった。
（3）「大津皇子・大伯皇女の歌」『セミナー万葉の歌人と作品　第一巻』和泉書院　平成一一年
（4）「大津皇子歌群の形成」『国学院雑誌』九〇巻一号　平成一年一月
（5）浅見徹氏「馬疲るるに」岐阜大学『国語国文学』一六号　昭和五八年一月、仁平道明氏「大津皇子関係歌群の隠喩―『占へ露はす』もの―」『解釈』三七巻一号　平成三年一月、同「歌物語の始発と古代和歌」『国文学』七二巻三号　平成一九年三月
（6）注2前掲論文
（7）神武紀にも「皇孫」の語が見えるが、その場合は天照大神の子孫としての意で、特定の人物を指していない。
（8）中西進氏「大津皇子周辺―海彼との関係―」『万葉集の言葉と心』毎日新聞社　昭和五〇年
（9）注2前掲論文
（10）注2前掲論文
（11）神堀忍氏「大伯皇女と大津皇子」『萬葉』五四号　昭和四〇年一月
（12）注2前掲論文
（13）注11前掲論文
（14）『萬葉集の歌人と作品　上』塙書房　昭和五〇年
（15）ただし、寛永版本は「勢枯」をあてる。「勢枯」の表記は巻一・四三に見られ、四三では「勢枯」で異同がない。
（16）仮名書き表記では「多古能之麻」（巻十七・四〇一一）、「多胡之佐伎」（巻十八・四〇五一）と表記し「祜」は使われていない。

(17) 小島憲之『上代日本文学と中国文学　中』塙書房　昭和三九年
(18) 小島憲之「上代文献解釈への小さき径」『国語国文』十五巻十号　昭和二二年一一月
(19) 加納善光氏訳『詩経　上』学習研究社　昭和五七年
(20) 下見隆雄氏は『列女伝』に鶏鳴晨風詩の故事が見えないことについて、脱落説があるのに対して、班固が文学的効果を高めるために歌詩のことを加え入れたと推測する（『劉向『列女伝』の研究』東海大学出版会　平成一年）。
(21) 拙著『萬葉歌の主題と意匠』塙書房　平成一〇年
(22) 土佐朋子氏「大来皇女歌の『馬疲尓』―漢籍受容の可能性」『古代研究』三二号　平成一一年一月
(23) 西郷信綱『万葉私記』未来社　昭和四五年
(24) 『中国文学に現われた自然と自然観』岩波書店　昭和三七年
(25) 注21前掲書
(26) 伊藤博『萬葉集の構造と成立　下』塙書房　昭和四九年

第五節　石見相聞歌――放り行く人・その心――

一　石見相聞歌

柿本朝臣人麻呂従二石見国一別レ妻上来時歌二首〈并短歌〉

（第一歌群）

石見の海　①角の浦廻を　浦なしと　人こそ見らめ　②潟なしと〈一に云ふ「礒なしと」〉　人こそ見らめ　よしゑやし　浦はなくとも　よしゑやし　②潟は〈一に云ふ「礒は」〉なくとも　いさなとり　海辺をさして　③にきたづの　荒礒の上に　か青く生ふる　玉藻沖つ藻　④朝はふる　風こそ寄せめ　夕はふる　波こそ来寄れ　波のむた　か寄りかく寄る　⑤玉藻なす　寄り寝し妹を〈一に云ふ「はしきよし　妹が手本を」〉　露霜の　置きてし来れば　この道の　八十隈ごとに　万度　かへり見すれど　いや遠に　⑥里は放りぬ　いや高に　山も越え来ぬ　夏草の　思ひしなえて　偲ふらむ　⑦妹が門見む　なびけこの山（巻二・一三一）

反歌二首

⑧石見のや高角山の木の間より我が振る袖を妹見つらむか（巻二・一三二）

⑨笹の葉はみ山もさやにさやげども我は妹思ふ別れ来ぬれば（巻二・一三三）

或本反歌曰

⑧石見なる高角山の木の間ゆも我が袖振るを妹見けむかも　（巻二・一三四）

（第二歌群）

つのさはふ　石見の海の　言さへく　辛の崎なる　いくりにそ　深海松生ふる　荒磯にそ　玉藻は生ふる
⑩玉藻なす　なびき寝し児を　深海松の　深めて思へど　さ寝し夜は　いくだもあらず　延ふつたの　別れし
来れば　肝向かふ　心を痛み　思ひつつ　かへり見すれど　大舟の　渡の山の　もみち葉の　散りのまがひ
に　妹が袖　さやにも見えず　妻隠る　⑪屋上の〈一に云ふ「室上山」〉山の　雲間より　渡らふ月の　惜しけど
も　隠らひ来れば　天伝ふ　入り日さしぬれ　ますらをと　思へる我も　しきたへの　衣の袖は　通りて濡
れぬ　（巻二・一三五）

反歌二首

青駒が足掻きを速み雲居にそ⑫妹があたりを過ぎて来にける〈一に云ふ「あたりは隠り来にける」〉（巻二・一三六）

秋山に落つるもみち葉しましくはな⑬散りまがひそ妹があたり見む〈一に云ふ「散りなまがひそ」〉（巻二・一三七）

（或本歌群）

或本歌一首〈并短歌〉

石見の海　①津の浦をなみ　浦なしと　人こそ見らめ　②潟なしと　人こそ見らめ　よしゑやし　浦はなくとも
よしゑやし　②潟はなくとも　いさなとり　海辺をさして　③にきたづの　荒磯の上に　か青く生ふる　玉藻沖
つ藻　④明け来れば　波こそ来寄れ　夕されば　風こそ来寄れ　波のむた　か寄りかく寄る　⑤玉藻なす　なび

き我が寝し　しきたへの　妹が手本を　露霜の　置きてし来れば　この道の　八十隈ごとに　万度　かへり見すれど　いや遠に　⑥里離り来ぬ　いや高に　山も越え来ぬ　はしきやし　我が妻の児が　夏草の　思ひしなえて　嘆くらむ　⑦角の里見む　なびけこの山　（巻二・一三八）

反歌一首

⑧石見の海打歌の山の木の間より我が振る袖を妹見つらむか　（巻二・一三九）

右、歌躰雖レ同句々相替。因レ此重載。

『萬葉集』巻二相聞の部に見え、「石見相聞歌」と呼ばれる右の歌群は題詞に、妻との「別離」を詠むという主題が明記されている。『萬葉集』の前期作品において、こうした「妻との別れ」を直接歌い上げた作品は他に見あたらず、人麻呂による「石見相聞歌群」は特異な存在であるといえる。注意されるのはその「別離」が都人である人麻呂と石見の妻との「別離」である点であろう。例えば、後の遣新羅使人等歌群における「妹」との「別離」が故郷である都を離れて、再び故郷へ帰るという願いの下に詠まれているのとは異なり、石見を訪れた人麻呂（「我」）が故郷である都に帰るという、言うなれば「客人」の「別離」として詠まれているのである。この点に留意しながら、妻との「別離」、死別ではなく、生別離（生き別れ）という主題を人麻呂はどのようなものと捉えていたのか、考察してみたい。

「石見相聞歌」は第一歌群（一三一～一三四）・第二歌群（一三五～一三七）そして第一歌群の異伝である或本歌群（一三八～一三九）からなり、第一歌群及び第二歌群にはいくつかの「一云」とする部分的異伝を伝えている。なお、歌群中に付した傍線は異伝が伝えられている部分を示しており、対応するものに同じ番号を付した。「石見相聞歌」については、語句の細部にまで亙る詳細な論を含めて、先学に多くの論考があり、さらに検討する余地はないかとも思われる。[1] しかしながら論の内容の多くは作品の成立に関わることであり、かつ二歌群の時空の構成方法であると考えられる。

　作品の成立については、本文歌との異伝を持つ或本歌群（一三八〜一三九）が最初に成立し、第一歌群と第二歌群の一云歌群、そして第一歌群と第二歌群の本文歌群が成立したと考え、そこに連作として第一歌群から第二歌群への求心的構図を見る伊藤博[2]に対して、神野志隆光氏は或本歌群から第一歌群一云歌群が成立し、さらに第一歌群本文歌群と第二歌群一云歌群そして第二歌群本文歌群という一首構成から二首構成へと推敲されたのであり、二歌群について「緊張的にはりあう一首の均衡にある抒情のかたち」を捉えている。[3] 第一歌群と第二歌群における或本歌、一云歌及び本文歌の異伝の関係は、人麻呂の推敲によるとすることがほぼ定着している。異伝はこうした歌群の成立順はもちろん、二歌群の構成意識においても意味を持つと考えられる。さらに題詞「従㆓石見国㆒別㆑妻上来時歌二首」が規定する主題との関係も問われよう。

　第一歌群では石見の海の景に始まる序詞（二十三句）によって、「玉藻なす」と寄り寝た「妹」を導く。序詞が長歌の前半部分を占めるという表現方法は特異な様式といわなければならない。第二歌群でも長歌において同様に石見の海の景を詠む序詞から「妹」を導くが、第二歌群の序詞は九句に過ぎないからである。ここにどのような意図が込められているのであろうか。その「妹」を「露霜の　置きてし来れば」と以下の「かへり見」の行為の理由を述べ、山を越えて来た時、その「我」を偲んでいるであろう「妹」を提示しながら、「妹」自体ではなくてその「門」を見ようと「山よなびけ」という呪的ともいえることばを発している。何故「妹」ではなく、「門」を対象とするのであろうか。そして反歌第一首は、妹に対する別れの袖振りを詠み、反歌第二首は「別れ来ぬれば」と別れを理由として「妹を思ふ」心情を吐露している。

第二歌群は序詞によって導かれた「妹」との逢瀬の期間の短さと「深めて思へど」の心情が対比され、さらに「別れし来れば」と別れが明記された上での、離れて来る道すがらの心情が綿々と吐露される。いずれも「心を痛み」「惜しけども」「ますらをと　思へる我も」と、「我」の心情の繰り返しに他ならず、長歌末尾も「衣の袖は　通りて濡れぬ」という「我」の心情の強い発露で詠い納められている。第二歌群の長歌には妹の感情を推し量ろうとする表現がまったく見られない。さらに反歌第一首は「妹があたりを過ぎて来にける」と漠然と把握された「妹」の居る地との距離を確認し、反歌第二首に「妹があたり見む」と未練の残る心情が表明される。

第一歌群と第二歌群の表現をあらあら追うだけでも表現上の差が見られることに気づかれるが、いずれもその主題が妻との「別離」にあることには異論がないと思われる。第一歌群は長歌に「我」の語は見えず「寄り寝し妹」「思ひしなえて　偲ふらむ妹」と「妹」が詠まれるのに対して、反歌では「我が振る袖」（第一首）、「我は妹思ふ」（第二首）と「我」の行為を主体的に詠んでいる。或本歌の長歌が「なびき我が寝し」「妹が手本を」「我が妻の児が」といずれをも詠むことに比べて、その表現方法がかなり練られた作品であることを推測させる。一方、第二歌群では長歌に「なびき寝し児を」「妹が袖」「妻隠る」と「妹」を三通りに言い換え（もちろん「妻隠る」は枕詞ではあるが）、「ますらをと　思へる我」と「我」も詠んでいるのに対して、反歌では「妹があたり」のみが詠まれる。「我」と「妹」の語の表面的な使用法で何かを判断することはできないが、意図的な表現手法とも見える。こうした「我」と「妹」の表現手法が「別離」の主題とどのように関わるのか、異伝の内容を確認しつつ検討してみたい。

二　石見の海

二歌群の長歌冒頭はいずれも「石見の海」の描写から始まっている。ただし、第二歌群の長歌冒頭が「つのさはふ　石見」と枕詞で始まるのに対して第一歌群では「石見の海」と、枕詞を伴わない地名で始まることが注意される。人麻呂作歌において長歌の冒頭の地名はいずれも枕詞で始まるからである。

①玉だすき　畝傍の山の　橿原の　聖の御代ゆ　生れましし　神のことごと　……（巻一・二九）

②飛ぶ鳥の　飛鳥の川の　……　玉藻なす　か寄りかく寄り　なびかひし　夫の命の　……（巻二・一九四）

③飛ぶ鳥の　飛鳥の川の　……　川藻もぞ　枯るれば生ゆる　なにしかも　我が王の　……（巻二・一九六）

④天飛ぶや　軽の路は　我妹子が　里にしあれば　……（巻二・二〇七）

⑤玉藻よし　讃岐の国は　国からか　見れども飽かぬ　……　しきたへの　枕になして　荒床に　ころ臥す君が　……（巻二・二二〇）

①は近江荒都歌で、歴代の天皇の宮が大和に置かれてきていることは、初代神武天皇の宮が畝傍山の麓に置かれたことに始まると詠む。②は泊瀬部皇女忍坂部皇子への献呈挽歌、③は明日香皇女への挽歌で、いずれも「夫の命」「我が王」を導く序詞の中にある明日香川の名に枕詞が冠されている。④の「泣血哀慟歌」の場合は、妻の住む里へ至る道に対して冠される。その方法が「長歌全体にかかわり、作品構成の契機を内に含む場を提示して」いることはすでに論じたことがある。(4) ④は行路死人が臥している地に対するものである。いずれも枕詞を伴うことでその地に対する土地讃めの意識を表現し、荘重な歌い出しを印象づける。第一歌群の長歌が地名表現で

始まりながら、枕詞を伴わずに詠まれたことに理由があるのだろうか。

石見国は山陰道の果てに位置し、『延喜式』（主計式　上）によれば都からは「行程上廿九日、下十五日」とされ、その距離は周防国の「上十九日、下十（同上）日」（同上）、長門国の「上廿一日、下十一日」（同上）、さらに、大宰府の「上廿七日、下十四日」（同上）よりも遠いことはすでに、指摘がある。[5]さらに『続日本紀』に見える石見国についての記事は、十七例のうち、十例までが疫病や飢饉の記録となっているだけでなく、[6]『延喜式』（主計式上）に見える貢納物も隣国の出雲国が調として「白絹十疋。緋帛廿疋。縹帛十疋」以下九種、中男作物として「紙、海石榴油、胡麻油、薄鰒、雑腊、紫菜、海藻」の品を数えるのに対して、調は一種もなく中男作物も「紙、紅花、薄鰒、雑腊、紫菜」とわずかに五品を数えるに過ぎない。山陰道の諸国の中でも、調・中男作物を合わせてその種類が最も少なく、次が隠岐国である。当時、辺境の貧しい地として把握されていたことが推測できるが、さらに、「浦なしと……潟なしと……」という表現にはよい港も干潟もなく、山路をたどる以外に外部との交流を持てなかったことが示されている。「石見の沿岸農村地は近世まで窮民の多かったところ[7]」という。都人である人麻呂にとって、石見国は海に続く他ない、行き止まりとなる辺境の地として把握されていたに違いない。その地の妻との「別離」である。

石見の海の妻の里近くの景は、「にきたづの　荒礒（本文「荒礒」）」と表現される。「礒」は諸本に異動がない。「礒」について『新撰字鏡』は「魚何反、上、碕礒又石品山状也」とし、『類聚名義抄』（観智院本）に「礒　イソ」の訓を持つ。『説文解字』の「硪　石巌也、从石我声」の「石巌」について段注は「巖厓也。石巌、石厓也。玉篇作礒」としている。『篆隷万象名義』に「礒　居依反、磧也、切也」とあり、「磧」は「具歴反、瀬也」とある。「硪」は『玉篇』（原本系）に「冝倚反、楚辞嶔崖崎峨、王逸曰、山阜隅隅也、説文、石巌也」、また「磯、水中磧也」とあり、「岩石の多い波打際」（時代別国語大辞典上代編）である。「荒磯」には人の手の入らない荒涼とした景が髣髴としよう。当時の国庁址附近から江ノ川河口附近までは唐鐘千畳敷・赤鼻の岬、波子の北の大崎の鼻といった断崖の景はあるものの、海岸線が単調に続いている。自然の美しい景が見られると同時に、浦も潟もない海岸線は「にきたづの　荒磯」に重なる。「角の浦廻を（本文「角乃浦廻乎」）」と提示されたその海岸線に対して、「浦なしと」「潟なしと」と否定が繰り返される。特に「潟なしと（本文「滷無等」）」は本文歌及び「或本歌」のそれと異なり、「一云歌」では「磯なしと（本文「礒無登」）」とある。本文歌「角の浦廻」に対して、或本歌群の「津の浦をなみ（本文「津之浦乎無美」）」からの推敲は「浦なしと」との重複を避けたととれる。

一旦は、「浦」との対として「滷」から「礒」へ換えながら、再び「滷」に換えたのは何故であろうか。「滷」は『新撰字鏡』に「滷　恩赤反、苦也、鹹也、浜也、又郎古反、上、加太」とある。遠浅の海岸の意でなく「一種の鹹湖をさす名称として用ゐたる」（萬葉集講義）とする説があるが、確実な例がなく（萬葉集注釈）、「飫宇能海之　塩干乃鹵之」（巻四・五三六）、「牟故能宇良能　之保非能可多尓」（巻十五・三五九五）の用例がいずれも潮干による干潟を詠んでいることからすると遠浅の海岸の意が相応しいと考えられる。「浦」と「潟」の対比は湾曲した海岸のよい船着き場と遠浅の貝などのとれる豊かな干潟の対比であり、そのいずれにも恵まれない石見の海岸を推測させる。

「礒」も岩の多い海岸を示すとすれば、それは船着き場になりえない海岸を意味するが、それ以上に、「礒」は前に挙げた『篆隷万象名義』の例の他に『新撰字鏡』には「湄　美悲反、水澄也、波万、又伊曽」「濆　父文反、平、水涯也、水支波、又伊曽、又波万」ともあることからすると、「磯（礒）」は「岩の多い、澄んだ水辺」を指すと考えられる。それは「大き海の水底とよみ立つ波の寄せむと思へる礒のさやけさ」（巻七・一二〇一）とも詠まれる「礒」であったろう。「荒礒の上に　か青く生ふる」は荒涼としつつも美しい景の広がりを窺わせる。「浦」と「礒」両者の否定には、船着き場も美しい水辺もないという機能性と景と双方共に否定をする表現と読める。一方、「或本歌」には「礒」の語はなく、一云歌で機能性と景の両者を否定したものの、本文歌では「にきたづの　荒磯（本文「礒」）」との「礒」の重複を避けたと推測される。結果として、本文歌では浦と潟（滷）は船着き場や豊かな干潟を意味して土地の産業を担う意味で同義であり、繰り返しの否定によって石見の海岸に住む貧しさを強調すると考えられるが、海の景の美しさを否定しているわけではない。石見国が海側に開かれてゆく生活の方法を持たないこと、その結果海側から風や波が寄せて来る勝景の地であることを意味している。そして、風や波が寄せるその景の中に表現される玉藻沖つ藻を妻の描写と重ねているのである。

三　藻の表現

「いさなとり　海辺をさして」以下「玉藻なす」までの句は、沖の方から、海辺に向かって吹く風や波と共に「玉藻沖つ藻」が寄ることと、「玉藻沖つ藻」は「にきたづの　荒磯の上に　か青く生ふる」ものであるという矛盾した要素を含んでいる。「いさなとり　海辺をさして」が続くのは五句目以降「朝はふる　風こそ寄せめ　夕はふる　波こそ来寄れ」である。その波と共に寄せる「玉藻沖つ藻」に限定すれば、その寄る様が「玉藻なす　寄り寝し妹」と続くことに矛盾はない。しかし、その間の四句「にきたづの　荒磯の上に　か青く生ふる　玉藻沖つ藻」は「波のむた　か寄りかく寄り」とは矛盾する。ただし四句目が「沖つ藻」のみであれば、意味は通り、逆に「沖つ藻」は荒磯に「生ふる」とすることにそぐわない。「玉藻沖つ藻」の順にあることにも意味はあるのではないか。両者の関係について、上安広治氏は、「遥か沖合から風浪と共に『玉藻沖つ藻』が打ち寄せてくる」「根生えている『玉藻沖つ藻』に、遥か沖合から風浪が打ち寄せて来る」の二重性があると説いている。(8)だが、この二重性は「荒磯の上に　か青く生ふる　沖つ藻」の矛盾を解決しないのではないだろうか。そこで試みに「玉藻沖つ藻」を一端切り離して理解してみたい。問題は「玉藻沖つ藻」が一句の中にあることで、それが『萬葉集』（新編日本古典文学全集）が注するように「互いに同格をなす」とされる点にあるのではないかと思われるからである。すなわち「荒磯の上に　か青く生ふる　玉藻」と「沖つ藻　朝はふる　風こそ寄せめ　夕はふる　波こそ来寄れ　波のむた　か寄りかく寄る」と別々に理解した上で、改めて「玉藻沖つ藻」かつ「玉藻なす」とあることの意図を考えてみたい。

「か寄りかく寄る」とされる「玉藻なす」が「寄り寝し妹」を導くのは本文歌のあり方である。「或本歌」では「なびき我が寝し」と「我」を主体とした共寝の描写であり、「一云歌」では「はしきよし　妹が手本を」と「妹」になっている。人麻呂が「藻」によって女性の姿態や共寝の官能的な印象を描写したこと、また人麻呂以前にそうした表現が見いだせないことはすでに指摘されている。(9)「藻」の表現を確認しておきたい。「藻が寄る」という表現が最初に見られるのは允恭紀である。

①十一年春三月、癸卯朔丙午、幸二茅渟宮一。衣通郎姫歌之曰、

とこしへに　君もあへやも　いさな取り　海の浜藻の　寄る時々を　（紀六八）

時天皇謂二衣通郎姫一曰、是歌不レ可レ聆二他人一。皇后聞必大恨。故時人号二浜藻一謂二奈能利曾毛一也。（允恭紀）

②飛ぶ鳥の　明日香の川の　上つ瀬に　生ふる玉藻は　下つ瀬に　流れ触らばふ　玉藻なす　か寄りかく寄り
なびかひし　嬬《つま》乃《の》命《みこと》乃《の》　たたなづく　柔膚すらを　剣大刀　身に副へ寝ねば　ぬばたまの　夜床も荒るら

む　……（巻二・一九四）

③飛ぶ鳥の　明日香の川の　上つ瀬に　石橋渡し〈一に云ふ「石なみ」〉　下つ瀬に　打橋渡す　石橋に〈一に云ふ「石なみに」〉　生ひなびける　玉藻もぞ　絶ゆれば生ふる　打橋に　生ひをれる　川藻もぞ　枯るれば生ゆる　なにしかも　我が大君の　立たせば　玉藻のもころ　臥やせば　川藻のごとく　なびかひの　宜しき君が　朝宮を　忘れたまふや　夕宮を　背きたまふや　……（巻二・一九六）

④……　大船の　思ひ頼みて　玉かぎる　岩垣淵の　隠りのみ　恋ひつつあるに　渡る日の　暮れぬるがごと　照る月の　雲隠るごと　沖つ藻の　なびきし妹は　もみち葉の　過ぎて去にきと　……（巻二・二〇七）

①の允恭紀の例では、衣通郎姫が天皇に向かって常に逢えなくても、海の「藻」が「浜藻」として時折、浜に寄るように、せめてそのたまの時には逢って欲しいと歌っている。「藻」に重ねられているのは男の訪れであり、その方法は或本歌の「なびき我が寝し」に共通する。②以下は人麻呂の例である。②は藻の寄る様を「なびかひし　嬬の命の」とし、その「なびかふ」主体は「嬬＝泊瀬部皇女」（萬葉集全註釈・萬葉集全注）とも「夫＝川島皇子」（柿本人麻呂評釈篇・萬葉集評釈〈佐佐木〉・萬葉集評釈〈窪田〉・萬葉集私注・萬葉集注釈・萬葉集〈日本古典文学大系〉・萬葉集〈日本古典文学全集〉・萬葉集〈新潮日本古典集成〉・萬葉集〈講談社文庫〉など）ともし、解釈が分かれる。石見相聞歌において、或本歌は「藻」のなびく様を「我」を主体とする共寝を詠むことからすると、「藻」の対象を女性に限る必要はないと思われる。ただし、③は「我が大君」が明日香皇女を指すことからすれば、「藻」に喩えられているのは皇女であり、④も「藻」の描写は妻と重なっている。

①から④には、「藻」に対して、海浜に「寄る」という行為の把握から、「藻」の「寄る」様を「なびく」と捉え、そこに官能的な要素を把握して行く過程を見ることができるように思われる。人麻呂は一云歌で「妹が手本

を」と詠んでいる。手本は「手首あるいは袖口のあたりをさす」（時代別国語大辞典上代編）意であり、波の揺れのように動く妹の手首附近への視線はそこに官能的な美を捉えたことを示していよう。しかし、問題は何故、「藻」に喩えられる主体が「我」から「妹」に変化したのかという点であろう。もちろん、「藻」の描写に重ねる対象として「妹」のしなやかさがより相応しいとすることに異論はない。しかし、それが石見の海の描写の一環としてあることは問われねばならない。

石見の海の描写は、「朝はふる　風こそ寄せめ　夕はふる　波こそ来寄れ」の四句に異伝がある。すなわち、或本歌では「明け来れば　波こそ来寄れ　夕されば　風こそ来寄れ」とあって、朝夕の訪れの時間の対比の中で波・風が寄せてくる繰り返しの表現になっている。それが「一云歌」「本文歌」では「はふる」と寄せてくるあり様を示す描写と波・風の順序を入れ替えた表現になっている。「はふる」は本文「朝羽振《あさはふる》」「夕羽振《ゆふはふる》」とあって、鳥の羽ばたくように風・波が寄せてくる意とされ、西郷信綱は「古事記に『浪振る比礼《ひれ》、風振る比礼』『亀の甲に乗りて、釣しつつ打ち羽振り来る人』、また書紀に『押し羽振る甘美《うま》し御神』などの用法をあげる」として、そうした神話的表現を詩的に再生したと捉えている。⑩「朝はふる」「夕はふる」については「海の全面に立つ風・浪を神秘的な力によるものとしてあらわす」⑪ともいわれ、風・浪の寄せ方に神秘性の付与があると考えてよいと思われる。しかし、貧しい石見の海岸近くに住む妹を導く描写に神秘性を付与する必然性は奈辺にあったのだろうか。また風から浪へという順の入れ替えにも何らかの意図を読み取るべきなのであろうか。

風が吹き、波が寄せることは海岸における一般的な景に過ぎないように思われる。しかし、記紀の中などに、その例を探ってゆくと、風や波に対して神秘性を把握した発想を見ることができる。

①天稚彦之妻下照姫、哭泣悲哀、声達㆓于天㆒、是時天国玉聞㆓其哭声㆒、則知㆓夫天稚彦已死㆒、乃遣㆓疾風㆒、挙㆑尸

致レ天、便造二喪屋一而殯之。（神代紀下　第九段　正文）

②豊玉姫謂二天孫一曰、妾已娠矣。当レ産不レ久。妾必以二風濤急峻之日一、出二到海浜一。請爲レ我作二産室一相待矣。（神代紀下　第十段　正文）

③天皇上り幸す時に、黒日売、御歌を献りて曰はく、

大和へに　西風吹き上げて　雲離れ　退き居りとも　我忘れめや　（記五五）

①は天稚彦の葬儀の際に風が妻達の哭き声を天上に運んでおり、②は豊玉姫が出産のために海の宮から地上に来る時の条件を「風濤急峻日」としている。その日の設定は「風濤急峻」が異界との通行を可能にする時であることを示すものと推測される。③は吉備に黒日売を追って行った仁徳天皇が、大和（倭）へ帰京する際の黒日売の別れの歌とされていて、雲が西風に吹かれる様と、天皇の船が風に吹かれて大和へと向かうこととが重ねて表現されていると考えられる。風によって雲が離れて行くという表現には、天皇の向かう大和が、黒日売にとって、手の届かない遥か遠くであることを窺わせる。③の歌は『丹後国風土記』逸文の「水江の浦の島子譚」に類歌として見え、筒川の島子と神の女との別れの歌になっている。このことは黒日売の歌に託された隔絶感が島子と神の女との別れに重なるものであることを示唆する。[12] ①から③はいずれも、目に見えない風が、本来通行不可能な二つの世界を、通いうるものとして把握されていたことを示している。と同時に、男女の別れの歌が、異界の神の女との遠い別れの歌になっていることは上代における別れの質を考えさせるのではないだろうか。

「石見相聞歌」において、海の沖から羽振りつつ寄せる風と波、その波と共に寄る「玉藻なす　寄り寝し妹」を導く方法には、石見の海近く、角の里にある「妹」に異界の女の印象を重ねている可能性を推測させる。允恭紀歌謡では海の「藻」のように「寄る」のは男の訪れとしてあった。或本歌が「玉藻なす」の対象を「我」とし

ているのは、都という異なる世界から訪れたことを印象づける意図を考えさせる。それを「妹」へと転換するに際して、神秘的な描写を伴う風・波と共に海辺、すなわち「にきたづの　荒磯」に寄る「玉藻なす　妹」と描写した意図は「妹」があたかも石見の海の沖から来たような印象を与えることにあったのではないか。

一方でその「玉藻」は、「にきたづの　……　か青く生ふる」とその土地に根づいた生命力溢れるものとして詠まれている。両者を結ぶのは『萬葉集』(新編日本古典文学全集)が同格とする「玉藻沖つ藻」である。「いさなとり　海辺をさして　……　(玉藻)沖つ藻　朝はふる　風こそ寄せめ　夕はふる　波こそ来寄れ　波のむたか寄りかく寄る　玉藻なす」の文脈と「にきたづの　荒磯の上に　か青く生ふる　玉藻(沖つ藻)」の文脈とが、「玉藻沖つ藻」を介して重なっていると解せるのである。このように理解する時、「玉藻沖つ藻」の順であることも無理はないと思われる。長い序詞は、背景に石見の海の実質的な貧しさを歌いつつ、その地に生き生きと暮らす「妹」をあたかも海から寄り来た異界の女であるかの如く捉えて見せた表現といえるのではないか。では人麻呂にとって「妹」をそのように表現した意図はどこに求められるのであろうか。

四　露霜の　置きてし来れば

長歌の半分に及ぶ長い序詞によって導いた「妹」を角の里において山道を行く過程が次に詠まれるが、「妹」を角の里に置いてくることを「露霜の　置きてし来れば」と枕詞を冠して詠んでいる。「露霜の　置きてし来れば」から検討したい。川島二郎氏は「置きてし来れば」に枕詞「露霜の」を冠する手法について「つとに『万葉集略解』が注するように『捨置』の意と理解すべきであると考える」「石見妻を捨て置くことを言うと共に枕詞

『露霜の』が別離後に人麻呂が一人寒々としてある情景を暗示している」[13]とされる。そうした情景は重ねうる景ではあると考えられるが、「置く」にかかっていることとの関係を考えてみたい。枕詞「露霜の」の検証が求められよう。

①……　いかさまに　思ひいませか　うつせみの　惜しきこの世を　露霜の　置きて去にけむ　時にあらずして　(巻三・四四三)

②……　うつせみの　借れる身なれば　露霜の　消ぬるがごとく　あしひきの　山路をさして　入り日なす　隠りにしかば　……　(巻三・四六六)

③……　春にしなれば　春日山　三笠の野辺に　桜花　木の暗隠り　かほ鳥は　間なくしば鳴く　露霜の　秋さり来れば　生駒山　飛火が岡に　萩の枝を　しがらみ散らし　……　(巻六・一〇四七)

④露霜の消易き我が身老いぬともまたをち反り君をし待たむ　(巻十二・三〇四三)

⑤……　朝夕に　満ち来る潮の　八重波に　なびく玉藻の　節の間も　惜しき命を　露霜の　過ぎましにけれ　……　(巻十九・四二一一)

「露や霜は鶯ノ春と同様に秋の象徴であるところから秋にかかり、その属性から置ク・消《け》・過グにかかる」(時代別国語大辞典上代編)とされる。③の秋への懸かり方は秋の実景ではないものの、秋を象徴する景として秋の語を導いていることが知られ、詠われる内容との違和感は薄い。①②④⑤には歌の情景に対して露霜が直接関与しているとは考えにくい。しかし、①は「摂津国班田史生丈部龍麻呂自経死之時」に大伴宿禰三中が作った挽歌である。「露霜の」が「置きて去にけむ」にかかる時、置く対象は「惜しきこの世」であるが、死者にとってそれはもはや虚しい存在であるとすれば、ここには単に置くという行為のみならず、置いた露がやがて消えるという意味を内包させつつ使っていることが推測される。同様のことは②家持の亡妾挽歌でもいえる。露霜が負う消えるという属性はもちろん、歌の季節が秋であることは、同じ亡妾挽歌群のなかに「秋風寒く」（巻三・四六二）、「秋さらば」（巻三・四六四）、「秋風寒み」（巻三・四六五）と見え、歌の状況に即した用法としてある。ただし④⑤では露霜が喚起する「秋」の景は意味を持たない。こうした枕詞「露霜の」の用法を見ると、一三一の長歌において黄葉の散る秋の景が詠まれていることと合わせて把握する時に、「一人寒々としてある情景」という理解に頷けそうである。しかし、それは人麻呂においても把握されていたのであろうか。

次は人麻呂及び人麻呂歌集中に見える露霜及び露に関連する語を含む例である。

⑥……　剣大刀　身に副へ寝ねば　ぬばたまの　夜床も荒るらむ〈一に云ふ「荒れなむ」〉　そこ故に　慰めかねて　けだしくも　逢ふやと思ひて〈一に云ふ「君も逢ふやと」〉　玉垂の　越智の大野の　朝露に　玉裳はひづち　夕霧に　衣は濡れて　草枕　旅寝かもする　逢はぬ君故　（巻二・一九四）

⑦……　引き放つ　矢の繁けく　大雪の　乱れて来れ〈一に云ふ「あられなす　そちより来れば」〉　まつろはず　立ち向かひしも　露霜の　消なば消ぬべく　行く鳥の　争ふはしに〈一に云ふ「朝霜の　消なば消と言ふに　うつせみと　争ふはしに」〉　……　（巻二・一九九）

⑧……　栲縄の　長き命を　露こそば　朝に置きて　夕には　消ゆといへ　霧こそば　夕に立ちて　朝には　失すといへ　梓弓　音聞く我も　凡に見し　こと悔しきを　しきたへの　手枕まきて　剣大刀　身に副へ寝けむ　若草の　その夫の子は　さぶしみか　思ひて寝らむ　悔しみか　思ひ恋ふらむ　時ならず　過ぎにし児らが　朝露のごと　夕霧のごと　（巻二・二一七）

⑨夕されば野辺の秋萩末若み露に枯れけり秋待ちかてに　（巻十・二〇九五　人麻呂歌集）

⑩妻隠る矢野の神山露霜ににほひそめたり散らまく惜しも　（巻十・二一七八）
⑪朝露ににほひそめたる秋山にしぐれな降りそあり渡るがね　（巻十・二一七九）
⑫誰そ彼と我をな問ひそ九月の露に濡れつつ君待つ我を　（巻十・二二四〇）
⑬朝戸出の君が足結を濡らす露原早く起き出でつつ我も裳裾濡らさな　（巻十一・二三五七）
⑭行けど行けど逢はぬ妹故ひさかたの天露霜に濡れにけるかも　（巻十一・二三九五）
⑮山ぢさの白露重みうらぶれて心に深く我が恋止まず　（巻十一・二四六九）

人麻呂及び人麻呂歌集に詠まれているこうした作品に「露を置く」例は見られないものの、露は置いてあるものとして、⑥⑫⑬⑭のようにその結果触れたものが「濡れる」という質を持つものと把握されており、表現としては即物的といえる。⑮の「白露重み」も、置いた露の水滴の重さを感じとって心の「うらぶれて」ある状況を導く序詞としており、物としての露の扱いが窺える。朝露・露原・天露霜と露の要素を規定する熟語を用いているが、いずれも露が置くという自然現象に目を止め、置かれた露の重さや其の露に濡れる状況に目を止めた上での表現方法といえる。

一方、⑨の「露に枯れけり」には秋萩の枝先が露に濡れて色づき、やがて枯れてしまったという経過を捉えている。⑩⑪の「にほひそめたり（る）」も、露霜によって濡れるという現象の延長上にある景であり、色づいている様の描写といえる。⑦は、天露霜のように直接露が置くことによって、或いは露原のように一旦物に置いた露が濡らすという作用をなすことを示しているのに対して、露霜が消えることに基づいた枕詞としてある。その懸かり方は、⑧が朝に置いた露がやがて消えることを詠んで、露自体の変化を示していることと一致する。⑨⑩⑪における露の作用の時間に対して、露自体の時間が計られている。露は時間が経過する時、⑩⑪のように作用する対象を変化させ、⑨が「枯れけり」とあるように結果的に対象を滅ぼしてしまうものとして、さらに⑦⑧のようにそれ自体も消えるものとして把握されている。特に⑧における「露こそば　朝に置きて　夕には　消ゆといへ」の表現は、置かれた露が時間の経過と共に消えるという把握が一般的であったことを示唆している。もちろん、⑫「九月の露に濡れつつ」には露の冷たさを感じ取ることができる。しかし、「露霜の」が「消」にかかる枕詞として使われ、人麻呂関連の作品に見える露・露霜の把握の多くにむしろ時間の経過による変化への気づきを見出せることは、「露霜の　置く」という用法に、置いてやがて消える意味を内在させていることを考えさせる。「妹を置きて」に冠された「露霜の」は「妹」の存在への不安感を象徴しているのではないだろうか。角の里の妻をその地に置いて上京することは、「我」にとって妹がそのままの状態でそこに居続けるという保証を持たないことでもある。「我」が別れた後の「妹」の心情や存在に不安を抱いたとしても不思議ではないのではないか。その点をさらに考察してみたい。

五　放り行く道

「露霜の　置きてし来れば」の「置く」という表現について『萬葉集略解』は「捨置」と解するが、「置く」という語の選択に「捨てる」という意識があるとは解しにくい。むしろ事情が許さず、やむをえず置いてきてしまった、しかし妹への未練が非常に深いという情況を「万度　かへり見すれど」が具体化していると考えられるからである。後ろ髪を引かれる思いとは裏腹に「いや遠に　里は放りぬ」「いや高に　山も越え来ぬ」と、繰り返し見る行為とは逆に里は遠ざかり、我が身体はひたすら前に山道を進んで「妹」から放れて行くことを詠んでいる。異伝の⑥「里は放りぬ（本文「里者放奴」）」は或本歌に「里放り来ぬ（里放来奴）」とあり、里から遠く放れて行くことを「我」の行為として「来ぬ」と歌う。続く「いや高に　山も越え来ぬ」と遠・高、里・山、放る・越ゆという空間における水平面と垂直面における距離を共に過ぎて来たことを詠み、妹の里からの遠さを「我」の行為の結果として、実態的に表現している。一方、本文歌では、遠・高、里・山の空間内での対比はそのままに里は自ら遠ざかったかのように「放りぬ」と詠み、「越え来ぬ」とする「我」の行為と対比させている。本文歌では「里（里にいる妹）」も「我」も共に放れて行く感覚が詠まれている。それを導くのが「露霜の　置きてし来れば」である。

「万度　かへり見すれど」には繰り返し「見る」という行為と「見えなくなるように進む」という行為の対比が含まれ、「別れて行く」ことの意味を示唆しているように思われる。別れを詠む人麻呂以前の歌を見ておきたい。

①於是、置目老嫗白、僕、甚耆老。欲レ退ニ本国一。故、随レ白退時、天皇、見送、歌曰、

置目もや⑭　淡海の置目　明日よりは　み山隠りて　見えずかもあらむ　（記一一二）

②　額田王下ニ近江国一時作歌

うまさけ　三輪の山　あをによし　奈良の山の　山のまに　い隠るまで　道の隈　い積もるまでに　つばらにも　見つつ行かむを　しばしばも　見放けむ山を　心なく　雲の　隠さふべしや　（巻一・一七）

反歌

三輪山を然も隠すか雲だにも心あらなも隠さふべしや　（巻一・一八）

右二首歌、山上憶良大夫類聚歌林曰、遷ニ都近江国一時、御ニ覧三輪山一御歌焉。日本書紀曰、六年丙寅

　春三月、辛酉朔己卯、遷二都于近江一。

①は、顕宗天皇が置目との別れに際して詠んだ作。亡き父市辺王の御骨を埋めた場所を記憶していた置目を宮中に召し入れ、大事に遇していたが、老いた置目は本国である近江に帰ることを希望する。天皇は別れを「明日よりは　み山隠りて　見えずかもあらむ」と詠んでいる。ここには生別離とは山に隠れて見えなくなることであるという把握がある。「別離」とは相手の不在を確認することではなく、相手の不見を確認することという把握である。それを端的に表しているのが、②の額田王の「近江に下る時の歌」であろうと思われる。三輪山を遥かに見やりながら、近江への道を歩む。その行程において「雲よ　三輪山を隠すな」と歌っている。内田賢徳氏は「隠す」ということは、「隠れて山が見えないことを詠うと同時に、見えないことが山の神秘性に届かないことを詠う」と読み進められる[15]。見えない山の存在を確実なものとして感じているからこそ、見えない嘆きに、さらに思いが通じない嘆きに繋がって行くのであろう。額田王の三輪山の歌は「別離」ということに関して「石見相聞歌」とその質において通じるものがあるように思われる。

　別れを惜しまれる妹の姿は「夏草の　思ひしなえて　偲ふらむ」という推量として捉えられて、「かへり見」してきたけれども妹の姿がもはや見えていないことが示されている。ここで「夏草の」は夏の暑い陽射しに照らされて草が元気なくうちしおれている様と、うちしおれているであろう妹の姿を重ねていると思われる。しかし、ここに「夏草の」という夏を連想させる枕詞が使われていることに注意したい。石見相聞歌の背景が秋にあることは第二歌群反歌の「秋山に落つるもみち葉しましくはな散りまがひそ」（巻二・一三七）から知られる。枕詞「露霜の」が喚起させるのも秋である。もちろん、修辞としての枕詞に対して、枕詞の喚起する季節が作品の背景に直接関与しているとは言い難い。「しなゆ」にかかる枕詞は集中、「夏草の」のみであり、人麻呂の使用に限られる。「夏草の」の枕詞の用法について、川島二郎氏は「『夏草』の陽に生命力が充溢していたのが一挙に『思ひ萎え』しょんぼりとうち沈んでしまったという様子と、その悲嘆の激しさとを表現したものだと理解できよう」とされる。(16)

人麻呂はもう一例、明日香皇女挽歌で「ぬえ鳥の　片恋妻　朝鳥の　通はす君が　夏草の　思ひしなえて　夕星の　か行きかく行き　大船の　たゆたふ見れば」（巻二・一九六）と、皇女の薨去を嘆く夫君の姿を描写している。それは喪失感を抱く嘆きの姿の描写であろう。皇女が薨去されたのは、文武四年（七〇〇）四月四日（続日本紀による）という初夏であるが、強い陽射しに草がしおれるとは未だいえない時期である。「夏草」の語に直接喚起されるのはむしろ青々と繁茂した草の生の印象であろう。それが強い陽射しにしおれる姿との落差によって「思ひしなえて」常宮へと通う明日香皇女の夫君の喪失感を深めていると考えられる。それは夏草の繁茂を迎える時期との関連性を考えるとするならば、その落差が今後一層強くなることを暗示させる表現でもあろう。一方の「石見相聞歌」においては夏草の時期はすでに過ぎた時期としてある。妹の嘆きは「偲ふらむ」という推量として歌われる。そこに感じ取れるのは別れという時間が過去に過ぎて行く感覚ではないのだろうか。「いや遠に　里は放りぬ　いや高に　山も越え来ぬ」は「里」と「我」が共に放れて行く感覚を表現する。その里にいる「妹」も当然放れて行く感覚を伴っていよう。この空間的な距離感と「妹」との別れの時間が過去へと遠ざかって行くことは別れにおける共鳴し合う感覚として把握できるのではないか。

「別離」という主題を持ち、残される妻の姿を詠む作品が記歌謡に見える。

其神（八千矛の神）之適后須勢理毘売命、其為二嫉妬一。故、其日子遅神、和備弖、三字以レ音。自二出雲一将レ上二坐倭国一而、束装立時、片御手者繫二御馬之榛一、片御足蹈二入其御鐙一而、歌曰、

ぬばたまの　黒き御衣を　ま具に　取り装ひ　……　山縣に　蒔きし　茜舂き　染木が　汁に　染衣を
ま具に　取り装ひ　沖つ鳥　胸見る時　羽叩きも　此し宜し　いとこやの　妹の命　群鳥の　我が群れ
往なば　引け鳥の　我が引け往なば　泣かじとは　汝は云ふとも　山処の　一本薄　項傾し　汝が泣か
さまく　朝雨の　霧に立たむぞ　若草の　妻の命　事の　語り言も　こをば　（記四）

爾、其大后、取二大御酒坏一、立依指挙而、歌曰、

八千矛の　神の命や　我が大国主　汝こそは　男にいませば　うち廻る　島の埼々　かき廻る　磯の埼
落ちず　若草の　妻持たせらめ　吾はもよ　女にしあれば　汝を除て　男は無し　汝を除て　夫は無し
綾垣の　ふはやが下に　蚕衾　柔やが下に　栲衾　騒ぐが下に　沫雪の　若やる胸を　栲綱の　白き腕
そ叩き　叩き愛がり　真玉手　玉手さし枕き　股長に　寝をし寝せ　豊御酒　奉らせ　（記五）

如此歌、即為二宇伎由比一（四字以レ音。）而、宇那賀気理弖（六字以レ音）、至レ今鎮座也。此謂二之神語一也。

「神語」とされる右の歌謡において、八千矛の神は大和への出立に際して、繰り返し衣装を整えることで、出発への躊躇を示し、さらに別れて出て行った後の須勢理毘売命の姿を「山処の　一本薄　項傾し　汝が泣かさまく」と歌いかけている。ただ一本の薄が穂を垂れている様に重ねられた妻の姿は「思ひしなえて」とある「石見相聞歌」の妹の姿と類似するものといえよう。注目されるのはそれに答える須勢理毘売命が八千矛の神を「汝を除て　男は無し　汝を除て　夫は無し」と自分にとってただ一人の「男」であると言った上で、露わな表現で官能的な歓びの世界へと誘って、八千矛の神を出雲にと留めている点である。八千矛の神が出立を取りやめる要因がその誘いにあることは明らかである。しかし、「石見相聞歌」における別れでは妹の官能的な姿は「玉藻なす寄り寝し」と過去として描写され、現在は「思ひしなえて　偲ふ」という静的な姿として捉えられている。「偲

ふ」は或本歌に「嘆く」とある。「嘆く」が感情の発露を示すのに対して、「偲ふ」は、ここでは説明はないが、おそらくは「我」の形見を前に遥かに「我」を思うという感情のあり方を示していよう。[17]「偲ふ」は「嘆く」に比べて別れの時間の経過を示す表現ともいえる。そして「嘆く」「偲ふ」も共に「我」を留めようとする要素を持たない。「妹」の姿は「偲ふらむ」という推量の中にあり、「妹」への執着も「妹」自体ではなく、「妹が門見む」とされる。何故、「門の妹」ではなく「妹が門」を見ることが求められるのであろうか。

六　「里」から「門」への推敲

本文歌に「妹が門見む」とある部分は或本歌には「角の里見む」とある。この「門」の意味について、岡内弘子氏は、[18]集中における「門」は男が訪れる場所として登場すること、そこには「門」に立つ女の姿が想像されることを指摘し、「門」は、「男女の出会いの場所ではあっても別れの場所として歌われていない」とされる。その上で「妹が門見む」に「自分の訪れを妻が待っている故にその妻をみたいとの思いを表現しているのであり、現在も門にたって自分を待っている妻をおいて来てしまったという自責の念もこもっているように思われる」とされる。『萬葉集』の用例に基づく男女の出会いの場としての「門」という岡内氏の把握は尊重されるものである。ただし、「妹が門」という表現は、厳密に言うならば、「妹」が門に立っていることを意味するわけではない。そこに、何故「門の妹　見む」ではないのかという素朴な疑問が起こる。「妹が門」とある意図を探りたい。

①「汝等、八塩折りの酒を醸み、亦、垣を作り廻らし、其の垣に八つの門を作り、門ごとに八つのさずきを結ひ、其のさずきごとに酒船を置きて、船ごとに其の八塩折りの酒を盛りて、待て」とのらしき。（神代記）

②（火遠理命に向かって塩椎神が）乃ち其の道に乗りて往かば、魚鱗の如く造れる宮室、其れ綿津見神の宮ぞ。其の神の御門に到らば、傍の井上に湯津香木有らむ。故、其の木の上に坐さば、其の海の神の女、見て相議らむぞといひき。（神代記）

③凡そ、朝廷の人等は、且は朝廷に参ゐ赴き、昼は志毘が門に集へり。亦、今は志毘、必ず寝ねたらむ。亦、其の門に人無けむ。故、今に非ずは、謀るべきこと難けむ。（清寧記）

④妹が門入り泉川の常滑にみ雪残れりいまだ冬かも　（巻九・一六九五　人麻呂歌集）

⑤恋ひ死なば恋ひも死ねとや我妹子が我家の門を過ぎて行くらむ　（巻十一・二四〇一　人麻呂歌集）

右は『古事記』と人麻呂歌集の「門」の用例である。人麻呂歌集における「門」の用例は少なく、④⑤の用例だけでは人麻呂における「門」に対する認識を見出すことは難しいが、④は「入りいづ（泉）」とかかり、妹を訪れるための出入口としての意であり、⑤も「我家の門」とは「我」が中にいる「門」であり、やはり外を行く「妹」と内にある「我」との交渉に繋がる場である。しかし、それが今は隔てのあることを象徴する場として把握されている。「思ひしなえて　偲ふ」が時間の経過を示す表現になっていることを前に指摘したが、そのことも「門に立つ妹」である限定に疑問を投げる。では、逆に「妹」の立っていない「門」に向かって「なびけ」と詠むとすれば、そこにどのような意味があるのだろうか。

右に挙げた『古事記』の例の中で、③の「志毘が門」は、朝廷を「御門」として表すことと同様の意ととれる。残る二例は、神話の世界の用例であるが、その「門」は男女の出合いが期待される場であると共に異界との交渉の入り口として理解されるものである。①は八岐大蛇譚の部分であるが、垣を巡らした「門」にさずきを結んで酒船を置くという設定は、単に酒船を置くという設定では、異界から来る八岐大蛇と交渉し、これを退治するという力を発揮できないことを考えさせる。また②は釣り針を失った火遠理命が綿津見神の宮を尋ねる場面だが、やはり異界への入り口であり、異界に入るための交渉の場として設定されている。

一三一において「玉藻なす　寄り寝し妹」を導く海の描写に神秘性のあること、沖からの風・波に寄せられた「沖つ藻」と荒磯に生きる「玉藻」が同格でありつつ、二重性の表現方法であることを前述した。この二重性に、「妹」をあたかも海から寄り来た異界の女であるかの如く捉えて見せた表現という要素を推測できることにも触れた。こうした点を考慮すると、人麻呂が「角の里見む」から「妹が門見む」へ推敲したことは故ないことではないと思われる。なぜなら、「角の里」は妹のいる空間としては広い把握であり、「角の里」という地名はその存在を実在化する。しかし、「妹が門」はそれだけでは実在化し、普遍化しうる語とは言い難いからである。

「なびく」はもともと、植物が風や水の力を受け、その力に従って傾きゆらめく様を描写する。(19)「なびけこの山」の「なびけ」の用法も「ものの力を受け、ある方向へ傾く」と帰納されるところだが、一三一には「ものの力」にあたる具体的な何かが歌われているわけではない。しかしながら、長歌において「玉藻なす　寄り寝し妹」が「或本歌」では「玉藻なす　なびき我が寝し」とあることが想起される。「石見相聞歌群」において「なびく」の語が「玉藻」の「なびき」と重なって官能的な用法を連想させることは注意されてよい。「我」は、「いや高に　山も越え来ぬ」と角の里から山を越えた距離感への感慨を吐露し、「山がなびく」という現実には起こりえないことへの命令に、「妹の門」への「我」の願望の強さを表明する。ただし、「我」は「妹」の元へ戻りたいとも、直接「妹見む」とも歌わない。「我」にとって、「妹」との別れは自明のこととしてあり、再会は期待されていないのである。にも関わらず「妹の門」を言うのは「妹」の住む家、言い換えれば妹と共に過ごした「屋」の存在への不安であり、それは妹の存在への不安そのものに繋がる。「妹」の存在への確認は、五感の中でも最も直接的な感覚、「藻のなびき」に感得された身体的感覚への連想を伴っているのかもしれない。

人麻呂は長歌を本文歌のように推敲する過程において、石見という辺境の地は異界との境の地であり、その先の海こそが異界をその奥に内在させる地に他ならないと捉えているのではないか。石見の海を描写する長い序詞が「玉藻なす　寄り寝し妹」を導くように推敲されたことは、あたかも「妹」が異界の人であるかのような印象を付与している。訪れた他郷のその地の「妹」との別れは、火遠理命と豊玉毘売との別れのように再会を望めない別れである。神話における別れの記憶は、仁徳天皇に対する黒日売の歌と『丹後国風土記』逸文における神の娘子の歌との交替が示すように、日本の古代における「別離」、すなわち客人との別れに対する理解を示すものであったかと考えられる。顕宗記における置目の老媼の別れも本国への帰国に伴う別れであった[20]。「石見相聞歌」はそうした別れの記憶を微かに重ねることによって、「別離」という主題を構築しているといえるのではないかと思われる。

七　袖振りと別れ

反歌第一首に見える高角山は「妹の里の果てにある山」「人麻呂が本格的に帰京の人とならねばならぬ異郷と妹の里との境の山」すなわち「見納めの山」[21]とされる。その木の間からの「袖降り」は別れの時点での行為として捉えられている。集中の「袖振り」という行為の内容について、緒方惟章氏がされた分類はその性格を明らかにすると思われる。氏は（1）呪術的な目的で行われる、（2）別離に際し悲別の情より行われる、（3）親愛の情を表すため、舞曲・歌語りなどに伴う所作として行われる、（4）現実の〈袖振り〉の所作をもとに「袖ふる」

の語を序詞などの修辞として用いると分類する。[22] その中で氏は一三二に関連しながら、（1）に属する「〈異境〉〈異なる信仰圏〉との接点をなす地に立って行われる〈袖振り〉」が（2）の悲別の情に従う袖振りへ繋がってゆくことを指摘されている。氏はそこに「本源的には、旅中にあって自らと〈家なる妹〉双方の霊魂の動揺を鎮めるべく行われた、一の鎮魂呪術」を推測される。境の山や坂での「袖振り」の状況を確認しておきたい。

①日の暮れに碓氷の山を越ゆる日は背なのが袖もさやに振らしつ　（巻十四・三四〇二）

②可敝流回《かへるみ》の道行かむ日は五幡の坂に袖振れ我をし思はば　（巻十八・四〇五五）

③足柄のみ坂に立して袖振らば家なる妹はさやに見もかも　（巻二十・四四二三）

①は「袖振り」を見た「妹」の作である。「袖もさやに振らしつ」は実際に見えたかどうかは問われず、「背」が振ったことへの確信が「振らしつ」に込められている。②は福麻呂の帰京に対して名残を惜しみ、「かへる」という山の名に「帰る」を思わせて、別れの「袖振り」に臨んだ歌であり、「見納め山での袖振り」という発想を踏襲している作と言える。③は東国との境の関である足柄の坂での「袖振り」を「さやに」見たかと疑問を呈する。ここにあるのは「妹」が見ることへの疑問ではなく、見え方が「さやに（はっきりとの意）」であったかどうかへの疑問である。これは一三二が発する「妹見つらむか」への疑問とは質の異なるものといえよう。一三二において高角山という地名を出しての「袖振り」は①②③に共通するが、「妹」が見ること自体への疑問である点で異なっている。

　助動詞「つ」は「意志的で、かつ動作の継続を内容とするものの連用形に接して、そう言う動作が既に実現し終わったことを意味することが最も多い」（時代別国語大辞典上代編）とされる。おそらくは角の里の境にあるであろうその高角山での「袖振り」に対して「見つらむか」という疑問は、「妹」に「見えたか」という疑問とも

「妹」が「見ることをしたか」という疑問ともとれる。或本反歌が「見けむかも」とするのは単純な「過去」の出来事という把握であるが、「見つらむか」の疑問は「妹」の存在への疑問にも繋がろう。前者の場合は「妹」との遠さを確認している表現であり、後者の場合は「妹」のその場の存在自体への疑念から生じる表現である。いずれであっても、もはや「妹」との絆を確信できない「我」の心情の不安が浮き上がる。そこには、双方の霊魂の動揺を鎮めるといった要素は窺えない。その不安は、むしろ長歌末尾における「妹」の存在の不安に繋がるものではないだろうか。

集中の「袖振り」を詠む例には、相手が「見る」ことへの疑問を詠む歌が「石見相聞歌」以外に見られない。

④妹があたり我は袖振らむ木の間より出で来る月に雲なたなびき　（巻七・一〇八五）

⑤袖振らば見つべき限り我はあれどその松が枝に隠らひにけり　（巻十一・二四八五）

⑥妹が門いや遠そきぬ筑波山隠れぬほとに袖は振りてな　（巻十四・三三八九）

⑦……　白雲の　箱より出でて　常世辺に　たなびきぬれば　立ち走り　叫び袖振り　臥いまろび　足ずりし　つつ　たちまちに　心消失せぬ　……　（巻九・一七四〇）

④は夕方の月明かりのもと、雲に光が隠されて「袖降り」が見えなくなることを案じ、⑤は松の枝で隠れてしまったことを詠む。そして⑥は筑波山が見える間は袖を振ろうとする作である。こうした作には外的情況によって「袖振り」が見えなくなることはあっても「袖振り」の行為を相手が見ないことへの懸念は詠まれない。唯一、⑦に挙げた「詠二水江浦島子一歌一首」では、「袖振り」の行為が神の娘子に見られるかどうかを意識せずに、神の娘子から渡された箱をあけ、たなびいて行ってしまった白雲を浦島子は追っている。「袖振り」は、白雲を招き返そうとする行為であるが、白雲は返るはずもない。「袖振り」の多くに相手への懸念が見られないことは、

本源的には袖を振る側と振られる側との一種の鎮魂呪術に発しているとする考え方も含めて、双方向的質を持つことを意味しよう。(23)その一方に届かないことは、浦島子に見るような呪性の欠如による隔絶を意味し、「我」と「妹」との関係では両者の繋がりがもはや絶たれていることへの自覚の芽生えに他ならない。そこに長歌における「妹」の把握と響き合う要素を見出せると思われる。

「妹見つらむか」と疑問で詠われることは、さらに一三三で「我は妹思ふ」という「我」の心情への気付きが「別れ来ぬれば」という確信にあることを頷かせる。第一歌群が「我」の「妹思ふ」心情に対する気付きへと収斂して行く帰京による「別離」の背景に、古代的な発想に基づく「別離」の把握が踏まえられていることを考察した。

八　第二歌群

石見相聞歌は最終的な構成体として第一歌群・第二歌群の順に掲載されている。第二歌群は「つのさはふ」の枕詞を冠して石見の海を提示し、さらに「ことさへく」を冠して「辛の崎」という場を限定する。その場においていくり（深い海底）と荒磯が対比されている。荒磯に生える玉藻が「玉藻なす　なびき寝し児」と「妹」が「我」に寄り添う様を詠んで「我」の外部を描き、いくりに生える深海松が「深海松の　深めて思へど」と「我」の「妹」への心情の深さを海底の深さに託して「我」の内部を描くという対比である。そこには詠まれる場である「辛の崎」が本文「辛乃崎」と記される意図が窺える。その対比の関係は辛の崎のいくり（海底）の景から荒磯の景への順で展開し、荒磯からいくりへと逆順になる。一三五において「なびき我が寝し妹」を導く荒磯の玉藻の景は「妹」の生活の貧しさと「妹」の美しさを象徴するが、いずれも別れによって「我」には失われるものである。一方、いくりの深海松は「妹」に対する「我」への深い思いを象徴して、「さ寝し夜はいくだもあらず」の時間的な短さを越えて、以降の別れによる情感の基盤をなしていると思われる。荒礒といくりの順を逆に展開させるあり方が、そうした意図を含んでいるとすれば、第一歌群において指摘してきたような「我」の「妹」に対する把握（水底の異界に通じるという物語り的把握）を背景とする巧まれた表現手法と言えよう。

　第一歌群が枕詞を冠しない地名「石見の海」で始まっていることについてはすでに触れたが、逆に第二歌群が枕詞を関している意図は奈辺にあるのであろうか。枕詞「つのさはふ（本文「角障経」）」は集中ではいずれも「磐余（本文「石余」）」を導き、石見に懸かるのはこの一例のみである。ただし、紀歌謡には「つのさはふ　磐之媛が」（紀五六）、「つのさはふ　磐余の池の」（紀九七）の例が見え、「いは」に懸かる古くからの枕詞であることが知られる。その懸かり方については早く『冠辞考』が「蘿這石《つたはふいは》」の義とすることに始まるが、『萬葉集全註釈』は『萬葉集』で「角障経」と表記されていることに注目し[24]、「障」の字義に「障害」の意を捉え、「岩角が障害になる意」とする[25]。「障」の字は「障、畛也」（爾雅）とあり、「畛」は「井田閒百也」（説文解字）とあって田間の溝に沿う道の意であり、そこから境を指すと推測できる。さらに「障、隔也、从𠂤章声」（説文解字）、「障　隔也」（広雅　釈詁）のように記される。また『玉篇』（原本系）には「説文障隔也。野王案、礼記開二通道路一无レ有二障塞一是也。蒼頡篇障隟也」と見え、遮るものの意と考えられる。また『篆隷万象名義』には「障　之楊反、累也」とあるのも物を重ね上げて隔てることを意味すると考えられる。

　「つのさはふ」について、井手至氏は「あぢさはふ」と同じ構造と見て「さはふ」も「四段活用の他動詞『障ふ』に継続の接尾語『ふ』が下接して構成された語」であり、「つの」は「岩が葦や菰の芽《つの》を遮っているものと見立てて、その芽を遮っている岩の意で『いは』に冠する枕詞[26]」と解される。語の構成、和語「つの」の用例のあり方から納得される理解と思われる。ただし、「つの」に「角」字を当てるのは「角の里」に引かれている故であろう。人麻呂が枕詞に文字を当てる際にその意味を匂わせたことは充分考えられ、そこに表記の意図を探ることは不自然ではないと思われる。

さらに神野志隆光氏は「石見相聞歌」における用い方を「有意味的」と示唆され、「ことさへく」と共に第二歌群が「隔絶のイメージというべきものを持ってはじめられるのである」とする。[27] 集中に使われる「角障経」の表記は集中に見える順からすると「石見相聞歌」に始まると推測される。妹の里である「角」は海との境の地であり、その「障ふ」角の先に「石見の海」が広がる構成を持っているのではないか。「ことさへく」は「コトバノサダカニモキコエヌ心也」（仙覚抄）ということばへの理解不能から「韓・百済」に懸かるとされる。「辛の崎」が石見の海岸の一部であり、そこに「辛」の字を当てていることからすると、「辛の崎」には異国への連想が働き、と共に思い出深い、しかし別れに繋がる辛い地として提示されている。第二歌群の冒頭は、「石見の海」を詠みながら、そこは「我」には隔てられ、もはやことばも通じないかの如き隔絶感のある地として印象づけられているのであろう。

「妹」に対する深い思いは「深海松の　深めて思へど」と逆接の接続を持ち、その生活が「さ寝し夜は　いくだもあらず」と思いの深さとは裏腹に短い時間でしかなかったことが明らかにされ、さらに「延ふつたの　別れし来れば」とその別れは確定されたこととして詠まれる。枕詞「はふつたの」は「田辺福麻呂之歌集出」とされる「哀㆓弟死去㆒作歌一首」には「弟の命は　朝露の　消易き命　神のむた　争ひかねて　葦原の　瑞穂の国に家なみや　また帰り来ぬ　遠つ国　黄泉の界に　延ふつたの　己が向き向き　天雲の　別れし行けば　闇夜なす思ひ迷はひ」（巻九・一八〇四）と詠まれ、蔦のつるがあちこちに別れて行く様に託して、弟の死別は自分勝手な別れとして把握されている。そこには弟の死を納得しがたい悲しみが把握できる。

枕詞中の「深海松」「延ふつた」は海と山の植物であり、海と山（陸）への視線は序詞のそれと呼応する。一三五において、「妹」との別れはこの枕詞によって「我」の一方的な別れとしてあり、「別れし来れば」の「我」の別れの情況と共に、別れが「我」の選択であったことが再確認される。そこに「心を痛み」という内面への思いを抱えつつ「かへり見すれど」と、その目は外的な世界へと向かっている。第一歌群の第二反歌が「笹の葉はみ山もさやにさやげども我は妹思ふ」（巻二・一三三）と外的な世界を見ながら内面に籠もるのとは対照的な把握と言える。

外的な世界の景は枕詞を冠した語によって展開する。「大舟の　渡の山の」に散る黄葉に紛れて「さやにも見えない「妹が袖」がまず把握される。さらに枕詞「妻隠る　屋上の山の」雲間を渡る月の「隠らひ来れば」には「妹」から見えない「我」が叙述され、「天伝ふ　入り日さしぬれ」と続く、夕日が示す時間の経過と夜の訪れは「妹」と「我」のいずれの側からもそれぞれが不見であることを暗示する。「大舟の　渡の山」と「雲間より　渡らふ月」に共に「渡る」語を詠むことで海と天空における時空の経過が把握されている。しかも「渡らふ」という継続の「ふ」が「我」の側にあることは石見から「我」が遠ざかっていることを示すものであろう。

こうした暗示のもと、「しきたへの　衣の袖は」「ますらをと　思へる我」の涙で濡れるのである。そしてもはや見えない妹を不在ではなく、不見の延長上に捉えようとするのが「妻隠る　屋上の山」であろう。夕方の淡い月に光が自らを隠して行く様と遠くかすむ妹の屋とのイメージが重なる描写と言えるのではないか。そこにさす入り日は、夕方の妻問いの時間を思わせ、続く夜の訪れの暗示は妹と共に在った時間を再現する。それは、今此処に妹の不在を実感させるのではないか。「しきたへの　衣の袖は」とある枕詞「しきたへの」は「衣」以外には「枕・床・手枕・手本・袖」に懸かる。「衣《ころも》」は「衣《きぬ》」に比べて下着を指すことが多いとされ、そこに妹との共寝が髣髴とする表現であることは、別れの意味するものが妹の現在の不在の実感であり、それこそが「ますらを」を自認する「我」の涙を誘っていることを顕かにしよう。

　第二歌群の反歌二首は長歌における夜の訪れの暗示に続けて「妹があたり」という漠然とした対象を捉えている。第一首は「雲居にそ」と「妹のあたり」が雲の遥か彼方、もはや届かない世界にまで離れたことを詠む。しかも「青駒」を詠むことは「我」が馬上にあることを暗示し、官人が役目を終えて都への帰路にあることを推測させる。人麻呂がどのような目的で石見国を訪れたかは定かではない。ただ「別レ妻上来時」の設定は下級官人として石見を訪れた「我」が、今、帰京の途上にあることを推測させる。その結句の表現が「隠る」（一云歌）と「過ぐ」（本文歌）と異なる点について、内田賢徳氏は「前者が再び現れ出る可能性を含んだ空間移動であるのに対して、後者が再帰することのない通過である」という差を指摘して、その差が推敲であれば「即ちこの我が妹の元を離れる、そのあり方が再び訪れることのないことを前提とした離別」への展開であることを、さらに反歌第二首は「妹が見えなくなった嘆きと敢えてそれを見ようとする意志として組織される」ことを指摘している。(28)「足掻きを速み」には現在地に至る時間の速さと妹の遠さとが対比され、「妹があたり」の不確かさが印象づけられる。

　また、第二首では一云歌で「散りなまがひそ」と黄葉に紛れてしまうことが禁止されるが、本文歌では「な散りまがひそ」と、黄葉は散ること自体が禁止される。「しましくは」の時間の限定は、後者により必然性が感じられるが、時間の限定を設けること自体に「妹があたり」との遠さを窺わせる。長歌の「妹が袖」に対して「妹が里」という広さではなく「あたり」と漠然と捉える時、妹の居る地はもはやその存在自体が不確かでしかないことを意味しよう。その地点に至った時に「ますらをと思へる我」への意識が浮かび、「青駒」による帰京であることが詠まれていて、第一歌群が「我」について語らなかったこととは対照的な要素が窺える。そして第一歌群長歌の「妹が門見む」とその存在を確認しようとする思いとは異なり、第二歌群は遥か彼方に離れてきて、「我」と「妹」双方から見えないことを前提としつつ、帰京する「我」の残された未練が発露されている。

以上、石見相聞歌を「別離」という観点から表現史の上に捉える時、その二歌群には「客人」の「別離」という古代的な発想を背後に重ねつつ、帰京する官人らしき「我」の別れを視野に入れた表現方法を見ることができると考えられる。

注

（1）神野志隆光氏「石見相聞歌」（『セミナー万葉の歌人と作品　第二巻』和泉書院　平成一一年）は「石見相聞歌」についての多様な問題点に触れつつ、諸説を紹介し、論点が整理されている。

（2）「石見相聞歌の構造と形成」『萬葉集の歌人と作品　上』昭和五〇年　初出昭和四八年。『萬葉集釈注』

（3）「石見相聞歌論」『柿本人麻呂研究』塙書房　平成四年　初出昭和五二年。注1前掲書

（4）拙著『萬葉歌の主題と意匠』塙書房　平成一〇年

（5）上野理「石見相聞歌の生成―航行不能の辺境の船歌より登山臨水の離別歌へ―」『国文学研究』第七九集　昭和五八年三月

（6）疫飢の記録が慶雲四年四月二十九日、飢の記録は天平宝字六年五月九日・同八年二月二十九日・天平神護元年二月四日・同元年三月十六日・同二年四月十一日・宝亀二年二月九日、年穀不稔の記録が天平宝字七年九月二十一日、疫の記録は天平勝宝元年二月十一日・天平宝字四年三月二十六日・同八年八月十一日のように見える。

(7) 犬養孝『万葉の旅　下』教養文庫　社会思想社　昭和三九年
(8)「石見相聞歌の方法―二様の藻をめぐって―」『東洋大学大学院紀要』第三八集　平成一四年二月
(9) 稲岡耕二氏「人麻呂歌集歌と巻十一・巻十二出典不明歌の位相―枕詞史の為に―」五味智英先生古稀記念『上代文学論叢・論集上代文学　第八冊』笠間書院　昭和五二年一一月、神野志隆光氏「万葉集巻十一、十二覚書」『学大国文』二三号　昭和五五年一月、品田悦一氏「万葉集東歌の地名表出」『国語と国文学』昭和六一年二月、同「万葉集巻十四の原資料について」『萬葉』第一二四号　昭和六一年七月
(10)『万葉私記』未来社　昭和四五年
(11) 井手至氏「朝羽振る風夕羽振流浪」『人文研究』一三巻五号　昭和三七年六月。他に身﨑壽氏「『朝羽振る風』と『夕羽振る浪』」『国語教室』六一号　平成九年五月
(12) 本書第一章第二節参照。
(13)「『露霜の置きてし来れば』考」『山辺道』第三五号　平成三年三月
(14) 紀歌謡（紀八六）では「置目もよ」となる
(15)『萬葉の知―成立と以前―』塙書房　平成四年
(16)「『夏草の思ひ萎えて』考」『山辺道』第三三号　平成一年三月
(17) 内田賢徳氏「動詞シノフの用法と訓詁」『上代日本語表現と訓詁』塙書房　平成一七年　初出平成二年
(18)「妹が門見む」『香川大学国文研究』一八号　平成三年九月
(19) 村田カンナ氏「山上憶良の表現の独自性―『うちなびき　こやしぬれ』をめぐって」『日本語と日本文学』一九号　平成五年一月
(20) 注12前掲拙稿
(21) 注2前掲書
(22)「石見相聞歌群の虚実」『上代文学』第四五号　昭和五五年一一月
(23) 鉄野昌弘氏「『袖振り』考―『石見相聞歌』を中心に―」『上代語と表記』おうふう　平成一二年

(24) 諸説の詳細は八木京子氏「人麻呂の『長歌』の枕詞―石見相聞歌の第二首を中心に―」(『国文目白』三八号　平成一一年二月)に詳しい。
(25)「障」の文字は西本願寺本以降「鄣」とあるが、元暦校本等に従う。
(26)「あぢさはふ・つのさはふ」『遊文録　萬葉篇二』和泉書院　平成二〇年　初出昭和三六年
(27)『柿本人麻呂研究』塙書房　平成四年
(28)「見えないものの歌―萬葉歌の空間性―」『萬葉学藻』塙書房　平成八年

第二章　「悲別歌」の成立

第一節　遣新羅使人等の航路の歌

一　遣新羅使人等歌群の地

『萬葉集』巻十五の前半にその歌群が掲載されている天平八年（七三六）の「遣新羅使人等」の旅は、六月に難波を出航し、都に戻ったのが翌年の一月以降という半年以上に渡る旅であったことが、『萬葉集』の目録、『続日本紀』の記録から知られる。ただし、その歌群に詠まれる行程は、都における離別の歌群に始まり、難波から山陽道沿いに瀬戸内海を西行し、途中佐婆の海での漂流を体験した後、「秋づきぬらし」（三六五五）とされる七月頃にようやく筑紫に到着。壱岐を経て黄葉の散る頃に西海道の終着点である対馬から新羅への出立を詠んで往路を閉じ、帰路は筑紫から播磨国家島に至ったことをわずかに詠むばかりで、国内での行程に限られている。しかし、国内とはいえ、当時においてのその行程は決して旅慣れた行程ではなかった。漂流の体験はそうした事情の傍証となろう。風待ち浪待ちに時間を取られつつ進む、不確かなその行程の旅情が、都を想い、家妻を恋う悲愁に包まれたものであったとしてもやむをえないように思われる(1)。

当該歌群の背後には新羅との関係が悪化していたという当時の外交上の現実のみならず(2)、難しい交渉であることを知りつつ出立し、まさに新羅との交渉が不首尾であったことに加えて、帰途大使阿倍朝臣継麻呂が対馬で病没し、大判官壬生使主宇太麻呂は天平九年一月に帰朝するものの、副使大伴宿禰三中は疫病で三月にようやく帰京という苦難の旅であったことを指摘できる。『続日本紀』は遣新羅使の帰朝報告について次のように記している。

（天平九年二月）己未（十五日）、遣新羅使奏、新羅国、失二常礼一、不レ受二使旨一。於レ是、召二五位已上并六位已下官人惣卌五人于内裏一、令レ陳二意見一。（続日本紀）

新羅との交渉が不首尾に終わったことが重大問題として討議された緊迫感が伝わる記事が記されていることからも、遣新羅使の交渉への関心は非常に高かったであろうことが知られる。しかしながら、歌群自体には、往路壱岐島で没した雪連宅満への挽歌群は含まれるものの、新羅における行程や、大使阿倍朝臣継麻呂の不幸は触れられない。歌群の編纂において、往路の行程が対馬で閉じられることには、冒頭歌群で詠まれる秋の帰国への期待との関係がまず推測できる。

我が故に思ひな痩せそ秋風の吹かむその月逢はむもの故　（巻十五・三五八六）

その約束の秋は、すでに対馬で過ぎており、その秋までの行程を詠むことで往路を閉じるという編纂の意図を示していることが考えられる。

もみち葉は今はうつろふ我妹子が待たむと言ひし時の経行けば　（巻十五・三七一三）

天雲のたゆたひ来れば九月の黄葉の山もうつろひにけり　（巻十五・三七一六）

ただし、遣新羅使という国際関係を視野に入れた使人等の歌群でありながら、国内での航路を詠むことで往路の歌群を閉じ、帰路も筑紫から播磨国家島への到着を示すのみであるのは、当時の環日本海において、瀬戸内海航路は日本の内部でありつつ、都人にはなじみが薄く、外洋に通じる航路として関心を持たれる対象であったことを考えさせる。遣新羅使人等歌群は、山陽道沿いの瀬戸内海航路を詠んで、当時の瀬戸内海航路の現存する唯一の記録という性格を持ち、歴史的にも貴重な資料となっているからである。そうした航路を詠むということについて、特に航路にあたる土地の名が詠まれている作品を中心に、瀬戸内海航路に対する当時の関心の有り様と遣新羅使人等の航路の地に対する作品の表現について考察したい。

歌群の中で地名を詠みこんでいる作品は次の通りである。

遣新羅使の航路

【往路】

①新羅に遣はさるる使人等、別れを悲しびて贈答し、また海路に情を慟ましめて思ひを陳べ、并せて所に当たりて誦ふ古歌（三五七八〜三六一一）[3]

a右の十一首、贈答…武庫の浦（三五七八）、栲衾新羅（三五八七）

b右の一首、秦間満…生駒山（三五八九）

c右の一首、暫しく私家に還りて思ひを陳ぶ…生駒山（三五九〇）

d右の三首、発ちに臨む時に作る歌…大伴の三津（三五九三）

e右の八首、船に乗りて海に入り、路の上にして作る歌…武庫の浦（三五九五）、印南つま（三五九六）、玉の浦（三五九八）、神島（三五九九）

f所に当たりて誦詠せる古歌

[a]右の一首、雲を詠む…[あをによし奈良の都]（三六〇二）

[b]右の三首、恋の歌…飾磨川（三六〇五）

c（柿本朝臣人麻呂が歌）…処女（三六〇六）、淡路島の野島（三六〇六）、藤江の浦（三六〇七）、明石の門（三六〇八）、武庫の海（三六〇九）、安胡の浦（三六一〇）

②備後国水調郡の長井の浦に船泊まりする夜に作る歌三首（三六一二～三六一四）…あをによし奈良の都（三六一二）、八十島（三六一三）、奈良の都（三六一三）

③風速の浦に船泊まりする夜に作る歌二首（三六一五～三六一六）…風速の浦の沖辺（三六一五）

④安芸国の長門の島にして礒辺に船泊まりして作る歌五首（三六一七～三六二一）…奈良の都（三六一八）、長門の島（三六二一）

⑤長門の浦より舶出する夜に、月の光を仰ぎ観て作る歌三首（三六二二～三六二四）

⑥（属レ物発レ思歌一首〈并短歌〉）（三六二七～三六二九）…三津の浜辺→韓国→敏馬→淡路の島→明石の浦→家島→玉の浦（三六二七）、玉の浦（三六二八）

⑦周防国玖河郡の麻里布の浦を行く時に作る歌八首（三六三〇～三六三七）…麻里布の浦（三六三〇・三六三二・三六三五）、粟島（三六三一・三六三三）、筑紫道の可太の大島（三六三四）、伊波比島（三六三六・三六三七）

⑧大島の鳴門を過ぎて再宿を経ぬる後に、追ひて作る歌二首（三六三八～三六三九）…名に負ふ鳴門（三六三八）

⑨熊毛の浦に船泊まりする夜に作る歌四首（三六四〇～三六四三）…可良の浦（三六四二）

⑩佐婆の海中にして忽ちに逆風に遭ひ、漲へる浪に漂流す。経宿て後に、幸に順風を得、豊前国下毛郡の分間の浦に到着す。ここに艱難を追ひて怛み、悽惆して作る歌八首（三六四四～三六五一）…大和島（三六四八）、八十島（三六五一）

⑪筑紫館に至りて、本郷を遥かに望み、悽愴して作る歌四首（三六五二～三六五五）…志賀の海人（三六五二）、志

賀の浦（三六五三・三六五四）、可之布江（三六五四）

⑫海辺に月を望みて作る歌九首（三六五九〜三六六七）…荒津の崎（三六六〇）、志賀の浦（三六六四）

⑬筑前国志麻郡の韓亭に至り、船泊まりして三日を経ぬ。ここに夜月の光、皎々に流照す。奄にこの華に対し、旅情悽噎す。各心緒を陳べ、聊かに裁る歌六首（三六六八〜三六七三）…韓亭（三六七〇）、能許の泊まり（三六七〇・三六七三）

⑭引津の亭に船泊まりして作る歌七首（三六七四〜三六八〇）…可也の山辺（三六七四）、奈良の都（三六七六）

⑮肥前国松浦郡の狛島の亭に船泊まりする夜に、海浪を遥かに望み、各旅の心を慟みて作る歌七首（三六八一〜三六八七）…松浦の海（三六八五）

⑯壹岐嶋に至りて、雪連宅満が忽ちに鬼病に遇ひて死去せし時に作る歌一首〈并短歌〉（三六八八〜三六九〇）…韓国→遠の国→大和（三六八八）、・石田野（三六八九）

⑰（葛井連子老作挽歌・六鯖挽歌）（三六九一〜三六九六）…遠き国辺（三六九一）、韓国（三六九五）、新羅辺（三六九六）、壱岐の島（三六九六）

⑱対馬の島の浅茅の浦に至り船泊まりする時に、順風を得ずて、経停すること五箇日なり。ここに物華を瞻望し、各慟心を陳べて作る歌三首（三六九七〜三六九九）…対馬の浅茅山（三六九七）

⑲竹敷の浦に船泊まりする時に、各心緒を陳べて作る歌十八首（三七〇〇〜三七一七）…竹敷（三七〇一・三七〇五）、竹敷の浦回（三七〇二）、竹敷の宇敝方山（三七〇三）

【帰路】

⑳筑紫に廻り来り、海路にて京に入らむとし、播磨国の家島に至りし時に作る歌五首（三七一八〜三七二二）…

家島（三七一八）、淡路島（三七二〇）、三津（三七二一）、大伴の三津の泊まり（三七二二）

（右の①から⑳における傍線は国名及びそれに準ずる地名に対し、□は枕詞と被枕詞を囲んだものである＝筆者注）

一見して明らかなように、②の備後国以降の題詞において、航海中の国・郡・地名、作歌時、そして歌数が詠まれ、記録としての体裁を示している。伊藤博はそれが備後の国から始まることについて、「備後の国から対馬へとうちつづく歌々が、実際には、都から見た西の国々のうち、『遠国』にあたる地域に限っての紀行録である」こと、「都から見て近国と中国との範囲内にある長井の浦までは、都の官人達にとって何かと旅慣れた地域であったことから、目下宿泊している遠国安芸との国境いの、この港を後にする明日から、いよいよ本格的な旅に入るという緊張感が一行の心に呼び起こされ」、歌詠の記録が長井の浦で企画されたと記録の事情を推察している。(4) では、航路の歌を記録するとは実際にはどのようなことだったのであろうか。

当該歌群については、個々の作品が実録であるか否かが伊藤博、吉井巖によって詳細に検討されてきた。(5) 両氏の検討は歌群が単純に実録から成り立つものではないことを納得させ、そこに編纂者の関与を考えさせる。現行の『萬葉集』における歌群が編纂を経た作品群であることは充分理解できる。しかし、そのことが当該歌群が当時における遣新羅使人等歌群としての質を提示していることを否定することに結びつくかというと、そうは考え難い。むしろ、そうした質をこそ提示していよう。そこで遣新羅使人等歌群という質における山陽道沿いの瀬戸内海航路の地名を歌に詠むという有り様を探ってみたい。左記に示した歌群内の地名の列挙でまず注目されるのは、出発地である奈良の都と目的地の新羅とにのみ枕詞が冠されていることである。当該歌群の内容が悲愁に包まれたものであるとしても、遣新羅使としての目的意識を持った人々の作品群であることは明示されていると言える。

二　航路の地名――その1――

当時の瀬戸内海航路を知る貴重な資料として、栄原永遠男氏は「遣新羅使人等歌群」を挙げている。[6] 遣新羅使人等歌群以外には、こうした行程を具体的に示す当時の資料が、見あたらない故である。瀬戸内海の航路は、「海岸近く、あるいは島伝いに播磨灘から備讃瀬戸を北よりの山陽道沿いに抜けるコースと、南寄りの南海道沿いを通り、防予群島付近から周防灘にでるコースとがあり」、天平八年の遣新羅使は前者を通り、大和政権の朝鮮出兵においては備前から南海道沿いの後者を重視したらしいことが指摘されている。[7]

七年春正月丁酉朔壬寅（六日）、御船西征、始就二于海路一。甲辰（八日）、御船到二于大伯海一。時大田姫皇女産レ女焉。仍名二是女一曰二大伯皇女一。庚戌（十四日）、御船泊二于伊予熟田津石湯行宮一。（斉明紀七年）

こうした瀬戸内海の海運について、栄原氏は、官物の輸送において、霊亀元年（七一五）五月十四日の詔が庸の海運方式を禁じていると解される。

海路漕レ庸、輙委二舂民一。或已漂失、或多湿損。是由下国司不上レ順二先制一之所レ致也。自レ今以後、不二悛改一者、節級科レ罪。（続日本紀）

右の記述から、律令政府は、海難時の被害を恐れ、調・庸・舂米などの運京の場合、おおむね陸運方式を建前としたことを読み取り、加えて駄馬よりも人担を主としていたことにも触れられる。それが天平勝宝八歳（七五六）

十月七日の太政官符によって、舂米の運輸方式が、従来の陸路・人担方式から、山陽・南海両道については海運方式、少なくとも東海道については駄馬による輸送へと、建前の上でも切り替えられたとする。調については、大宰府から運京される綿は七一八年には海運となり、「調庸物は八世紀中葉（天平年間）頃には、課船による海運方式が、おそらくは瀬戸内海を中心に行われる事があった」と推測している。このことは遣新羅使等一行の航路が、そうした海運方式が定着しつつある頃の瀬戸内海の航路とほぼ同時期のものであったことを考えさせる。瀬戸内海沿岸の国々への知識と航路の地名へのなじみは、当時の人々にとって未だ充分ではなく、遣新羅使人等の航路についても、途中の土地がらへの興味をかき立てられる要素があったであろう。

瀬戸内海航路における遣新羅使人等の歌群に見える地名の概略を地図上に示したのが図①であり、航路との関係の概略を図示化したのが図②である。図②の地名について、『萬葉集』中に他に見えない地名には傍線を施している。その結果として、明らかになるのは、備後以降の地名は、筑紫館関連を除くと松浦佐夜姫・或いは神功皇后といった伝説に関係深い地名以外はほぼ傍線を付すこと、つまり『萬葉集』中において、当該歌群以外には他に見えない地名であることである。こうしたことは何を意味しているのであろうか。そこで、先に『萬葉集』中に他にも見える地名について航路順に検討しておきたい。

歌群でまず詠まれるのは、冒頭歌における武庫の浦である。

武庫の浦の入江の渚鳥羽ぐくもる君を離れて恋に死ぬべし　（巻十五・三五七八）

難波を出立後、武庫の浦は最初の寄港地であったと推測され、e「船に乗りて海に入り、路の上にして作る歌」、及びf「所に当たりて誦詠せる古歌」中の人麻呂の羈旅歌の異伝（三六〇九）にも見える。もちろん、航路の出発地となるのは難波津であり、大伴の三津として詠まれている。大伴の三津は、難波の港周辺の広い地域を指し、難波津の別称ともされる地であり、異国にあって故国（都）への降り立ち口の地として、その浜松の景が象徴的にまず思い浮かべられる地であったことは次に挙げる憶良の歌に顕著に示されている。

いざ子ども早く日本へ大伴の三津の浜松待ち恋ひぬらむ　（巻一・六三　山上憶良）

新羅への出立に際して出発地でもある大伴の三津を詠むことは当然と考えられる。ただし、武庫の浦と大伴の三津の詠み方が航路順ではないことに注意しておきたい。すなわち冒頭のａ「右の十一首、贈答」とされる歌群に続く作品群ｂｃｄでは都から生駒山を過ぎて難波に至り、大伴の三津からの船出が詠まれ、ｅ「船に乗りて海に入り、路の上にして作る歌」では武庫の浦出航後、印南・玉の浦・神島と備後国までの航路が詠まれているのに対して、ｆ「所に当たりて誦詠せる古歌」は、[a]で奈良の都にかかる白雲を愛で、[b]では播磨平野を流れる飾磨川を詠むものの、[c]では改めて処女から淡路島の野島、そして藤江の浦、明石を詠み、再び武庫の海を詠むという順の誦詠となっていて、往路の順とは言い難い地名順になっている。続いて、安胡の浦[8]が詠まれていることからすれば、単に「柿本朝臣人麻呂が羇旅の歌八首」の配列に沿って誦詠したと考えられるが、備後以降の作にそうした航路との齟齬が見られないことからすると、そこに都への絶ちがたい思慕と未練の情があること、つまりまだ都に近いことがそうした情感の揺れを残させているのだと考えられる。

　ｆ「所に当たりて誦詠せる古歌」に詠まれる処女は葦屋の菟原処女伝説（巻九・一八〇一、一八〇二、一八〇九〜一八一二）の地と推測され、伝承の地として認識されていたらしい。一方で、飾磨川は現在の姫路市の市街を流れ、飾磨港の西から海に流れる船場川の古名とされる。集中には他に見えないが、古歌とされることからすると、歌い継がれてきたゆかりの地を訪れた興味を窺わせ、処女の地と類似の発想と言えよう。備後までの航路は長門浦を船出した折に詠まれたと推測できる「属レ物発レ思歌」において過ぎてきた航路が大伴の三津・敏馬・淡路の

〈図①〉

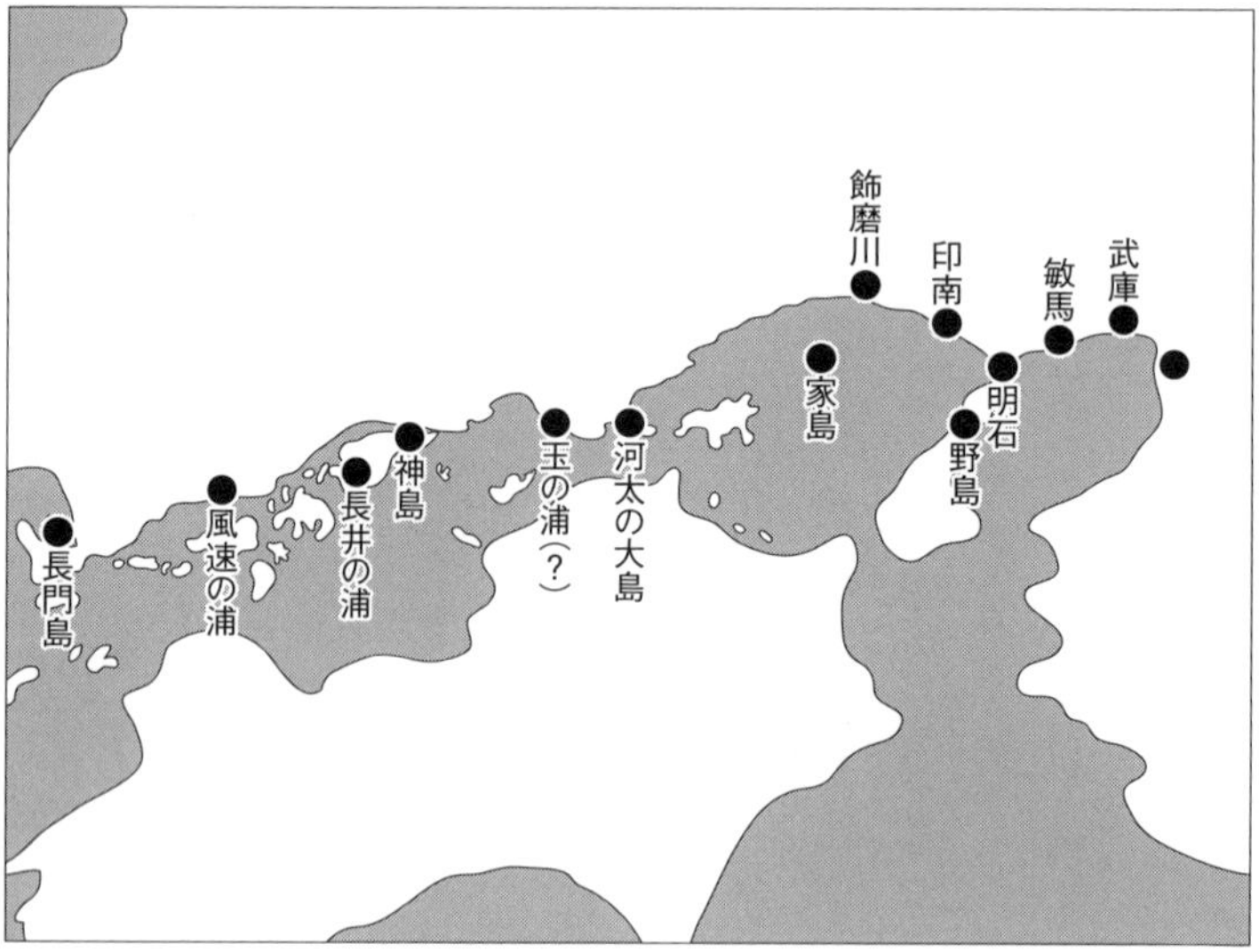
武庫
敏馬
明石
野島
印南
飾磨川
家島
河太の大島
玉の浦（？）
神島
長井の浦
風速の浦
長門島

〈図②〉

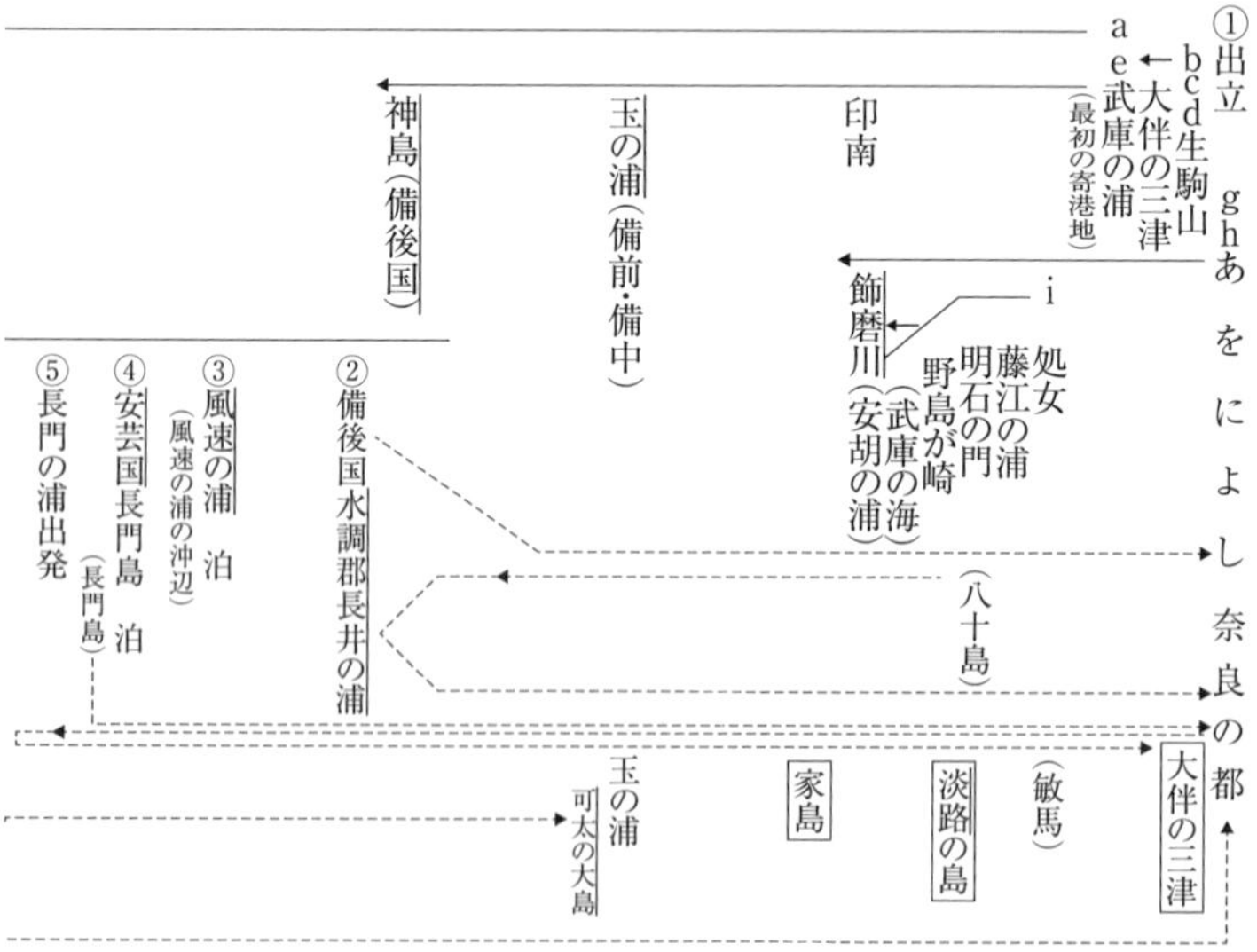
①出立
a e 武庫の浦
（最初の寄港地）
b c d 生駒山
←大伴の三津
g h あをによし奈良の都
印南
i
処女
藤江の浦
明石の門
野島が崎
（武庫の海）
飾磨川
（安胡の浦）
玉の浦（備前・備中）
神島（備後国）
②備後国水調郡長井の浦
（八十島）
③風速の浦　泊
（風速の浦の沖辺）
④安芸国長門島　泊
（長門島）
⑤長門の浦出発
大伴の三津
（敏馬）
淡路の島
家島
玉の浦
可太の大島

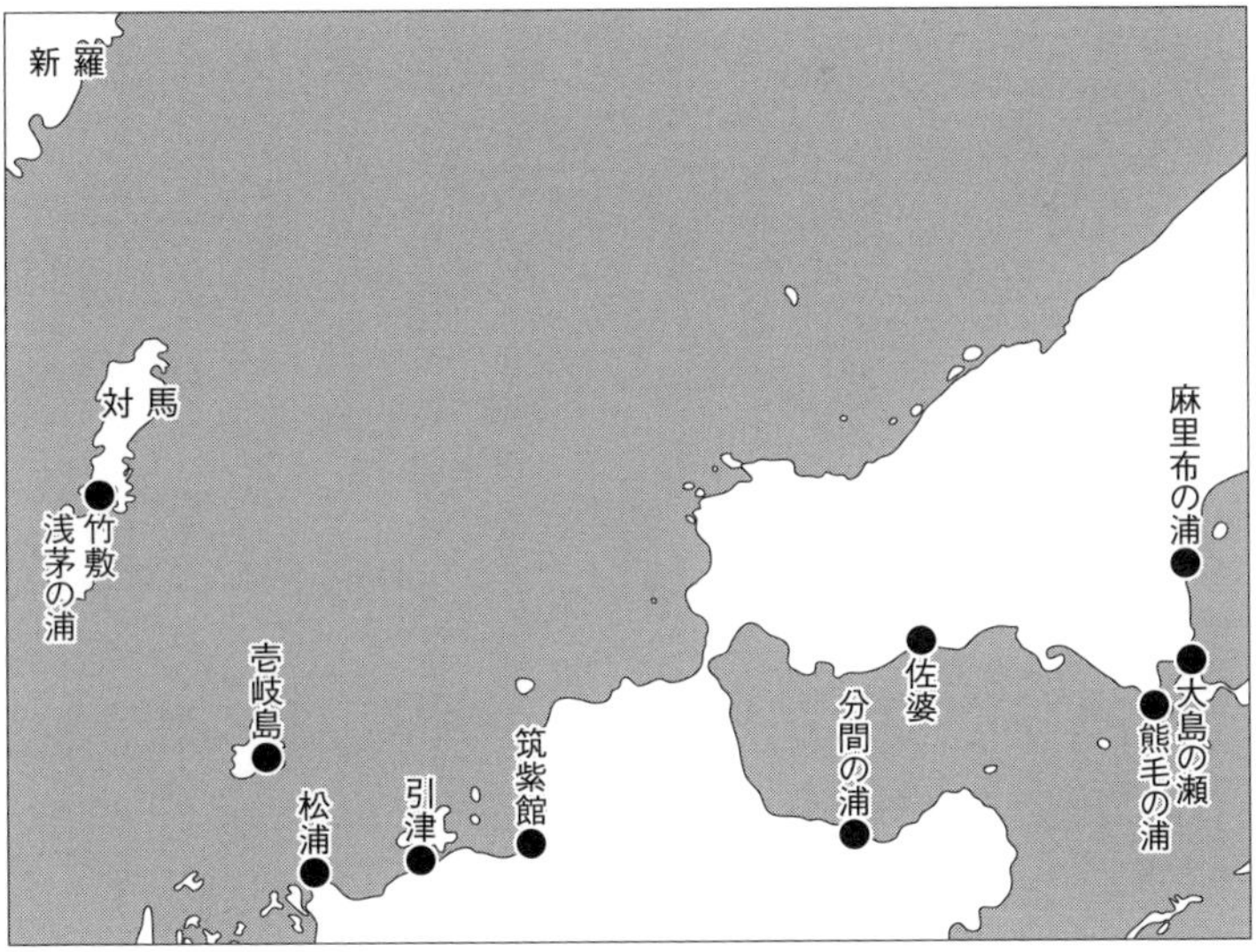

（古挽歌）（属レ物発レ思歌）
⑦周防国玖河郡麻里布の浦（麻里布の浦　粟島？　伊波比島）
⑧大島の鳴門（名に負ふ鳴門）
⑨熊毛の浦（可良の浦）
⑩佐婆海→豊前国下毛郡分間の浦
（大和島）（八十島）
⑪筑紫館（志賀の海人　志賀の浦）
⑫筑紫国　海辺（荒津の崎　志賀の浦）
⑬筑前国志麻郡韓亭　泊（韓亭　能許）
⑭引津（可也の山辺）
⑮肥前国松浦郡狛島亭　泊（松浦の海）
⑯⑰壹岐島（挽歌）（石田野　壱岐の島）
⑱対馬島浅茅浦　泊（対馬の浅茅山）
⑲竹敷浦　泊（竹敷、竹敷の浦回、竹敷の宇敝方山）

栲衾　新羅　＝　韓国＝遠の国

※注　1傍線の地名は集中、遣新羅使人等歌群にのみ見えるもの。
2——は旅程を┆┆は旅の抒情の方向を示す。

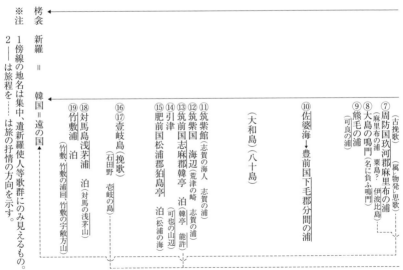

島・明石の浦・家島・玉の浦の順に回想されていることとも重なり、また帰路の五首が備後を過ぎた家島に至って歌い収められていることとも対応する。

三　航路の地名——その2——

一行の記録が始まったと推測される長井の浦の出立は都との「別離」と今後の行路を思いやる大判官壬生使主宇太麻呂の旋頭歌に始まる。

あをによし奈良の都に行く人もがも草枕旅行く船の泊まり告げむに　（巻十五・三六一二）

右の歌の、奈良の都への便りを求めて得られない嘆きには都との「別離」の情が強くにじみ、今後の旅の宿泊地が予定されていたものではなく、もちろん都人には周知の事柄ではないことを窺わせる。この三六一二以降が記録としての性格を示すことを裏付ける詠み方である。しかも以降の地名で、集中に当該歌群以外にも見えるのは、長門、粟島、志賀、荒津、引津、松浦、そして対馬のみに過ぎない。

長門を詠む歌は天平十年の作として次に見える。

秋八月二十日に、右大臣橘家にして宴する歌（四首）

長門なる沖つ借島奥まへて我が思ふ君は千歳にもがも

右の一首、長門守巨曾倍対馬朝臣　（巻六・一〇二四）

巨曾倍対馬朝臣が同日の宴に詠んだ歌が別にもあり（巻八・一五七六）、共に橘諸兄の讃仰を詠んでいる。一〇二四では「長門なる沖つ借島」が「奥まへて」の序詞として働き、沖つ借島のオキからオクを導いている。人麻呂歌集歌に「近江の沖つ島山奥まけて」（巻十一・二四三九）と類似の用法が見えるが、「長門なる沖つ借島」と長門が詠まれることで「沖つ借島」の景がさらなる遥かさを印象づけており、興味深い。長門守は古集出と左注のある次の作品にも見えるが、歌詠の方法は大きく異なっている。

大神大夫、長門守に任ぜらるる時に、三輪川の辺に集ひて宴する歌二首

三諸の神の帯ばせる泊瀬川水脈し絶えずは我忘れめや　（巻九・一七七〇）

後れ居て我はや恋ひむ春霞たなびく山を君が越え去なば　（巻九・一七七一）

大神大夫を三輪朝臣高市麻呂とすれば、大宝二年（七〇二）一月に長門守に任ぜられているので、その別れの宴と推測される。しかし、長門守に任ぜられながら、任地への関心はまったくなく、その関心は三輪山伝説に繋がる出自の大神氏に関連深い地の永続性へと向いている。長門は山を越えた先にあり、想像の及ばない地であったのかもしれない。それに引き替え、巨曾倍対馬朝臣が長門の遥けさを詠む背景には、遣新羅使等の帰国から一年半後という、その記憶も残る時期にあって、長門の地が当時の人々の興味を引きつけえたという状況を推測してもよいと思われる。

粟島は所在未詳。「丹比《たぢひ》真人笠麻呂、筑紫国に下りし時に、作る歌一首」（巻四・五〇九、五一〇）に「天さがる鄙の国辺に　直向かふ　淡路を過ぎ　粟島を　そがひに見つつ　……　稲日つま　浦回を過ぎて　鳥じもの　なづさひ行けば　家の島　荒磯の上に」（五〇九）と淡路島の西側にあることが記述されるのに対して、遣新羅使人等歌群のそれ（三六三一）は周防国にあって、屋代島を指したかと思われ、同名でも異なる島と考えられる。志賀・荒津・引津は筑前国、松浦は肥前国であり、いずれも大伴旅人や山上憶良とゆかりの深い土地である。志賀は憶良の作かと伝えられる「筑前国の志賀の白水郎の歌十首」（巻十六・三八六〇～三八六九）にも詠まれている。

松浦は旅人や憶良らが遊仙的世界を構想して遊んだと推測される地であり、「松浦河に遊ぶ序」以下の歌群（巻五・八五三～八六三）が知られている。「遠の朝廷」とされる大宰府を中心とする筑紫とその近隣の地名は憶良や旅人の生活圏であり、その周辺の人々によく知られた土地であった。荒津は問答歌に見え、大宰府の生活圏を思わせる。

白たへの袖の別れを難みして荒津の浜に宿りするかも　（巻十二・三二一五　問答）

草枕旅行く君を荒津まで送りそ来ぬる飽き足らねこそ　（巻十二・三二一六　問答）

三二一六は「大宰府から帰京する官人が、在府中になじんだ女と別れを惜しんで詠んだ歌か」[9]とされる。引津は人麻呂歌集に見え、類歌もあって（巻十・一九三〇）、人口に膾炙していた手法と思われる。

梓弓引津の辺なるなのりその花摘むまでに逢はざらめやもなのりその花　（巻七・一二七九）

対馬はその地を過ぎると異国である。その知識を持っていたことが入唐の時の作となったのであろう。

三野連［名欠けたり］の入唐の時に、春日蔵首老の作る歌

ありねよし対馬の渡り海中に幣取り向けてはや帰り来ね　（巻一・六二）

このように見てくると、備後国以降の地名にあって、他に詠まれているものの殆どは筑紫関係の作であることが明らかであり、それ以外は当該遣新羅使人等歌群であることに、改めて注目される。

四　航路の地名――その3――

瀬戸内海山陽道沿いにおいて、当該歌群にはなく、他の歌に見えるのは次のような地名である。

1我妹子が見し鞆の浦のむろの木は常世にあれど見し人そなき　（巻三・四四六　大伴旅人）

2大和道の吉備の児島を過ぎて行かば筑紫の児島思ほえむかも　（巻六・九六七　大伴旅人）

3牛窓の波の潮さゐ島とよみ寄そりし君は逢はずかもあらむ　（巻十一・二七三一）

4道の後深津島山しましくも君が目見ねば苦しかりけり　（巻十一・二四二三）

1・2は天平二年（七三〇）、大伴旅人が大宰府から帰京する際に詠んだ歌。鞆の浦は現在の広島県福山市鞆町で、他に羇旅歌（巻七・一一八二、一一八三）に詠まれる。また吉備の児島は岡山県岡山市南方児島半島を指し、天平五年（七三三）の遣唐使を送る歌に「波の上ゆ見ゆる児島の雲隠りあな息づかし相別れなば」（巻八・一四五四）と見える。大伴旅人の帰京における土地の銘記が後に及んでいることを考えさせる。3の牛窓は岡山県瀬戸内市で、南の前島との間に牛窓瀬戸と呼ばれる小さな海峡がある。江戸期に朝鮮使節団を接待する港として栄える牛窓湾はその西側にあって、潮待ち風待ちに利用された地[10]であり、瀬戸内海航路において、よく知られた地と推測される。さらに4の備後の深津島山はシマの同音繰り返しの序となっている。こうした航路の地名に対する興味は当該歌群が瀬戸内海航路を行程に沿って記載していることとは異なり、断片的であり、瀬戸内海航路についての詳細な知識は都の人々には及んでいなかったことを示している。

ただし、筑紫関係の作は次のように見える。

5長田王、筑紫に遣はされて、水島に渡る時の歌二首　（巻三・二四五、二四六）

6（藩国に遣わされる大伴佐提比古郎子との別れに際して、妾松浦［佐用姫］が嘆いて高い山に登って領巾を麾ったことから）、因りてこの山を号けて、領巾麾嶺と曰ふ。乃ち歌を作りて曰く……　（巻五・八七一　序）

7大伴君熊凝《おほとものきみくまごり》は、肥後国益城郡《ましきのこほり》の人なり。年十八歳にして、天平三年六月十七日を以て、相撲使某国司《すまひのつかひそれのくにのつかさ》官位姓名の従人となり、京都に参ゐ向かふ。天の為に幸あらず、路に在りて疾を獲、即ち安芸国佐伯郡高庭の駅家にして身故《まか》りぬ。（巻五・八八六～八九一　序　山上憶良）

8ほととぎす飛幡の浦にしく波のしばしば君を見むよしもが（巻十二・三一六五）

9冬十一月、大伴坂上郎女、帥の家を発ちて道に上り、筑前国の宗像郡名を名児山といふを越ゆる時に作る歌一首（巻六・九六三　題詞）

10ちはやぶる金の岬を過ぎぬとも我は忘れじ志賀の皇神（巻七・一二三〇）

11「（天武）天皇の四年乙亥の夏四月、戊戌の朔の乙卯に、三位麻績王罪ありて因幡に流す。一子は伊豆の島に流し、一子は血鹿の島に流す」といふ。（巻一・二四　左注　麻績王）

12対馬の嶺は下雲あらなふ可牟の嶺にたなびく雲を見つつ偲はも（巻十四・三五一六）

6・7・11は序、または左注にその地名が見えるのみで、地名自体が歌に詠まれているわけではない。作品の内容は6は領巾麾嶺（佐賀県唐津市東方の鏡山）の伝説、7は相撲使の従者の行路上（広島県廿日市市の高畑か）での死、11は麻績王の流罪に連座して一子が血鹿の島（長崎県五島列島および平戸島）に流されたという歴史的な事件に関わっていて、いずれもその背後には物語性・歴史性を負っている。6・7・9は旅人・憶良関係の作である。一方5及び8は、旅先の地を詠んでいる。5の水島は熊本県八代市を流れる球磨川の分流である南川の河口にある小島である。景行紀に神祇に祈って冷水を得たという出水伝説（景行紀十八年四月条）を見ることができる伝説の地で、「聞きしごとまこと貴くすしくも神さび居るかこれの水島」（巻三・二四五）と讃歌としての要素を見せている。

また、9は帰郷の途次、「ナグ（心が安らぐ意）」に通じる「名児（ナゴ）」に惹かれたと推測され、「大汝　少

彦名の　神こそば　名付けそめけめ　名のみを　名児山と負ひて　我が恋の　千重の一重も　慰めなくに」（巻六・九六三）と効験のありそうな名づけへの関心から、その名の意味とは対照的な心情表現を導いている。ただし、名づけへの関心は神話に及び、名児山の景ではないことに注目される。8・10は歌の中に地名が見られる。8の飛幡は『筑前国風土記』に「鳥旗」の表記が見え、類歌「住吉の岸の浦回にしく波のしくしく妹を見むよしもがも」（巻十一・二七三五）がある。「しくしく」を導く序詞の中に見えるという共通性があるが、二七三五が「岸の浦回に」と波の寄せる情景の描写が細かく、視覚的であるのに対して、三一六五は枕詞「ほととぎす」が「（飛ぶ）飛幡」にかかり、地名表記に興趣を惹かれての作である。10の金の岬は沈鐘伝説で知られる地である。いずれも伝説・事件への興味が強く、いわば知的好奇心をかきたてはするものの、美しく懐かしい土地柄や景色の美を直接詠む作ではない。これらの島が詠まれている地域は、『古事記』における瀬戸内海地方の島生みとほぼ重なる地域である。

　然後、還坐之時、生二吉備児島一。亦名、謂二建日方別一。次、生二小豆島一。亦名、謂二大野手上比売一。次、生二大島一。亦名、謂二大多麻上流別一。（自レ多至レ流以レ音。）次、生二女島一。亦名、謂二天一根一。（訓レ天如レ天。）次、生二知訶島一。亦名、謂二天之忍男一。次、生二両児島一。亦名、謂二天両屋一。（自二吉備児島一至二天両屋島一、并六島。）（神代記）

当時、都においては瀬戸内海について、伝説の地を含めて、知識としての把握はかなり進んでいたことが知られるが、それは未だ具体的な土地柄や景観と結びつくものではなく、長田王歌に見るようにわずかな知識人による報告でしかなかったことが推測できる。

五　地名表現の傾向

瀬戸内海航路に対する述べてきたような状況は遣新羅使人等歌群の背景にあって、こうした歌群の編纂を推進させた要素の一つであったと考えられる。この歌群内の作品が実作か否かは、前にも述べたようにそれぞれの作品について問われているが、そこには編纂の関与を読み取ることができ、当該歌群の作品は遣新羅使人等歌群という、纏まりの中にあることを考えさせる。その歌群が「心情的には〝妹〟、時間的には〝秋〟」[11]という表現上の主題を持って、秋の帰郷が期待され、そのことが繰り返し詠まれていることへの理解は通説化しているといっても過言ではない。そうした心情を抱えつつある航路における景の表現について考察してみたい。歌に付した番号はいずれも一で付した題詞のそれに対応している。

①a武庫の浦の入江の渚鳥羽ぐくもる君を離れて恋に死ぬべし　（巻十五・三五七八）
　c夕さればひぐらし来鳴く生駒山越えてそ我が来る妹が目を欲り　（巻十五・三五八九）
c妹に逢はずあらばすべなみ岩根踏む生駒の山を越えてそ我が来る　（巻十五・三五九〇）
e朝開き漕ぎ出て来れば武庫の浦の潮干の潟に鶴が声すも　（巻十五・三五九五）
e我妹子が形見に見むを印南つま白波高みよそにかも見む　（巻十五・三五九六）
eぬばたまの夜は明けぬらし玉の浦にあさりする鶴鳴き渡るなり　（巻十五・三五九八）
e月読の光を清み神島の磯回の浦ゆ舟出す我は　（巻十五・三五九九）

aeに詠まれる武庫の浦が難波を出た最初の寄港地であることはすでに触れた。そこに詠まれるのが「入江の渚鳥羽ぐくもる」という具象的な景であり、その景が君を導く序となって、君と我との関係を視覚的に表現している。「羽ぐくもる」を「羽ぐくもってくれた母に贈る歌」(『口訳萬葉集』)とする解釈も見られるほど、その浦の渚鳥の行為は情愛が籠もって日常的であり、序との関係の緊密さを窺わせる。朝の船出における武庫の浦の景も「潮干の潟に鶴が声すも」は実際の鶴の姿は見えないものの、声からそれと確認できることを示しており、都人にとって、武庫の浦の景はなじみ深い景であったと言えよう。

同様のことはcに詠まれる生駒山の景の表現においても言える。難波から平城京に出る生駒山越えは北から中垣内峠越え、善根寺越え、日下越え、辻子越え、暗峠越えが考えられるが、高低度が少なく、最短距離にあたる暗峠越えかと推測され、[12]「ひぐらし来鳴く」「岩根踏む」と土地を過ぎる際の具体的な景や行為が描写されている。その土地を描写することが目的ではなく、左注に「暫しく私家に還りて思ひを陳ぶ」とされるように、都への通過点としての意味を持ち、ひぐらしの鳴く時間や山越えの難儀は、都の妻にもなじみあるものとして、家路を急ぐ姿が共感を持って受容されたであろう。しかし、e以降になるとその表現の方法は趣を変える。

三五九六の「印南」は、「白波高み」という眼前の景に隠れて見えない。印南は景行天皇の求婚を拒んで印南別嬢が隠れたという隠び妻伝説を語られる南毗都麻の地(播磨国風土記賀古郡の条)であり、「妻」への情を喚起するその地に対する「よそにかも見む」という把握には妻を置いて来ている情が投影されていよう。三五九八の玉の浦に、「夜は明けぬらし」という推量は、夜が明けた感慨が鶴の鳴く景を包んで、鶴の鳴き声に夜明けを確かに捉えた情感を示している。[13]玉の浦に鳴くその鶴は「鳴き渡るなり」と「ナリ」があることから、姿は見えないと推測される。[14]実際には早くに「真夏の本州に鶴がいるはずがない」[15]と指摘されており、時季外れの鶴が詠まれている。そこに展開しているのは聴覚的世界であって、視覚的には捉えられない景である。旅の景としての鶴をも含めて、実際には目にしていないものの、航路の地名としてよく知られている印南や玉の浦を行程において詠むことに意味があったのであろう。その先に三五九九の神島はある。月明かりの美しさについて「光を清み」とする形容は「神」の名を持つ地名と呼応して、神々しさを感じさせ、そうした地からの船出が詠まれている。讃美を伴う神島の地の光景は、自然詠であると共に、神の加護を受けた船出にふさわしい描写であり、旅の無事を寿ぐ意図が窺える。

なお、三五九九に続く次の二首には、地名が明記されていない。

①f離磯に立てるむろの木うたがたも久しき時を過ぎにけるかも　（巻十五・三六〇〇）

fしましくもひとりありうるものにあれや島のむろの木離れてあるらむ　（巻十五・三六〇一）

三六〇〇・三六〇一には地名は明記されないものの「むろの木」が詠まれ、大伴旅人の帰京時の作が想起される。

天平二年庚午の冬十二月、大宰帥大伴卿、京に向かひて道に上る時に作る歌五首

我妹子が見し鞆の浦のむろの木は常世にあれど見し人ぞなき　（巻三・四四六）

鞆の浦の磯のむろの木見むごとに相見し妹は忘らえめやも　（巻三・四四七）

磯の上に根延ふむろの木見し人をいづらと問はば語り告げむか　（巻三・四四八）

右の三首、鞆浦に過ぎる日に作る歌

行路での作が、その土地にゆかりの素材を求めて作品化しているという編纂上の構想を持つことが理解される部分である。備後国に至るまでの作が生活感覚としてなじみのある地から、なじみはないものの伝説や伝聞したことのある地の興味へと展開して行く様を捉えることが可能である。

六　地名表現の方法

備後国長井の浦を出立してまず詠まれるのは奈良の都への慕情であり、続く風速の浦の景もそれと呼応する。

②あをによし奈良の都に行く人もがも草枕旅行く船の泊まり告げむに［旋頭歌なり］（巻十五・三六一二）

海原を八十島隠り来ぬれども奈良の都は忘れかねつも（巻十五・三六一三）

我が故に妹嘆くらし風早の浦の沖辺に霧たなびけり（巻十五・三六一五）

沖つ風いたく吹きせば我妹子が嘆きの霧に飽かましものを（巻十五・三六一六）

備後国以降の作品が記録としての体裁を持つこと、「本格的な旅にはいる緊張感」がその根底にあるという指摘[16]は前に触れたが、備後国の第一首三六一二の旋頭歌は、そうした状況を詠んで冒頭歌にふさわしい。奈良の都に枕詞「あをによし」を冠して詠んでおり、続く三六一三には枕詞を冠しない。三六一二が「旅行く船の泊まり告げむ」と航路に向き合いつつ、奈良の都の人との繋がりを求めるものの「行く人もがも」という願望にはそれが叶わない地にあることが示され、「あをによし奈良」との「別離」が提示される。三六一三は「八十島隠り」来た経緯を捉え、奈良の都への後ろ髪を引かれる思いを吐露するが「忘れかねつも」とする点には忘れることを前提とする遠さへの距離感が認識されている。

遣新羅使人等歌群中の地名で、枕詞を冠するのは出発地である奈良の都と目的地である新羅とに限られる。新羅に対しては歌群中に一例のみ、①ａに属する冒頭歌群で「栲衾新羅へいます君が目を今日か明日かと斎ひて待たむ」（巻十五・三五八七）と「君」の目的地であると理解しつつ、主眼は折り返しの早い帰京が求められている。

遣新羅使人等歌群において、新羅への使いという役目への敬意を枕詞の使用に読み取ることができる。しかし、歌群の主題はそこにはなく、望郷の思いを抱えつつ、航路を進むことにあることは長井の浦の出立後の二首に読み取りうる。

長井の浦を出て、風速の浦の船泊まりに詠まれるのは都の妹への慕情だが、それを喚起するのは風速の浦の景である。備後国以前の作品がなじみのある景から妹への慕情を喚起し、そこに妹との共感を推測できるのに対し、現前する風速の浦の景は我にも妹にもなじみのある景ではなく、そこに妹の嘆きを感得して、景を自らになじみのあるものに転換させている。続く三六一六は転換後の妹への慕情の強さの表明である。雲や霧が人の心情の示現であることは上代の表現によく見られるものだが、[17]霧に喚起される妹への慕情は冒頭歌群の問答をなす「君が行く海辺の宿に霧立たば我が立ち嘆く息と知りませ」（巻十五・三五八〇）、「秋さらば相見むものをなにしかも霧に立つべく嘆きしまさむ」（巻十五・三五八一）と呼応するものである。吉井巖はこの「あまりに巧みな呼応」について天平八年六月一日は太陽暦の七月十三日にあたり、七月下旬の海霧は疑問で、文学的虚構による添加編集とする。[18]そこに妹の嘆きの息を据えるものの、現出される世界はなじみのある景からなじみのない景へと転換されたそれであり、本格的な旅に出ていることを証する表現といえる。それは現前する景を愛でる表現への進展である。

山川の清き川瀬に遊べども奈良の都は忘れかねつも　（巻十五・三六一八）
我が命を長門の島の小松原幾代を経てか神さび渡る　（巻十五・三六二一）

三六一八の下の句は三六一三と共通するが、三六一三が備後までの行程を詠むのに対して、三六一八が詠むのは長門島の磯辺の景であり、景を愛でつつ望郷を詠むという景と情の相反する境地を示している。一方、同時の作三六二一は「我が命長し」から地名を導き、「神さび渡る」と神秘性を宿す土地への讃美に収斂する。望郷の思いはさりながら、瀬戸内海の航路は美しい景を讃美する旅でもあったのである。

長門の次の地名に寄らずに過ぎた麻里布の浦が八首詠まれ、そこに地名を詠むことの特色を見せる。

⑦　周防国玖珂郡麻里布の浦を行く時に作る歌八首

g ま梶貫き舟し行かずは見れど飽かぬ麻里布の浦に宿りせましを　（巻十五・三六三〇）
h いつしかも見むと思ひし粟島をよそにや恋ひむ行くよしをなみ　（巻十五・三六三一）
i 大船にかし振り立てて浜清き麻里布の浦に宿りかせまし　（巻十五・三六三二）
j 粟島の逢はじと思ふ妹にあれや安眠も寝ずて我が恋ひ渡る　（巻十五・三六三三）
k 筑紫道の可太の大島しましくも見ねば恋しき妹を置きて来ぬ　（巻十五・三六三四）
l 妹が家道近くありせば見れど飽かぬ麻里布の浦を見せましものを　（巻十五・三六三五）
m 家人は帰りはや来と伊波比島斎ひ待つらむ旅行く我を　（巻十五・三六三六）
n 草枕旅行く人を伊波比島幾代経るまで斎ひ来にけむ　（巻十五・三六三七）

麻里布の浦は山口県岩国市の沿岸部の地名と推測される。八首に関して『萬葉集』（新潮日本古典集成）は前四首を旅先の土地を讃める一組とし、後四首は望郷歌を続けて旅の安全を祈る歌で結んでいるとする。その配列については『萬葉集全注』がgとi、hとj、kとlそしてmとnが唱和の形にあることを指摘している。その通りだと思われるが、そうした形だけでなく、すぐに気づかれるのは麻里布の浦と他の地名との表現上の相違である。

giは麻里布の浦に対して、「見れど飽かぬ」「浜清き」と美しい沿岸を讃めつつ「宿りせましを」「宿りかせまし」と立ち寄る望みが果たせない嘆きを含んで詠むのに対して、lは「見れど飽かぬ」と類似の土地讃めをしつつ、妹との共感に思いを巡らせている。

一方、他の地はいずれも地名との同音異義語の連想による、懸詞的な方法をとり、機知的な、ある種遊びの要素の多い表現になっている。しかも、そこに実際の景の描写はない。hは「見むと思ひし」がかかる「粟島」に「逢ふ」意を連想させ、逆にjは「粟島」から「逢はじ」を導いて、地名が喚起する語が「よそにや恋ひむ」「我が恋ひ渡る」心情表現に繋がっている。kの「大島　しましくも」や「伊波比島」と「斎ひ」の関係も同様である。注意されるのは当該八首中の麻里布の浦以外の地名について、『萬葉集全注』が「粟島（再会の意を含む）という不可解な地名や、これから行くはずの大島（屋代島）や、この航行中には姿の見えない祝島を詠みこんでいて、これらの地名の意味する効果を歌っていることが注意される」とするように、八首が見える麻里布の浦と見えない島々で構成され、見える地に対する土地讃めと見えない島の名に喚起される語が旅情に通じて行く技法が見られることである。地名に対する懸詞的な連想を含む類似の方法は、当該八首以前「属レ物発レ思歌」（巻十五・三六二七）の「直向かふ　敏馬」「我妹子に　淡路の島」「我が心　明石の浦」などに見ることができるが、続く大島鳴門を過ぎて以降にはなぜか見られないのである。

七　土地からの表現

麻里布の浦を過ぎた後、対馬を出発するまでの作に地名が詠まれるのは次のような作である。

⑧　大島の鳴門を過ぎて再宿を経ぬる後に、追ひて作る歌（二首）

これやこの名に負ふ鳴門の渦潮に玉藻刈るとふ海人娘子ども　（巻十五・三六三八）

⑨　熊毛の浦に船泊まりする夜に作る歌（四首）

沖辺より潮満ち来らし可良の浦にあさりする鶴鳴きて騒きぬ　（巻十五・三六四二）

⑪　筑紫の館に至りて、本郷を遥かに望み、悽愴して作る歌（四首）

志賀の海人の一日もおちず焼く塩の辛き恋をも我はするかも　（巻十五・三六五二）

志賀の浦にいざりする海人家人の待ち恋ふらむに明かし釣る魚　（巻十五・三六五三）

可之布江に鶴鳴き渡る志賀の浦に沖つ白波立ちし来らしも（一に云ふ「満ちし来ぬらし」）　（巻十五・三六五四）

⑫　海辺に月を望みて作る歌（九首）

神さぶる荒津の崎に寄する波間なくや妹に恋ひ渡りなむ　（巻十五・三六六〇　土師稲足）

志賀の浦にいざりする海人明け来れば浦回漕ぐらし梶の音聞こゆ　（巻十五・三六六四）

⑬　筑前国志麻郡の韓亭に至り、船泊まりして三日を経ぬ。ここに夜月の光、皎々に流照す。奄《たちまち》にこの華に対し、旅情悽噎す。各心緒を陳べ、聊かに裁る歌（六首）

韓亭能許の浦波立たぬ日はあれども家に恋ひぬ日はなし　（巻十五・三六七〇）

風吹けば沖つ白波恐みと能許の泊まりにあまた夜そ寝る　（巻十五・三六七三）

⑭　引津の亭に船泊まりして作る歌（七首）

草枕旅を苦しみ恋ひ居れば可也の山辺にさ雄鹿鳴くも　（巻十五・三六七四）

天飛ぶや雁を使ひに得てしかも奈良の都に言告げ遣らむ　（巻十五・三六七六）

⑮　肥前国松浦郡の狛島の亭に船泊まりする夜に、海浪を遥かに望み、各旅の心を慟みて作る歌（七首）

足日女み船泊てけむ松浦の海妹が待つべき月は経につつ　（巻十五・三六八五）

⑱ 対馬の島の浅茅の浦に至り船泊まりする時に、順風を得ずて、経停すること五箇日なり。ここに物華を瞻望し、各慟心を陳べて作る歌（三首）
百舟の泊つる対馬の浅茅山しぐれの雨にもみたひにけり （巻十五・三六九七）
⑲ 竹敷の浦に船泊まりする時に、各心緒を陳べて作る歌（十八首）
竹敷の黄葉を見れば我妹子が待たむと言ひし時そ来にける （巻十五・三七〇一）
竹敷の浦回の黄葉我行きて帰り来るまで散りこすなゆめ （巻十五・三七〇二）
竹敷の宇敝方山は紅の八入の色になりにけるかも （巻十五・三七〇三）
竹敷の玉藻なびかし漕ぎ出なむ君がみ船をいつとか待たむ （巻十五・三七〇五）

右の作品中には⑩佐婆の海中に漂流し、豊前国下毛郡の分間の浦に到着した時の作品は含まれない。地名を詠む程の余裕はなかったということであろうか。麻里布の浦を素通りし、大島の鳴門は「これやこの」と都でもよく知られていたことがわかる口調で鳴門に対する感嘆が述べられ、海人娘子の生活が描写される。それは大島の鳴門に対する思いが遣新羅使人等にとっては日常から旅にある景への驚嘆であるのに対して、玉藻刈る海人娘子達にとっては日常である差への気づきであり、眼前のそうした日常への視線であろう。景の描写への関心は熊毛の浦でも同様であり（三六四二）、類似の作は可之布江の歌にも見える（三六五四）。ただし、この時期に飛来していた可能性の薄い鶴を詠む意図については別に考慮しなければならない。[19] こうした景への関心は景に基づく序詞として筑紫以降の作に見える。

遣新羅使人等歌群が筑紫館での作を一つの転換点として、その後の作品が時間の経過を捉え、家郷への直接的な恋情をほとんど詠まないという特質を持つことについては別に触れる。[20] 筑紫館での作は志賀の海人の塩焼きの景「志賀の海人の一日もおちず焼く塩の」を序詞として、妹を恋う自らの思いを内省する。「辛《から》き恋」には塩の辛さに自らの思いの辛さとが感じ取られており、同音異義による懸詞的方法以上の意味の重なりを捉えうる。同様に、三六六〇の序詞「神さぶる荒津の崎に寄する波」も波が「間なく」寄せる様と妹への間断ない思いとが重なっている。また、三六八五の序詞「足日女み船泊てけむ松浦の海」も、神功皇后の外征の伝説と遣新羅使の行路とが重なり、松浦の海の特殊性を際だたせて、単に「待つ」語を導く効果に留まらない。いずれも序詞の景と旅の情とが有機的に結びついていると言える。こうした景の把握は序詞に限らず、景への関心として、右に挙げた作品中に見える。それは、志賀の浦にいざりする海人の景に「待ち恋ふ」家人の姿を（三六五三）、また海人の楫の音には夜明けには船出する自らを（三六六四）重ね、韓亭における景は家郷への情と対比され（三六七〇）、玄界灘のうねりの前に幾夜も待たされる現実が嘆息され（三六七三）、雄鹿の鳴き声に旅の独り寝の苦しさが共感され（三六七四）ていることに捉えられ、土地讃めや地名の音に対する語感・語義とは異なって、眼前の景が注視される。そこに、旅を日常の中に捉えている遣新羅使人等の歌の表現があろう。

また、対馬の浅茅山における「もみたひにけり」に始まる黄葉の描写は、その地における眼前の景のうつろいを捉えて、時の経過への感慨を示している。眼前の黄葉の景のうつろいに対して、秋の帰還という約束は、「待たむと言ひし時ぞ来にける」（三七〇一）と、新羅への到着前にすでに果たせなくなった。その黄葉に対して「我行きて帰り来るまで散りこすなゆめ」（三七〇二）と呼びかけても、実際には「紅の八入の色になりにけるかも」（三七〇三）と、時の経過が突きつけられるばかりである。対馬において、現前の景を繰り返し詠むところに、遣新羅使人等の航路の歌の帰着点が有るように考えられる。

注

（1）『萬葉集④』（新編日本古典文学全集）（小学館　平成八年）は「巻第十五」について「万葉集二十巻あるうち、読んで最も心の弾まない巻は、この巻第十五であろう。前、後半共、内容は異なるが、いずれも離愁、泣き言ばかりが並んでいる。作者達の境遇に同情はするが、空しさ、やり切れなさは共通する」と述べる。

（2）鈴木靖民氏『古代対外関係史の研究』吉川弘文館　昭和六〇年

（3）当該の題詞がどの歌までかかるかは問題になるところだが、本書では「所に当たりて誦詠せる古歌」までとして理解しておく。

（4）「遣新羅使人歌群の原核」『萬葉集の歌群と配列　下』塙書房　平成四年　初出昭和五九年

（5）吉井巖「遣新羅使人歌群―その成立の過程―」『萬葉集への視角』和泉書院　平成二年　初出昭和五五年、注4前掲書、吉井巖『萬葉集全注　巻第十五』有斐閣　昭和六三年

（6）「海路と舟運」『古代の地方史2　山陰・山陽・南海編』朝倉書店　昭和五二年

（7）八木充氏「創設―海域にひらかれた中つ国―山陰・山陽・南海地域の設定」『古代の地方史2　山陰・山陽・南海編』朝倉書店　昭和五二年

（8）安胡の浦・安胡の海が巻十三・三二四三、三二四四に長門の浦と共に詠まれるが、三重県志摩郡英虞湾の地名ともされる。この地名については疑問が多い。

（9）注1前掲書

（10）『萬葉集②』（新編日本古典文学全集）小学館　平成七年

（11）注4前掲書

（12）注5前掲『萬葉集全注　巻第十五』

（13）「らし」の用法については　内田賢徳氏「助動詞ラシの方法」（『記紀万葉論叢』塙書房　平成四年）を参照。

（14）『萬葉集全註釈』、『萬葉集』（日本古典文学全集）（小学館　昭和四八年）による。

（15）土居光知氏「遣新羅使人の歌」『古代伝説と文学』岩波書店　昭和五二年

(16) 注4前掲書
(17) 巻五・七九九、巻六・九一六、巻十二・三〇三四、巻十四・三五一五、三五一六、三五七〇に見える。
(18) 注5前掲『萬葉集全注　巻第十五』
(19) 本書第二章第三節参照。
(20) 本書第二章第三節参照。

第二節　属物発思歌――遣新羅使人等歌群中の位置――

一　属物発思歌

『萬葉集』巻第十五の前半部分を占める遣新羅使人等歌群百四十五首に対して、「全体にわたる主題を持ち、ほぼ時間を追う構成に編纂された一つの歌群」という理解に異論はないと思われる。遣新羅使人等歌群の構造の分析を通して、実録を中心として後に編纂されたという歌群の成立過程を明らかにしたのは伊藤博(1)と吉井巖(2)である。伊藤は、早くに大浜巖比古によって「実録風な創作《ドキュメンタリ・フイクション》(3)」と指摘されていた歌群の虚構性について、歌群中の歌が実録の作か追補の作歌か、いずれであるかを見極めることによって検証し、「備後国水調郡長井浦船泊之夜作歌」(巻十五・三六一二)以後の作から、その主題を「心情的には〝妹〟、時間的には〝秋〟」と捉えた。吉井は、この主題を支持した上で、実録と追補の作の認定に伊藤説とは微妙に差違を指摘しつつ、長井の浦から対馬に至る作の並ぶ往路と屋島での作のみの帰路という歌群の配列が編者の工夫にあることを論じている。

この歌群の中で、両氏が共に、おそらくは家持による追補の作とされるものに、「属物発思歌一首并短歌」(巻十五・三六二七～三六二九)がある。「属物発思歌一首并短歌」は実録歌の始まりとされる備後の国長井の浦・風速の浦を過ぎて、安芸の国長門の浦の船出の歌と、周防の国玖河郡麻里布の浦を行く時の歌にはさまれて、「古挽歌一首并短歌」(巻十五・三六二五、三六二六)に続いて並んでいる。「古挽歌一首并短歌」について、伊藤は古歌を吟唱した[5]として、その古歌に対する今歌としての「属物発思歌一首并短歌」という組み合わせを推測する。「属物発思歌」については、「古挽歌一首」の左注に「右丹比大夫悽二愴亡妻一歌」と見えることに関連して、『萬葉集私注』が「丹比真人笠麻呂下二筑紫国一時作歌」（巻四・五〇九）の模倣を指摘し、清水克彦氏は両者の関連を説いて道行的望郷歌として把握する。[6]一方、吉井は当該歌中の地名家島が、遣新羅使人等歌群中の帰路の歌「廻二来筑紫一海路入レ京到二播磨国家島一之時作歌五首」（巻十五・三七一八～三七二二）と対応し、淡路島も詠み込まれていることに注目して、歌群全体の構成に関わって追補されたと論じている。歌群の構造の中で地名表記に注目して、歌群がいかに成立したかという分析を通して歌群の構成を理解する方法は、伊藤説・吉井説に尽きるといってよいであろう。では、逆に、現在ある歌群の構造はどのような構成性を意図して異質性を包含しえたのであろうか。両氏が追補とされる「属物発思歌一首并短歌」について、考察したい。

二　「属物発思」

属レ物発レ思歌一首并短歌

朝されば　妹が手に巻く　鏡なす　三津の浜辺に　大船に　ま梶しじ貫き　韓国に　渡り行かむと　直向か
ふ　敏馬をさして　潮待ちて　水脈引き行けば　沖辺には　白波高み　浦廻より　漕ぎて渡れば　我妹子に
淡路の島は　夕されば　雲居隠りぬ　さ夜ふけて　行くへを知らに　我が心　明石の浦に　船泊めて　浮き
寝をしつつ　わたつみの　沖辺を見れば　いざりする　海人の娘子は　小舟乗り　つららに浮けり　暁の
潮満ち来れば　葦辺には　鶴鳴き渡る　朝なぎに　船出をせむと　船人も　水手も声呼び　にほ鳥の　なづ

さひ行けば　家島は　雲居に見えぬ　我が思へる　心和ぐやと　早く来て　見むと思ひて　大船を　漕ぎ我が行けば　沖つ波　高く立ち来ぬ　よそのみに　見つつ過ぎ行き　玉の浦に　船を留めて　浜辺より　浦磯を見つつ　泣く子なす　ねのみし泣かゆ　海神の　手巻の玉を　家づとに　妹に遣らむと　拾ひ取り　袖には入れて　返し遣る　使ひなければ　持てれども　験をなみと　また置きつるかも（巻十五・三六二七）

反歌二首

玉の浦の沖つ白玉拾へれどまたそ置きつる見る人をなみ（巻十五・三六二八）

秋さらば我が船泊てむ忘れ貝寄せ来て置けれ沖つ白波（巻十五・三六二九）

右の歌群は三津の浜辺を出立し、明石の浦への停泊、翌暁の出立から玉の浦に船を留めるまでの二日間を時間の経過に従って描写している。吉井巖が明石の浦を中心に据えた二部構成で、使人達の畿内から畿外への二日間の心情の展開を詠んだものとする理解の通りだと思われる。吉井はさらに、長歌に見える地名、三津・淡路島・家島が、帰路における地名と順を逆にして対応することを指摘し、両者の関連性に後の追補を見ている。地名については、清水克彦氏が「瀬戸内海西航の途上における道行的望郷歌で、地名も作者の望郷の心に連なる意を荷なっている」(7)とされる。それは当該歌と類似の語句を持ち、関連性の指摘される丹比真人笠麻呂作の巻四・五〇九の地名表現について「地名は一首の主眼とする望郷の心の表出に参加している」として「道行的叙述の創造性」を指摘された上での論である。注意されるのは、長歌第一日の明石の浦までの地名に枕詞を冠するのに対して、第二日では地名に枕詞を冠さないという点である。二日間の行程における変化を考慮すべきではないか。ちなみに遣新羅使人等歌群全体では、「当所誦詠古歌」を除き、地名に冠する枕詞は「たくぶすま　新羅」（三五八七）と「あをによし　奈良」（三六〇二・三六一二）、及び「我が命を　長門の島」（三六二一）に限られている。

一方、野田浩子は、「属物発思歌」という題詞と長歌に「見る」ことへのこだわりがあることを指摘する。(8)「属物発思」を「寄物陳思」の系列に位置づけ、「その土地の〈物〉を捉え、それを称えると共に〈家なる妹〉を歌中に顕すのは旅の歌の典型である」として、それを「属物発思」と題することに「〈見る〉事が〈物〉を捉え〈物〉から〈家なる妹〉表現の生成してくる過程をこの題詞は捉えているのである」とする。「属物発思」と「寄物陳思」との類似性は『萬葉集私注』を始め、諸注の指摘する点でもある。「属物発思」について考えてみたい。

題詞の「属物発思」の語は集中にもう一例、池主と家持との贈答歌群中に見られる。

越前国掾大伴宿祢池主来贈歌三首

以二今月十四日一、到二来深見村一、望二拝彼北方一。常念二芳徳一、何日能休。兼以二隣近一、忽増レ恋。加以、先書云、暮春可レ惜、促レ膝未レ期、生別悲兮、夫復何言。臨レ紙悽断、奉レ状不備。

三月十五日大伴宿祢池主

一、古人云

月見れば同じ国なり山こそば君があたりを隔てたりけれ　（巻十八・四〇七三）

一、属レ物発レ思

桜花今そ盛りと人は言へど我はさぶしも君としあらねば　（巻十八・四〇七四）

一、所心歌

相思はずあるらむ君を怪しくも嘆き渡るか人の問ふまで　（巻十八・四〇七五）

越中国守大伴家持報贈歌四首

一、答二古人云一

あしひきの山はなくもが月見れば同じき里を心隔てつ　（巻十八・四〇七六）

一、答ニ属目発レ思、兼詠ニ云遷任旧宅西北隅桜樹一

我が背子が古き垣内の桜花いまだ含めり一目見に来ね　（巻十八・四〇七七）

一、答ニ所心一、即以ニ古人之跡一、代ニ今日之意一

恋ふといふはえも名付けたり言ふすべのたづきもなきは我が身なりけり　（巻十八・四〇七八）

一、更矚レ目

三島野に霞たなびきしかすがに昨日も今日も雪は降りつつ　（巻十八・四〇七九）

三月十六日

右の歌群は池主が越前国掾として転任した後の天平二十一年三月、越中との国境にある越前国深見村から越中に居る家持に贈ったもので、漢文の消息文によると家持からの先書に対する返書であることが知られる。先書の内容は不明だが、[9]文脈から歌群贈答の主題が「生別の悲しみ」にあることが知られる。公的な要請による「別離」である。池主の歌群は、第一首で人麻呂歌集巻十一・二四二〇等の類歌に繋がる歌を古歌として挙げ、同じ月の光の下、山の隔てという地理的状況への気づきに「別離」の悲しみを表明する。第二首では桜の満開を愛でる人言に感受される我の寂しい心情とその理由への気づきに、第三首では相思わない相手への恨みを含みつつ、人に見咎められるほどに露わな思慕の情への気づきに悲しみの表明がある。

池主の歌群を承ける家持の歌群は第一首で山による身体的隔てが心の隔てに繋がることを詠って、山の隔てが心情の表象として捉えられることを表明する。第二首桜を「見に来ね」との誘いは、旧宅の花のつぼみに主を待つ心情が表象されるからであり、第三首では、さらに「恋ふ」という「名付け」に気づくことに術なき我が身が

把握されている。家持の歌群は池主の贈歌三首に対応しつつ、「更矚目」一首を加えている。「更矚目」とされる第四首は『萬葉集全注』が「うららかな春景色の中にも寒々と雪が降り続けるという情景の中に、池主と別れてある家持のわびしさを表象している」とする通りであると思われる。その情景を見るところに、情景が表象する寂しさへの気づきが生じていよう。

池主歌群が物（景）から生別を感受して、心情を詠むのに対し、家持歌群は景を見る（物に気づく）[10]ことによって、景（物）が心情を表象するという関係にあることを詠むという傾向が窺える。両歌群の中で、その関係を明瞭に伝えているのが第二首の贈答であろう。池主の歌は「人は言へど」と満開の桜を愛でる人の言に逆接表現を使っている。ここで、池主は桜花が満開であることそのことを見ようとはしない。池主が見ようとしているのは眼前の桜ではなく、桜を共に見たい家持ではなかったか。天平十九年の春、池主は病に伏せっていた家持を花見に誘う歌を贈っている（巻十七・三九七三）。花盛りを愛でる人の言を聞きながら、共に見ることによって花盛りが意味を持つ人が、ここに見えない寂しさに気づく時、改めて君（家持）の不在が確認される。その心情を生別として、吐露している。対する家持歌は、池主の旧宅の桜が未だつぼみであることを目にして、そこに主を待つ思いを見出し、「見に来ね」と歌うのである。桜のつぼみに不在の主を待つ心情を感受し、桜のつぼみを歌うことでその心情をそこに表象させている。家持において、この「属物発思」と「属目発思」は同意だったとされ（萬葉集全注、他）、遣新羅使人等歌群の「属物発思歌」が家持の作であることの傍証ともされる。しかし、池主の「属物発思」を家持が「属目発思」としているのは故ないことではなかったのではないか。

「属物発思」は「物に属《つ》きて思ひを発《おこ》す」と訓まれ、「一首は見聞きする物に触れて思いを起こした歌」（萬葉集全注）と理解されている。「更矚目」の「矚」は「照矚　之欲反、矚　又明也」（玄応撰『一切経音義』大治本）とあるのが古い例と見られ、「観矚　鐘辱反、考声云視之甚也、衆目所レ帰曰レ矚、説文、視也、従レ目属声也」（慧琳撰『一切経音義』）ともあり、「矚　之欲反、矚　視也、明也」（新訳華厳経音義私記　上）と見える。「属目」の「属」は「属　ツク」（類聚名義抄　観智院本）の訓が見え、「属　之欲反」（新訳華厳経音義私記　下）とあって「矚」と同音である。『篆隷万象名義』は「属　時欲反、合聚也、録也、會也、足也、辞也、近也、続也、逮也、緊也、着也、注也、編也、通也」と多様な意を挙げるが、「視」の意は挙げない。「属目」については「次公醒而狂、何必酒也、坐者皆属目卑二下之一」（漢書巻四十七蓋寛饒伝）の顔師古注に「属　猶注也、音　之欲反」とある。「属　注也」とする例は、『文選』にもその用法が見える。

a　属レ耳聴二鸎鳴一、流目翫二儵魚一、従容養二餘日一、取二楽於桑楡一　（晋張華「荅二何劭一二首」中の一　巻二十四）

b　跂予旅二東館一、徒歌属二南墉一、寝興鬱無レ已、起観二辰漢中一　（顔延之「直二東宮一荅二丁鄭尚書一一首」巻二十六）

aは何劭の「贈二張華一詩」に対して、窮屈な宮仕えを離れ、何劭と共に余生を楽しみたいと答えた詩。「属レ耳」に李善は「毛詩曰、耳属二于垣一。鄭玄曰、属二耳於壁一聴レ之、又儀礼注曰、属注也」と注している。『毛詩』に「君子無二易由一レ言。耳属二于垣一」（小雅・節南山　小弁）の鄭箋に「由用也。王無三軽用二讒人之言一。人将レ有下属二耳於壁一而聴レ之者上、知二王有レ所レ受レ之、知二王心不正一也」とあるもの、また『儀礼』「婦入二寝門一。賛者徹レ尊酌二玄酒一。三属二于尊一、棄二余水于堂下階間一加レ勺」（士昏礼）の注に「属　注也」とあるのによる。『説文解字』に「注灌也、从レ水主声」とあり、「属」は水を「注ぐ」意に通じる。「注」は気持ちをそちらに注ぐ意から集中する意が生じていると推測される。「属」も類似しよう。aは「垣に耳を集中させて鸎鳴を聴く」の意となる。「属目」は見ることに対する同様の表現となろう。

bは太子舎人であった顔延之が東宮に宿直した夜に友人の鄭鮮之に贈ったもので、近くに居ながら、離れて勤務していて語り合えない心情を詠じた詩で、その状況は池主と家持の関係に似る。李善注には「鄭玄儀礼注曰、属注也。謂㆓意注㆑之也」とあって、aと同様に解される。すなわち、「属㆓南墉㆒」は南の方の垣根に向かってひたすら彼方の友を思う意で、そのために眠れないという文脈が続くが、南の方の垣根を見ることが主眼ではない。むしろ見えない友を思う意である。「属物」は対象に物を介して心を向けることで、「属耳」「属目」が耳目を向けることとその方法と方向性は共通するものの、「見る」「聞く」こととまったく同意であるとも言えない面を持つ。「発思」の「発」は「発　古、呂於古須」（類聚名義抄　図書寮本）と訓じられる。『説文解字』には「発、䠶発也。从㆑弓發声」とあり、元来は弓を引いて矢を放つことから、勢いを持って中からものが外部に出ることを意味したようで、『篆隷万象名義』の字義には「出也、起也」が見られる。また『新撰字鏡』の「發」の項に「発也」として「行也、出也」とも見える。「属物発思」は物を介在させてある方向にひたすら心を向ける、その結果そこから自ずと生じてきた心情という意になる。池主歌が物（桜）を介して、そこに感受される心情を率直に歌うのに対し、家持歌は物を見る（桜に気づく）ことから感受される心情を物（桜）を歌うことによって表象しており、「属目発思」はそこに「見る」意識が強く込められるのであろう。家持は池主歌を承けて、桜を見ることを主眼とし、そこに主なき心の表象を見ている。家持が自身の歌の意に沿って池主歌を属目と受けた可能性も考えられる。心情が生じてくるのであって、心情を対象に託して表現するのではないということである。これは寄物陳思が相聞の部にあって、正述心緒と対応して恋の心情を述べるという方法としてあること以上の発想の方法を捉えたものと考えられる。

　では、「属物発思」を以上のように捉える時、当該「属物発思歌」において歌中の主体（遣新羅使人等）は何を介して何に心を向けているのであろうか。また、「古歌」に続く「属物発思」という順は、「古挽歌」に続く

「属物発思歌」との順の類似を考えさせるけれども、「属物発思歌」に「古挽歌」との関連性は見られるのであろうか。

三　明石の浦

長歌は「朝されば」の時間に始まる。「古挽歌」が「夕されば」に始まり、「明けくれば」を経て、「ひとりかも寝む」と結ばれる時間に続くものとしての続き方に歌群における整合性のあることはすでに触れたことである。(11)ただし、当該歌の「朝されば」は集中一例のみ。「古挽歌」における一日の把握には「夕されば……明けくれば……」という一般的な表現を用いている。当該歌の「朝されば」は「古挽歌」の時間の流れに継続し、歌群としての整合性を持ちつつ、しかし直接せず、「古」に対する「今」という対応への意図を示すことを考えさせる。

当該歌は、朝「妹が手に巻く　鏡なす」と妹に関連する序詞から「三津の浜辺に」と出立の地を歌い起こして、「韓国に　渡り行かむ」とその目的地を明記している。そのために、まず真向かいの「敏馬」は「水脈引き行けば」とあるにもかかわらず「沖辺には　白波高み」と渡れない。「水脈引く」について『萬葉代匠記』は『延喜式』に三韓の朝貢使等が来朝した時のやりとりを挙げる。

国使宣云、日本尓明神登御宇天皇朝庭登、某蕃王能申上随尓参上来留客等参近登奴。摂津国守等聞著氏　水脈《ミナチ》母教導賜登幣宣随《ママ》尓、迎賜登波久宣。

（延喜式巻二十一・玄蕃寮）

朝貢使にとって水脈（水路）の重要性の理解されるところである。その「水脈」が役に立たないという状況である。敏馬は遣新羅使人等歌群中には

玉藻刈る処女を過ぎて夏草の野島が崎に廬りす我は　（巻十五・三六〇六）

柿本朝臣人麻呂が歌に曰く「敏馬を過ぎて」、また曰く「船近付きぬ」

とある地である。人麻呂の羈旅歌を誦詠するにあたって、伝承か否かの問題は措くとして、敏馬ではなく、異伝「処女」を歌う意図を理解したい。人麻呂の「羈旅歌八首」において敏馬に「見ぬ女」を連想させることはすでに井手至氏によって指摘されている。(12) 歌群の流れにおいて、「右三首恋歌」に続いて「処女を過ぎて」と歌われることはむしろ連続性を持つ。三首中には「妹が袖別れて久になりぬれど一日も妹を忘れて思へや」（巻十五・三六〇四）とあり、三六〇六が本歌で歌う「処女」であれば、土地の娘の姿に妹の姿を重ねてその土地を過ぎるという理解が成り立つ。が「見ぬ女」であれば、妹その人を「見ぬ女」として指すことになり、その地を過ぎることは「一日も妹を忘れて思へや」にそぐわないともいえる。だが、敏馬に対するこうした「見ぬ女」への連想は、三六二七においては「韓国に　渡り行かむ」という目的を示す文脈上、韓国の未だ「見ぬ女」への連想をも呼ぶのではないだろうか。しかし、それは真っ直ぐ向き合う（ただむかふ）位置にありつつ、「白波高み」と近づきがたいのである。浦廻を行けば「我妹子に　淡路の島」は隠れて見えず、家郷への思いもかなわない。難渋する旅の様子が詠われる。

「朝されば」に始まった時間は「夕されば」を経て、「さ夜ふけて　行くへを知らに」と夜に続き、「我が心明石の浦に」停泊する。「行くへを知らに」を取り出すと二通りの解釈が可能である。一つは「いさよふ波の行くへしらずも」（巻三・二六四）、「寄せ来る波の行くへ知らずも」（巻七・一一五二）、「寄する波行くへも知らず」（巻十一・二七三九）のように、波がいずこに寄せて行くかわからないように揺れて行く先が定まらないことであり、一つは「隠り沼の行くへを知らに」（巻二・二〇一）、「雲隠り行くへをなみと」（巻六・九八四）のように真っ暗で出口のないことである。三六二七において前者とすれば、「敏馬」に（見ぬ女）を連想し、「我妹子に　淡路の島」に家郷の妹を連想し、という揺れ動く心情と捉えうる。しかし、「さ夜ふけて」という時間が示す暗闇は後者の理解を求めるのではないか。それは暗闇の中、新羅へ行く方向が見あたらない嘆きに繋がる。とすれば、「我が心　明石の浦」の理解も確認する必要があろう。

明石は瀬戸内海において、畿外から畿内の海への出入り口にあたる地である。人麻呂は「羈旅歌八首」中二首に明石を詠む。

燈火の明石大門に入らむ日や漕ぎ別れなむ家のあたり見ず　（巻三・二五四）

天ざかる鄙の長道ゆ恋ひ来れば明石の門より大和島見ゆ〈一本に云ふ「家のあたり見ゆ」〉　（巻三・二五五）

二五四は畿外へ、二五五は畿内への視線を感じさせる。遣新羅使人等歌群では「当所誦詠古歌」に二五五の「一本に云ふ」歌を本文として載せ（三六〇八）、家郷に後ろ髪引かれる心情を託している。それは歌群において三六〇八までに「大船に妹乗るものにあらませば」（三五七九）、「妹もあらなくに」（三五九二）、「悔しく妹を別れ来にけり」（三五九四）、「我妹子が形見に見むを」（三五九六）のように、繰り返し家郷への思慕を歌うことと重なっている。しかし、二五四を歌わないのは「漕ぎ別れなむ」とはまだ、歌えなかったのであろう。

「我が心　明石の浦に」という枕詞と被枕詞の関係は集中三六二七の一例のみ。この関係について、『萬葉代匠記』は家持の「喩族歌」中の「加久佐波奴　安加吉許己呂乎」（巻二十・四四六五）を引き、「今ハ藩国ニ勅命ヲ承テ使スル誠ノ心ニヨセテ云ヘリ」とする。『文選』の用例「阮元瑜為二曹公一作レ書与二孫権一云、若能内取二子布一、外撃二劉備一、以效二赤心一、用復二前好一、則江表之任、長以相付」（巻四十二）、「丘希範与二陳伯之一書云。推二赤心於天下一、安二反側於萬物一。」（巻四十三）に加えて『日本書紀』の訓から「赤心又丹心ヲキヨキコヽロト点ジ」と説く。

しかし、諸注は勅命を受ける「赤心」の意をここに必ずしも見ない。『萬葉集略解』『萬葉集評釈〈窪田〉』『萬葉集私注』は「我が心　赤し」と取るが、「赤心」には触れない。ただし、『萬葉集略解』は宣長の言を引いて「我が心　清隅の池の」（巻十三・三二八九）、「我が心清し」と同じ意とする。他は「我が心　明かし」（萬葉集評釈〈佐々木〉・萬葉集全註釈・萬葉集注釈）、「明るくなる」（萬葉集〈日本古典文学大系〉）、「曇りなく明るい」（萬葉集古義・萬葉集成・萬葉集全注）で、『萬葉集全釈』が「吾が心　清明《アカ》し」とするなど、「赤き心」と「明き心」とが見られる。

漢語「赤心」について、『萬葉代匠記』の挙げる『文選』の例を見ると、阮元瑜の書は魏の曹公のために書かれたもので、呉の孫権に対して、外には劉備を撃ち、「赤心」を尽くして友好関係を元通りにすれば云々という文脈を持つ。丘遅（希範）の書は、梁の武帝の時代、臨川王宏が書かせたもの。陳伯之に魏から梁への帰降を勧めた書で、「赤心」を天下に示し、曲がったことを正して行くという梁の王室の姿勢を示す文脈の中で使われている。阮元瑜の例は『芸文類聚』にも引かれている。『芸文類聚』には以下の例も見える。

①東観漢記曰（中略）賊曰、粛王推二赤心一置二人腹中一。安得レ不レ投レ死。由是皆自安。（帝王部二・後漢光武帝）

②後秦趙整詩曰　北園有レ樹、布レ葉垂二重陰一。外雖レ饒二棘刺一、内実有二赤心一。（菓部下・棗）

①は人が腹中に赤心を持っていると考えるという意、②は趙整「諷諫詩二首　其一」に見えるもので、外側は棘の刺が多いが内側に「赤心」があるとの意である。これらの文脈からは、人の心の中にある真心といった意味が読み取れる。『荀子』に見える「功名之所レ就。存亡安危之所レ堕。必将レ於二愉殷赤心所一」（王制）に対して、後に王先謙の集解が「赤者心色也。赤心者本心不レ雑レ弐」と注しており、忠誠心という意味はその用法から生じることが推測できる。

「赤心」の表記は『日本書紀』に四例見え、いずれも古訓は「赤」を「キヨキ」とする。

③天照大神復問曰、若然者、将何以明二爾之赤心《キヨキロヲ》一也。（神代紀上　第六段　正文）

④請吾与レ姉、共立二誓約一。誓約之間、生レ女為二黒心《キタナキココロ》一。生レ男為二赤心《キヨキココロ》一。（神代紀上　第六段　一書第一）

⑤故日神方知三素戔鳴尊、元有二赤心《キヨキ》一。……（神代紀上　第六段　一書第三）

⑥父（倉山田麻呂）便大悦、遂進二其女一。奉以二赤心《キヨキヲ》一、更無レ所レ忌。（皇極紀三年正月）

③から⑤は天照大神と素戔鳴尊の誓約の段の例である。③は「吾弟之来、豈以二善意一乎」という天照大神の疑いから発せられたもので、その問いに対して「請与レ姉共誓。夫誓約之中、……。如吾所レ生是女者、則可レ以三為有二濁心一。若是男者。則可レ以三為有二清心《キヨキロ》一」（神代紀上　第六段　正文）と答えたもの、④は「天照大神疑三弟有二悪心一」に対するもので、悪意のないことが「赤心」であり、「黒心」に対応し、また「清心」が「赤心」と同義に扱われ、「濁心」に対応して表現されていることが知られる。また、⑤は天照大神の「汝若不レ有二奸賊之心一」の疑いに結果として「赤心」を証明している。いずれも、素戔鳴尊には天照大神に対して害する心や敵対心がないという意味に使われているととれるが、それが「黒心」「濁心」と対応していることは注意される。⑥は山田麻呂の女が中大兄皇子に嫁して「赤心」を以て仕えたの意で、主従の忠誠心というよりも真心の意であろう。

④から⑤の場面について、『古事記』を見ると「天照大御神詔、然者、汝心之清明、何以知」「爾、速須佐之男命、白二于天照大御神一、我心清明故（以下略）」（神代記）と「清明」の文字が用いられ、「赤心」「清心」そして心の「清明」とが同様の場面で使われている。以上のことは「赤心」「清心」そして心の「清明」といった用字の区別が、古く和語において厳密にあったのではないことを窺わせる。ただし、『日本書紀』中では、蝦夷の首領である綾糟等の「臣等蝦夷、自今以後子子孫孫。用二清明《スミアキラカナル》心一事二奉天闕一」（敏達紀十年二月）と天皇への忠誠心を表明する場面に見られる。また、類似の語句は「朕聞、汝熊鰐者、有二明心《キヨキ》一以参来」（仲哀紀八年正月）、「今

大臣以レ忠事レ君、既無二黒心一、天下共知。……　故今我代二大臣一死之、以明二大臣之丹心《キヨキ》一ヲ」（応神紀九年四月）、「将三清白心一仕二官朝一矣」（斉明紀四年夏四月）、「自二日本遠皇祖代一、以二清白心《アキラケキ》一ヲ仕奉」（持統紀三年五月）のように見え、いずれも朝廷に対する「清明心」「明心」「丹心」「清白心」として表現されており、結果的に忠誠心を意味すると考えられる。

しかし、漢語「明心」は「散二幽経一以験レ物、偉二胎化之仙禽一。鍾二浮曠之藻質一、抱二清迥之明心一」（宋鮑照「舞鶴賦一首」文選巻十四）のように見え、変化して仙禽となった鶴が懐いている清らかな「明心」を詠じている。また「清心」も「清心矯二世濁一　倹政革二民侈一」（梁沈約「被褐守二山東一」、玉台新詠巻九）と見え、世俗の濁りに対する「清心」を詠じており、忠誠心とは異なる用法である。奈良朝の官人達にこうした漢語としての「清心」への理解は当然あったことと思われる。おそらくは漢語「赤心」の翻訳語から生じたであろう「アカキ心」は「清心」「明心」の翻訳語としての要素も加わって、「キヨキアカキ心」として熟していった可能性が考えられる。そこには「アカ」という語の把握が色彩語としてのそれ以前に光のそれとしてあったらしい日本人の色彩把握とも重なって、(13)「明き心」「清き心」さらに「清明心《キヨクアカキ》」へと熟していったことが推測できる。ただし、集中『萬葉集略解』の引く「我が心　清隈の池の　池の底　我は忘れじ」（巻十三・三二八九）は相聞の部に見えるように、本来朝廷に対する語であったとは考えにくい。(14)それが語として定着してゆく中で、朝廷への忠誠心に繋がる用法が確立していったのではないか。

『萬葉代匠記』が引く家持歌は「天皇の　天の日継と　継ぎて来る　君の御代御代　隠さはぬ　あかき心を（加久佐波奴　安加吉許己呂乎）　皇辺に　極め尽くして　仕へ来る　祖の職と」（巻二十・四四六五）の文脈にある。『萬葉集全注』は、「『赤心』『丹心』など漢語の翻訳語か。歴代の天皇に対する大伴氏の忠誠心を表す」とする。

一方、『萬葉集釈注』は四四六五を含む「喩族歌」（四四六五〜四四七〇）に「明し」「清し」「さやけし」の語が集中して登場することから、そこに「此ノ心ヲ失ハズシテ、明キ浄キ心ヲ以テ仕へ奉レトシモナモ……」とある第十三詔との関連を説く。「あかき心」に限って言えば、「皇辺に　極め尽くして　仕へ来る」その心情として表明しており、むしろ「明心」「清明心」「清白心」等と同様の用法と見られる。この表現は『続日本紀』における第五詔には「清支明支正支直支心」と見えるが、早く文武元年八月十七日の第一詔に「明支浄支直支誠之心以而、御称々而緩怠事無久務結而仕奉止詔大命乎」、慶雲四年四月十五日の第二詔に「朕卿止為而、以二明浄心一而、朕乎助奉仕奉事乃、重支労支事乎」と「明浄心」として繰り返されている。「明浄心」は第十詔、第十三詔にも同様に見られる。「明き清き心（清き明き心）」は、宣命の中で儀礼的表現として定着していったことが推測できる。

「我が心　明石」とかかる枕詞の用法は集中にこの一例のみだが、「明石」が承ける枕詞は「ともしびの」「ゐまちづき」とあり[15]、灯火の明るさ、月夜の「清明己曽」（巻一・一五）に連想が繋がる。「さ夜ふけて　行くへを知らに」とある夜の暗闇は行くえの定まらない不安を表象し、その文脈の中で、「我が心　明石の浦」の用法を捉える時、それは枕詞としての用法以上に、当該歌に意味を持つ表現として機能していると思われる。遣新羅使人等が日没の暗闇の中で「我が心　明石の浦」と歌うのは、家郷への思慕を懐きつつ、勅命のままに「韓国に　渡り行かむと」する「あかき心」の表明に他なるまい。明石という地が、明石大門と呼ばれ、畿外への出口という意識があったことは言うまでもない。その地に居て「さ夜ふけて」という現実の闇が表象する「行くへを知らに」という未来への暗い不安に対比させて、「我が心　明石（し）」と歌っているのである。天皇への忠誠に繋がる遣新羅使としての使命の自覚の表明は露わな形ではないけれども、畿外への出口である明石に着いた時に確認されている。

しかし、明石の地で不安が解消されるわけではない。「浮き寝をしつつ」はその不安を体感していることを示している。さらに、沖辺に目をやり、見えるものは「いざりする　海人の娘子は　小舟乗り　つららに浮けり」という、土地の日常生活の景である。それは新羅へという目的にも、都に残してきた妻に逢えるという喜びにも通じない景であり、いずれもが見えないという把握に繋がる。遣新羅使人等にとって、むしろ、行旅の空しさを気づかせるものであろう。

遣新羅使人等歌群は「当所誦詠古歌」で人麻呂の羈旅歌を「白たへの藤江の浦にいざりする海人とや見らむ旅行く我を」（三六〇七）と歌う。垢づいた白たへの衣に海人との外見の一致を見、しかしいざりする海人と旅行く我の生活の不一致を見て、その落差の悲哀に官人としての自負と自嘲を表現する歌に、旅情を重ねている。だが人麻呂の「羈旅歌八首」では「荒たへの藤江の浦にすずき釣る海人とか見らむ旅行く我を」（巻三・二五二）を本文歌（三六〇七は一本歌に同じ）に歌って、土地の人との外見の共通性がその土地の共同体の共有に通じないだけでなく、逆に自身の立つ官人としての在るべき様子とも一致しない違和感を捉えていた。[16]「我が心　明石の浦」と歌う当該歌のあり方から言えば、「当所誦詠古歌」が、一本歌を歌うのはまだ、官人としての自負に支えられているからとも解しうる。しかし、その明石の浦で、沖辺を見るのは、求める対象を見ようとしている故であろう。遣新羅使人としての立場を保証する何かであり、一方で家郷を思わせる何かであろう。海の闇に見えるのは、釣りをする海人の娘子達の小舟の連なりのみ、すなわち海人の娘子達の日常であって、遣新羅使人等の「あかき心」に通じるものではない。小舟の明かりは点々と闇に浮かび、一層の旅情をかきたてたであろう。旅情の内実は、新羅への航路に難渋し、「我妹子に　淡路の島」も見えず、「我が心　明石の浦」と勇んでも、眼前の景はそこに繋がるものが何も見えないという空しさにあろう。見える景と見えない景との落差の空しさにこそ旅情が在ることを思わせる。地名にかかる枕詞が「我妹子に　淡路の島」と「我が心　明石の浦」とにのみかかっているのは望郷と遣新羅使人としての自負に揺れる心情を象徴すると言えよう。

四　玉の浦

翌暁は「葦辺には　鶴鳴き渡る」に始まる。前日の夜が沖辺の海人娘子の釣り舟を見ているのに対し、葦辺一体に鶴の鳴き声が響き渡る景を描写している。闇と暁、遠景（沖辺）と近景（葦辺）、視覚（釣り舟）と聴覚（鶴鳴き）、点線（つららに浮く）と面（鳴き渡る）という対比が窺える。さらに暁の景は鶴の鳴き声に続いて、船出の水手の声呼びが歌われ、にぎやかな朝の活気が広がる様を思わせる。しかし、その航路は相変わらず「にほ鳥の　なづさひ行けば」と難渋を極め、家郷への連想に繋がる家島は雲居遥かに見えて近づけず、玉の浦に留まるのである。家島に対しては、「我妹子に　淡路の島」と歌われた時と同様の妻恋いの心情の表出と言えるけれども、「我が思へる　心和ぐやと　早く来て　見むと思ひて」と郷愁はむしろ露わになっている。そして家島に近づけないまま、玉の浦に船を留めて「浜辺より　浦礒を見つつ」泣くのである。その泣き方は「泣く子なすねのみし泣かゆ」と枕詞を冠して強調される。

玉の浦は、備中玉島の浦（岡山県倉敷市玉島の港）とも、備前邑久郡豊原庄東片岡の玉（岡山市東片岡）とも言われるが、瀬戸内海を通る行路のほぼ中間地点にあたる。そこに留まって、浦礒を見て何故に泣くのか。直接的には家島に近づいて見られなかったことが挙げられるのかもしれない。注意されるのは「泣く子なす　ねのみし泣かゆ」は集中唯一例であるだけでなく、遣新羅使人等歌群の中に「泣く」という表現が他にはまったく見られない点である。考えられることに、当該歌との類似が指摘されている「丹比真人笠麻呂下二筑紫国一時作歌」の模倣があるかもしれない。

丹比真人笠麻呂下二筑紫国一時作歌一首并短歌

臣の女の　くしげに乗れる　鏡なす　三津の浜辺に　さにつらふ　紐解き放けず　我妹子に　恋ひつつ居れば　明け暗の　朝霧ごもり　鳴く鶴の　音のみし泣かゆ　我が恋ふる　千重の一重も　慰もる　心もありやと　家のあたり　我が立ち見れば　青旗の　葛城山に　たなびける　白雲隠る　天さがる　鄙の国辺に　直向かふ　淡路を過ぎ　粟島を　そがひに見つつ　朝なぎに　水手の声呼び　夕なぎに　梶の音しつつ　波の上を　い行きさぐくみ　岩の間を　い行きもとほり　稲日つま　浦廻を過ぎて　鳥じもの　なづさひ行けば　家の島　荒磯の上に　うちなびき　しじに生ひたる　なのりそが　などかも妹に　告らず来にけむ

（巻四・五〇九）

反歌

白たへの袖解き交へて帰り来む月日を数みて行きて来ましを

（巻四・五一〇）

傍線部分は「属物発思歌」と類似の語句を持つ部分を示したものである。三津の浜辺を出立し、瀬戸内海を鄙に下る航路を難渋しながら進む様が歌われる。「鏡なす　三津の浜辺に」「直向かふ　淡（逢ふ）路を過ぎ」「粟（逢ふ）島を　そがひに見つつ」「家の島　荒（有り）磯の上に」と歌われる地名について、清水氏は「本来歌の外なる地の名であった地名が、歌の内なることばとして、換言すれば歌語として生かされるに至ったということであるが、わたくしはこの点を、この歌の道行的叙述における創造性として指摘したい」とされた上で、三六二七が類似していること、さらに、遣新羅使人等歌群を「地名にも望郷の心をこめた、道行的望郷歌集であると言ってもよい」とされる。[17] 地名が歌語として生かされている点は、三六二七においても、枕詞と地名との関係に強く見ることができた。ただし、五〇九では「音のみし泣かゆ」は妻との別れの感情がもたらすものに他ならない。「音のみし泣かゆ」は「我妹子に　恋ひつつ居れば」という明確な心情表現に続いて、「朝霧ごもり」と見えない鶴の鳴き声――妻呼びの声――と重ねて表現されている。その感情は長歌末句に「などかも妹に　告らず来にけむ」という後悔にも露わにされており、そこに主題を把握できる。表現手法の類似も認められるけれども、三六二七では、妻との別れに対する感情は五〇九のように顕著ではない。三六二七の「泣く子なす　ねのみし泣かゆ」を考えてみたい。

「泣く子なす」は、泣きじゃくる子どものようにの意で、集中には「里家は　さはにあれども　いかさまに思ひけめかも　つれもなき　佐保の山辺に　泣く子なす　慕ひ来まして」（巻三・四六〇）、「しらぬひ　筑紫の国に　泣く子なす　慕ひ来まして　息だにも　いまだ休めず」（巻五・七九四）、「里人の　行きの集ひに　泣く子なす　行き取りさぐり　梓弓　弓腹振り起こし」（巻十三・三三〇二）、「うらもなく　臥したる人は……名を問へど名だにも告らず　泣く子なす　言だに問はず」（巻十三・三三三六）のように見え、いずれも比喩的に使われる。三三〇二を除いていずれも挽歌である。

四六〇は坂上郎女が尼理願の死を悼んだ歌で、七九四の憶良の「日本挽歌」の影響が考えられる。理願が佐保の坂上家にやってきた状況、妻が筑紫にやってきた状況を「泣く子のように」と形容する。三三〇二は親にはぐれて泣く子が探すように相手の女性を探しての意。三三三六では「うらもなく（無心に）　臥したる人（死者）」と「泣く子」とを同義に扱っていて、現象としてはまったく逆の様子である。しかし、「うらもなく（無心に）臥したる人（死者）」とは無反応な人という意であり、とすれば「泣く子なす」も「泣く子」の無防備な姿ではなく、聞き分けられず理が通じないという「泣く子」の質が捉えられて、下接する語との関係を構築していると考えられる。「泣く子なす」という表現は子供が泣く様子そのものではなく、「泣く子」のわけのわからなさを意味していよう。三三〇二は迷子が道もわからずに泣きながら動き回る意であり、四六〇や七九四も理の通った考えがあったわけではなく、ただ慕ってきたの意と捉えられる。三六二七は「泣く子なす　ねのみし泣く」と泣くが重なることから枕詞と解されるけれども、このように見てくると、集中唯一例であることからしても、子供が無防備に声をあげて泣く現象と「ねのみし泣く」現象とを重ねて理解することは少し躊躇される。むしろ、「理もなく」の意が枕詞と被枕詞の関係性に介在するのではないかと思われる。

「ねのみし泣かゆ」は、「ね泣く」に「接した語句を唯一のものとして限定・特立する」（時代別国語大辞典上代編）意の「のみ」と、指示の助詞「し」、自発の助動詞「ゆ」からなる。「ね」には、集中で訓字としては「泣」「哭」「啼」「鳴」があてられる。「泣く子なす」に導かれることから後者二字は鳥に限定されるとしてはずすことが可能である。「泣」の字は「なにしかも　もとなとぶらふ　聞けば　ねのみしなかゆ（泣耳師所ㇾ哭）　語れば　心そ痛き　天皇の　神の皇子の　出でましの　手火の光そ　そこば照りたる」（巻二・二三〇）、「呼び立てて　み舟出でなば　……　臥いまろび　恋ひかも居らむ　足ずりし　ねのみやなかむ（泣耳八将ㇾ哭）　海上の　その津をさして　君が漕ぎ行かば」（巻九・一七八〇）といずれも、本文では「なかゆ」に「哭」の字をあてている。「哭泣く」の意がこもること、すなわち声に出して泣くことの強調ととれる。

二三〇は志貴皇子挽歌で、皇子の薨去を聞いて「泣耳師所ㇾ哭」とあり、一七八〇は「鹿島郡の苅野橋別二大伴卿一歌」で、大伴卿（検税使、大伴旅人か）との別れに際して「泣耳八将ㇾ哭」とある。「哭泣」は、もちろん、殯宮における哭泣儀礼を想起させる語ではあるけれども、「ねのみ泣く」或いは「ねのみし泣く」と声に出すことを限定・特立するのはどのような場面においてであろうか。五〇九は、妻との別れに歌われていたが、他の場合を見ておきたい。集中で「ねのみ泣く」及び「ねのみし泣く」とある例の中で、まず挽歌には次のように見える。

①……　夜はも　夜のことごと　昼はも　日のことごと　ねのみを　泣きつつありてや（哭耳呼　泣乍在而哉）　ももしきの　大宮人は　行き別れなむ　（巻二・一五五）

②君に恋ひいたもすべなみ葦鶴のねのみし泣かゆ（哭耳所レ泣）朝夕にして　（巻三・四五六）

③みどり子の這ひたもとほり朝夕にねのみそあが泣く（哭耳曾吾泣）君なしにして　（巻三・四五八）

④葦屋の菟原処女の奥つ城を行き来と見ればねのみし泣かゆ（哭耳之所レ泣）　（巻九・一八一〇）

⑤遠音にも君が嘆くと聞きつればねのみし泣かゆ（哭耳所レ泣）相思ふ我は　（巻十九・四二一五）

①は額田王の天智天皇への挽歌で夜も昼も続く哭泣儀礼の様の表現と見られる。②③は旅人の薨去に対する資人余明軍の挽歌で、左注に「心中感緒作歌」とあるが、「這ひたもとほり」と詠むなど表現形式は①に共通する。④は墓所を見ての歌。⑤は藤原二郎が母を失った時に家持が贈った歌で、その嘆きは「相思ふ」という共感から発せられており、亡き人に対する感情と言える。④⑤は哭泣儀礼ではないが、亡き人に対するものである。

⑥……　明日香の　古き都は　山高み　川とほしろし　春の日は　山し見が欲し　秋の夜は　川しさやけし　朝雲に　鶴は乱れ　夕霧に　かはづは騒く　見るごとに　ねのみし泣かゆ（哭耳所レ泣）　古思へば　（巻三・三二四）

⑦大君の継ぎて見すらし高円の野辺見るごとにねのみし泣かゆ（祢能未之奈加由）　（巻二十・四五一〇）

⑥は赤人が明日香古京を目の前にしての歌、⑦は聖武天皇の御魂が高円の宮を見ているであろうと歌うもので、

いずれも失われた時代への思いが「ねのみ泣く」行為を誘っている。こうした亡きものへの思いに対して、遠く離れている者、或いは心離れた者に対する相聞的情感によるのは次のような例である。

⑧ひとり寝て絶えにし紐をゆゆしみとせむすべ知らにねのみしそ泣く（哭耳之曾泣）（巻四・五一五）

⑨相思はぬ人をやもとな白たへの袖漬つまでにねのみし泣かも（哭耳四泣裳）（巻四・六一四）

⑩……　通はしし　君も来まさず　玉梓の　使ひも見えず　……　たわやめと　言はくも著く　手童の　ねのみ泣きつつ（哭耳泣管）　たもとほり　君が使ひを　待ちやかねてむ（巻四・六一九）

⑪白たへの袖別るべき日を近み心にむせひねのみし泣かゆ（哭耳四所泣）（巻四・六四五）

⑫朝な朝な筑紫の方を出で見つつねのみそあが泣く（哭耳吾泣）いたもすべなみ（巻十二・三二一八）

⑬筑波嶺にかか鳴く鷲のねのみをか泣きわたりなむ（祢乃未乎可奈伎和多里南牟）逢ふとはなしに（巻十四・三三九〇）

⑭あかねさす昼は物思ひぬばたまの夜はすがらにねのみし泣かゆ（祢能未之奈加由）（巻十五・三七三二）

⑮このころは君を思ふとすべもなき恋のみしつつねのみしそ泣く（祢能未之曽奈久）（巻十五・三七六八）

⑯昨日今日君に逢はずてするすべのたどきを知らにねのみしそ泣く（祢能未之曽奈久）（巻十五・三七七七）

⑧は阿倍郎女に贈った中臣東人の歌で「ひとり」に「別離」が表現されているのに対し、⑨は「相思はぬ人」とあり、⑩坂上郎女の「怨恨歌」、⑪は紀郎女の「怨恨歌」で、いずれも訪れない相手への思い故に、また⑫は別れを前提としており、⑬も「逢ふとはなしに」という別れ故に「ねのみをか泣き」とする。⑭⑮⑯は中臣宅守と狭野弟上娘子との贈答歌群の作品で、遠く逢えない関係の嘆きが歌われる。

⑰あをによし　奈良を来離れ　……　君かも恋ひむ　思ふそら　安くあらねば　嘆かくを　留めもかねて　見

渡せば　卯の花山の　ほととぎす　ねのみし泣かゆ（祢能未之奈可由）朝霧の　乱るる心　……

（巻十七・四〇〇八）

⑰は池主作で「忽見㆓入㆑京述㆑懐之作㆒、生別悲兮、断腸万廻、怨緒難㆑禁。聊奉㆓所心㆒一首」の題詞を持ち、家持との生別の悲しみを歌った作。

⑱つぎねふ　山背道を　他夫の　馬より行くに　己夫し　徒歩より行けば　見るごとに　ねのみし泣かゆ（哭耳之所泣）　……　馬買へ我が背

（巻十三・三三一四）

⑱は山背道を徒歩で行く夫の姿を「見るごとに」とあって、他の例と異なり見る対象に対して「ねのみし泣かゆ」とあるが、別れが前提となっていることは、共通点と言える。例外的な用法は次の憶良作の例である。

⑲……　五月蠅なす　騒く子どもを　打棄てては　死には知らず　見つつあれば　心は燃えぬ　かにかくに思ひ煩ひ　ねのみし泣かゆ（祢能尾志奈可由）

（巻五・八九七）

⑳慰むる心はなしに雲隠り鳴き行く鳥のねのみし泣かゆ（祢能尾志奈可由）

（巻五・八九八）

「老身重病、経㆑年辛苦、及思㆓児等㆒歌七首」中の長歌と反歌で、老身重病の身で生きることへの煩悶が、「ねのみし泣かゆ」を誘っている。古い用例は額田王の哭泣に始まり、死別生別といった「別離」の情感を託す表現として見える。[18] 憶良の老身重病の生の苦しさはその「別離」の苦しさに匹敵するものとしてあったのであろう。

以上のことは、「属物発思歌」の長歌において、「泣く子なす　ねのみし泣かゆ」という語句が「心和ぐやと」望んだ家島に近づけなかったという事実から来る、押さえがたい望郷の念にその契機があったとしても、それだけではない、より強い感情に基づく表現であることを考えさせる。「ねのみ泣く」という泣き方は、その語句の履歴に哭泣儀礼を示す表現を内在させて、主として死別、またそれに近い生別において用いられる強い表現であって、そこに「泣く子なす」という語が冠せられる時、冷静に理を通して考えられない状況にあることを示しているると考えられるからである。

家島に対する「心和ぐや」という思いは、家島ということばにひかれて、難渋する航海の中でわずかに慰めを見出そうとする思いである。家島に近づけなかったことは、もはやそうしたわずかな慰めも持ちえない航海を続けなければならない状況を示している。しかも、今居る玉の浦においては、その浦磯に何も目にしないという状況である。行く方への希望もなく、わずかな慰めもなく、あるのは家郷との完全な「別離」という現実である。もはや遣新羅使人として「我が心　あかし」の矜持もなく、理を失って声に出して泣くという状況を設定していると考えられる。

玉の浦という地名を「玉を拾う」こととの関連で解することも可能であろう。玉の浦では、明石のような生活が歌われず、「海神の　手巻の玉」を拾える地としてある。しかし家づと（家への贈り物）に拾った玉を「返し遣る　使ひなければ」とするのは、家郷との縁をまったく持たない畿外としての把握と言える。そこに「玉をまた置きつるかも」には、それを家づとにと願う未練がある。しかし、それを置くことによって、別れは形あるものとして再確認され、受容されたことを示している。

長歌における二日間は、いずれも新羅への船出から歌い出す。しかし航路に難渋し、自ずと心は家郷に向くものの、決して満たされることはないことが繰り返される。新羅への途次、第一日目の明石では、土地の景が見えるものの、第二日目にはもはや見えるものとてなく、「別離」に対する激しい感情の露呈を経て、「別離」への受容が歌われている。とすれば、「属物発思歌」という題詞が示すのは、手にしている玉を介して「家づとに」と見えない家郷に心を向ける思いに他ならない。さらに玉を「置きつるかも」という詠嘆は、家郷との確かな「別離」に勅命による新羅への使いという役目を違えられない自覚があることをも示していると思われる。以上のような「属物発思歌」の理解は、「古挽歌」の示す死別の嘆きに対する生別の嘆きを考えさせる。それは死別に通じるかもしれない「別離」の把握から、しかし勅命を受けた遣新羅使としては帰還を求められる「別離」であることへの自覚の表明ともいえる。それを「古」対「今」として捉えることも可能である。池主・家持の贈答歌群との交渉関係はさらに別途考えられねばならないであろうけれども。

五　忘れ貝

反歌第一首は長歌の末尾を繰り返す形で、「見る人をなみ」と歌う。家づとにできない状況の確認でもある。第二首では帰路に忘れ貝を拾うことが歌われる。忘れ貝は浜に打ち上げられた貝殻で、アハビも含む二枚貝の一片を指すと言われるが[19]、その忘れ貝という名は忘れさせるということがその意味として歌われる。

①大伴の三津の浜なる忘れ貝家なる妹を忘れて思へや　（巻一・六八）

②紀伊の国の飽等の浜の忘れ貝我は忘れじ年は経ぬとも　（巻十一・二七九五）

③海人娘子潜き取るといふ忘れ貝よにも忘れじ妹が姿は　（巻十二・三〇八四）

④若の浦に袖さへ濡れて忘れ貝拾へど妹は忘らえなくに〈或本の歌の末句に云ふ「忘れかねつも」〉　（巻十二・三一七五）

①は身人部王の作。②③は寄物陳思、④は羈旅発思の作である。①から③は忘れ貝を取り上げて忘れないことを強調し、④は忘れ貝を拾っても妹を忘れられないと歌っており、いずれも忘れ貝に忘れさせるという意味を含ん

で歌っていることが理解される。では、秋に船が再び戻った時に、それを「寄せ来て置けれ」とはどのような意味を持つのであろうか。美しい貝を拾って、それを土産にということだとしても、それを拾って、何を忘れさせようとするのか。諸注、忘れ貝のこの機能についてはほとんど言及しないが、戻った時に、何故忘れ貝なのであろう。考えられることは、遣新羅使人等が戻った時にそれまでの旅の苦しさを忘れるということである。長歌において、玉の浦は「泣く子なす　ねのみし泣かゆ」と歌われた地である。そこには家郷（妹）との「別離」と「行くへを知らに」と歌われる新羅への困難な道のりへの、嘆きがある。その嘆きは、家郷で待つ妹にとっての心配と嘆きでもあったと思われる。「忘れさせる」ための貝を帰路に拾おうとする意図には、生別の時間を忘れさせる意味があるのではないか。

　この遣新羅使人等が行路の困難さだけでなく、困難な使命を帯びていたという事実は、歌群の作歌者達が置かれていた状況を考える上で欠かせない事柄といえる。巻十五の目録には、「天平八年丙子夏六月、遣㆓使新羅国㆒之時、使人等各悲㆑別贈答、及海路之上慟㆑旅陳㆑思作歌、并当㆑所誦詠古歌」とあって、この新羅への使人等の出発時期が知られる。天平八年のこの遣新羅使等は、国際情勢の変化が起きたことによって、日本と新羅との外交関係が最悪の状況に陥っていた時に、その打開策を求めて派遣された人々であった。天平年間に入った頃から、新羅との関係はそれまでの静穏な関係から、むしろ険悪な関係に変化していったらしい。唐と対立していた新羅は、唐に対する渤海の動き[20]を受けて、逆に唐の命により渤海を攻めることで、それまでの対立関係を変化させ、両国の連携が強まった。その結果、渤海が日本に接近したために、新羅は日本への警戒心を強めると共に、唐との親密な関係から日本への朝貢の必要性を失い、朝貢が途絶えがちになるという事態を生じていたらしい[21]。
天平八年の遣新羅使の前に派遣された天平四年の遣新羅使の場合には、二月に拝朝し、八月に帰還している。

『続日本紀』は、その間の五月に新羅の朝貢を記しているにもかかわらず、帰還の報告直後に、節度使が任命され、さらに「東海・東山二道及山陰道等国兵器・牛馬、並不レ得レ売二与他処一。一切禁断、勿レ令レ出レ界」といった厳しい勅が出ており、これは「新羅との関係の緊張に対応し、武備の強化を図るために置かれた。遣新羅使の帰朝報告に基づく施策か」（続日本紀〈新日本古典文学大系〉脚注）とされる。天平六年には地震の災害もあってか、節度使や、牛馬の売買禁止は廃止されているけれども、新羅との関係の不調は天平十五年以後、新羅の朝貢が中絶するまで、続いた様子である。天平七年二月には新羅の朝貢使が入京するものの「而新羅国輙改二本号一、曰二王城国一。因レ茲、返却二其使一」（続日本紀）とあり、険悪な状況にあったことがわかる。天平八年の遣新羅使はその難局を切り開くべく送られた使いだった。二月に拝朝し、六月に出立したものの、帰国は翌年の二月である。天平四年のそれは、二月の拝朝から六ヶ月。遣新羅使が往還に要した日数の内、天武五年（六七六）十月の四ヶ月に次ぐ短さ[22]である。天平八年の遣新羅使等が秋の帰国を期待したとしても無理はなかったのかもしれない。しかし、拝朝から一年、実質八ヶ月という日数をかけながら、その結果は「新羅国、失二常礼一、不レ受二使旨一」という新羅からの門前払いに終わった。それだけでなく、大使阿倍継麻呂は対馬で卒し、副使大伴三中は病で入京できないという悲惨なものであった。その上、遣新羅使等の報告は「召二五位已上并六位已下官人惣卌五人于内裏一、令レ陳二意見一」という事態を招き、「遣使問其由、或、発レ兵加二征伐一」（『続日本紀』天平九年二月二十二日）といった議論を紛糾させたのであった。

　巻十五の遣新羅使人等歌群は、そうした結果への予測を抱えて、難波を出立したであろう使人等の歌を集めたものであり、かつ編纂されたとすればその折には、そうした結果を踏まえて編纂されたであろう作品群である。とすれば、「属物発思歌」のあり方に、困難な旅路への反映を見てよいかもしれない。「属物発思歌」中に、公的使命感が直接歌われていないことは、従来指摘されていた。久米常民は「官吏と言えば、その使命感を表面に出した『ますらをぶり』でなければ、万葉の歌ではないとしてよいであろうか」と、疑問を投げ、「空疎な使命感よりは悲劇という人間的な心情、つらい使命感を痛感する故に、風雅に遊ぼうとする生活、いずれも万葉集中に現存する主題である(23)」とする。確かに、直接的な使命感は歌われないものの、行路の難渋を嘆き、「我が心　明石の浦」と歌う「属物発思歌」は、そうした感情がその基底にあったことを示している。遣新羅使人等歌群中には、家郷への思慕は繰り返し歌われるものの、新羅への航海の難渋を直接詠む歌は「属物発思歌」以外には見られない。

「属物発思歌」以降は「ま梶貫き船し行かずは見れど飽かぬ麻里布の浦に宿りせましを」（巻十五・三六三〇）、「大船にかし振り立てて浜清き麻里布の浦に宿りかせまし」（巻十五・三六三二）のように、航海の難渋はそれとして歌われず、むしろ土地の景を愛でる讃歌としての要素さえ見られ、風雅に遊ぶ余裕も見せている。が、「古挽歌」と並べて「属物発思歌」を置くことによって、土地を愛でる歌の背後に航海の難渋があることの理解を導き、家郷思慕の根底に遣新羅使人としての使命感を持つという遣新羅使人等歌群としてのあり方を規定して、さらに「別離」の受容こそが歌群中に土地讃めの風雅を許容したことを推測させる。そして、反歌第二首の理解において注目されるのは、帰路の作品群との関係である。「属物発思歌」長歌中の地名が帰路の行路の歌の地名と対応することは吉井説(24)のすでに説くところである。

廻二来筑紫一、海路入レ京到二播磨国家島一之時作歌五首

家島は名にこそありけれ海原を我が恋ひ来つる妹もあらなくに　（巻十五・三七一八）

草枕旅に久しくあらめやと妹に言ひしを年の経ぬらく　（巻十五・三七一九）

我妹子を行きてはや見む淡路島雲居に見えぬ家付くらしも　（巻十五・三七二〇）
ぬばたまの夜明かしも船は漕ぎ行かな三津の浜松待ち恋ひぬらむ　（巻十五・三七二一）
大伴の三津の泊まりに船泊てて龍田の山をいつか越え行かむ　（巻十五・三七二二）

帰路の歌群では、家島、淡路島、三津の浜松（泊まり）と長歌作品の行路の逆を行く構成になっており、吉井説が肯われる。ただし、長歌が「鏡なす　三津」を船出し、敏馬、淡路、明石、家島、玉の浦を歌うのに対し、帰路は家島から始まって逆の順になっており、玉の浦以前は歌われない。帰路に忘れ貝を拾うことで、帰路の苦労をすべて忘れるという願いを込めたのではなかったか。家島は長歌では遥かに見えて近づけなかった島である。そこで帰路の五首を歌うということとの対応には、玉の浦の忘れ貝を考えてよいのではないか。

以上、「属物発思歌」の内容を探ることで、歌群における位置づけと歌群に「属物発思歌」を追補した意図を考察した。

注

（1）『萬葉集の歌群と配列　下』塙書房　平成四年　初出昭和五七年一一月と昭和五九年一一月
（2）「遣新羅使人歌群」『土橋寛先生古希記念日本古代論集』笠間書院　昭和五五年
（3）『萬葉集大成訓詁篇　下』平凡社　昭和三〇年
（4）後藤利雄氏は遣新羅使人等歌群の無記名作歌の作歌者・記録者、歌群の筆録者について整理された上で、大伴三中・大伴池主の関与を推測される（「遣新羅使歌群の構成」『万葉集を学ぶ　第七集』昭和五三年）。
（5）「古挽歌一首」については、拙著『萬葉歌の主題と意匠』（塙書房　平成一〇年　初出平成六年）参照。
（6）「丹比笠麻呂の道行的望郷歌」『萬葉論集　第二』桜楓社　昭和五五年　初出昭和五三年

（7）注6前掲書
（8）「〈属物〉歌考―〈寄物陳思〉歌序説補遺―」『万葉集の叙景と自然』新典社　平成七年　初出平成二年
（9）西一夫氏「天平二十一年の贈答歌」『セミナー万葉の歌人と作品　第八巻』和泉書院　平成一四年参照。
（10）言への気づきであるが、広義に物として扱う。
（11）注5前掲書
（12）「柿本人麻呂の羈旅歌八首」『遊文録　萬葉篇一』和泉書院　平成五年　初出昭和四七年
（13）佐竹昭広『万葉集抜書』岩波書店　昭和五五年五月
（14）家持作「安積皇子挽歌」に「御心を　見し明らめし」（巻三・四七八）とあることについては、奥村和美氏「家持歌と宣命」（『萬葉』第一七六号　平成一三年一二月）に詳細な論が見られる。
（15）白井伊津子氏「上代被枕詞索引稿」『古代和歌における修辞』塙書房　平成一七年　初出平成二年
（16）注5前掲書「緒論」参照。
（17）注6前掲書
（18）他に、挽歌とも相聞とも判断できない二首（巻二十・四四七九、四四八〇）がある。
（19）東光治『萬葉動物考』人文書院　昭和一〇年
（20）神亀三年（七二六）には唐と通行した黒水を撃ち、天平四年（七三二）には山東半島を攻めている。
（21）鈴木靖民氏『古代対外関係史の研究』吉川弘文館　昭和六〇年参照。
（22）原田貞義氏「遣新羅使人歌抄」『万葉集を学ぶ　第七集』昭和五三年
（23）「万葉集第四期の歌風―遣新羅使の歌の本質」『万葉集の文学論的研究』桜楓社　昭和四五年
（24）注2前掲論文

第三節　辛き恋——遣新羅使人等歌の旅情——

一　「別離」の把握

『萬葉集』巻十五の遣新羅使人等歌群における全体の情調の流れの中で、次の四首は一つの転換点をなしていると思われる。

至二筑紫館一遥二望本郷一悽愴作歌四首

志賀の海人の一日もおちず焼く塩の辛《から》き恋をも我はするかも　（巻十五・三六五二）

志賀の浦にいざりする海人家人の待ち恋ふらむに明かし釣る魚　（巻十五・三六五三）

可之布江に鶴鳴き渡る志賀の浦に沖つ白波立ちし来らしも〈一云満ちしきぬらし〉　（巻十五・三六五四）

今よりは秋付きぬらしあしひきの山松陰にひぐらし鳴きぬ　（巻十五・三六五五）

右の四首は遣新羅使人等歌群では筑紫館での作歌とされている。奈良朝において、筑紫の地は「大君の遠の御門」と呼ばれ、都からは遠隔の地として認識されると共に海外への出入り口としての意味を負う要衝の地であった。

天平八年（七三六）六月、難波を出航した阿倍朝臣継麻呂を大使とする遣新羅使一行を詠み手とする歌群は、難波出航から瀬戸内海を通り、海難に遭った後筑紫館に入り、さらに対馬に至る往路の歌と、家島での帰路の歌とからなる。その旅は往路では海難だけでなく、伝染病にも苦しみ、ようやく辿り着いた新羅では侮辱的な扱いを受けた上、帰路では大使が対馬で死亡し、副使も発病するなどして、その秋の帰国という願いを大幅に遅らせて翌年の正月・三月に帰国するという苦難の旅であった（続日本紀による）。しかし、『萬葉集』巻十五の遣新羅使人等歌群が伝えようとするのは、そうした旅の具体的な苦難ではない。『萬葉集全注　巻第十五』が「皇命のままに家郷を離れ、さまざまな環境と自然のなかで、再会を期しつつ、深まる家郷への恋情に耐える人々の心」であるとし、『萬葉集』（新編日本古典文学全集）が、「万葉集二十巻あるうち、読んで最も心の弾まない巻はこの巻第十五であろう。前、後半共、内容は異なるが、いずれも離愁、泣き言ばかりが並んでいる。作者達の境遇に同情はするが、空しさ、やり切れなさは共通する」と解説するように、その歌々は旅のつらい心情を吐露する作品が大半である。

『萬葉集』巻十五は前半部の遣新羅使人等歌群と後半部の中臣宅守と狭野弟上娘子の贈答歌からなる。両者は公的な目的を持った旅の途中の歌群と罪を得て流されて行く男と都の女との贈答という内容的な相違はあるものの、その主題はいずれも旅による「別離」「離別」として括ることができるものである。『萬葉集』には「別離」の語はなく、「離別」の語は巻二十・四四九一の左注に唯一「藤原宿奈麻呂朝臣之妻石川女郎薄レ愛離別、悲恨作歌也」とあるが、これは「離縁」にあたる意味を持つ。『萬葉集』に「悲レ別」とはあるが、未だ旅による遠い離別を表す語を持たなかったことが推測される。中国詩においてはこうした「別離」の悲哀は詩の主要な主題とされ、離別詩として把握されている。遣新羅使人等歌群も「別離」という背景を持つことはいうまでもないであろう。「離愁、泣き言」と評される内容も「別離」がもたらすものとすれば納得される面もある。では「別離」という観点に立つと遣新羅使人等歌群はどのような歌群として理解されるのであろうか。現存する遣新羅使人等歌群が、「心情的には〝妹〟、時間的には〝秋〟」という表現上の主題を踏まえた行路の順という構造を持つことは伊藤博が指摘しており、この理解は揺るがないと思われる。その上で、「別離」という観点に立つと、新羅へと向かう旅情はどのように構成されていると読むことができるであろうか。

　往路の途中である筑紫館での作歌とされる当該の四首は、第一首に「辛き恋をも我はするかも」と故郷の妹を思う心情を「辛き恋」をする「我」として把握する客観性を有している。他の三首は旅先の景の描写である。そこには「離愁」の嘆きは推測されるが、他の多くの作品に比べ、家郷への直接的な恋情を詠まないという特質を指摘できる。この特質は、「遣新羅使人等歌群」において「至二筑紫館一遥二望本郷一悽愴作歌四首」（以下「筑紫館歌四首」と略称する）にどのような位置づけを与えているのであろうか。遣新羅使人等歌群における「筑紫館歌四首」を中心に「別離」という観点から考察してみたい。

二　実録と追補

　遣新羅使人等歌群は、それらが遣新羅使人等が残した実録だけでなく、後の追補を含み、最終的には大伴家持によって編纂されて現存形が成立したと推測されている。このことは、当該歌群に対する理解が、遣新羅使人等の実態への理解ではなく、当該歌群の編纂意識に関わるものであることをまず考えさせる。当該歌群における実録と追補の関係をまず把握しておきたい。筑紫館での作歌四首の位置づけを考慮するためである。実録と追補の関係を克明に検討したのは吉井巖[1]と伊藤博[2]である。次は両氏の説によりつつ、歌群の題詞について、実録と追補の関係を示したもので、両氏が共に実録としたものの番号に□を施した。※印は個々の歌で実録とされるものである。また航路を示すために国名及び対馬に傍線を施した。

【往路】

①遣二新羅一使人等、悲別贈答、及海路慟レ情陳レ思、并当レ所誦之古歌（三五七八〜三六一一）

②備後国水調郡長井浦舶泊之夜作歌三首（三六一二〜三六一四）

③　風速浦舶泊之夜作歌二首（三六一五〜三六一六）

④安芸国長門島船二泊礒辺一作歌五首（三六一七〜三六二一）

⑤　従二長門浦一船出之夜仰二観月光一作歌三首（三六二二〜三六二四）

⑥　※（古挽歌一首〈并短歌〉）（三六二五〜三六二六）

⑦　※（属レ物発レ思歌一首〈并短歌〉）（三六二七〜三六二九）

⑧周防国玖河郡麻里布浦行之時作歌八首（三六三〇〜三六三七）

⑨　過二大島鳴門一而経二再宿一之後、追作歌二首（三六三八〜三六三九）

⑩　熊毛浦舶泊之夜作歌四首（三六四〇〜三六四三）

⑪佐婆海中忽遭二逆風一、漲浪漂流。経宿而後幸得二順風一、到二著豊前国下毛郡分間浦一。於レ是追二怛艱難一、悽惆作歌八首（三六四四〜三六五一）

⑫至二筑紫館一遥二望本郷一悽愴作歌四首（三六五二〜三六五五）

⑬七夕仰二観天漢一各陳レ所レ思作歌三首（三六五六〜三六五八）

※作歌者のある歌

⑭海辺望レ月作歌九首（三六五九〜三六六七）

※作歌者のある歌

⑮到二筑前国志麻郡之韓亭一、舶泊経二三日一。於レ時夜月之光、皎々流照。奄対二此華一、旅情悽噎。各陳二心緒一、聊以裁歌六首（三六六八～三六七三）

⑯　引津亭舶泊之作歌七首（三六七四～三六八〇）

⑰肥前国松浦郡狛島亭舶泊之夜、遥二望海浪一、各慟二旅心一作歌七首（三六八一～三六八七）

⑱到二壹岐島一、雪連宅満忽遇二鬼病一死去之時作歌一首〈并短歌〉（三六八八～三六九〇）

⑲　（葛井連子老作挽歌・六鯖挽歌）（三六九一～三六九六）

⑳到二対馬島浅茅浦一舶泊之時、不レ得二順風一、経停五箇日。於レ是瞻二望物華一、各陳二慟心一作歌三首（三六九七～三六九九）

㉑　竹敷浦舶泊之時各陳二心緒一作歌十八首（三七〇〇～三七一七）

【帰路】

㉒廻二来筑紫一、海路入レ京、到二播磨国家島一之時作歌五首（三七一八～三七二二）

右に見るように、遣新羅使人等歌群は難波を出発後、備後の国長井の浦以降から実録とされる歌を載せている。その理由について、伊藤博は右の配列のうち、「備後国から対馬へとうち続く歌々が、実際には、都から見た西の国々のうち、『遠国』に当たる地域に限っての紀行録である点[3]」に意味を求め、「都から見て近国と中国との範囲内にある長井の浦までは、都の官人たちにとって何かと旅なれた地域であったことから、目下宿泊している遠国安芸との国境いの、この港を後にする明日から、いよいよ本格的な旅に入るという緊張感が一行の心に呼び起こされ」、歌詠の記録が長井の浦で企画されたと実録の事情を推測する。その配列は行路の順に従っており、題詞に、航海の場所、作歌時、歌数といった共通する記し方が見えるものは、おおむね備忘的にある基準を以て事務的に記録された跡かと推測される。

実録と追補の関係について、吉井説と伊藤説は大筋で一致しているが、伊藤説が⑥古挽歌一首〈并短歌〉⑦属レ物発レ思歌一首〈并短歌〉がその場で誦詠されたものとするのに対して、吉井説は追補とし、また⑭については吉井説はなにがしかの実録があっても編者の営為に関わるものとし、逆に伊藤説は虚構性を前提としつつ、資料としてのその歌々が実録的再構成を試みられているとする。川端善明氏は⑭について両説それぞれの立場に立つ理解を示していずれに立つかはその文章の営為にあることを示唆する。[4] ここに実録か追補かを事実として確定することに限界のあることが知られよう。ただし、当該の⑫「筑紫館歌四首」については追補という理解に異論がない。実録か追補かを示すことは現存する『萬葉集』に見える遣新羅使人等歌群を一つの構成体として考える上ではあまり意味のないこととも思われる。しかし、「筑紫館歌四首」が追補であるとするならば、そこに編纂者の意図が働いたと考えられる。その点を考慮する上で、実録か追補かを一通り見渡しておくことには意味があるといえよう。

右の題詞一覧で気づかれることに、「筑紫館歌四首」の題詞に見える「悽愴作歌」とあるような作歌時の心情表現の表明には当該歌群において一般的ではない点がある。⑪及び⑮という筑紫館到着前後の地での作は「悽惆」「悽噎」とあって「悽愴」とする⑫との連続性への意識が窺える。さらに⑮の次の船泊の地での⑰には「慟二旅心一作歌」とある。⑮には「旅情」、⑰には「旅心」とそれまでの題詞には見えない「旅」を含む語が見える。ちなみに「旅情」も「旅心」も集中には他に見えない。⑪までの題詞は船泊の地、すなわち作歌場所を示すことを主にしており、⑤「従二長門浦一船出之夜、仰二観月光一作歌三首」のように「仰二観月光一」と作歌時の場の状況を記しはしても、作歌時の心情の表明は見られない。題詞に作歌時の心情を表明することに編纂者のどのような意図があり、それは作歌の内容とどのように関わるのか、この点については後述したい。

三　時間と空間

遣新羅使人等歌群の表現上の主題が、「心情的には〝妹〟、時間的には〝秋〟」にあることを伊藤博が指摘したことはすでに述べた。当該歌群は、難波出航から航路の順に配列されている。歌群全体を見通すために、その順と「時間的には〝秋〟」とされる関係について確認しておきたい。歌群の中に秋を詠む歌は十七首見える。その中で「秋さらば」と再会への期待を詠む歌と「秋されば」と秋の到来を認識する歌が次のように見えるが、当然のことながら⑫三六五五の「秋付きぬらし」を境として実態としての秋を詠む作は⑫以降に見える。なお、⑱三六八八の「秋さらば」は出立時の約束を示すものであり、内容的には①の歌々と同時期として扱える。なお、次の○囲みの番号及び□の番号は、二に挙げた題詞一覧における題詞と同一番号で、それぞれの歌の所属する題詞番号を示している。

①秋さらば相見むものをなにしかも霧に立つべく嘆きしまさむ　（巻十五・三五八一）
①我が故に思ひな痩せそ秋風の吹かむその月逢はむもの故　（巻十五・三五八六）
[4]磯の間ゆ激つ山川絶えずあらばまたも相見む秋かたまけて　（巻十五・三六一九）
⑦秋さらば我が舟泊てむ忘れ貝寄せ来て置けれ沖つ白波　（巻十五・三六二九）
⑫今よりは秋付きぬらしあしひきの山松陰にひぐらし鳴きぬ　（巻十五・三六五五）

⑬秋萩ににほへる我が裳濡れぬとも君がみ舟の綱し取りてば　（巻十五・三六五六　七夕　大使）
⑭秋風は日に異に吹きぬ我妹子はいつとか我を斎ひ待つらむ　（巻十五・三六五九）
⑭夕されば秋風寒し我妹子が解き洗ひ衣行きてはや着む　（巻十五・三六六六）
⑯秋の野をにほはす萩は咲けれども見る験なし旅にしあれば　（巻十五・三六七七）
⑯妹を思ひ眠の寝らえぬに秋の野にさ雄鹿鳴きつつま思ひかねて　（巻十五・三六七八）
⑰帰り来て見むと思ひし我がやどの秋萩すすき散りにけむかも　（巻十五・三六八一）
⑰秋の夜を長みにかあらむなぞここば眠の寝らえぬもひとり寝ればか　（巻十五・三六八四）
⑱天皇の　遠の朝廷と　韓国に　渡る我が背は　家人の　斎ひ待たねか　正身かも　過ちしけむ　秋さらば　帰りまさむと　たらちねの　母に申して　……　大和をも　遠く離りて　岩が根の　荒き島根に　宿りする　君　（巻十五・三六八八　挽歌）
⑲天地と　共にもがもと　思ひつつ　ありけむものを　……　秋萩の　散らへる野辺の　初尾花　仮廬に葺きて　雲離れ　遠き国辺の　露霜の　寒き山辺に　宿りせるらむ　（巻十五・三六九一　挽歌）
⑳秋されば置く露霜にあへずして都の山は色付きぬらむ　（巻十五・三六九九）
㉑秋山の黄葉をかざし我が居れば浦潮満ち来いまだ飽かなくに　（巻十五・三七〇七）
㉑秋されば恋しみ妹を夢にだに久しく見むを明けにけるかも　（巻十五・三七一四）

①に詠まれる「秋さらば」という秋の再会への期待は、[5]⑱の挽歌によって出立当初の約束だったことによることが知られる。しかし、その願いがもはや虚しくなってしまった現実を⑱は詠み、日々帰還を待つ家人と遠く離れてなお目的地に達せずに亡くなった雪連宅満を思いやっている。対して「秋されば」と秋の到来を認識する

⑳はその認識が都の山における黄葉の景への変化に繋がっている。そこには時間の経過が、待つ人の周囲の景を変えるという空間の変化を生じていることへの気づきがある。約束された秋の再会はもはや果たしえない、その嘆きが景の変化として顕わに詠まれることには、望郷の情に対する諦めに似た感情も推測できる。さらに㉑の三七一四では、秋になったことで逢えるはずの妹への恋しさが募る心情とは逆に、夢でも長く逢えないという現実が歌われて、妹に逢う方法のないことが実感されている。

「秋さらば」と「秋されば」による「秋」の把握の変化には、秋に関連した景が旅にある心情を引き出しているが、それは「我が故に思ひな痩せそ」（三五八六）、「またも相見む」（三六一九）といった妹に直接声をかける内容の表現から、秋の到来を予測した時期の「我を斎ひ待つらむ」（三六五九）という推測へ変化する。続いて「我妹子が解き洗ひ衣行きてはや着む」（三六六六）、「見る験なし旅にしあれば」（三六七七）、「妹を思ひ眠の寝らえぬに」（三六七八）、「眠の寝らえぬもひとり寝ればか」（三六八四）のように旅にある自身の現実を把握する内容へと表現の対象の移行を経て、さらに㉑三七〇七では旅先である対馬の秋の景を「いまだ飽かなくに」と名残惜しく眺めている。以上のような「秋さらば」から「秋されば」への推移には、妹への思いから旅にある我の現実へと表現の対象の推移が窺える。

右の、秋を詠む歌の中で、さらに我の現実を可視的に見せる景物は三七〇七で詠む黄葉であろう。黄葉は現前する景として㉑の対馬での歌群中に集中的に詠まれている。

㉑あしひきの山下光る黄葉の散りのまがひは今日にもあるかも　（巻十五・三七〇〇）
㉑竹敷の黄葉を見れば我妹子が待たむと言ひし時そ来にける　（巻十五・三七〇一）
㉑竹敷の浦回の黄葉我行きて帰り来るまで散りこすなゆめ　（巻十五・三七〇二）

㉑黄葉の散らふ山辺ゆ漕ぐ舟のにほひにめでて出でて来にけり　（巻十五・三七〇四）
㉑秋山の黄葉をかざし我が居れば浦潮満ち来いまだ飽かなくに　（巻十五・三七〇七）
㉑黄葉は今はうつろふ我妹子が待たむと言ひし時の経行けば　（巻十五・三七一三）
㉑天雲のたゆたひ来れば九月の黄葉の山もうつろひにけり　（巻十五・三七一六）

㉑の黄葉は「あしひきの山下光る」（三七〇〇）に始まり、対馬の秋の景の美しさを愛でる対象そのものであると共に、その美しさに再会を約束した秋の到来を実感させ、時の経過を強く感じさせる物として詠まれている。そこには新羅への旅は直接歌われていない。歌われていないことで、対馬を出立してさらに新羅へと向かうことを喜べない感情のあることを推測させるのである。三七〇一「我妹子が待たむと言ひし時そ来にける」、三七一三「我妹子が待たむと言ひし時の経行けば」の直接的な表現はもちろん、三七〇〇「散りのまがひは今日にもあるかも」の今日という限定された時間の提示も、まさにそうした時の経過への感慨に他ならない。黄葉に対して、三七一三「今はうつろふ」が三七一六で「うつろひにけり」と過去完了で表現されているのは「天雲のたゆたふ」如き不安定な旅に対して、時間だけは容赦なく流れたことへの不安が旅程へのその憂愁の情を一層募らせていることを示している。

こうした月日の経過は⑭以降、つまり筑紫館に至った後、繰り返し歌われ、旅が時間の経過の下にあることを表現している。ちなみにこうした時間の経過を嘆く表現は、この遣新羅使人等歌群の「当所誦詠古歌」としてある人麻呂の羈旅歌には見られない。遣新羅使人等歌群における、時間の経過を意識した表現のあり方は全体を見渡すと一層はっきりする。

⑭わたつみの沖つなはのりくる時と妹が待つらむ月は経につつ　（巻十五・三六六三）

⑭我が旅は久しくあらしこの我が着る妹が衣の垢付く見れば　（巻十五・三六六七）
⑮大君の遠の朝廷と思へれど日長くしあれば恋ひにけるかも　（巻十五・三六六八　大使）
⑯大船にま梶しじ貫き時待つと我は思へど月そ経にける　（巻十五・三六七九）
⑰足日女み船泊てけむ松浦の海妹が待つべき月は経につつ　（巻十五・三六八五）

傍線を付したような、時の経過を示す表現はいずれも筑紫館での⑭の歌以降に現れ、「月は経につつ」（三六八五）、「月そ経にける」（三六七九）の他に「衣の垢付く」（三六六七）と可視的な変化として捉えられている。帰路の歌が年の経過を歌うのも時間の経過への意識の強さと見うる。時間の経過は当然旅程をこなして来たことを示している。⑮三六六八は「大君の遠の朝廷」に対して逆接表現によって故郷への思いを歌うが、そこにはこの語が筑紫館のその遠さを含めた讃詞であることが意識されていよう。「日長くしあれば」という時間の経過はその遠さを顕在化させ、都から遠く離れた地にある距離感に繋がる。

⑳天ざかる鄙にも月は照れれども妹そ遠くは別れ来にける　（巻十五・三六九八）
㉑ひとりのみ着寝る衣の紐解かば誰かも結はむ家遠くして　（巻十五・三七一五）

⑳三六九八は遠い距離を詠んで妹との「別離」を実感し、㉑三七一五は「解かば」という仮定に我が紐を結ぶ妹の不在を想起させて家の遠さを詠んでいる。往路歌群の末尾部分に位置する三六九八・三七一五の二首はいずれも遠い距離を詠み、歌群の中で理解する時、時間的にも空間的にも離れているという確かな感慨を生んでいる。

『萬葉集』の中で時間と空間の遠さを詠むものは、例えば赤人の巻六・九三三では難波の宮を誉めて「天地の遠きがごとく　日月の　長きが如く」と詠む例が見えるが、「別離」によって距離の遠さが時間の経過によって生じることを直接に詠む作品は他に見られないようである。もちろん、こうした時間の経過と空間の距離との把握は「別離」の把握に他ならない。中国六朝時代の離別詩においても時間の経過と空間の把握が「別離」の把握としてあることは注意されるべきであろう。戸倉英美氏は「時間の中のものだった別れが、背景に多種多様な風景をもち、空間の中のものとなるまでが、六朝離別詩の歩みである」[6]と説く。戸倉氏の論は、萬葉歌における「別離」という主題を考える時に示唆的ではないだろうか。

四　表現の方法

遣新羅使人等歌群の冒頭の悲別贈答歌群は、「妹を恋ふ」表現において以後の歌々の語句の対応に構成意識を読み取りうることを『萬葉集全注　巻第十五』の解説は指摘する。「羽ぐくもる」（三五七八・三五七九と三六二五）、「霧」（三五八〇・三五八一と三六一五・三六一六）、「斎ひ」（三五八二・三五八三と三五八七・三六三六・三六三七・三六五九）、「紐・衣」（三五八四・三五八五と三六六七・三七一七）といった語句における対応である。その中でも「紐・衣」は当該の筑紫館四首以降の作との対応を見せる。

①別れなばうら悲しけむ我が衣下にを着ませ直に逢ふまでに　（巻十五・三五八四）
①我妹子が下にも着よと送りたる衣の紐を我解かめやも　（巻十五・三五八五）
⑭我が旅は久しくあらしこの我が着る妹が衣の垢付く見れば　（巻十五・三六六七）
㉑旅にても喪なくはや来と我妹子が結びし紐はなれにけるかも　（巻十五・三七一七）

⑭三六六七が「衣の垢付く」に可視的な時間の経過を示すことは前に触れたが、㉑三七一七でも「我妹子が結びし紐はなれにけるかも」と衣が汚れ傷んで行く様が歌われて時間の経過がもたらす状況がやはり可視的に表現さ

れている。それは「我妹子が解き洗ひ衣行きてはや着む」（三六六六）が示すように、汚れた衣類を変えようのない旅の状況を窺わせ、「別離」の持つ意味の具象的表現と言える。それは時間の経過によって妹と離れている遠さがもたらすものである。こうした「妹を恋ふ」表現は時間の経過の中に様々に展開している。

②帰るさに妹に見せむにわたつみの沖つ白玉拾ひて行かな　（巻十五・三六一四）
㉑家づとに貝を拾ふと沖辺より寄せ来る波に衣手濡れぬ　（巻十五・三七〇九）
㉑我が袖は手本通りて濡れぬとも恋忘れ貝取らずは行かじ　（巻十五・三七一一）

②三六一四には「帰るさに」と帰郷時へ思いを馳せることのできる余裕が「沖つ白玉拾ひて行かな」を導くのに対して、㉑三七〇九が「衣手濡れぬ」と歌うのは、家づとを思っても容易には手に入らない旅の現実の辛さの表明であり、三七一一で「濡れぬとも」と歌うのはその旅の現実を越える妹への思いであろう。②の遊興にも似た余裕の表現とは大きく質を異にしよう。その質の差は都との関わりにも顕著である。

②あをによし奈良の都に行く人もがも草枕旅行く舟の泊まり告げむに［旋頭歌なり］　（巻十五・三六一二　大判官）
⑩都辺に行かむ船もが刈り薦の乱れて思ふこと告げ遣らむ　（巻十五・三六四〇）
⑩沖辺より船人上る呼び寄せていざ告げ遣らむ旅の宿りを　（巻十五・三六四三）
⑮ぬばたまの夜渡る月にあらませば家なる妹に逢ひて来ましを　（巻十五・三六七一）
⑯沖つ波高く立つ日に逢へりきと都の人は聞きてけむかも　（巻十五・三六七五　大判官）
⑯天飛ぶや雁を使ひに得てしかも奈良の都に言告げ遣らむ　（巻十五・三六七六）
⑰あしひきの山飛び越ゆる雁がねは都に行かば妹に逢ひて来ね　（巻十五・三六八七）

都との音信を②三六一二では「奈良の都に行く人もがも」と直接伝えてくれる人を求め、⑩三六四〇・三六四三も「都辺に行かむ船もが」「船人上る呼び寄せて」と都に直接「告げ遣らむ」方法を希求しているが、⑮以降では直接的な音信を望むことはない。三六七一「月にあらませば」と反実仮想による願いや、三六七五「聞きてけむかも」という噂、或いは「雁の使ひ」に馳せる思いの表現は、都との関係への希望をもはや持ちえない心境にあることを窺わせる。それこそは距離の遠さの把握によるものであろう。それは妹を思って寝られない心情と夢の逢いにおいて、より顕著である。

⑧淡島の逢はじと思ふ妹にあれや安眠も寝ずて我が恋ひ渡る　（巻十五・三六三三）
⑨波の上に浮き寝せし夕あど思へか心悲しく夢に見えつる　（巻十五・三六三九）
⑪我妹子がいかに思へかぬばたまの一夜もおちず夢にし見ゆる　（巻十五・三六四七）
⑭妹を思ひ眠の寝らえぬに暁の朝霧隠り雁がねそ鳴く　（巻十五・三六六五）
⑯妹を思ひ眠の寝らえぬに秋の野にさ雄鹿鳴きつつま思ひかねて　（巻十五・三六七八）
⑯夜を長み眠の寝らえぬにあしひきの山彦とよめさ雄鹿鳴くも　（巻十五・三六八〇）

⑧三六三三では「安眠も寝ずて」と妹を思う心が安眠を妨げるのに対し、⑭三六六五・⑯三六七八・三六八〇では「眠の寝らえぬに」と眠ることすらできない心情を表明するのである。三六八〇の鹿の妻喚びはそうした「妹を思ひ」を喚起するものに他ならない。

こうした心情は旅中の情として、旅先の景にも関わっている。

④我が命を長門の島の小松原幾代を経てか神さび渡る　（巻十五・三六二一）
⑧いつしかも見むと思ひし粟島を外にや恋ひむ行くよしをなみ　（巻十五・三六三一）

⑧筑紫道の可太の大島しましくも見ねば恋しき妹を置きて来ぬ　（巻十五・三六三四）

⑧妹が家道近くありせば見れど飽かぬ麻里布の浦を見せましものを　（巻十五・三六三五）

⑧草枕旅行く人を伊波比島幾代経るまで斎ひ来にけむ　（巻十五・三六三七）

⑨これやこの名に負ふ鳴門の渦潮に玉藻刈るとふ海人娘子ども　（巻十五・三六三八）

⑭神さぶる荒津の崎に寄する波間なくや妹に恋ひ渡りなむ　（巻十五・三六六〇）

⑮韓亭能許の浦波立たぬ日はあれども家に恋ひぬ日はなし　（巻十五・三六七〇）

⑯草枕旅を苦しみ恋ひ居れば可也の山辺にさ雄鹿鳴くも　（巻十五・三六七四）

羈旅歌において、旅する土地を歌う歌と家・妹への思いを歌う歌との両方のあることが知られるが、[7] 当該歌群において、地名を含んで土地を歌う歌は、三六二一が「長門の島」にかけて命の長久を祈るのを始め、三六三一の「粟島（逢ふ）」・三六三八の「名に負ふ鳴門の渦潮に」・三六三四の「大島しましくも」・三六三七の「伊波比島」と懸詞的用法で地名を詠む興味を示している。⑧三六三五では「見せましものを」と土地の景を愛でる心が妹への思いに通じている。ところが、⑭以降では地名を詠まれた景を三六七〇「浦波立たぬ」、三六七四「さ雄鹿鳴くも」と細かく描写し、その景自体がひたすら妹を恋う契機となっている。それは地名を詠まない歌でも同様である。

⑰旅なれば思ひ絶えてもありつれど家にある妹し思ひがなしも　（巻十五・三六八六）

「旅なれば」と新しい土地に心ひかれる思いを認めながら、もはやそうした気の紛れも家郷を恋うる心を押さえがたいことを示している。

以上のことは当該歌群が旅程に沿っていることから、旅の始めと時間が経過した後とに生じた当然の表現の差といえる。実録か追補かという視点による区分も旅程の大枠をはずれることがない。ただし、このように概観する時、筑紫館以前と以後にその差が顕著であること、言い換えると「筑紫館歌四首」はその差の中間地点に位置することに気づかされる。そこに編纂者による構成意図があるのか、確認しておきたい。

五　筑紫館歌四首

（1）第一首

志賀の海人の一日もおちず焼く塩の辛き恋をも我はするかも　（巻十五・三六五二）

筑紫館での第一首の「辛き恋をも我はするかも」に内省的要素の見えることはすでに触れたが、「焼く塩の」を伴うこの二句を詠む類歌が集中に見られる。

1　……　遠つ神　我が大君の　行幸の　山越す風の　ひとり居る　我が衣手に　朝夕に　反らひぬれば　ますらをと　思へる我も　草枕　旅にしあれば　思ひ遣る　たづきを知らに　網の浦の　海人娘子らが　焼く塩の　思ひぞ焼くる　我が下心　（巻一・五　軍王）

2志賀の海人の火気焼き立てて焼く塩の辛き恋をも我はするかも　（巻十一・二七四二　石川君子朝臣）

3須磨人の海辺常去らず焼く塩の辛き恋をも我れはするかも　（巻十七・三九三二　平群氏女郎）

塩焼きを恋心に重ねる手法は『萬葉集』中では軍王の五が最初と推測される。二七四二・三九三二は地名を変え、表現の差はあるものの、塩焼きの景色を恋心に重ねるこの手法は人口に膾炙していたことが知られる。五は

「幸㆓讃岐国安益郡㆒之時、軍王見㆑山作歌」の題詞を持ち、都を隔てている山を見る旅愁を歌って、眼前の塩焼きの景に山の彼方にいる妹への思慕を、焼かれる塩の辛さという身体的感覚への刺激に重ねて歌っている。[8]三六五二の「一日もおちず焼く」には一日も休むことのない恋心とそれ故に辛《から》さを増して感じる思いとが重ねられているが、「辛き恋をも我はするかも」の詠嘆にはそうした自らの恋心を客観的に眺める視線があろう。そこに、志賀の地が都にいる妹に思いを馳せても直接的な繋がりを持ちえない遠い地という把握が有り、妹を恋うる心は自らの思いそのものでしかないという内省を読み取りうる。妹を恋う思いが直接妹との繋がりを求めていた筑紫以前の歌とは異なる点といえる。

　塩焼きは巻七に「羈旅作」として「志賀の海人の塩焼く煙風をいたみ立ちは上らず山にたなびく」（巻七・一二四六　古集中出）、或いは「海人娘子　塩焼く煙　草枕　旅にしあれば」（巻三・三六六　笠朝臣金村）とある旅先の景であり、かつそれは「志賀の海女は軍布《め》刈り塩焼き暇なみ櫛笥の小櫛取りも見なくに」（巻三・二七八　石川少郎子）と土地の生活に根ざした景でもある。旅人にとっては旅にあることを確認させる景といえよう。その景は都人にとって不慣れなものであることは、塩焼衣を対象に「須磨の海女の塩焼き衣の藤衣間遠にしあればいまだ着なれず」（巻三・四一三　大網公人主宴吟歌）、「須磨の海女の塩焼き衣の慣れなばか一日も君を忘れて思はむ」（巻六・九四七　山部宿禰赤人）、「志賀の海人の塩焼き衣なれぬれど恋といふものは忘れかねつも」（巻十一・二六二二）と土地の人の塩焼きに密着した生活感を窺わせる序詞を形成していることからも知られる。こうした旅の景は逆に都人の疎外感に繋がったであろうことを想像させる。その塩焼きが導く「辛き恋」に対して、家人を思うその辛さを詠むのではなく、それをする「我」を内省する表現には、もはや都と通じえない遠い地に居るという心情の反映を窺える。

（2）第二首

志賀の浦にいざりする海人家人の待ち恋ふらむに明かし釣る魚（巻十五・三六五三）

志賀は西の玄界島と共に博多湾の出入口をなしており、「草枕旅行く君を愛しみたぐひてぞ来し志賀の浜辺を」（巻四・五六六）の如く、志賀は別れの地であって、かつ別れ難い思いを共有する地としてある。そこでの海人の釣りや藻を刈る景は「志賀の海人の釣舟の綱堪へがてに心思ひて出でて来にけり」（巻七・一二四五）、「志賀の海人の釣りし灯せる漁り火のほのかに妹を見むよしもがも」（巻十二・三一七〇）、「志賀の海人の礒に刈り干すなのりその名は告りてしを何か逢ひがたき」（巻十二・三一七七）のように妹への思いを導く序詞として見え、漁猟場としての知名度の高さを窺わせる。

第二首三六五三は志賀の浦で、夜明かして釣りをする海人を詠む。結句「明かし釣る魚」は「魚で留めたのは型を破ってゐる」（萬葉集全釈[9]）と評されるように、その体言止めは意味を取りにくい要素を抱えており、理解が分かれる。一つは『萬葉代匠記』（精撰本）が「此ハ我ハ勅命ヲ蒙テ行身ナレハ、〈妹ヲ思ヘトモ〉イカヽセム。己ハ心ノマヽナル身ニテ、心ナク家人ノ待ラム〈トモ〉思ハス、魚ツルニノミ心ヲ入レテ夜ヲアカスラム事ヨメルナルヘシ」とするのを始めとする憂いを持たない海人の釣り姿と解する説（他に萬葉集略解、萬葉集古義、口訳萬葉集、萬葉集総釈）、一つは夜通し生業をする海人に対する同情を感得する説（萬葉集全釈・萬葉集評釈〈佐佐木〉・萬葉集私注など）である。その帰らない海人に対して、一晩中待つ妹の姿の連想が「海人の家人の待恋るをいひて、古郷人の恋るこゝろをよめるなり」（萬葉考）とするように、都で待つ家人を思う心情に重ねて理解される。家人の姿は「待ち恋ふらむに」と逆説の関係で後続の句に繋がっており、夜明かしが予定された行為ではないことが知られる。

何故、海人はその行為を続けているのであろう。釣れないために帰るに帰れないのか、或いは釣れ過ぎて夢中なのか、いずれにしろ、時の過ぎるのを忘れている点では共通する。釣りに出ていることからすれば、志賀の浦という限定された空間はむしろ凪いだ海を思わせ、海難事故への連想は働きにくい。その海人の姿を把握する遣新羅使人は眠れない夜を過ごしている。遣新羅使人自身の心情が海人の家人に向かうのは、当然故郷の人の待ち恋う心に向かう故であろうけれども、眠れない夜を過ごしているという心情の不安定さにおいてはむしろ海人の家人のそれと等価といえるのではないか。ただし、外見は筑紫館にようやく落ち着いて寛ぐ姿であろう。遣新羅使人等歌群において、筑紫館での滞在は一行が佐婆の海中で逆風に遭い、漂流した後に辿り着いた地として配列されており、安全な空間として把握されるだけでなく、公的な使いとして大いに歓待されたはずだからである。その状況で発想された「家人の待ち恋ふらむに」の逆接は『萬葉代匠記』が「己ハ心ノマヽナル身ニテ」とするように漁に夢中で帰ることを忘れている姿に向けられているのではないか。それは外部からは「秋」という約束の時が過ぎても帰らない遣新羅使人等それぞれに重なる姿だからである。

『萬葉代匠記』の初稿本が同様の発想として『古今六帖』の「あたら夜を妹とも寝なむとりかたきあゆとるると岩の上にゐて」と水江浦島子を詠んだ「鰹釣り　鯛釣り誇り　七日まで　家にもこずて」（巻九・一七四〇）をも挙げていることに近い事情が推測される。精撰本が水江浦島子歌を省くのは海人につらい事情を推測することで、遣新羅使人等に重ねる意図があろう。しかし、筑紫館で歓待される遣新羅使人等一行にはその心情と生活においてずれがあったと思われる。志賀の地は西の玄界島と共に筑紫館への出入口となる地である。その外海の恐怖は「筑前国志賀白水郎歌十首」に繋がるものであり、外海に出れば、再び海難に遭うことも予想される。志賀白水郎は帰ることはなかった。その恐怖から逃れた地における安堵感をこの歌の背景に詠むことも可能であろう。と同時に、「帰らない」という点で志賀白水郎と共通する帰らない海人が常世の国に誘われたのが、水上浦島子譚であることは注意しておいてよいと思われる。

（3）第三首

可之布江に鶴《たづ》鳴き渡る志賀の浦に沖つ白波立ちし来らしも〈一に云ふ「満ちしきぬらし」〉（巻十五・三六五四）

「可之布江」は具体的な地名とも「香椎（加斯悲）」の訛りとも、橿の生い茂る地ともいわれるが、詳細は未詳。香椎潟とすると志賀の浦の対岸。鶴が鳴き渡る景は、高市黒人、山部赤人の羈旅の歌として著名なものが類歌としてまず挙げられる。

4桜田へ鶴鳴き渡る年魚市潟潮干にけらし鶴鳴き渡る（巻三・二七一　黒人）

5若の浦に潮満ち来れば潟をなみ葦辺をさして鶴鳴き渡る（巻六・九一九　赤人）

4は鶴の鳴き声に年魚市潟の状況を推測し、5は若の浦の景と鶴の行為を関連づけている。著名な類歌を持つこと自体が三六五四の追補歌としての質を考えさせるが、その手法は4に近い。天にも届くとされる遠く高く聞こえる鶴の妻喚びの声に沖から高く寄せて来る白波の景を推測している。遣新羅使人等一行の旅程に照らすと筑紫館到着の時期に未だ鶴は相応しくなく、三六五四が追補であある根拠ともされるところだが、歌の表現としては遠くから聞こえる鶴の妻喚びは遣新羅使人等の遠くに思う妻恋の心情と重なるものであり、白波の「立ちし来らしも〈一に云ふ「満ちしきぬらし」〉」とある点はこれからの航海を促すが如くであろう。遣新羅使人等歌群には次のように鶴が詠まれるが、この筑紫館の歌を最後として以後は詠まれることがない。季節を告げる鳥として詠まれるのは雁である。

①朝開き漕ぎ出て来れば武庫の浦の潮干の潟に鶴が声すも　（巻十五・三五九五）

⑥鶴が鳴き葦辺をさして飛び渡るあなたづたづしひとりさ寝れば　（巻十五・三六二六　古挽歌）

⑦　……　暁の　潮満ち来れば　葦辺には　鶴鳴き渡る　朝なぎに　舟出をせむと　……　（巻十五・三六二七　属レ物発レ思）

⑩沖辺より潮満ち来らし可良の浦にあさりする鶴鳴きて騒きぬ　（巻十五・三六四二）

⑭妹を思ひ眠の寝らえぬに暁の朝霧隠り雁がねそ鳴く　（巻十五・三六六五）

⑯天飛ぶや雁を使ひに得てしかも奈良の都に言告げ遣らむ　（巻十五・三六七六）

⑰あしひきの山飛び越ゆる雁がねは都に行かば妹に逢ひて来ね　（巻十五・三六八七）

⑲　……　波の上ゆ　なづさひ来にて　あらたまの　月日も来経ぬ　雁がねも　継ぎて来鳴けば　たらちねの　母も妻らも　朝露に　裳の裾ひづち　夕霧に　衣手濡れて　……　露霜の　寒き山辺に　宿りせるらむ　（巻十五・三六九一　挽歌）

歌群の中で、その鳴き声が詠まれることの多い鶴と雁が、筑紫館の歌以降、鶴から雁に交替する。鶴の鳴き声は遥かに聞こえるその声に霊妙さを感じ取って「使い」として意識した古事記歌謡以来歌われ、やがて「鶴」の生態への観照は旅における遠妻への思い、望郷の思いとしてある。しかし、自然詠の中でその生活感を詠まれる鶴は次第に「鶴が音」としての表現を狭め、逆に「雁が音」が中国詩の詩題の世界との接点を持つことで、季節観との交渉に表現の場を得ていったことはかつて触れたことがある。[10]当該歌群において、その往路における鶴は、実際には秋十月頃に飛来するという季節的現象に合わないことは明らかであり、秋にならない時期に聞くことは実際には難しく追補故のずれと見られるが、その鳴き声に妻喚びを思わせる親しさが重なっていることから来る配列なのであろう。

一方、雁は⑯三六七六が『漢書』に見える蘇武の雁信の故事によっており、⑰三六八七にも使者の意が感じられる。日本の景として親しみのあるものが筑紫館での作を最後として、中国詩に通じる要素へと展開を見せていることに、日本から離れるという意識の表れを言うとすれば深読みに過ぎるかもしれないが、そこに転換のあることは把握できる。

（4）第四首

今よりは秋付きぬらしあしひきの山松陰にひぐらし鳴きぬ　（巻十五・三六五五）

第四首は秋の始まりの景として「ひぐらし」を詠む。当該歌群中に詠まれる蟬は他に三首見える。

①夕さればひぐらし来鳴く生駒山越えてそ我が来る妹が目を欲り　（巻十五・三五八九）

④石走る瀧もとどろに鳴蟬《なくせみ》の声をし聞けば都し思ほゆ　（巻十五・三六一七　大石蓑麻呂）

④恋繁み慰めかねてひぐらしの鳴く島陰に廬りするかも　（巻十五・三六二〇）

三六一七の蟬と「ひぐらし」とを別の種類の蟬とする理解もあるが[11]、いずれも安芸国長門島における歌とされることからすれば、同種の蟬と理解されていると見るべきであろう。遣新羅使人等の一行が都を出立したのは六月。生駒山を越える時期を一行の出立時期と重ねると現在のヒグラシ、カナカナゼミと呼ばれるそれの鳴く時期と重なる。六月一日は太陽暦の七月十三日にあたり、七月十日頃よりこの地ではヒグラシが鳴くとされる[12]。ヒグラシは夏の間鳴き、早ければ八月、多くの地方では九月に泣き止むという。そのために、東光治は三六五五のそれはヒグラシではなく、ツクツクボウシとし、「平地の人里附近に鳴き出すのは八月末か九月の始めであって、この蟬の鳴声を聞くと直覚的に秋来るを感ぜしめられるのである」[13]とする。しかし、三六五五では、「ひぐらし」の声はあしひきの山松陰という景の一点から聞こえており、平地の人里とは異なる。また、三五八九が生駒山、三六二〇が山・島という広い範囲で聞いていることとも状況を異にする。

秋の始まりに、山松陰という景の一点から聞こえる「ひぐらし」の鳴き声は、三六一七で都を思うよすがとしている「とどろに鳴く蟬の声」の勢いとは異なる声だったのではないか。三六五五は「ひぐらし」の最後の頃の声を聞いたという意味ではないのか。そこに「今よりは秋付きぬらし」と、これまでの旅路とは季節的にも土地柄的にも、秋の確実な到来という時間への気づきが詠まれていると考えられる。挙げた三首はいずれも「ひぐらし」及び蟬の声が妹や都への慕情を誘っている。しかし、筑紫館で詠まれた三六五五ではそうした慕情は背景として推測されるばかりである。「ひぐらし」の声は秋の帰還という約束がもはや叶わないことの確認でもあり、時間の経過の確かな把握があるが、それが「ひぐらし（蟬）」によっていることはどう考えるべきであろうか。

集中の他の蟬の例はいずれも「ひぐらし」である。それらは「出で立ち聞けば来鳴くひぐらし」（巻八・一四七九　大伴家持晩蟬歌）、「ひぐらしの物思ふ時に鳴きつつもとな」（巻十・一九六四　詠レ蟬）、「ひぐらしは時と鳴けども」（巻十・一九八二　寄レ蟬）、「夕影に来鳴くひぐらし」（巻十・二一五七　詠レ蟬）、「ひぐらしの鳴きぬる時は」（巻十七・三九五一　大目秦忌寸八千島）と、ある限定された時間にその鳴き声を聞くことが詠まれている。「ひぐらし」の声に時間の推移が意識されることはない。しかし、当該歌では「今よりは秋付きぬらし」と「ひぐらし」の声が季節のうつろいの契機とされている。蟬の鳴き声による時間の推移の把握について考えてみたい。

三六一七の「鳴く蟬の」は本文では「鳴蟬乃」とある。「鳴蟬」は巻十五の当該歌群の表記としては数少ない漢語と考えられる。このことは当然ながら三六五五においても中国詩文における「蟬」の影響を考えさせるであろう。

（5）蟬

中国詩の中での蟬は高潔の士に似るものとして知られるが、向島成美氏によると、こうした蟬に対する意味づけは『詩経』や『楚辞』には見えず、漢代からようやく見えるという[14]。また、川合康三氏は、中国詩における文学表現としての蟬について述べられる中で、魏の曹植「蟬賦」をあげて蟬は露しか口にしない清潔な生き物で、その淡泊、無欲な性格が高潔な士人に擬えられていること、またその蟬が高潔なるが故に虐げられる弱者であることが描かれていると解かれている[15]。蟬は早くから季節の象徴的な生物として捉えられていたようで、『楚辞』に「燕翩翩其辞帰兮、蟬寂漠而無レ声。雁廱廱而南遊兮、鵾鶏啁哳而悲鳴」（九弁）と見え、燕の去った後に蟬が鳴き、雁が南に飛ぶ季節が把握されている。蟬と雁という季節の把握は魏の曹植「秋思賦」に「野草変化色兮茎葉希、鳴蜩抱レ木兮雁南飛」と見え、『芸文類聚』（人部・愁）に引かれている。さらに『芸文類聚』に見える「隋盧思道聴二鳴蟬一詩曰、此聴悲無レ極。群嘶玉樹裏、廻噪金門側。長風送二晩声一、清露供二朝食一。晩風朝露実多レ宜、秋日高鳴蟬独見レ知。軽身蔽二数葉一、哀鳴抱二一枝一。……。故郷已迢忽、空庭正蕪没。一夕復一朝、坐見涼二秋月一」（蟲豸部・蟬）では、蟬の声に極まりない悲しみを感じることに始まって、葉に蔽われて枝に止まって鳴くその姿が描写される。秋の月を見つつ、その蟬の鳴き声に触発されて遥かに遠い郷里を案じる心を詠じている。

『懐風藻』では、石上乙麻呂が土佐国に配流されて都の旧友に贈った詩にも「遼敻遊二千里一、徘徊惜二寸心一。風前蘭送レ馥、月後桂舒レ陰。斜雁凌レ雲響、軽蟬抱レ樹吟。相思知別慟、徒弄白雲琴」（「飄寓二南荒一、贈二在レ京故友一」）と雁と蟬の声に触発される「別離」の情が詠じられている。詩に見えるこうした蟬の扱い、雁との関係は四首を追補し、構成を考慮する際に発想の基盤にあったことを推測させる。「今よりは」と秋の到来を蟬によって身にしみて思わせられる心情の表明は、故郷を思い、一方で遣新羅使として新羅へ向けていよいよ日本を離れて行くことへの意識を感じ取らせるものである。

（6）景を詠む歌

筑紫館での四首は、（1）から（5）で述べたように、塩焼きや「いざりする海人」「鶴鳴き渡る」「ひぐらし鳴きぬ」のように宿りの場の景を詠んでいる。当該歌群の中で、長門の浦を出航する夜の作はその土地の景を詠む点で筑紫館での四首に共通する要素が窺えるように思われる。

⑤　従二長門浦一船出之夜仰二観月光一作歌三首

月読の光を清み夕なぎに水手の声呼び浦廻漕ぐかも　（巻十五・三六二二）

山のはに月傾けばいざりする海人の灯火沖になづさふ　（巻十五・三六二三）

我のみや夜舟は漕ぐと思へれば沖辺の方に梶の音すなり　（巻十五・三六二四）

右の歌では、三六二二は月の光に照らされ、静かに凪いだ海面に漕ぎ出す出航時の夜の様子を詠み、三六二三では山にかかる月の光と沖の海上に浮かぶ海人の灯火が対比され、いずれも長門の浦の美しい夜の景として詠まれている。また三六二四では夜の闇の中に夜船を漕ぐ自分と同じように沖辺を漕ぐ船があるという景物を示しており、その土地の景の中で連帯感とも呼びうる感情を詠んでいる。そこにあるのは旅先の景を愛でる心情であって、都との距離感の認識とは異なるものであろう。

筑紫館の四首は土地の景を詠みながら、その表現には「塩焼き」や「いざりする海人……明かし釣る魚」を視覚的に詠むことによって「遠き御門」と呼ばれる土地にある空間的な遠さを把握し、また「鶴鳴き渡る」「ひぐらし鳴きぬ」といった聴覚的な現象を詠み、そこに変化をも捉えることで都から離れてきた時間の経過を把握している。その空間的にも時間的にも離れているという感覚こそが「別離」の感覚の自覚に繋がっていると思われる。「筑紫館歌四首」の第一首の「辛き恋をも我はするかも」と自身の恋情を内省する、そうした心情のよる情景を残る三首が詠んでいるが、第三首「沖つ白波立ちし来らしも」、第四首「今よりは秋付きぬらし」という次の景や時間への意識は、筑紫館という場に対する遣新羅使人等歌群の位置づけを考えさせると思われる。

六　題詞の意図

筑紫館での歌は「至㆓筑紫館㆒遥㆓望本郷㆒悽愴作歌四首」の題詞を持つ。特徴的なのはそこに「悽愴」という感情表現の語句があり、作歌時の心情を説明することである。遣新羅使人等歌群の題詞の中で、「～作歌～首」という題詞の型を持ち、心情を形容する語句が最初に現れるのは、⑪「佐婆海中忽遭㆓逆風㆒、漲浪漂流。経宿而後、幸得㆓順風㆒、到㆓著豊前国下毛郡分間浦㆒。於㆑是追㆓怛艱難㆒、悽惆作歌八首」（三六四四～三六五一）である。「悽惆」「悽愴」と「悽」による熟語であり、作歌時の心情を直接に形容する。また⑮「到㆓筑前国志麻郡之韓亭㆒、船泊経㆓三日㆒。於㆑時夜月之光、皎々流照。奄対㆓此華㆒、旅情悽噎。各陳㆓心緒㆒、聊以裁歌六首」（三六六八～三六七三）も「悽噎」の語を題詞に含む。⑮の題詞は「旅情悽噎」と心情を説明した上で、「各陳㆓心緒㆒」と作歌状況を説明する。

同様の題詞の型は⑰「肥前国松浦郡狛島亭船泊之夜、遥二望海浪一、各慟二旅心一作歌七首」（三六八一～三六八七）、⑳「到二対馬島浅茅浦一船泊之時、不レ得二順風一、経停五箇日。於レ是瞻二望物華一、各陳二慟心一作歌三首」（三六九七～三六九九）、㉑「竹敷浦船泊之時、各陳二心緒一作歌十八首」（三七〇〇～三七一七）と見え、作歌の状況を客観化する表現になっている。その両方を含む⑮は、「旅情悽噎」と旅に有る心情であることを明文化し、⑰には「慟二旅心一」と見える。作歌に対する心情の直接的な形容から、「心緒」「慟心」といった心情の表明、さらに「旅」を意識した心情の客観化という諸相を捉えうるが、それが⑪の佐婆海中における海難に始まっていることに注目したい。

⑪の題詞によれば、佐婆海中で逆風に遭い漂流した一行は分間浦に入り、その後筑紫館に至っている。この遭難は「逆風に遭ひ、漲へる浪に漂流す」とある。「逆風」は向かい風。「漲」の字は集中唯一例で記紀にも用例を見ない。が、『文選』（巻十二）の郭璞「江賦」に「惟岷山之導レ江、初発二源乎濫觴一。聿経二始於洛沫一、攏二万川乎巴梁一。衝二巫峡一以迅激、躋二江津一而起レ漲。極二弘量一而海運、状滔レ天以淼茫」と長江の雄大な流れを表現する語としてあり、その「漲」に対する李善注に「漲、水大之貌」[16]とある。また同じ「江賦」に長江を船で渡る様子について「鼓レ帆迅越、趈レ漲截レ洄」とあり、「漲、洄、皆深広之貌」とも注される。さらに巻二十七の丘遅「旦発二魚浦潭一」の「森森荒樹斉　析析寒沙漲」の「漲」については「謝霊運山居賦注曰、漲者、沙始起、将レ成レ島也」とあって、風によって砂が吹き上げられ小島になる様子とされている。

「漲」はこうした用法からすると水の量が多く満ちあふれる様を表すと考えられ、「逆風に遭ひ、漲へる浪に漂流」は向かい風が強く吹き上げる大波によって目的地とは異なる方向に漂流したことを指している。「経宿」からはそれが一夜続いたことがわかる。激しい向かい風、またそれによる強い大波に翻弄され、分間浦まで流されたことは遭難という現実的な理解に繋がるが、それだけではないようである。分間浦での作は「追二怛艱難一」とあり、心情的には未だ艱難から覚めやらぬ状況であることを記している。筑紫へはその過程を経て到着しているのである。状況を詳細に伝える題詞は当該歌群の題詞としては目立つものであるが、特に「遭二逆風一、漲浪漂流。経宿而後」とある状況の記述の詳細さは注目される。「激しい風と波」は神話や説話の世界では海の宮と地上との交通の要素としてあることが思い起こされる故でもある。

1豊玉姫謂二天孫一曰、妾已娠矣。当レ産不レ久。妾必以二風濤急峻之日一、出二到海浜一。請為レ我作二産室一相待矣。

（神代紀下　第十段　正文）

2海中卒遇二暴風一。皇舟漂蕩。時稲飯命乃歎曰、嗟乎、吾祖則天神、母則海神。如何厄二我於陸一、復厄二我於海一乎。言訖、乃抜レ剣入レ海、化二為鋤持神一。三毛入野命、亦恨之曰、我母及姨並是海神。何為起二波瀾一、以灌溺乎、則踏二浪秀一、而往二乎常世郷一矣。

（神武即位前紀　戊午年）

1は豊玉姫が子を産むために海の宮から地上に至る時を「必ず風濤急峻《かざなみとくさが》しき日を以ちて」と限定的に述べており、海神の宮から地上へと境を越えることが可能な条件をそこに見ることができる。これは2において「海中にして卒に暴風《あらしまかぜ》にあひ」、海に入った稲飯命が、「則ち浪の秀を踏みて常世郷に往でましぬ」と、溺れることが常世郷へ行くことに繋がっていることと対応する。こうしたことは激しい風波が異界を越える方法として古代的な観念の中にあったことを考えさせる。

さらに佐婆海中で漂流した後に至った「筑紫館」において都を「本郷」と呼んでいる点にも注意したい。「本郷」の語は集中では題詞「山上臣憶良在二大唐一時、憶二本郷一作歌」（巻一・六三）や「安貴王歌一首〈并短歌〉」（巻四・五三四、五三五）の左注「右、安貴王娶二因幡八上釆女一。係念極甚、愛情尤盛。於レ時勅断二不敬之罪一、退二却本郷一焉。于レ是王意悼怛、聊作二此歌一也」に見え、また「雁がねは本郷《くに》思ひつつ雲隠り鳴く」（巻十九・四一四四　大伴家持）と見える。憶良の左注の「本郷」は大唐に対する日本であり、外国に対する故国という意識と考えられる。また、安貴王は不敬の罪を得て「本郷」に退却している。安貴王の「本郷」は奈良の都に対する故郷の意であり、飛鳥旧京域内（萬葉集〈新編日本古典文学全集〉）にあったと推測される。奈良の都と距離的に近かったとしても「不敬之罪」を得た身では外国と同様の距離感があったに違いない。さらに四一四四は越中国における家持の作で雁が「本郷」を偲んで鳴く思いに望郷の気持ちを重ねている。

「本郷」の語は『日本書紀』にも見え、海の宮を訪れた彦火火出見尊が地上に帰る際に「於レ是乗二火火出見尊於大鰐一、以送二致本郷一。」（神代紀下　第十段　一書第一）のように海の宮（異界）に対する地上として見える他は、百済の王子恵、百済の僧道欣・恵弥など、さらに百済の王子豊璋が日本に対して自国である百済を「本郷」[17]と呼んでおり、これは、「本国」の用法と重なるものである。[18]その本郷を遥望している。遥望が単なる遠さを見るだけでないことは仁徳記において吉備の黒日売を追って淡路島に行幸した天皇が「遥望、歌曰」として「押し照るや　難波の崎よ　出で立ちて　我が国見れば　淡島　おのごろ島　檳榔の　島も見ゆ　離つ島見ゆ」と現実には見えない神話の島などを歌っていることからも推測できる。[19]

漢語としても『文選』（巻十一）に、乱を避けて荊州に来ていた魏の王粲が当陽県（湖北省宜昌県の東）の登楼に登って「情眷眷而懐レ帰兮、孰憂思之可レ任。憑二軒檻一以遥望兮、向二北風一而開レ襟。平原遠而極レ目兮、蔽二荊山之高岑一。路逶迤而脩迥兮、川既漾而済深。悲二旧郷之壅隔一兮」（魏王粲「登楼賦」）と詠じている。王粲は故郷を思うもののいつ帰るとも知れず、眼前には平原が続き、その果ては荊山の高い峰に覆われて、行くことも見ることもできない嘆きを述べている。いずれも見えないという点で共通する遠さといえる。当該の題詞にも、あたかも異郷にあって、見えない故郷（本郷）を遥かに見ようとするそうした意味を含んでいることが推測されてよいのではないか。そもそも筑紫館は「遠の御門」と呼ばれる地であり、その遠さは当然ながら、認識されていたであろう。しかし、その地は単に遠いのではない。遣新羅使人等には、佐婆の海中での逆風による漂流の後に辿り着いた地であることを考えたい。その地にあって、故郷を「本郷」として表現する背景には、その地を、簡単に故郷へ戻ることが不可能な異郷とする意識があったはずである。その地での作歌の心情を佐婆の海中での漂流に対する作歌から続けて、「悽惆」「悽愴」さらに「悽噎」と形容している。

「悽惆」「悽愴」「悽噎」の三語について、そこに家持の嗜好のあることを『萬葉集全注』が指摘している。「悽愴」は『萬葉集』中に他にも見られるが、「悽惆」は家持に一例のみ、「悽噎」はまったく用例を見ない。また中国詩文において、「悽愴」は多く見られるが、「悽惆」は用例に恵まれないことをすでに芳賀紀雄氏が指摘されており、[20]「悽噎」についても同様のことがいえる。

『萬葉集』中の他の「悽愴」の例は次のように見える。

a古挽歌一首〈并短歌〉（巻十五・三六二五）の左注「右、丹比大夫悽㆓愴亡妻㆒歌」

b昔者有㆓壮士㆒、新成㆓婚礼㆒也。未㆑経㆓幾時㆒、忽為㆓駅使㆒、被㆑遣㆓遠境㆒。公事有㆑限、会期無㆑日。於㆑是娘子、感慟悽愴、沈㆓臥疾疢㆒。累年之後、壮士還来、覆命既了。乃詣相視、而娘子之姿容、疲羸甚異、言語哽咽。于㆑時壮士、哀嘆流㆑涙、裁㆑歌口号。其歌一首　（巻十六・三八〇四　題詞）

aは亡き妻を思う心情を表明するものであり、bは新婚間もなく駅使となって遠くに派遣され「公事有㆑限、会期無㆑日」という状況に対する嘆きの情を表し、それが娘子の死を招くほどの嘆きであることを説いている。それは生別ではあるものの、死別と変わらない別れとして捉えられた故の嘆きといえよう。では、中国詩文の中での意味はどうなのか。

c故君子合二諸天道一、春禘秋嘗。霜露既降。君子履レ之、必有二悽愴之心一、非二其寒之謂一也。春、雨露既濡、君子履レ之、必有二怵惕之心一。如レ将レ見レ之。　（礼記　祭義）

鄭玄注「非二其寒之謂一、謂三悽愴及怵惕、為二感レ時念一レ親也。霜露既降礼説在レ秋。此無二秋字一蓋脱爾。」

d詩縁レ情而綺靡、賦体レ物而瀏亮。碑披レ文以相質、誄纏綿而悽愴。銘博約而温潤、箴頓挫而清壮。

（晋陸機「文賦」文選　巻十七）

e微陰翳二陽景一、清風飄二我衣一。遊魚潜二淥水一、翔鳥薄レ天飛。眇眇客行士、遥役不レ得レ帰。始出厳霜結、今来白露晞。遊子歎二黍離一、処者歌二式微一。慷慨対二嘉賓一、悽愴内傷悲。（魏曹植「情詩」文選　巻二十九、玉台新詠　巻二）

f方舟戯二長水一、湛澹自浮沈。弦歌発二中流一、悲響有二余音一。音声入二君懐一、悽愴傷二人心一。心傷安所レ念、但願恩情深。願為二晨風鳥一、双飛翔二北林一。（魏文帝「又清河一首」玉台新詠　巻二）

「悽愴」を形成する「悽」及び「愴」の字義について『説文解字』には「悽　痛也、从レ心妻声」「愴　傷也、从レ心倉声」とあり、それぞれが嘆きの質を窺わせる字義を有している。中国詩文に見える例として、cの『礼記』の例は霜露を踏んで感じる「悽愴」が単に寒い故ではなく、気候の変化によって亡くなった父母を思い、その父母を見るかの如き心持ちのあることをいう意が鄭玄注から理解される。また、dの「文賦」では「誄は纏綿として悽愴なり」と誄の文体において情が長々と痛ましいことを指し、eは「遥役して帰るを得ず」と遠い勤めに就いたまま故郷に帰れない侘びしさを「悽愴として内に傷み悲しむ」と詠じている。fは次の詩に続いて作られたと考えられるものである。

g与レ君結二新婚一、宿昔当二別離一。涼風動二秋草一、蟋蟀鳴相随。冽冽寒蟬吟、蟬吟抱二枯枝一。枯枝時飛揚、身体忽遷移。不レ悲二身遷移一、但惜二歳月馳一。歳月無二窮極一、会合安可レ知。願為二双黄鵠一、比レ翼戯二清池一。

（魏文帝「於二清河一見二輓レ船士新婚別レ妻一首」玉台新詠　巻二）

新婚で別れなければならなくなった男の妻を思う情を詠じており、gは蟬に譬えて歳月の過ぎるのを悲しみ、fでは再び、帰れない侘しさを「悽愴人心を傷ましむ」と詠じている。中国詩文における用法は死に対する悲しみの表明がまず挙げられよう。旅の場合には、その旅は簡単には帰れないものであり、再び会えるのは何時のことかわからないという状況における心情の表現が「悽愴」であることが理解される。こうした用法は『萬葉集』のそれと同質のものである。当該の題詞において、「悽愴」の語が使われていることは単純に旅の悲しさをいうのではなく、死の別れに匹敵するような痛みを感じる悲しさであることを示していると考えられる。佐婆の海中で漂流して豊前まで流され、やっと至りついた筑紫館での持てなしは、当時の大宰府の権勢からすれば、一行にとって非常に豊かな環境だったと思われる。しかし同時にその豊かさは佐婆の海中での漂流を経ることによってあたかも異郷に辿りついたような意識をもたらすものとして、当該の題詞は記されているのではないだろうか。「筑紫館歌四首」が家郷への思いを「辛き恋をも我はするかも」の内省に始め、土地の景を詠むことにも家郷への思いの遠さを感得させるのは、都との空間的距離と時間的経過を踏まえた表現であることを示しており、題詞との対応を窺わせる。

「悽惆」については家持が「心悲しもひとりし思へば」（巻十九・四二九二）の左注に「春日遅々、鶬鶊正啼。悽惆之意、非レ歌難レ撥耳。仍作二此歌一、式展二締緒一」と用いている。芳賀紀雄氏は歌の「心悲し」は夫婦・男女間の死別・離別を悲しむ文脈で用いられることから、家持は旅人の亡妻挽歌巻三・四五〇の「独り過ぐれば情悲しも」を踏まえ、孤愁を詠む方向に捉え直したとされ、左注の「悽惆」は「悽」も「惆」も字義において悲痛の意であり、「『情悲し』では尽くせぬ悲痛の思いをなお強調すべく『悽惆の意』で示したもの」と解される。[21]「惆」の字義を解するために芳賀氏が引かれる『文選』の晋の陸機「歎逝賦」(文選巻十六)の「心惆焉而自傷」に対して李善は「広雅曰、惆　痛也」と注している。「歎逝賦」について李善は「歎逝者、謂レ嗟二逝者往一也。言日月流邁、人世過往。傷二歎此事一而作レ賦焉」とその作家意図を推測し、「心惆焉而自傷」の句は「雖レ不レ寤其可レ悲、心惆焉而自傷。亮造化之若レ茲、吾安取二夫久長一」と、死の悲しみに対しても用いられていることが理解される。

題詞⑪の「悽惆」も家持の孤愁とはその発想の起因する理由を異にしようが、遭難によって予定外の地に流された嘆きの強調には死別に通じる悲痛が含まれることを考えさせる。また「噎」は「噎　飯窒也、从口壹声」(説文解字)とあって、本来は食物がのどにつかえて咽ぶ意とある。が、『毛詩』には「彼黍離離、彼稷之実、行邁靡靡、中心如レ噎、知レ我者謂二我心憂一、不レ知レ我者謂二我何求一、悠悠蒼天、此何人哉」(王風・黍離)とあり、毛伝は「噎憂不レ能レ息也」と注していて、憂いによってのどがつまる意に転化したと考えられる。こうした「噎」の用法から、「悽噎」がその悲しみに噎び嘆く様の描写と解せる。

「悽惆」「悽愴」「悽噎」は漂流して豊前の国に辿りついた時の悲痛から都に対して遠く隔絶されたような悲愁へ、そして絶え間ない憂愁へとその悲しみの情の度合いが現実化して強まることを示している。これらが巻十五編纂の際に選ばれた語であるとするならば、そこに編者の託した意図は自ずから明らかであろう。

七　旅情・旅心

遣新羅使人等歌群が官命を拝した旅の歌群でもあることはいうまでもない。その題詞に「旅情」「旅心」と記されるのは筑紫以降の作である。「旅情」も「旅心」も集中では遣新羅使人等歌群にのみ見える。

⑮　到二筑前国志麻郡之韓亭一、船泊経二三日一。於レ時夜月之光、皎々流照。奄対二此華一、旅情悽噎。各陳二心緒一、聊以裁歌六首

大君の遠の朝廷と思へれど日長くしあれば恋ひにけるかも　（巻十五・三六六八）

右一首大使

旅にあれど夜は火灯し居る我を闇にや妹が恋ひつつあるらむ　（巻十五・三六六九）

右一首大判官

韓亭能許の浦波立たぬ日はあれども家に恋ひぬ日はなし　（巻十五・三六七〇）

ぬばたまの夜渡る月にあらませば家なる妹に逢ひて来ましを　（巻十五・三六七一）

ひさかたの月は照りたり暇なく海人のいざりは灯し合へり見ゆ　（巻十五・三六七二）

風吹けば沖つ白波恐みと能許の泊まりにあまた夜そ寝る　（巻十五・三六七三）

「旅情悽噎。各陳二心緒一」とされる題詞に含まれる六首は大使の歌に始まる。新羅へと向かうために志賀の韓亭で三日も足止めされている時の歌である。韓亭は博多湾の出入口にあたり外海の荒波を直接受ける場所である。大使は「大君の遠の朝廷」と讃詞表現で歌い始めているが、それを受ける逆接表現には、「遠の朝廷」への讃仰

以上にその距離的遠さに対する憂愁感がある。それが「日長くしあれば」という時間把握に繋がっている。続く大判官の歌には公的な旅故の「夜は火灯し居る」我の豊かさと慎ましい日常に居るであろう妹が対比され、光と闇の対比が両者の遠さを際だたせている。

　第二首から第四首までは旅先の状況やその土地の景が妹を恋うる心を導くが、前述したように、妹は恋うる対象ではあるものの、直接的な繋がりを望めない遠さが「月にあらませば」に託されている。残る二首は旅先の景とそこに居る我を歌っている。「あまた夜そ寝る」は足止めされている状況を歌っているがそこには「風吹けば沖つ白波恐みと」と航路の新たな危険への怖れを窺わせ、妹への思いは歌われない。空間的距離と時間の経過への意識は旅にある「別離」の具体的な把握でもあるであろう。漢語「旅情」の用例は多くは見あたらないが、『芸文類聚』に次のように見える。

　梁鮑泉秋日詩曰、露色已成㆑霜、梧楸欲㆓半黄㆒。鷰去閣恒静、蓮寒池不㆑香。夕鳥飛向㆑月、余蚊聚逐㆑光。旅情恒自苦、秋夜漸応㆑長　（歳時部上・秋）

「旅情恒自苦」とあって、旅にあることが秋の到来と相響いてひたすらな苦しみであることがわかる。

　一方、「旅心」は次のように歌われる。

⑰　肥前国松浦郡狛島亭船泊之夜、遥㆓望海浪㆒、各慟㆓旅心㆒作歌七首

　帰り来て見むと思ひし我がやどの秋萩すすき散りにけむかも　（巻十五・三六八一）

　　右一首秦田麻呂

天地の神を乞ひつつ我待たむはや来ませ君待たば苦しも　（巻十五・三六八二）

　　右一首娘子

君を思ひ我が恋ひまくはあらたまの立つ月ごとに避くる日もあらじ　（巻十五・三六八三）
秋の夜を長みにかあらむなぞここば眠の寝らえぬもひとり寝ればか　（巻十五・三六八四）
足日女み船泊てけむ松浦の海妹が待つべき月は経につつ　（巻十五・三六八五）
旅なれば思ひ絶えてもありつれど家にある妹し思ひがなしも　（巻十五・三六八六）
あしひきの山飛び越ゆる雁がねは都に行かば妹に逢ひて来ね　（巻十五・三六八七）

「遥㆓望海浪㆒」には海の先にあるはずの、しかし見えない新羅に対する把握が窺える。その地へ行こうとして、「帰り来て見むと思ひし」秋の帰宅予定がもはや過ぎてしまったことへの認識はそれ以上に遠い新羅行きへの思いといえよう。前述した歌もあるので、すべてには触れないが、「慟㆓旅心㆒」には、そうした遠さへの思いが含まれよう。遊行女婦かと推測される娘子の歌はそうした旅にあることを確認させる。「足日女」に神功皇后の新羅遠征譚を踏まえ、新羅へと方向づけられた現在に「旅なれば思ひ絶えても」の条件句は都から遠く離れた実感を持つ遣新羅使人等側の思いであることが「家にある妹し思ひがなしも」に浮かび上がる。

「旅心」も『芸文類聚』に見える語である。

　梁王僧孺寄㆓郷友㆒詩曰、旅心已多恨、春至尚離㆑群。翠枝結㆓斜影㆒、緑水散㆓円文㆒。戯魚両相顧、遊鳥半蔵㆑雲。
　何時不㆓惆悵㆒、是日最思㆑君。　（歳時部上・春）

「旅心已多恨」とあり、旅の情がひたすら嘆きであることも題詞との対応を窺わせる。

「遠の御門」とされる筑紫は都から遠い地であると同時に海外への出入口でもあった。遣新羅使人等にとって、その地は、海難を経てようやく辿りついた時、異郷とも呼ぶべき地として把握された。「至㆓筑紫館㆒遥㆓望本郷㆒悽愴作歌四首」の題詞は、故郷大和を「本郷」と呼び、遥か見えない地として、現在ある筑紫を同じ日本国内ではあるものの、もはや故郷大和から離れた異郷であるかのように設定している。さらに、「本郷」を思う心情を死者を思う心情に匹敵するような「悽愴」の語で表現して、「本郷」との遠さへの悲しみを印象づけている。そこに詠まれる四首は「辛き恋をも我はするかも」という、妹との繋がりを持つことを諦めたかのような内省に始まっている。続く三首は筑紫館での景である。ただし、四首としての構成には空間的な距離と時間の経過が詠まれ、それまでの航路での作とは異なり、「別離」への認識にたった表現を形成していると見られる。

当該歌群は航路の順に詠まれているが、筑紫館前後でその表現手法を異にし、遣新羅使人等において空間と時間の遠さを窺わせる表現が「旅」における「別離」の意識化に繋がることを示している。「筑紫館歌四首」を含む筑紫国での作（題詞⑫⑬⑭）は旅の中継地点の作としての位置づけである。その中で、「筑紫館歌四首」は「本郷」とあるその題詞から異郷という観念を呼び込むことによって、異郷に立つ別れという古代的な発想と、空間的距離と時間的経過という中国詩の発想に類似する「別離」の表現を題詞によって顕在化させ、歌群における転換点としての位置づけをここに与えたと考えられる。言い換えると、遣新羅使人等歌群は「筑紫館歌四首」によって、「本郷」への近さと遠さという認識をその構成に託していると考えられる。

注

（1）吉井巖「遣新羅使人歌群―その成立の過程―」『萬葉集への視角』和泉書院　平成二年　初出昭和五五年
　　吉井巖『萬葉集全注　巻第十五』有斐閣　昭和六三年
（2）伊藤博「遣新羅使人歌群の原核」『萬葉集の歌群と配列　下』塙書房　平成四年　初出昭和五九年
（3）注2前掲書
（4）「海辺の感情」『萬葉学藻』塙書房　平成八年

（5）秋の再会への約束について『萬葉集全注』は遣新羅使の所用日数が実際には早くて四ヶ月、遅くは九ヶ月かかっていることを調査し、秋再開のモチーフは文芸的関心によって編纂者に採用されたもので、その関心の幅を狭めていけば七夕の世界に繋がることを示唆している。

（6）『詩人たちの時空―漢賦から唐詩へ―』平凡社　昭和六三年

（7）神野志隆光氏「羇旅歌覚書」『日本古代史論集』笠間書院　昭和五五年
大浦誠士氏「羇旅歌の表現構造」『万葉集の様式と表現』笠間書院　平成二〇年

（8）旅愁については坂本信幸氏「山を越す風」『ことばとことのは』五号　昭和六三年一一月
拙稿「軍王山を見て作る歌」『初期万葉論』笠間書院　平成一九年

（9）型を破るという点については『萬葉集注釈』も言及する。

（10）拙稿「『鶴が音』考」『萬葉集研究　第二十六集』塙書房　平成一六年

（11）橋本美津子氏「滝もとどろに鳴く蟬―『万葉集』のまなざし―」『語文』第一三四輯　平成二一年六月

（12）『萬葉集全注』三五八九の注による。なお、「ひぐらし」は、平年の初鳴きは神戸では七月八日とされる（大後美保著『季節の事典』東京堂出版　昭和三六年）。

（13）「蟬及びひぐらし考」『萬葉動物考』人文書院　昭和一〇年

（14）「蟬」『漢詩のことば』大修館書店　平成一〇年　初出平成七年

（15）「蟬の詩に見る詩の転変」『中国文学報』第五七冊　平成一〇年一〇月

（16）『文選』（巻二十七）の江淹「望二荊山一」の「寒郊無二留影一、秋日懸二清光一。悲風橈二重林一、雲霞肅二川漲一」にも「漲、水大之貌也」と同じ注が見える。

（17）『日本書紀』に見える「本郷」の例は次の通りである。
・於是、許勢臣問二王子恵一曰、為当欲レ留二北間一。為当欲レ向二本郷一。（欽明紀十六年二月）
・筑紫大宰奏上言、百済僧道欣・恵弥爲レ首、一十人、俗七十五人、泊二于肥後国葦北津一。是時、遣二難波吉士徳摩呂・船史竜一、以問之曰、何来也。対曰、百済王命以遣二於呉国一。其国有レ乱不レ得レ入。更返二於本郷一。（推古紀十七年四月）

・以二織冠一、授二於百済王子豊璋一。（中略）乃遣二大山下狭井連檳榔・小山下秦造田来津一、率二軍五千余一、衛二送於本郷一。（天智即位前紀）

(18) 本書第一章第二節参照。

(19) 注18参照。

(20) 「家持の春愁の歌」『萬葉集における中国文学の受容』塙書房　平成一五年　初出平成七年

(21) 注20前掲書

第四節　天の鶴群——遣唐使の母が贈る歌——

一　子に贈る歌

天平五年癸酉、遣唐使舶発二難波一入レ海之時、親母贈レ子歌一首〈并短歌〉

秋萩を　妻問ふ鹿こそ　一人子に　子持てりといへ　鹿子じもの　我が一人子の　草枕　たびにし行けば
竹玉を　しじに貫き垂れ　斎瓮に　木綿取り垂でて　斎ひつつ　我が思ふ我が子　ま幸くありこそ
（巻九・一七九〇）

反歌

たび人の宿りせむ野に霜降らば我が子はぐくめ天の鶴群
（巻九・一七九一）

右は、遣唐使として中国に渡り、その地を旅する我が子の無事を祈る母の歌とされる。作者は不詳である。日本における遣唐使の派遣は実質十五回とされるが(1)、『萬葉集』の採歌範囲の対象となったのは第一次から第十次で、実際に歌が残るのは、第七次（七〇二年出発）・第八次（七一七年出発）・第十次（七三三年出発）の作である。遣唐使に関する作品は使人自身の歌はわずか四首で、他の二十数首はすべて見送る側の人々の作である(2)。それらの作品が航海の安全を関心事とする発想の型を持つことを梶川信行氏は指摘される(3)。遣唐使の発遣に関しては、『続日本紀』及び『延喜式』の記事から、大使や副使その他使人の任命、賜節刀、奉幣、祭祀などの儀礼が考えられるが、航海の安全への祈願である奉幣は、『延喜式』（巻第八祝詞条）によれば「遣唐使時奉幣」の祝詞が見え、平城京においては春日山下において天心地祇を拝したらしい。[4] また祭祀は住吉神へのそれが「天平五年、贈二入唐使一歌一首」に「住吉の　我が大御神　船の舳に　うしはきいまし　船艫に　み立たしまして　さし寄らむ　磯の崎々　漕ぎ泊てむ　泊まり泊まりに　荒き風　波にあはせず　平けく　率て帰りませ　もとの朝廷に」（巻十九・四二四五）とあって、当該歌と同じ遣唐使へのそれとして見える。当該歌についても住吉神との明証はないが、「竹玉を」の「斎ひ」に同神が祀られていた可能性を示唆する説もある。[5] しかし、住吉神を直接示す表現はなく、航海に関する内容は欠如している如くである。

第十次の作には他に遣唐使として中国での体験を持つ山上憶良の贈った「好去好来歌」（巻五・八九四〜八九六）を始め、笠金村の「贈二入唐使一歌」（巻八・一四五三〜一四五五）もある。「好去好来歌」は「神代より　言ひ伝て来らく　そらみつ　大和の国は　……　高光る　日の大御門　神ながら　めでの盛りに　天の下　奏したまひし……　諸々の　大御神たち　船の舳に〈反して、「ふなのへに」と云ふ〉　導きまをし　天地の　大御神たち　大和の大国御魂　ひさかたの　天のみ空ゆ　天翔り　見渡したまひ　事終はり　帰らむ日には　また更に　大御神たち船の舳に　み手うち掛けて　……　大伴の　三津の浜辺に　直泊てに　み船は泊てむ　障みなく　幸くいましてはや帰りませ」（巻五・八九四）と詠み、笠金村歌も「大君の　命恐み　夕されば　鶴が妻呼ぶ　難波潟　三津の崎より　大舟に　ま梶しじ貫き　白波の　高き荒海を　島伝ひ　い別れ行かば　留まれる　我は幣引き　斎ひつつ　君をば遣らむ　はや帰りませ」（巻八・一四五三）と詠む。いずれも大君の命を受けての出発に航路の安全と無事の帰国を願う内容であって、中国国内の旅路を案ずる表現は見られず、当該歌の特異さが目立つ。

当該歌の特異性について梶川氏は「本来遣唐使とはまったく関係のない」「旅行く子を心配する親の心情をう

たった古歌などを転用したもの」[6]と考えられている。一方、鈴木利一氏は「秋萩を妻問ふ鹿」を、「むしろ遣唐使一行とその家族全体の側に寄った表現」と解して、遣唐使の進発の折の作を大伴氏の一人が記録した[7]とされている。当該歌において、題詞と天平五年の遣唐使の発遣とには齟齬がなく、『萬葉集』は当該歌を遣唐使の母の歌として記載している。そうあることを考えてみたい。

二　遣唐使の旅

第十次遣唐使は天平四年（七三二）八月丁亥（十七日）に遣唐大使従四位上多治比真人広成、副使従五位下中臣朝臣名代、判官四人、録事四人が任命され、同九月には舶四艘を造らせ、翌天平五年閏三月癸巳（二十六日）遣唐大使多治比真人広成は辞見し、節刀を授けられて、夏四月三日に、難波津より進発している。記録の上では進発の前年の秋から準備が始まっている。期間はほぼ八ヶ月である。以上は『続日本紀』の伝える記事に基づくが、中国側の資料では「(開元)二十一年（七三三）八月日本国朝賀使真人広成与㆓傔従五百九十人[8]㆒舟行遇㆓風飄㆒至㆓蘇州㆒刺史銭惟正以聞㆑詔。通事舎人韋景先往㆓蘇州㆒宣慰㆑労焉」（冊府元亀　一七〇　帝王部来遠）とあり、翌開元二十二年（七三四）には「四月日本国遣使来朝、献㆓美濃絁百匹水織絁二百疋㆒」（冊府元亀　九七一　外臣部朝貢）とある。

遣唐使の航路は古くは壱岐・対馬海峡を通って、朝鮮南部に着き、朝鮮半島の西の海岸に沿って渡航して、中国の山東半島から入国する北路であったが、六百六十年、新羅によって百済が滅亡し、新羅との関係が悪化したために利用できなくなり、七世紀の末から八世紀の半ばまでは南島路に変わった。この航路は筑紫の大津を立ち、屋久、奄美、沖縄、石垣などの島々を島伝いに南下した後、西に向かって、中国の東海を渡り、揚子江の入り江一帯まで直行するもので、航行に要する日数としては北路とほぼ同じだが、遭難する危険性は遥かに高かった。

第十次の遣唐使船以後の多くは五島列島から直接横断する南路に変わった[9]。天平五年時の航路は南島路で、難波津から中国の蘇州まで約四ヶ月かけて着いている。遣唐使に贈る歌において行路の安全がまず詠まれたのも当然のことであったろう。そこから長安まで八ヶ月かかっている計算になるが、実際には上京の人数などの中国側との交渉の時間も含んでいる。交渉後、その多くが上陸地で待機することになり、上京の人数は制限された。入唐大使・副使・判官・録事[10]、といった役人と留学生・留学僧等が都に赴いたらしく、東野治之氏は遣唐使として都を見たのは「せいぜい全体の一割ぐらい[11]」と推測されている。唐国内で蘇州から長安までの道のりは約五百キロ、日本国内の縦断よりも遥か遠くである。大部分の乗組員はいわゆる現地組となり、寺院を参拝したり、市場で交易したりしたらしい。

こうした遣唐使一行の旅の軌跡に対して当該歌が「宿りせむ野」を詠むことは、それが蘇州から長安までの道のりの野であった可能性を考えさせる。歌の作者が誰の親母（生母）であるのか、当事者の名は不明であり、詳細はわからない。少なくとも現地組ではなかったであろう。そこに、母の心配が、航路もさることながら、冬の大陸の旅に向けられた理由が推測できる。後の寛平六年九月十四日、菅原道真が遣唐使廃止を求めた「請レ令三諸公卿議二定遣唐使進止一状」には「度〻使等、或有二渡レ海不レ堪レ命者一、或有二遭レ賊遂亡レ身者一。唯未レ見三至レ唐有二難阻飢寒之悲一」とあって、遣唐使廃止の理由の一つに唐国内での安全性の問題が挙げられている。このことはそれまでの遣唐使において、航路の安全は保障されないものの、唐に到着すれば安全が保障されていたことを示している[12]。しかし、母にとってそこは見知らぬ異国の地であり、当該歌の反歌が「宿りせむ野」の寒さを案じていることが思い起こされる。

三　客人

長歌の内容は「秋萩を妻問ふ鹿」から詠み起こし、「我が一人子」であることが強調されている。その表現が遣唐使船進発の夏四月とずれることについては、「むしろ遣唐使一行とその家族全体の側に寄った表現」と解する説を前に挙げたが、遣唐使の決定が前年の初秋であることは、当該歌の作者である母親の心配がその時点から始まっていることを考えさせる。

長歌において、前半部分はこの一人子が「草枕　たびにし行けば」の条件句を構成し、後半部分はそのための「斎ひ」の儀礼を具体的に叙述して「ま幸くありこそ」と結んでいる。長歌の骨子は「一人子が　……　たびにし行けば　……　ま幸くありこそ」である。「一人子」の目的「草枕　たびにし行けば」の「たび」を本文では「客」の字で記載し、反歌の「たびびと」も「客人」と記載する。それを「ま幸く（本文　真好去）ありこそ」と願うのである。「客」の字は『説文解字』に「客　寄也」とあり、『篆隷万象名義』に「客　苦格反、賓也、寄也」ともある。『後漢書』（馬援伝）に「詔二武威太守一、令三悉還二金城客民一。帰者三千余口」に「金城客人在二武威一者」と注されていて、「客民」と同義で寄留の民の意と解される。「客《たび》にし行けば」には見知らぬ他国に「一人子」が行くことへの不安を読み取ることが可能であろう。そこへの願いが「我が思ふ我が子」と「我が」が繰り返されて子への執着を示し「ま幸くありこそ」という強い表現へと導かれている。ちなみに遣唐使人はその能力はもちろんであろうが、容姿の良い者が選ばれたという。(13)その子への「ま幸くありこそ」の表現を検討しておきたい。

柿本朝臣人麻呂歌集歌曰

葦原の　瑞穂の国は　神ながら　言挙げせぬ国　然れども　言挙げぞ我がする　言幸く　真福《まさきく》ませと　つつみなく　幸くいまさば　荒礒波　ありても見むと　百重波　千重波にしき　言挙げす我は　言挙げす我は　（巻十三・三二五三）

反歌

磯城島の大和の国は言霊の助くる国ぞ真福ありこそ　（巻十三・三二五四）

人麻呂歌集にあるとする題詞を持つ右の歌は、「相聞」の部に収められているが、内容的には「遣外使節や地方官として遠く旅立つ友人などに贈った歌か」（萬葉集〈新編日本古典文学全集〉）と推測される。元暦校本・天治本・類聚古集では長歌末尾「言挙げす我は」が小文字で繰り返されていて、別れの宴席などで口誦されたことも考えられる。「言挙げ」をしない神意（神ながら）の国でありながら、「言挙げ」をすることに呪的な要素を示唆して、「言霊」の霊力を歌いあげている。反歌末尾の語句を共通にする三二五四には、右の人麻呂歌集歌の影響を推測でき、帰還への願望がそこに籠もると考えられる。集中には「ま幸く」の語が次のように見える

①岩代の浜松が枝を引き結び真幸《まさきく》あらばまたかへり見む　（巻二・一四一）

②我が命し真幸《まさきく》あらばまたも見む志賀の大津に寄する白波　（巻三・二八八）

③……　片手には　木綿取り持ち　片手には　和たへ奉り　平けく　間幸《まさきく》ませと　天地の　神を乞ひのみ　いかにあらむ　年月日にか　つつじ花　……　（巻三・四四三）

④好去《まさきく》てまたかへり見むますらをの手に巻き持てる鞆の浦回を　（巻七・一一八三）

⑤命をし麻勢久《まさきく》もがも名欲山石踏み平しまたまたも来む　（巻九・一七七九）

⑥真幸《まさきく》て妹が斎はば沖つ波千重に立つとも障りあらめやも　（巻十五・三五八三）

⑦……　あをによし　奈良山過ぎて　泉川　清き川原に　馬留め　別れし時に　好去《まさきく》て　我帰り来む　平らけ
く　斎ひて待てと　語らひて　来し日の極み　……　（巻十七・三九五七）

⑧麻佐吉久《まさきく》と言ひてしものを白雲に立ちたなびくと聞けば悲しも　（巻十七・三九五八）

⑨……　礪波山　手向の神に　幣奉り　我が乞ひのまく　はしけやし　君がただかを　麻佐吉久《まさきく》も　ありたも
とほり　月立たば　時もかはさず　なでしこが　花の盛りに　相見しめとそ　（巻十七・四〇〇八）

⑩……　夕潮に　梶引き折り　率ひて　漕ぎ行く君は　波の間を　い行きさぐくみ　麻佐吉久《まさきく》も　早く至りて
大君の　命のまにま　ますらをの　心を持ちて　……　（巻二十・四三三一）

⑪……　たらちねの　母掻き撫で　若草の　妻取り付き　平けく　我は斎はむ　好去て　はや帰り来と　ま袖
もち　涙を拭ひ　むせひつつ　言問ひすれば　……　（巻二十・四三九八）

①は有間皇子の自傷歌。謀反の罪で護送される途中の作で、生きて再び岩代の地を踏むことを祈る歌である。②は穂積朝臣老が佐渡に流される時の作で、流刑地での死の不安を抱えた表現。③は摂津国班田史生丈部龍麻呂が自経死した時に大伴三中が詠んだ作。①から③には「ま幸く」と望むことが実は「死」をも予感させる困難さの中での強い帰還への願いとしてあることを窺わせる。

④は羈旅の部にあり、⑤は藤井連が遷任されて上京する時の作であり、いずれも「ま幸く」あることがその地との再会に繋がっている。「ま幸くありこそ」と歌うことは幸いであることを願うだけでなく、そう歌うこと自体に帰還への強い願望が込められているといえる。⑥以下は当該歌以降の作であるが、その用法は共通すると思

われる。すなわち、⑥は遣新羅使人等の歌。⑦⑧は家持の「哀二傷長逝之弟一歌一首」で、越中に旅立つ家持に対して、今は亡き弟が無事の帰還を願ってくれたことを嘆き、⑨は池主が家持に贈った歌で生別の悲しさを詠む。⑩⑪は防人の悲別の心を詠む家持の作である。

「ま幸く」と願うことは「無事の帰還」を意味し、しかし、それが叶わないことへの危惧を含んだ表現ということができるであろう。「ま幸くありこそ」と願う「斎ひ」は旅の行程における幸いによって無事に帰還することを対象としよう。そこに遣唐使に贈る他の歌々との類似性がある。「真好去」と「好去好来歌」と同じ用字をあてていることは、憶良の用字を学ぶと共に[14]「好去好来歌」の航路の安全と早い帰還への願いを重ねていると考えられる。

四　羽裘

反歌において作者は、結句「天の鶴群」に旅人を霜から守る存在として「我が子はぐくめ」と命令形で呼びかけ、体言止めで詠嘆を込める。鳥が子をはぐくむという発想については、早く『萬葉代匠記』（精撰本）が「詩生民之什曰。誕寘二之寒氷一、鳥覆翼之。鳥乃去矣、后稷呱矣。注、覆蓋翼籍也。以二一翼一覆レ之、以二一翼一籍レ之也。此ハマサシク鳥ノ人ヲハククメル證ナリ」と周の祖后稷誕生時の逸話を詠じる『毛詩』の例を挙げて、中国詩との発想の類似を説く。井上通泰は『毛詩』を基にした『史記』周本紀の例「遷レ之而弃二渠中冰上一、飛鳥以二其翼一覆二薦之一」を引き、「かような名歌が素養の無い人によまれようとは思はれぬ」としてその親母が無名の人ではなかったと推測する。[15]漢籍の影響を見ることは『萬葉集』（新日本古典文学大系）も踏襲するところで、井上説を引いた上で、鶴は親子の情を知る鳥と考えられていたことを「『鳴鶴陰に在りて、その子これに和す』（易経・繋辞伝上）など」として「鶴は母親に代って子を守る鳥たるにふさわしい」とする。発想の類似は否めないと思われるが、『萬葉集注釈』を始め、諸注釈書はそれを必ずしも踏襲していない。両者について検討してみたい。

『毛詩』（大雅・生民）は、未だ襲にくるまれた后稷を寒氷の上に捨てたのを鳥が「覆翼」したという内容で、卵生型の始祖神話と共通点が多いとされる。(16) しかし始祖神話と当該歌では、その細部において文字の使用などに相違が見られる。一つには『毛詩』『史記』では「覆翼」とあるのに対して『萬葉集』では「羽裹」とある点、一つには毛伝が「大鳥来」に続けて「以二一翼一覆レ之、以二一翼一籍レ之也」とし、鳥が一羽であるのに対して『萬葉集』では「鶴群」とある点、また、寒氷に捨てられた后稷に対して「霜降らば」と視点の位置にずれを指摘できる点である。

「覆翼」の「覆」は『説文解字』に「覆、覂也、从襾復声。一曰、蓋也」とあって、本来くつがえる意と推測され、『釈名』（釈言語）には「覆、孚也。如三孚甲之在二物外一也」とする。「孚甲」は種子のうわ皮、籾殻の意。ただし『説文解字』には「孚、卵即孚也」とあって、「孚」は卵のかえる意を持つことがわかる。『新撰字鏡』享和本にも「掩　一感反、加戸志於保不」とある。「鳥覆翼之」とあることには卵生型の始祖神話への類感があろう。ただし、『萬葉集』において、「覆」の字は「玉匣覆《おほふ》をやすみあけて去なば」（巻二・九三）のように匣の蓋が覆っている状況、「常闇に　覆《おほひ》たまひて」（巻二・一九九）、「横風の　にふふかに　覆《おほひ》きぬれば」（巻五・九〇四）、「秋山に　霜降り覆《おほひ》　木の葉散り」（巻十・二二四三）、「笹の葉にはだれ降り覆《おほひ》消なばかも」（巻十・二三三七）、「吉隠の野木に降り覆《おほふ》白雪の」（巻十・二三三九）のようにその空間全体を対象とする場合の「おおふ」の意に用いられている。

一方『萬葉集』が「はぐくめ」とする本文「羽裹《はぐくめ》」の「裹」の字は『説文解字』には「裹　纏也」とし、『篆隷万象名義』には「裹、吉禍反、苞也、理也」とあり、また『新撰字鏡』には「裹　裹、正　古禍反上、借、古臥反、去、苞也、纏也」とある。『類聚名義抄』（観智院本）には「裹　ツ、ム、ク、モル」とあって、「つつむ」意と考えられる。『萬葉集』に

梅の花降り覆ふ雪を裹持ち君に見せむと取れば消につつ　（巻十・一八三三）

とあるのは「覆」と「裹」との相違を明らかにする。「覆」は梅のある一帯が雪に降られて梅の花が紛れて見えない状態である。そこには梅全体を覆う雪が降り、雪と梅とが視覚的には分かち難くなっている。その雪を梅の花ごとつつんで持つが[17]、持つことで雪は溶けて消えてしまい、掌には雪で見えなかった、つつまれていた雪ならぬ梅の花が顕在化するという意である。この「羽裹」は遣新羅使人等歌群の冒頭に二首「羽ぐくむ」として見える。

武庫の浦の入江の渚鳥羽具久毛流《はぐくもる》君を離れて恋に死ぬべし　（巻十五・三五七八）
大船に妹乗るものにあらませば羽具久美《はぐくみ》持ちてゆかましものを　（巻十五・三五七九）

右の二首が示すように、「羽ぐくむ」には羽で抱くようにつつむ意があると考えられる。『萬葉集』が「覆」ではなく「裹」を用いた意図がそこにはあると推測される。

五　天の鶴群

「天」を冠した「鶴」は集中孤例であり、かつ「鶴」を「鶴群」とするのも当該歌の例が唯一である。集中、

「天（アメ）の」と冠する対象は「時雨」「露霜」「白雲」といった天象、「川原」「み空」「海」といった自然、「御門」「御陰」といった「宮殿」に関するものと「火」とであり、生物に冠する例は見られない。「天の鶴群」の語が特異な用法であることが知られる。しかも「天の」を冠する「時雨」「露霜」「川原」「み空」には枕詞「ひさかたの」を冠する例が見え、しかもその表記は仮名表記を持つ八二一を除いていずれも「久堅乃（能）」とある。「久方」「久堅」の表記について『時代別国語大辞典上代編』は「天や天の物が久遠の彼方にあり、永久に確かなものだから、という付会的な解釈によるのであろう」と推測する。[18]「天の」を冠する語句が神代記に多く見え、「沼矛」に始まり「眞拆」などの道具類、「浮橋」「御柱」などの建築物、「眞名井」「香山」などの自然、神の食事に関する「御饗」「眞魚咋」、「八重多那雲」の天象の他に、「斑馬」「服織女」など、高天原での事象全般に亙って、冠せられていることと無縁ではあるまい。もちろん、神代記において高天原の事象に対して冠せられている用法と『萬葉集』のそれとが同質であるとは考えにくい。ただし、多く枕詞「久堅の」を冠しても用いられる「天の」の用法からも、空よりも遥か遠い霊妙な空間を想像していたであろうことは推測される。

「天の鶴群」も単に空高く飛んでいるという意味ではないであろう。空の遥かなる上方に天があり、そこに属する霊妙な鳥故の把握が「我が子はぐくめ」を発想させるのであろうし、そこに具体的には「鶴群」の姿の見えないことを考えさせる。「鶴」は群れをなして飛ぶ鳥であり、「鶴さはに鳴く」（巻三・二七三、三八九、巻十七・四〇一八）はそうした生態の反映と推測されるが、「鶴群」という「群」では捉えられていない。

早く「鶴」を歌うのは軽太子の謀反に関わる允恭記の次の歌である。

故、其軽太子者、流二於伊余湯一也。亦、将レ流之時、歌曰、

天飛ぶ　鳥も使ひそ　鶴が音の　聞こえむ時は　我が名問はさね　（記八五）

右の歌では、「鶴」の鳴き声への興味とその鶴が「天飛ぶ」と捉えられていることが注意される。「鶴」の鳴き声は鋭く、非常に遠くまで聞こえるとされる。右の記歌謡でも「鶴が音の　聞こえむ時は」とその姿よりもその声に注意が向いており、「天飛ぶ」とされる「鶴」の姿は空の遥か遠くにあって、視界に入っていなくてもよい。集中の「鶴」はその姿よりもその鳴き声を詠まれることが多く、そうした「鶴」が「使ひ」として把握されることはそこに「鶴」の霊妙さを感じ取っていたことを推測させる。(19)

「天の鶴群」には「鶴」を「我が一人子」の許へ行くものとする把握が前提としてあり、その飛翔に望みを託すという発想には共通性が窺える。ただし、記歌謡と当該歌が同じ位相に位置しているとは考えにくい。「天」と「鶴」との結びつきには共通性が窺えるが、「鶴が音の……我が名問はさね」は音声を介する一義的行為を表明するのに対して、「霜降らば我が子はぐくめ」には介されるべき音声の段階は省かれて「鶴」の姿から羽で裹む行為、さらにその温かさへと、その示唆される内容が二義的な把握へと段階が進んでいるからである。

霜の寒さとの関係で鳥を詠む作がある。

葦辺行く鴨の羽がひに霜降りて寒き夕は大和し思ほゆ　（巻一・六四）
埼玉の小埼の沼に鴨そ翼霧る己が尾に降り置ける霜を払ふとにあらし　（巻九・一七四四）
天飛ぶや雁の翼の覆ひ羽のいづく漏りてか霜の降りけむ　（巻十・二二三八）
……　明け来れば　沖になづさふ　鴨すらも　妻とたぐひて　我が尾には　霜な降りそと　白たへの　翼さし交へて　打ち払ひ　さ寝とふものを　……　（巻十五・三六二五）

いずれも鴨や雁の羽に置いた霜を詠む作だが、鴨や雁の茶色の羽が白く変わる様は一層の寒さを感じさせたと思われる。「鶴」の白さでは霜が可視化する寒さは目立たない。が、右の四首の中で、二二三八は「天飛ぶや」とあって、地上に降っている霜はその「覆ひ羽」から漏れたとする発想には、天飛ぶ雁の翼の広がりが思われる。「天の鶴群」に対して「羽裹」とある意図がさらにはっきりしよう。

天平五年癸酉春閏三月笠朝臣金村贈二入唐使一歌一首

玉だすき　かけぬ時なく　息の緒に　我が思ふ君は　うつせみの　世の人なれば　大君の　命恐み　夕されば　鶴がつま呼ぶ　難波潟　三津の崎より　大舟に　ま梶しじ貫き　白波の　高き荒海を　島伝ひ　い別れ行かば　留まれる　我は幣引き　斎ひつつ　君をば遣らむ　はや帰りませ　（巻八・一四五三）

同じ第十次の遣唐使に贈る歌で、金村は三津の景として「鶴」を詠んでいる。「鶴」は渡りが遅い時には三月二十日頃まで日本にいるとされる。[20] 出立の準備を進めている段階で「鶴」が群れをなして故国へ向かう、その景を目にしたことが考えられる。

……うつせみの　世の人なれば　大君の　命恐み　天ざかる　鄙治めにと　朝鳥の　朝立ちしつつ　群鳥の　群立ち去なば　留まり居て　我は恋ひむな　見ず久ならば　（巻九・一七八五）

「神亀五年戊辰秋八月歌一首」の題詞を持つ右の歌は、「笠金村之歌中出」とあり、越前に下る石上乙麻呂の家族に代わってその心を詠んだとされる。「群鳥の　群立ち去なば」は、旅立ちの際の賑やかさと後に残された者の寂寥とを対比させる表現であり、遣唐使の一行が去る状況に匹敵しよう。「鶴」を群れとして詠む当該歌の「天の鶴群」の体言止めにはそうした別れの状況の反映を考えうるのではないか。

阿倍朝臣老人遣レ唐時奉レ母悲レ別歌一首

天雲のそきへの極み我が思へる君に別れむ日近くなりぬ　（巻十九・四二四七）

右の歌は子の立場からの作で、当該一七九〇・一七九一に対する答歌と見る説もある。遣唐使として旅立つ遠さが「天雲のそきへの極み」として把握されているのは行く者にとっても見送る者にとっても共通理解であった。その遣唐使進発の時の歌として「我が一人子」の航路の無事を強く言挙げし、唐国内においても遥かな道のりを旅する「我が一人子」を思いやる当該歌を、『萬葉集』が「遣唐使の母が贈る歌」として記載してあることに無理はないと思われる。

注

（1）森克己氏『遣唐使』至文堂　昭和三〇年、茂在寅男・西嶋定生・田中健夫・石井正敏氏『遣唐使研究と資料』東海大学出版会　昭和六二年など

（2）佐藤高明氏は『古今和歌集』の「離別歌」との共通性に触れ、そこに「和歌の世界では『離別』の場合、『見送る人』が主となって詠む伝統が、万葉より古今の流れの中にすでにこのとき芽生えつつあったのであろうか」とされているが、今は触れない（「『万葉集』の遣唐使の和歌—山上憶良の場合—」徳島文理大学『文学論叢』第一四号　平成九年三月）。

（3）『万葉史の論　笠金村』桜楓社　昭和六二年

（4）川北靖之氏「遣唐使と神祇祭祀」『京都産業大学日本文化研究所紀要』第二号　平成九年三月

（5）注4前掲論文

（6）注3前掲論文

（7）「遣唐使に贈る歌—巻九、一七九〇、一七九一について—」『大谷女子大国文』第二八号　平成一〇年三月

（8）『扶桑略記』は「七月庚午日……遣唐大使丹治比広成・副使中臣名代、乗船四艘、惣五百九十四人渡海。沙門栄叡普昭法師等随レ使入唐」と伝える。

（9）注1前掲書、及び毛昭晰氏「遣唐使時代における五島列島と明州の関係」『アジア遊学』第四号　平成一一年五月

（10）遣唐使の構成については『延喜式』（巻三十大蔵）に使節の他に「知乗船事　訳語　請益生　主神　医師　陰陽師　画師

史生　射手　船師　音声長　新羅・奄美等訳語　卜部　留学生　学問僧　傔従　雑使　音声生　玉生　鍜生　鋳生　細工生　船匠　柂師　傔人　挟抄　還学僧　水手長　水手」とあって、使節を助ける職員、船の管理に関係する者、留学者・技能者など多様な職掌が含まれている。東野治之氏『遣唐使船　東アジアの中で』（朝日選書　平成一一年）参照。

（11）注10前掲書

（12）石井正敏氏「寛平六年の遣唐使計画と新羅の海賊」『アジア遊学』第二六号　平成一三年四月

（13）注1森克己氏前掲書、王勇氏「遣唐使人の容姿」『アジア遊学』第四号　平成一一年五月

（14）注7前掲論文

（15）『萬葉集雑攷』明治書院　昭和七年

（16）藤堂明保監修・加納喜光訳　中国の古典19『詩経　下』学習研究社　昭和五八年

（17）拙著『萬葉歌の主題と意匠』塙書房　平成一〇年

（18）「久堅の天の」は「時雨」（巻一・八二）・「川原」（巻三・四二〇）・「露霜」（巻四・六五一）・「み空」（巻五・八九四、巻十二・三〇〇四）に見える。

（19）東光治『続萬葉動物考』人文書院　昭和一九年、拙稿「『鶴が音』考」『萬葉集研究　第二十六集』塙書房　平成一六年

（20）大後美保『季節の事典』東京堂出版　昭和三六年

第五節　「羈旅発思」の表現

一　「羈旅発思」という部類

『萬葉集』巻十二に見られる「羈旅発思」と題される一群五十三首（巻十二・三一二七〜三一七九）は、続く「悲別歌」の一群三十一首（巻十二・三一八〇〜三二一〇）と対応し、それぞれ旅する者（男性）の歌と残る者（女性）の歌を中心とする歌群という区分の見られることが指摘されている。[1]「羈旅発思」は集中に他に見られない題であるが、巻七雑歌には「羈旅作」（巻七・一一六一〜一二六六）と「就所発思」（巻七・一二六七〜一二六九）、「寄物発思」（巻七・一二七〇）という部類が見える。このことは「羈旅」に関係して「作」することと「発思」することへの部類意識の相違を考えさせる。「発思」は遣新羅使人等歌群にも「属物発思歌一首〈并短歌〉」（巻十五・三六二七〜三六二九）が見え、遣新羅使としての矜恃と旅程の愁いとが詠まれていることはすでに論じた（第二章第二節参照）。家持が「属物発思」（巻十八・四〇七四）、「答二属目発一レ思兼詠二云遷任旧宅西北隅桜樹一」（巻十八・四〇七七）と詠んでいることもその節で触れた。そこで、本節では巻七における「発思」の用法を確認しておきたい。

就レ所発レ思

ももしきの大宮人の踏みし跡所沖つ波来寄せざりせば失せざらましを　（巻七・一二六七　旋頭歌　古歌集出）

児らが手を巻向山は常にあれど過ぎにし人に行き巻かめやも　（巻七・一二六八　人麻呂歌集出）

巻向の山辺とよみて行く水の水沫のごとし世の人我等は
（巻七・一二六九　人麻呂歌集出）

一二六七に地名は見えない。大宮人は文武天皇の難波行幸時に王臣が遊覧した光景を髣髴とさせ、現在の景と対比させている。反実仮想の用法は、波の光景に自然の不変の力を捉え、人の行為のはかなさを浮かび上がらせる。一二六八・一二六九は、大和の巻向を詠み、山水の対比構造をなす。一二六八は自然の常在に対して人の変化を捉え、亡き人に再会できない嘆きを詠む。一二六九は水沫の如くはかない人の生を詠み、その背景には継続する川の流れがある。継続する川の流れに把握されるのはいわば垂直に流れ続ける時間である。前二首が過去から現在へと続き、さらに未来へも続くであろう自然に捉えている不可逆の時間の継続は、川の流れに可視化されている。「就所発思」の「発思」は、共にその時間上にありつつ、自然の永続に対して人の行為や人の生のはかなさとの落差への深い詠嘆の発露と言えよう。

寄レ物発レ思

こもりくの泊瀬の山に照る月は満ち欠けしけり人の常なき
（巻七・一二七〇　古歌集出）

一二七〇は月の満ち欠けの繰り返しに自然が有する円環的な時間の永続性を把握するのに対して、そうした永続性を持たない人の無常を対比させている。「就所発思」が流れ続ける垂直的時間を、「寄物発思」が繰り返す円環的時間を捉えて(2)、人の無常とを対比させており、そこに深い感慨の発露がある。「発思」はその感慨の発露を意味する語と考えられる。

「発思」は漢語として、その用例を見出し難い語である。「発」は「䠶発也。从弓、登声」（説文解字）とあり、本来弓を引いて矢を放つことから、勢いを伴った現象・行為を指すと推測される。『春秋左氏伝』（昭公元年）に「天有レ気。降生二五味一。発為二五色一」の杜預注に「発、見也」とあり、外に現れ出ることを意味する。「思」は

『説文解字』に「思、睿也。从心从囟」とあり、思いめぐらす意と考えられる。『新撰字鏡』にも「思　正、恩慈反、千司察也、念也、願也、辞也、借、息字反、去、悲憶也」とある。『文選』（巻十九）の張華「励志詩」の「吉士思レ秋、寔感二物化一」には、「善曰、思　悲也」と注される。「励志詩」の用例は、秋の気配や物のうつろいに心動かされる嘆きを意味している。「発思」には、単に思いをめぐらすのではなく、季節の推移や状況の変化に対する悲しみの籠もる心情が現れ出る意味と解される。

「就所発思」「寄物発思」という部類意識は、ある空間やもの（月）と人事との関係が、常在と無常として対比され、そこに生じる深い感慨を把握し、部類したものと推測される。巻十二の「羈旅発思」についても、「羈旅」と「発思」、すなわち感慨の発露の内実との関係が問われねばならない。なお、「羈旅」について、巻七には「羈旅作」の直前に、「吉野作」「山背作」「摂津作」と地名を明記した歌群が見え、「旅」を詠んでいる。そこに見える特定の地名はいずれも畿内の地であり、「羈旅作」に見える地名は畿内のものを含まないことから、畿内と畿外という地域性による区分がまず指摘される。

二　畿内の作

巻七の「羈旅作」歌群については、編纂論の立場から巻七における位置づけを考慮することが、「羈旅作」歌群内の配列のあり方を考察することと関係づけられている。「羈旅作」歌群における配列のあり方には諸説があり、確かな構成を読み取るには困難さが残る。早く、篠原一二は「その編纂が現今からみて甚だ不統一であつて、原本のまゝ並べた形であるとしても、その中に整理さるべき余地が多く存する[3]」と指摘して、歌群の不統一性と統一性に言及している。その後、不統一と見る立場からは、典拠原本にあった作品群をそのままに収録したもの[4]、行旅ごとに詠まれた歌を分類せずに載せたもの[5]といった見解が提示され、「この巻第七は、歌一首一首の質の優劣とは別に、まとまりの悪さの点で類が無い[6]」とまで断じられる一方で、五畿七道順に従った「統一体」と見ることも検討されている[7]。その配列の内部は「ほぼ畿外の各地を旅した時の歌が、地名のない歌をまじえ、複雑な構造を見せて多数（九〇首）配列されている」（萬葉集全注）とされるように、必ずしも明快な構造とは言い難いが、部分としては統一的な内容も見受けられる。こうした「羈旅作」歌群の配列の論は巻七雑歌の部における多様な部類の提示に、「羈旅」に準ずるような「吉野作」「山背作」「摂津作」「行路」があることによって、「羈旅作」の部類の曖昧さの指摘に繋がっている。

『萬葉集』巻七雑歌の部はその配列を以下の順に記している。

詠天　詠月　詠雲　詠雨　詠山　詠岳　詠河　詠露　詠花　詠葉　詠蘿　詠草　詠鳥
思故郷　詠井　詠倭琴　吉野作　山背作　摂津作　羈旅作　問答　臨時　就所発思　寄物発思　行路　旋頭歌

右の配列において前半部分はほぼ「詠物歌」で占められ、後半部分に「旅」に関係する部類が見られる。巻七雑歌部の配列について、身崎壽氏は万葉人には「旅」を自分達の生活世界の中に位置づけようとする奈良朝貴族の積極的な意志を見てとるべきとして「詠物部」が「日常生活世界」の理念的な再構成の意義を担い、羈旅関係歌群は「非日常生活世界」の理念的な再構成を担っていたとされる[8]。城崎陽子氏は、「特定の地名」によって詠われた「旅の歌」の部類化、「羈旅」と一括する「旅」の歌の集合、また「行路」といった部類のあり方に編纂上の便宜性を見て、巻七「羈旅」関係歌群に対する編纂の曖昧さに言及している[9]。例えばそれぞれの部類の歌数

（吉野作五首、山背作五首、摂津作二十一首、羈旅作九十首、行路一首）はそこに部類構造上の計算がなされたとは考えにくい。しかし、部類が設定されたこと自体には何らかの分類意識を考慮すべきだと考えられる。巻七における「特定の地名」による「旅」の歌（「吉野作」「山背作」「摂津作」）と「羈旅作」との部類区分について、畿内と畿外との詠作という区分は肯われる。ただし、それが畿内の各地名と「羈旅作」という区分としてあることは検討されてよいであろう。

次は畿内の「吉野作」「山背作」「摂津作」それぞれの歌群の冒頭歌である。

吉野作

神さぶる岩根こごしきみ吉野の水分山を見れば悲しも　（巻七・一一三〇）

山背作

宇治川は淀瀬なからし網代人舟呼ばふ声をちこち聞こゆ　（巻七・一一三五）

摂津作

しなが鳥猪名野を来れば有間山夕霧立ちぬ宿りはなくて〈一本に云ふ「猪名の浦回を漕ぎ来れば」〉（巻七・一一四〇）

「吉野作」の一一三〇は吉野の水分山を見た感慨、一一三五は宇治川で船を呼ぶ声を聞く叙景、一一四〇は有馬山の夕霧の景と宿りのない「旅」の現実を詠んでいる。一一三〇の吉野の水分山を見た感慨は「見れば悲しも」とされる。「見れば悲しも」は「近江荒都歌」（巻一・二九）に「ももしきの　大宮所　見れば悲しも」とある懐旧の情や、「見二姫島松原美人屍一哀慟作歌」に「見れば悲しもなき人思ふに」（巻三・四三四或云）とある挽歌的感慨の吐露に使われる表現であるが、「神さぶる」山に対するそれは、『萬葉代匠記』（初稿本）に「みちのくはいづくはあれどしほかまの浦こぐ船の綱手かなしも」（古今集　巻二十・一〇八八）を挙げて「これにおなし。いにしへにいへるは、あはれもかなしきもおもしろき心なり」とするように、吉野に対する畏敬に満ちた深い感慨と推測される。「吉野作」では続いて「恋ふるみ吉野今日見れば」（一一三一）、「夢のわだ……現にも見て来るものを」（一一三二）、「吉野川……我は通はむ万代までに」（一一三四）と地名と共に、その地の実景を目にした感慨が詠まれ、「離宮周辺の讃歌」（萬葉集全注）として配列されている。

「山背作」の一一三五は「淀瀬なからし」に渡る方法を求めて船を呼ぶ喧噪を叙しており、その土地に滞在し、眼前にした景が描写される。「宇治川を遊覧する旅人」による「叙景歌」（萬葉集全注）と見られよう。「山背作」歌群の以下四首は宇治川（一一三六、一一三八、一一三九）及び宇治人（一一三七）を詠み、同じ歌の場における作と見られる。なお、第五首目「ちはや人宇治川波を清みかも旅行く人の立ちかてにする」（巻七・一一三九）は「宇治川を興趣の対象として見た唯一のもの」（萬葉集評釈〈窪田〉）であり、ちはや人が喚起する宇治川の波の勢いとその清らかさに魅せられ、立ち去りがたい心情を表明する。

「摂津作」一一四〇は「しなが鳥」が「猪名」に懸かる枕詞。地名を二つも挙げていることについて「野宿を予想するところから、旅情のわびしさが高められたが為」（萬葉集評釈〈窪田〉）とされるが、「夕霧が立つのは、自然で神秘的で生命的な姿」（萬葉集全注）と解される地でもあり、旅情とその土地を讃美する情が共にある表現と言える。「摂津作」二十一首はA有馬方面への往還（一一四〇～一一四三）、B住吉の岸を中心に大伴の津で結ぶ（一一四四～一一五二）、C住吉の名児・吾児の海、住吉の岸から難波潟で結ぶ（一一五三～一一六〇）として、いずれも難波宮近くの讃美の歌で結ぶとする配列を指摘されている（萬葉集全注）。一一五二を除く二十首が地名を詠んでおり、住吉遊覧の状況が推測される。第十二首目、「大伴の御津の浜辺を……寄せ来る波の行くへ知らずも」（一一五一）と詠まれる難波の景の、「行くへ知らずも」は「無限への驚きと無常への嘆きとが、未分化にこもっている表現」（萬葉集全注）と解され、「旅」の行方への嘆きよりも、難波宮の周囲、波の寄せ来る自然への畏敬の念を込めた感嘆と言える。歌群末尾の歌「難波潟潮干に立ちて見わたせば淡路の島に鶴渡る見ゆ」（一一六〇）には「～見れば～見ゆ」という国見歌の類型が見られる。

畿内の歌群に共通するのは地名を提示し、実際に目にした感嘆をこめて土地の景への讃美を詠んでいる点である。そこに折口信夫の「生命の指標（らいふ・いんできす）」論に始まる地名に対する信仰[10]を窺うことができよう。折口説を受けるかたちで伊藤博は、「～を見る」「～を過ぐ」とある形式の題詞を持つ歌を対象として、「ある場所を通過するにあたってそこでのあるものを見てタマフリを行い鎮魂の歌を歌う習俗」があったとし、その内容を「第一は自然を見てそれを讃える歌、第二は自然を通して家郷を偲ぶ歌、第三は滅んだものを見て哀傷する歌[11]」に分けている。「羈旅」の歌全体に対する論ではないが、「羈旅」の歌を考える上で、この三種の内容は示唆に富む。この「吉野作」「山背作」「摂津作」に対する讃歌は伊藤が考察の対象とした題詞こそ持たないが、「～を見る」にあたる内容を有して、その第一に匹敵すると考えられる。

地名としてよく知る近郊の土地を訪れ、その景を見て、讃美する。ただし、いずれも官人達の遊覧時の作と推測される景の描写における地名の詠出には、古代における呪的発想への記憶がその根底に推測できよう。これらの作には、旅先の不如意も表明されはするが、それは直ちに家への思慕に繋がるものではない。畿内という距離において、吉野が山水の景を、山背が川の景を、さらに摂津が海の景をという地名ごとの景の区分に景勝地への興趣を誘うことが分類意識の背後に窺える。

三　羈旅作

「羈旅作」の冒頭には次の歌が配されている。

家離り旅にしあれば秋風の寒き夕に雁鳴き渡る　（巻七・一一六一）

右は「旅にあること」を「家を離れている」という空間的状況に捉えて、「旅」と「家」を空間において対比される関係と定義させる。それは旅先の地という異境における、ある限定された心身状況へ作者の意識を向かわせる。一一六一において雁が鳴き渡る様子に望郷の思いが感得されるのは、「家」という日常から離れた「旅」という異郷の場の提示によっている。眼前の景の描写は自然詠としても把握できよう。しかし「旅」にあるという提示によって、秋風の寒さに対する身体的感覚は「旅」にあることの非日常性を想起させる。秋風の寒さから身を守ってくれるはずの家を遠く離れていることを、秋風の吹く夕べの景の中に身体的寒さという実感と共に納得させている。鳴き渡る雁の留まる先に「家」が想起されて、望郷へと繋がるのである。景勝地への興趣とは異なり、自然を通して家郷を偲ぶ要素がまず窺える。

注意されるのは、畿内の三首がいずれも地名を有するのに対して、「羈旅作」冒頭歌は地名を詠まない点である。後述するように歌群の末尾歌（一二五〇）も地名を詠まない。「羈旅作」歌群九十首中、地名を直接詠み込まない歌は二十九首。ほぼ三分の一である。ただし、地名が詠まれていなくても、配列の前後の関係及び類歌などから、地名の詠まれている歌とほぼ纏まりを持つと推測できる場合が少なくない。さらに「羈旅作」において、地名は実際的実質的な場としての土地を指すことがほとんどである。唯一「志賀の海人の釣り船の綱堪へかてに心思ひて出でて来にけり」（一二四五）が地名を序の中に詠んでいる。こうした「羈旅作」における地名の扱いは、地名を持たない歌を冒頭に置いた意図が奈辺にあるのかを考えさせる。

古代の地名については、前述したように折口信夫によって信仰の要素を負うことが提唱され、それが受容されてきている。それに対して、大浦誠士氏は律令国家体制下における地名に対する新しい意識を指摘し、「地名に対する新しい意識と地名が持つ古代的性質との相克の中、万葉集の「羈旅」の歌は旅情の表現性を獲得している」とする。すなわち、土地の名を「知る」ことは「領る」ことであり、「羈旅歌に詠まれる地名は律令国家による地方掌握と、王権による『国魂編成』という両面から見る必要がある」として、「旅人（官人）にとって、既知の土地として歌うことによって、旅における自己同一性喪失の不安を払おうとする発想において捉えられる」とする。その上で、「羈旅作」は旅する土地を歌うタイプ、「羈旅発思」は家・妹への思いを歌うタイプと区分するのである。[12]氏の説は「羈旅発思」が、「旅」に関しては「羈旅作」と対応し、「別離」に関しては「悲別歌」と対応するという二様の対比構造を持つことを考えさせる。

「羈旅」を主題とする作品には、漢語「羈旅之臣」（他国から来て身を寄せている臣下）の意識に近い心理的な非日常性が窺える。それは都においては官人として在る実態から離れ、今在る土地の共同体の一員としては実態を持ちえないという、日常性からの二重の疎外であろう。[13]羈旅において作歌することは、大浦氏の言われる官人として既知の地を現実のものとして詠むことであり、非日常である地名に対する信仰のみならず、律令国家における地方掌握とそこに翻弄される官人達の姿を髣髴とさせる。ただし、「羈旅作」の冒頭に地名を詠まない歌を配することは、個々の地名に対する意識も含めて、「羈旅」において作歌する意味を「旅と家」として提示していることを改めて考えさせる。冒頭部分に並ぶ歌はそうした要素を顕在化させていよう。

「羇旅作」第二首は地名を詠む。

的形の湊の渚鳥波立てやつま呼び立てて辺に近付くも　（巻七・一一六二）

的形は三重県松阪市東南部町辺り、吹井の浜と呼ばれる地とされ、州にいる鳥達がこもごも鳴き声を上げて岸に近づいて来る様子を詠んでいる。一一六二のみを取り出せば、主眼は海浜の描写にとどまるとも言える。しかし、一一六一からの流れで読む時には、「つま呼び」に「旅」にあって「妻のいない我」が対比的に想起され、土地の景と共に家郷を偲ぶ歌として把握できる。続く第三首以下三首には地名のある歌とない歌が配列される。

年魚市潟潮干にけらし知多の浦に朝漕ぐ舟も沖に寄る見ゆ　（巻七・一一六三）

潮干れば共に潟に出で鳴く鶴の声遠ざかる磯回すらしも　（巻七・一一六四）

夕なぎにあさりする鶴潮満てば沖波高み己がつま呼ぶ　（巻七・一一六五）

集中、年魚市潟を詠むのは他に、「高市連黒人羇旅歌八首」中の一首のみである。

桜田へ鶴鳴き渡る年魚市潟潮干にけらし鶴鳴き渡る　（巻三・二七一）

年魚市潟は名古屋市熱田区・南区の、当時海岸であった地。『萬葉集注釈』は右の黒人の歌と「鶴と船と素材を異にしてゐるが、似た作である」と指摘する。続く一一六四・一一六五には地名がないが、黒人歌を念頭に置くと、黒人歌の内容を年魚市潟と鶴に分析し、潮干からさらに潮が満ちて来る様へと展開させて詠まれているように読める。黒人作に見える「羇旅」という主題が、より分析的に配列されていると考えられるのである。それは、一一六三がその地の生活を担う「朝漕ぐ舟」の動きを「見ゆ」とするように、その地の生活感を含む景の具体的な描写に他ならない。

「羇旅作」歌群において「〜見ゆ」の様式は「日笠の浦に波立てり見ゆ」（一一七八）、「鞆の浦回に波立てり見ゆ」（一一八二）、「三津の松原波越しに見ゆ」（一一八五）、「妹が島形見の浦に鶴翔る見ゆ」（一一九九）、「掻上げ栲島波の間ゆ見ゆ」（一二三三）のようにそのほとんどが地名を含み、その地の実態としての景であることを印象づける。一方、「若狭なる三方の海の浜清みい行き帰らひ見れど飽かぬかも」（一一七七）という人麻呂以来の讃歌形式の継承や、「〜見れば〜見ゆ」という国見歌の様式を持つ歌「紀伊の国の雑賀の浦に出で見れば海人の燈火波の間ゆ見ゆ」（一一九四）なども見られるが、それらも、三方の海の浜、波の間に見える海人の燈火という、その土地で眼前にある景を詠んでおり、そこに土地の神聖性といった要素は顕わとは言えない。或る土地の独自の景の描写は、土地讃めの要素を内在させつつ、旅先で出会う目新しい景の把握と言える。地名として把握されていた土地を眼前の景として見ることは、「足柄の箱根飛び越え行く鶴のともしき見れば大和し思ほゆ」（一一七五）のように、現在居る場所の確認から、居るべき故郷へと心情の転換を促し、望郷へと繋がってゆく。

一方で、旅先の土地は、景としてのみ把握されるわけではない。

古にありけむ人の求めつつ衣に摺りけむ真野の榛原　（巻七・一一六六）

真野の榛原は次の黒人と妻との贈答歌に類歌が見られる。

高市連黒人歌二首

我妹子に猪名野は見せつ名次山角の松原いつか示さむ　（巻三・二七九）

いざ子ども大和へ早く白菅の真野の榛原手折りて行かむ　（巻三・二八〇）

黒人妻答歌一首

白菅の真野の榛原行くさ来さ君こそ見らめ真野の榛原　（巻三・二八一）

黒人と妻との贈答は「古にありけむ人」にまつわる旧聞を想起させ、その地が景のみならず、或る履歴をすでに有することを理解させる。「古思ほゆ」は一二四〇にも見え、伊藤博の指摘した「滅んだものを見て哀傷する歌」とその把握の具体は異なるが、質的には類似する要素を考えうる。地名を詠む歌が、その土地を詠むに際して、実際の自然美、生活感、さらにその土地に縁のある事柄を詠むことは、『風土記』撰進の命が示すように、官人による土地の把握、すなわち土地を「知る」が「領る」に繋がるという大浦氏の説を肯わせる。[14]一方で、それはあくまでも中央官人として「知る」ことであって、その土地に同化しうることではない。美しい景は旅人の目に映るそれでしかない。

神の崎荒磯も見えず波立ちぬいづくゆ行かむ避き道はなしに　（巻七・一二二六）

波高しいかに梶取水鳥の浮き寝やすべきなほや漕ぐべき　（巻七・一二三五）

一二二六の神の崎は所在未詳。荒れた海にあって、避き道のない土地に翻弄される困難さを詠む。一二三五に地名はなく、それ故にいずれの地であっても、高い波にあって判断をしかねる状況を示している。いずれもその海に詳しい者であれば、旧知の方法を知らずに旅行く者の不安を読み取ることができる。それはその景の内実を知らない旅人としての自ずからの不安と言えよう。

鳥じもの海に浮き居て沖つ波騒くを聞けばあまた悲しも　（巻七・一一八四）

右は、「羈旅作」の中で唯一その地にあることを「悲しも（本文＝悲哭）」と詠む作である。「悲」は旅にある望郷の思いを捉える用字である。[15]加えて、「悲しも」の詠嘆は、本文「悲哭」とある。『萬葉集全注』は、「神さぶと否にはあらず秋草の結びし紐を解かば悲しも（解者悲哭）」（巻八・一六一二）に注して、「『哭《も》』は哭《な》く意。その上の『悲』字に関連する『縁字』として用いられたもの。モの仮名としてあまり用いられる訓仮名ではない」とする。他に「山呼びとよめさ雄鹿鳴くも（狭尾壮鹿鳴哭）」（巻八・一六〇三）、「住み良き里の　荒るらく惜しも

（荒樂苦惜哭）」（巻六・一〇五九）のようにも見え、「哭《も》」は訓仮名の用法でありつつ、「哭《な》く」意を想起させる用字と考えられる。

「悲哭」の語は漢籍に散見する。「臣聞、昔、有二哀歎而霜隕、悲哭而崩レ城者一、毎二読其書一、謂為二信然一、於レ今況レ之、乃知二妄作一」（後漢書　巻六十四　袁紹伝）は、李賢の注に「（杞梁）死。妻聞而哭。城為レ之陁而隅為レ之崩」とあって「悲哭」は哭泣を意味する。同様の例は「東家母死、其子哭レ之不レ上。西家子見レ之。帰謂二其母一曰、社何愛二速死一吾必悲二哭社一」（淮南子　説山訓）、「王韶孝子伝曰、笁彌父、生時畏レ雷。毎二至天陰一、輒至レ墓。伏レ墳悲哭」（芸文類聚天部下・雷）などと見える。「悲哭」は哭泣儀礼を想起させる語であることを示している。一一八四が「悲しも」と心情を吐露するのは、海に浮き居るという不安定さの中で、不安定さを助長し、不安感を一層募らせる波の騒ぐ音を聞く故である。一一八四は「羈旅」にある不安定さや不安な心情を海に浮き居て揺れる身体的感覚に捉えて、先行きの定まらない悲しみを喚起する。それを「悲哭」と表記することには、「羈旅」の不安に生じる感情が死に向かい合うような悲痛な感覚に通じていることを考えさせる。

官人達は、遣新羅使人等がそうであったように、官命による目的を持って、それを果たすべく、その目的地を目指して「羈旅」に臨んだはずである。しかし、そうした目的、或いは目的地に関連する内容が「羈旅作」には見られない。見られるのは、過ぎて行くその土地における眼前の景やその地の生活への興味であり、それらが想起させる望郷の思いである。そして、「羈旅」にある自身の有り様は、「羈旅」にあることの身体的感覚に始まる実感としての不安定さから、羈旅にあることへの不安に通じている。それは「羈旅作」末尾歌の内容とも呼応する。

「羈旅作」の末尾には人麻呂歌集出の四首が配列されている。

大穴道少御神の作らしし妹背の山を見らくし良しも　（巻七・一二四七）
我妹子と見つつ偲はむ沖つ藻の花咲きたらば我に告げこそ　（巻七・一二四八）
君がため浮沼の池の菱摘むと我が染めし袖濡れにけるかも　（巻七・一二四九）
妹がため菅の実摘みに行きし我山路に迷ひこの日暮らしつ　（巻七・一二五〇）
　右四首柿本朝臣人麻呂之歌集出

妹背山に対する讃美を詠む一二四七からの四首は作歌の素材を山・水・水・山に求め、構造的に対応関係を見せる。一二四八以後の三首は地名を詠まないが、「旅先の宴席」歌で「『妹背山』に導かれた、紀伊の国の山水による男女のやりとり」（萬葉集全注）として読むことが可能である。一二四九と一二五〇との関係にはそれぞれ菱と菅の実を採ることを詠み、遊楽の様子が窺える。ところが、一二五〇の「山路に迷ひ」は、「羈旅作」として読む時、その土地の状況をよく知らない姿が髣髴とし、「羈旅」に在る不安との重なりを把握させる。「男女のやりとり」と読める歌を末尾に置くことは、遊楽の気分とは裏腹な不安が「羈旅」の情として常に内在することを推測させる。冒頭歌と末尾歌が共に地名を持たないことは「羈旅作」歌群の配列において意味のあることだったのではないか。

類似の観点から、巻十二雑歌の部立において、「羈旅作」と「行路」とが部類分けされていることにも注目しておきたい。

　行路

遠くありて雲居に見ゆる妹が家に早く至らむ歩め黒駒　（巻七・一二七一）
　右一首柿本朝臣人麻呂之歌集出

右の歌は、「羇旅作」ではなく、一首のみ「行路」に部類分けされている。その内容について、二五一〇〜二五一二との四首構成であったとする説[16]はその内容上の関連性を肯わせる。にもかかわらず、巻七に「行路」として掲載されているのは、巻七において「羇旅作」とは異なるという明確な編纂意識があったことを考えさせる。「妹が家に」という目的は妻問いの途中の歌であるとしても、雲居という遠さは、「羇旅」にあって、都に居る人への妻問いであることを考えさせる。「行路」は「駆レ車出二郊郭一　行路正威遅　存為二久離別一　没為二長不一レ帰」（顔延子「秋胡詩」文選巻二十一）のように見え、旅路の意を持つ。雲居に家は「見ゆる」のであり、「妹が家」に至る道の存在が確信されているのである。こうした目的地を詠む歌は「羇旅作」には見えない。すなわち、「羇旅」にあるということは、見知らぬ土地にあって、行方定まらぬという理解であることが窺える。「羇旅作」には望郷の念はあるものの、「行路」に見られるような、道の存在は確信されていないのである。「羇旅作」にはこうした家（妹）と我を繋ぐ実態が詠まれない。「羇旅」であることの意味がそこに把握されていると思われる。

四　「羇旅発思」の表現

その1　人麻呂歌集出四首

「羇旅発思」の歌群は冒頭に次の四首を据えている。

度会の大川の辺の若久木我が久ならば妹恋ひむかも　（巻十二・三一二七）

我妹子を夢に見え来と大和道の渡り瀬ごとに手向そ我がする　（巻十二・三一二八）

桜花咲きかも散ると見るまでに誰かもここに見えて散り行く　（巻十二・三一二九）
豊国の企救の浜松ねもころになにしか妹に相言ひそめけむ　（巻十二・三一三〇）
右四首柿本朝臣人麻呂歌集出

右について、『萬葉集釈注』は「起承転結のもとに、愛しい妻と別れて旅にある男の無情の思いを述べるもの」である四首構成とする。その旅は伊勢から大和を通って豊前へという行程にあるとし、古の歌群として冒頭に仰いだものという。三一二七は第三句までが序詞で「我が久ならば」を導き、旅の期間の長さを推測して、待つ妹の心情を思いやる歌であるが、そこに待つ妻の我に対する思慕への疑いはない。三一二八は妻の姿が夢に見えることを期待し、道に手向けをしつつ離れて行く距離が想起される。転じて三一二九は「旅先で出逢ふ、離合集散のはかなさ」（萬葉集注釈）を詠み、「別離」の現象を捉えている。三一三〇は第二句までが序詞で「ねもころに」に懸かる。「なにしか……けむ」の疑問は、「苦しい恋の発端が自分のふとした語りかけであったことを後悔して言う」（萬葉集〈新編日本古典文学全集〉）状況を示していよう。言葉を掛けた過去の「ねもころに」とある懇切な思いと、「羈旅」にあって一方通行の思いにならざるをえない恋に悩む現在の苦しさとが対比されている。第一・第二首では我の心情が妻と我のそれぞれに向き、離合集散の現実を前に、過去への後悔と現在の「別離」とが表裏であるという認識へと展開しており、「（羈旅にある男の）妻への思慕が一方通行であることの悲哀」が捉えられる。

四首中三首に地名が詠まれているが、三一二七・三一三〇はいずれも同音異義の関係で、心情を導くための序詞の中に詠まれる。「羈旅作」が嘱目の実景を描写し、望郷へと心情の展開を見せていたのに対し、「羈旅発思」の景は修辞として心情表現の背後にある。両者の景の表現方法は、大きく相違する。それは三一二八において、大和道が手向けの場としてあって、見る対象ではないこととも通じると考えられる。「羇旅作」が土地を歌い、「羇旅発思」が家・妹への思いを歌うという対象の相違だけでなく、その表現姿勢を異にする作を配列しているのである。

なお、三一三〇との類歌が巻十二に見える。

問答

豊国の企救の長浜行き暮らし日の暮れ行けば妹をしぞ思ふ　（巻十二・三二一九）

豊国の企救の高浜高々に君待つ夜らはさ夜ふけにけり　（巻十二・三二二〇）

三二一九が旅にあって故郷の妻を思う歌であるのに対して、三二二〇は男の来訪を待つ歌となっている。その編纂については「羇旅・悲別と関係なく、たまたま読み込まれていた地名が同じであるために、問答歌として組み合わされたものであろう」（萬葉集〈新編日本古典文学全集〉）とする説が肯われる。三二一九は豊国の企救の長浜という土地における生活が妹に対する思慕を導いており、その表現の方法は地名を序詞中に詠み込む三一三〇とは異なり、企救の長浜の生活体験から思慕の情が詠まれ、望郷の情はむしろ「羇旅作」に括られるものと分類される。

その2　「羇旅発思」歌群——正述心緒の歌——

人麻呂歌集四首に続く「羇旅発思」歌群は前半に正述心緒歌十三首を載せる。『萬葉集全註釈』が、「後半三一四四以下、衣、山、川、海、船、貝、草、雲の順に、それに類する歌が一所に集められてあるので、やはり正述心緒、寄物陳思の分類がなされてゐると見るべく、編纂物であることを示してゐる」とするように、前半十三首には、心情表現のみがなされ、地名なども見られない。その正述心緒の歌群は次の通りである。なお、（　）内は本文の表記である。

月変へて君をば見むと思へかも日も変へずして恋の繁けむ　（巻十二・三一三一）
な行きそと帰りも来やとかへり見に行けど帰らず道の長手を　（巻十二・三一三二）
旅にして（去家而）妹を思ひ出でいちしろく人の知るべく嘆きせむかも　（巻十二・三一三三）
里離り遠からなくに草枕旅とし思へば（旅登之思者）なほ恋ひにけり　（巻十二・三一三四）
近くあれば名のみも聞きて慰めつ今夜ゆ恋のいや増さりなむ　（巻十二・三一三五）
旅にありて（客在而）恋ふれば苦しいつしかも都に行きて君が目を見む　（巻十二・三一三六）
遠くあれば姿は見えず常のごと妹が笑まひは面影にして　（巻十二・三一三七）
年も経ず帰り来なむと朝影に待つらむ妹し面影に見ゆ　（巻十二・三一三八）
玉桙の道に出で立ち別れ来し日より思ふに忘る時なし　（巻十二・三一三九）
はしきやし然ある恋にもありしかも君に後れて恋しき思へば　（巻十二・三一四〇）
草枕旅の悲しく（客之悲）あるなへに妹を相見て後恋ひむかも　（巻十二・三一四一）
国遠み直には逢はず夢にだに我に見えこそ逢はむ日までに　（巻十二・三一四二）
かく恋ひむものと知りせば我妹子に言問はましを今し悔しも　（巻十二・三一四三）

右の歌群について、『萬葉集釈注』は「編者の興趣」による配列であり、そこに「時間や空間の次第、筋の流れを追うところがあって、巧妙を極めている」と評している。冒頭の二首は女と男の作歌と読める。三一三一は「別離」において「月」という単位を待てずに「日も変へずして」とその心情を表明する。一方、三一三二は

「別離」において追いかけて「行くな」と懇願しない妻の気持ちへの物足りなさとが詠まれている。二首を関係づけて読むことが許されるのであれば、そこに男女の心情のずれが把握できる。三一三一が、別れを受容しつつも逢うことを希求するのに対して、三一三二は「別離」自体を望まない心情を相手に求めている。それは「袖振らば見つべき限り我はあれどその松が枝に隠らひにけり」（巻十一・二四八五）という惜別の情以上の懇切な思慕への期待であり、「道の長手を」には、その期待が裏切られた落胆に今後の行程への悲哀の情がにじむ。

第三首目の三一三三が「旅にして」の本文を「去家而」と表記するのは「別離」の情の意識的な反映と読め、意識的な配列を推測できる。家を去った後三一三四では「里離り遠からなくに……旅とし思へば」という旅にあることが実際以上の距離感を把握させ、三一三五では「近くあれば……今夜ゆ」の対比に今後の実態としての距離感が把握され、「遠くあれば姿は見えず……面影にして」（三一三七）、「面影に見ゆ」（三一三八）そして「忘る時なし」（三一三九）を経て、「国遠み　直には逢はず」（三一四二）という直接「妹」を見ることができないという現状が把握され、「夢にだに　我に見えこそ」という願望に繋がっている。そこに「旅にありて」を「客在而」と表記する「旅」と「家」という日常がある「都」との対比において、「いつしかも……君が目を見む」（三一三六）という希望がもはや薄らいでいることを推測させる。

注意されるのは、「忘る時なし」（三一三九）という妹への思慕と「夢にだに　我に見えこそ」（三一四二）の願望の間に、家の妹とは異なる旅先の女の歌が配列されている点である。三一四〇は「君」とあることから、女性の歌と推測される。『萬葉集新考』が、「厳密にいはば羈旅発思歌には入るべからず」としたことから、「夫に対する現在の気分を総括して……思ひ知った気分」を詠む妻の歌（萬葉集評釈〈窪田〉）と解される一方で、「旅が倦怠を覚えるほどに長くなっている時の歌の集合」（萬葉集釈注）として三一四一と共に遊行女婦の歌と見る説がある。

三一四〇を旅先の女の歌と見ると、「君に後れて」というその土地に留まる女の恋心に応えるかのような三一四一の「後恋ひむかも」には、「旅の悲しくあるなへに」という旅先の慰めとしての出会いが、後の恋しさに繋がることへの気づきが読み取れる。「旅の悲しく」は本文に「客之悲」とある。旅行く地に「客」としてある意識のもとで「悲」を詠む心情は、「羈旅作」において、羈旅にある不安定さと不安を「あまた悲しも」と詠んだ一一八四に通じるものと推測される。それ故に、旅先での出会いは一過性のものと知りつつ、しかし「後恋ひむかも」（三一四一）と心に残るのであろう。「別離」が家郷との「別離」のみならず、「羈旅」にあることそのことが常に離合集散を伴う「別離」であることへの気づきでもある。

「国遠み」（三一四二）という空間的把握は「羈旅」の出発点であった家郷の遠さへの改めての気づきを示し、「逢はむ日までに」（三一四二）という時間的把握は戻るべき家郷の妻への改めての思慕の表明である。そこに過去の「別離」の時間に対する「発思」は後悔としてある。「かく恋ひむ　ものと知りせば」（三一四三）という、「羈旅」にあって募る恋情を予想外のものとするのは、「旅の悲しくある」（三一四一）故であろう。『萬葉集釈注』が十三首の配列を「時間や空間の次第、筋の流れを追うところがあって、巧妙を極めている」と評していることが肯われる。

その3　寄物陳思歌の歌――山川を越える――

三一四四からの寄物陳思の歌群は、その対象とする物が衣（紐）、山、川、海、船、貝、草、雲の順に並び、その配列は後述する悲別歌（第二章第六節）とほぼ一致する。中でも海を詠む歌が十三首と多い。正述心緒の作では、その配列に家郷からの空間的時間的な距離の推移に伴う、「羈旅」における心情の推移を読み取ることが可能であった。「寄物陳思」では山・川を詠む歌には「越ゆ」の語が見え、行程の険しさを窺わせるが、以降の歌には見られない。物による配列以外の要素を考慮する余地があると考えられる。山および川を詠む歌までを挙げる。

旅の夜（客夜）の久しくなればさにつらふ紐解き放けず恋ふるこのころ　（巻十二・三一四四）
我妹子し我を偲ふらし草枕旅の丸寝に（旅之丸寐尓）下紐解けぬ　（巻十二・三一四五）
草枕旅の衣の（旅之衣）紐解けて思ほゆるかもこの年ころは　（巻十二・三一四六）
草枕旅の紐解く（客之紐解）家の妹し我を待ちかねて嘆かすらしも　（巻十二・三一四七）
玉くしろまき寝し妹を月も経ず置きてや越えむこの山の岫　（巻十二・三一四八）
梓弓末は知らねどうるはしみ君にたぐひて山路越え来ぬ　（巻十二・三一四九）
霞立つ春の永日を奥かなく知らぬ山路を恋ひつつか来む　（巻十二・三一五〇）
よそのみに君を相見て木綿畳手向の山を明日か越え去なむ　（巻十二・三一五一）
玉かつま安倍島山の夕露に旅寝えせめや（旅宿得為也）長きこの夜を　（巻十二・三一五二）
み雪降る越の大山行き過ぎていづれの日にか我が里を見む　（巻十二・三一五三）
いで我が駒早く行きこそ真土山待つらむ妹を行きてはや見む　（巻十二・三一五四）
悪木山木末ことごと明日よりはなびきてありこそ妹があたり見む　（巻十二・三一五五）
鈴鹿川八十瀬渡りて誰が故か夜越えに越えむ妻もあらなくに　（巻十二・三一五六）
我妹子にまたも近江の安の川安眠も寝ずに恋ひ渡るかも　（巻十二・三一五七）

三一四四から三一四七は、衣の紐を解くという現象に託して、我の妹に対する思慕と妹の我に対する思慕を推測する情とが交互に詠まれている。「旅の夜の久しくなれば」（三一四四）、「この年ころは」（三一四六）という「別離」からの時間の経過のもとでは、我の妹に対する思慕が「恋ふるこのころ」（三一四四）、「思ほゆるかも」（三一四六）と表明される。一方で「下紐解けぬ」（三一四五）、「紐解けて」（三一四六）という状況は、妹が「我を偲ふらし」（三一四五）という思慕から「我を待ちかねて嘆かすらしも」（三一四七）という嘆きへ、助動詞「ラシ」の繰り返しの中に確信されている。衣の紐という男女の親密な関係を暗示する物を通して、「羈旅」における心情の向かう方向が我自身と妹にあることが把握されている。

しかし、三一四八には「月も経ず」とあることから「まき寝し妹」は妻ではなく、旅先の女と推測される。『萬葉集』（新潮日本古典集成）は遊行女婦と推測する。三一四九も「末は知らねど」に妻ではない立場が推測され、山路を共に越えては来たものの、その関係の危うさが吐露される。さらに三一五〇は、「春の永日」ののどやかさと「奥かなく知らぬ山路」の不安とが対比され、「羈旅」における先行きの不明な不安感が一層強調されている。その中で「恋ひつつか来む」[17]と旅路を行くのである。「恋ひつつ」の対象は家の妻とは考えにくい。

三一五一は、「手向の山」とする境界を「明日か越え去なむ」と、越えて行く人物を男とする説（萬葉考、評釈〈窪田〉、私注など）と、女とする説（萬葉集釈注など）に分かれる。すなわち、「土地に定住の女が、旅行く人に淡々しくあって、その去りゆく人をなつかしむ心持とすべきである」（萬葉集私注）とする説と、遊行女婦の歌として彼女達が繁華な宿場を求めて移動する時の作（萬葉集釈注）とに分かれている。遊行女婦の実態は定かではなく、「羈旅」を行くことを主体とする歌群としては『萬葉集私注』の理解が穏当と推測される。注意されるのは枕詞「木綿畳」を冠した「手向の山」を越えると明記されている点である。「手向の山」は「国境の山で、厳しい神霊の存在が信じられていて、幣帛を捧げて神祭りをして越える山」（萬葉集全注）であろう。そこを越えて行くことは見知らぬ他国へ行くことを意味する。越えた後には、容易に戻ることのできない地へ越えて行くのである。当該の歌群において、以降の作品がいずれも地名を詠むこととそれは無関係ではないであろう。しかもその地名はほとんどが具体的な地を比定できるにもかかわらず、いずれも修辞としての要素を有して詠まれているのである。

「羈旅発思」で初めての地名「安倍島山」（三一五二）は大阪市阿倍野区に擬する説など、諸説見られ、所在地未詳。枕詞「玉かつま」を伴うその地名は、その土地柄や生活の描写に繋がるのではない。「阿倍」に「あふ」意を込め、「逢ふ」ことのない、独りの旅寝の侘しさを導くのである。続く三首はいずれも地名を詠む。越える意を持つ越の国の越の大山（三一五三）。待つ意を導く真土山（三一五四）は奈良県五條市上野町から和歌山県橋本市須田町真土に越える山で、当時その頂上が大和国と紀伊国との国境であった。そして遠望を妨げる木の悪しき悪木山は福岡県筑紫野市阿志岐の地にある山という。いずれも地名の音がそれぞれの意味を導き、「いづれの日にか我が里を見む」（三一五三）、「行きてはや見む」（三一五四）、「妹があたり見む」（三一五五）と妹の居る地を見ることを希求する。しかし、「見む」ことの希求は果たされない。山越え、すなわち境界をなす山を越えた後の地名は、「み雪降る越の大山」という、人を拒絶するような景であり、「待つ」妻がいても「視界を隠す性の悪木山」と続いて、山が妹との関係を遮断し、再会への期待をも遮断するのである。山を越えて来たという表現には、もはや具体的に「見る」ことは叶わないという隔絶感が内在する。

鈴鹿川（鈴鹿山麓に発して三重県を流れて伊勢湾に注ぐ）を詠む三一五六は、催馬楽に類似の内容が見え、人口に膾炙した可能性が窺える。「夜越えに越えむ」の強調は、「妻もあらなくに」の結句によって、「羈旅」にあることの嘆きのありどころを考えさせる。三一五七において、逢うことを含む近江の安の川（滋賀県甲賀郡の山中に発して琵琶湖に注ぐ）が導く「安眠」は共寝に用いる「味寝」対して、「独り寝」に用いる（萬葉集〈新潮日本古典集成〉）といわれる。「安眠」もできずに「恋ひ渡るかも」の感慨は「見む」という思いが断ち切られたところに配列されている。続く歌群においても、「見むよしもがも」とは詠まれるが、直接的に「見む」ことは詠まれない。

その4　寄物陳思――見えない別れ――

海に寄せる十三首である。

旅にありて（客尓有而）物をそ思ふ白波の辺にも沖にも寄るとはなしに　（巻十二・三一五八）
湊回に満ち来る潮のいや増しに恋は余れど忘らえぬかも　（巻十二・三一五九）
沖つ波辺波の来寄る佐太の浦のこのさだ過ぎて後恋ひむかも　（巻十二・三一六〇）
在千潟あり慰めて行かめども家なる妹いおほほしみせむ　（巻十二・三一六一）
みをつくし心尽くして思へかもここにももとな夢にし見ゆる　（巻十二・三一六二）
我妹子に触るとはなしに荒磯廻に我が衣手は濡れにけるかも　（巻十二・三一六三）
室の浦の瀬戸の崎なる鳴島の磯越す波に濡れにけるかも　（巻十二・三一六四）
ほととぎす飛幡の浦にしく波のしばしば君を見むよしもがも　（巻十二・三一六五）
我妹子をよそのみや見む越の海の子難の海の島ならなくに　（巻十二・三一六六）
波の間ゆ雲居に見ゆる粟島の逢はぬもの故我に寄そる児ら　（巻十二・三一六七）
衣手の真若の浦の砂地間なく時なし我が恋ふらくは　（巻十二・三一六八）
能登の海に釣する海人のいざり火の光にいませ月待ちがてり　（巻十二・三一六九）

志賀の海人の釣し燈せるいざり火のほのかに妹を見むよしもがも　（巻十二・三一七〇）

冒頭の三一五八において、「客（たび）」にある物思いは「辺にも沖にも寄るとはなしに」とよりどころのないことに発している。前歌群が境界を越えて他国への旅へと展開していたことを受けるとすると、三一五八は他国を旅する心情を表明するものであろう。そこで、恋心が募り、「忘らえぬかも」（三一五九）と慨嘆する。その恋の対象は、妻とする説の他に、旅先の女（萬葉集釈注）とする説がある。続く三一六〇が「このさだ過ぎて後恋ひむかも」と詠んでいることからすると、旅先の女とするのが妥当かと考えられる。「さだ」を導くのは上三句序詞の中の地名「佐太の浦」だが、佐田の浦は所在未詳。当該歌群には他に在千潟・鳴島・飛幡の浦・粟嶋・真若の浦が見えるが、所在が推測されているのは鳴島（兵庫県揖保郡御津町の西南端の小島）と飛幡の浦（福岡県北九州市戸畑区の洞海湾口の入江）のみである。他は所在未詳。このことは他国での作という配列の意識を考えさせる。すなわち、当該歌群では後世には不明になってしまうような、他国の地であって、人口に膾炙していない地が多く詠まれているのである。

三一六〇を受けて、三一六一は対比させる形で「家なる妹」の「おほほしみせむ」とその不安を想起する。しかし、その妻を「夢にし見ゆる」（三一六二）のは「心尽くして」とある強い思いの結果としてである。この夢見は、我の妹への強い思いを表明するようでありつつ、実は強い思いを抱かない場合には夢に見ることは叶わないことを意味している。妻への強い思慕は旅先の日常ではないのである。それは「我妹子に触るとはなしに」（三一六三）という妻のいない現実と波に濡れた衣との関係を「波の雫か、それとも、目から雫れた涙か」（口訳萬葉集）とするように、妻を思う涙を類推させる。しかし、妻のいない現実は、波に濡れた衣を干してくれる者がいない不如意を想像させ、濡れた衣の身に染む冷たさが感得される。三一六四は鳴島が「泣く」意を含み、三一六三の情調を補強する。

　三一六五からの四首は、男女それぞれの歌が交互に並ぶ。三一六五は、飛幡の浦の波に寄せて、「君を見むよしもがも」と旅行く者を思慕する女の歌である。三一六六は子難の島を引き合いに出して、「我妹子をよそのみや見む」という旅先の女に心引かれる思いを詠む。三一六七は逢ってもいないのに噂を立てられることを詠んでおり、「旅中の感じの乏しい歌である」（萬葉集全注）とされるが、旅先での出会いを主題にする歌としての把握は可能であろう。三一六八の「砂地」の本文は「愛子地」とあり、旅先で出会った女子を愛しく思う心情を詠んでいる。四首は「羈旅」に起こる出会いであり、成就しない恋でもある。

　三一六九と三一七〇とはいずれも海人のいざり火を詠む。三一六九の「光にいませ」は、本文に「伊往」とあって旧訓は広瀬本も含めてほとんど「イマセ」と訓むが、京大本の左に赭で「イユケ」とある。『夫木抄』に当該歌は「光にいゆく月まちかてら」とある。なお、『萬葉代匠記』（初稿本）も「イユケ」と訓んでいる。「イマセ」と訓むと女が誘っている意となり、「イユク」と訓むと男が旅を行く意となる。「往」は『説文解字』に「往之也、从㆑彳生声」とあり、「行く」意とされるが、『広雅』（釈詁）に「往　至也」とあり、「到着する」意と考えられる。そこで旧訓に従って、「イマセ」と訓んでおく。三一六九はいざり火の光を頼りに来てくれることを願っており、旅先の女の作と見える。三一七〇は「いざり火のほのかに妹を見むよしもがも」という願望が詠まれる。志賀は筑前国志賀島。都から遥か遠く離れた地にあって、妹を見たいという願望が、遠くに揺らぐいざり火のほのかな光ぐらいにでもと求められている。

　都に残した妻に対して、出立直後には「旅にありて恋ふれば苦し……君が目を見む」（三一三六）とされた強い思慕と妻を見たいという強い願望は、山川を隔てて、遥か遠い地にあって、まったく見る手立てのない中にせめてほのかにでもという淡い期待へと変化していることが読み取れる。

その5　「羇旅発思」

「羇旅発思」歌群の末尾は船、貝、草、雲に寄せて詠まれている。

難波潟漕ぎ出る舟のはろはろに別れ来ぬれど忘れかねつも　（巻十二・三一七一）
浦廻漕ぐ熊野舟付めづらしくかけて偲はぬ月も日もなし　（巻十二・三一七二）
松浦舟騒く堀江の水脈早み楫取る間なく思ほゆるかも　（巻十二・三一七三）
いざりする海人の楫の音ゆくらかに妹は心に乗りにけるかも　（巻十二・三一七四）
若の浦に袖さへ濡れて忘れ貝拾へど妹は忘らえなくに〈或本の歌の末句に云ふ「忘れかねつも」〉　（巻十二・三一七五）
草枕旅にし居れば（羇西居者）刈り薦の乱れて妹に恋ひぬ日はなし　（巻十二・三一七六）
志賀の海人の磯に刈り干すなのりその名は告りてしをなにか逢ひ難き　（巻十二・三一七七）
国遠み思ひなわびそ風のむた雲の行くごと言は通はむ　（巻十二・三一七八）
留まりにし人を思ふに秋津野に居る白雲の止む時もなし　（巻十二・三一七九）

右の歌群で注目されるのは、妹に対して、「見る」或いは「逢ふ」という妹の実態に触れることへの願望がまったく見られない点であろう。三一七一は難波潟から遥か遠くに別れてきたことを詠み、「はろはろに」という遠さにもかかわらず「忘れかねつも」と慨嘆する。妹に対して「忘る」という心情は「玉桙の道に出で立ち別れ来し日より思ふに忘る時なし」（三一三九）といった積極的な否定に繋がるものではもはやない。「偲はぬ月も日もなし」（三一七二）、「楫取る間なく思ほゆるかも」（三一七三）、「忘らえなくに」（三一七五）、「恋ひぬ日はなし」

(三一七六)という心情のみが表現され、「なにか逢ひ難き」(三一七七)と嘆かれる。その要因として「妹は心に乗りにけるかも」(三一七四)という妹との離れがたい心情が吐露される。そうした心情は地名難波潟が上二句の「はろはろに」を引き出す序の中にあり(三一七一)、「浦廻漕ぐ熊野舟付」(三一七二)、「松浦舟騒く堀江の水脈早み梶取る間なく」(三一七三)、「志賀の海人の磯に刈り干すなのりその」(三一七七)、「秋津野に居る白雲の」(三一七九)も同様である。

「羈旅発思」においては地名の多くが序詞の中で、歌の背景としてあり、その地の景や生活感を主題として直接詠むことがないという特色を指摘できる。また、当該歌群九首で詠まれている内容は「妹を思ふ」という方向性を確かに持つけれども、「羈旅発思」歌群全体としては、旅先の女との出会いが様々に詠まれ、「羈旅」にあることが、人麻呂歌集四首が提示している離合集散と家郷の妻への断ち切れない思いの両方を詠む作品群であることを示している。また地名の順は難波潟、若の浦、志賀、秋津野、とあり、船名として熊野舟、松浦舟とあって、その配列に構成性は読み取りにくい。

「羈旅発思」歌群における地名のほとんどは序詞として使われている。そこに眼前の景の実態としての描写は意図されず、むしろ表現手法としての鍛錬が窺える。そして、当該歌群ではもはや妹に逢うという望みはなく思慕の情だけが残るのである。物として海の景物が中心であり、妹を思って乱れた心情が吐露され、最終的には白雲という手の届かない景物に託して閉じられる。秋津野は奈良県吉野地区の秋津野かと推測されるが、所在未詳で、和歌山県かともいわれる。「秋津野に居る白雲」は「止む時もなし」にかかっているが、「秋津野に朝居る雲の失せ行けば昨日も今日もなき人思ほゆ」(巻七・一四〇六)のようにむしろ動きのあるものとして捉えられている。また「止む時もなし」は「さざれ波我が恋ふらくは止む時もなし」(巻十三・三二四四)のようにある。白雲がいつもかかって消えることがないという表現の不安定さが、「留まりにし人」に対して「止む時もなし」の思いの不安定さを考えさせる。

「羇旅発思」歌群は、「羇旅」に起こる感情の推移を詠んでおり、必ずしも家の妹のみの一方向に向いているとは言いがたい。出立時から、山川を越え、家の妹とは遠く離れて、見ることへの希求も消え、思慕の情のみが残っているという情意の変遷に筋立てがあるかのように読むことが可能な表現がなされており、後述する「悲別歌」との対応を考えさせる。

注

（1）露木悟義氏「羇旅発思と悲別歌」『万葉集を学ぶ　第六集』有斐閣　昭和三五年

（2）時間の二様の把握については、拙著『萬葉歌の主題と意匠』（塙書房　平成一〇年）参照。

（3）「巻七論」『万葉集講座　第六巻』春陽堂　昭和八年

（4）吉川貫一「万葉集羇旅歌考—行幸・従駕の歌と巻七「羇旅作」を中心として—」『万葉雑記』和泉書院　昭和五七年　初出昭和四二年

（5）高野正美氏「巻七行旅歌群」『万葉集作者未詳歌の研究』笠間書院　昭和五七年　初出昭和四九年

（6）『萬葉集②』（新編日本古典文学全集）巻頭解説

（7）村瀬憲夫氏『萬葉集編纂の研究』塙書房　平成一四年

（8）「万葉集巻七論序説」『萬葉集研究　第二十七集』塙書房　平成一七年

（9）市瀬雅之・村瀬憲夫氏共著『万葉集編纂構想論』笠間書院　平成二六年　初出平成二四年

（10）「文学様式の発生」『折口信夫全集　第七巻』中央公論社　昭和四一年

（11）「近江荒都の文学史的意義」『萬葉集の歌人と作品　上』塙書房　昭和五〇年

(12)「万葉羇旅歌の様式と表現」『万葉集の様式と表現』笠間書院　平成二〇年　初出平成九年・平成一一年
(13)注2前掲拙著
(14)注12前掲書
(15)本書第二章第六節参照。
(16)注7前掲書
(17)「来む」の用法については、『時代別国語大辞典上代編』「く（来）」の条の「行く。話者自身が先方に身を置いているかのような心理で用いたものという」に従う。

第六節　「悲別歌」の表現

一　「悲別歌」の意図

『萬葉集』巻十二には「悲別歌」と題される一群三十一首があり、その冒頭に次の一首を載せている。

うらもなく去にし君故朝な朝なもとなぞ恋ふる逢ふとはなけど　（巻十二・三一八〇）

右の歌は、別れを詠みながら、そこに「うらもなく去にし君」とあって、名残を惜しむ心もなく出ていった君の姿が詠まれている。諸注釈書は「悲別歌」を「別れを悲しむ歌」と訓読しているが、右の歌には「悲別（別れを悲しむ）」の場には相応しくない行為が窺える。何故、この歌を「悲別歌」の冒頭に置いたのであろうか。

巻十二は、人麻呂歌集を出典とする「正述心緒」「寄物陳思」（A群）と出典不明歌からなる「正述心緒」「寄物陳思」及び「問答歌」（B群）、そして「羈旅発思」「悲別歌」及び「問答歌」（C群）の三群からなることはすでに指摘されている。[1]C群における「羈旅発思」と「悲別歌」は他に見えない部立てであり、「羈旅発思」は旅する者（男性）の歌、「悲別歌」は残る者（女性）の歌を中心とするという区分の見られることもすでに指摘がある。[2]さらに「羈旅発思」が柿本人麻呂歌集出の四首に続いて、「正述心緒」に類する歌十三首、「寄物陳思」に類する歌三十六首を載せるのに対して、「悲別歌」は「正述心緒」に類する歌一首（右に挙げた三一八〇）、「寄物陳思」に類する歌三十首の順に配列されていて、歌数に偏りはあるが、構造上の類似性を有している。

「羇旅発思」の部の「寄物陳思」に類する歌は、歌の素材において、人事に属する衣服（紐）四首、器（玉くしろ・梓弓）二首から天地の現象に属する地象（山・川・海・舟）二十六首、植物（草・藻）二首、天象（雲）二首の順に配列されている。「悲別歌」の部の「寄物陳思」に類する歌は、人事に属する衣服（紐・袖）四首、器材（鏡）一首から天地の現象に属する地象（山・原・川・海・舟）十八首、植物（菅・藻）三首、天象（月）・気象（雲）三首、動物（鳥）一首の順に配列されている。素材の配列順において両者はほぼ対応しており、意識的な配列がなされていることは明らかである。

一方、「正述心緒」に類する部分は、「羇旅発思」においては次のように始まる。

月変へて君をば見むと思へかも日も変へずして恋の繁けむ　（巻十二・三一三一）

な行きそと帰りも来やとかへり見に行けど帰らず道の長手を　（巻十二・三一三二）

一ヶ月後という遠さに恋心を募らせる三一三一、引き留めてほしいと振り返るものの、しかし旅路を進む三一三二と旅の始めの頃の男女の思いを詠んでいる。以下に続く作品では旅にある側の気持ちが詠まれていくが、その最後に配列されているのは次の歌である。

かく恋ひむものと知りせば我妹子に言問はましを今し悔しも　（巻十二・三一四三）

旅にあって強い恋心にさいなまれて初めて「今し悔しも」と嘆かれるのは、旅立ちにおいて「我妹子」と充分に言葉を交わさず、充分に名残を惜しまずに来てしまったことへの悔いに他ならない。旅立ちにおけるその行為の理由は詠まれないが、その姿は「悲別歌」冒頭の三一八〇が詠む「うらもなく去にし君」の姿に重なって見える。「羇旅発思」においては遠く離れた後の後悔としてある心情が、「悲別歌」においては別れのその時における不審としてある。しかも「悲別歌」は、「正述心緒」に類する歌は冒頭歌一首のみで、すぐに「寄物陳思」に類する歌が続くという不均衡な構造を持つ。巻十二の最終的な編纂に大伴家持が関わったであろうことは充分推測できることであり、この配列が残されていることに何らかの意図があったことを推測することに無理はないと思われる。「悲別歌」と題して、三二八〇を冒頭に置いた意図を中心に、「悲別歌」群の表現を考察したい。

二　「悲別」

集中において、「悲別」の語自体は題詞や左注に複数見られ、諸注はいずれも「別れを悲しむ」と読むべき状況説明の一部として捉えている。このことは、中国六朝詩文において「別離」の悲哀が詩の主要な主題とされ、離別詩として把握されているにもかかわらず、中国詩文において熟字としての「悲別」を見出しにくいことと関係するように思われる。「別離」の心情を「悲」とする表現は早く、『毛詩』（豳風・東山）に見え、兵士の望郷の思いを詠じている。

　我徂二東山一、慆慆不レ帰、我来レ自レ東、零雨其濛、我東曰レ帰、我心西悲、……（第一章）
　我徂二東山一、慆慆不レ帰、我来レ自レ東、零雨其濛、鸛鳴二于垤一、婦歎二于室一、……（第三章）

また、『文選』（巻二十九）「古詩十九首」に「行行重行行、与レ君生別離、相去万余里、各在二天一涯一」の注として『楚辞』（九歌・少司命）の「悲莫レ悲二兮生別離一、楽莫レ楽二兮新相知一」が引かれてもいる。さらに『漢書』（高帝紀下）の「謂二沛父兄一曰、游子悲二故郷一」の顔師古注には「游子行客也。悲謂二顧念一也」とあって、旅にある望郷の思いを「悲」と捉えている。『芸文類聚』の人部十三・十四には別上・別下の項目が見え、多様な「別」を収載するが、熟字としての「悲別」は見あたらない。『芸文類聚』にも見え、『文選』（巻二十三）に所収する魏の阮籍「詠懐詩十七首（十三）」には「願覩レ卒二歓好一、不レ見悲二別離一」とあるが、その解釈は旅への出立による別れを指すとは限らない。[3]「悲別」は「別れを悲しむ」を成語化した表記と考えられることについては序章1で触れた。

集中の題詞や左注に見える「悲別」の語の使用は、巻四に見える大宰府の官人大伴百代達の作品を始めとして奈良朝以降の作品においてである。

大伴宿祢三依悲レ別歌一首

天地と共に久しく住まはむと思ひてありし家の庭はも　（巻四・五七八）

大伴宿祢三依悲レ別歌一首

照らす日を闇に見なして泣く涙衣濡らしつ干す人なしに　（巻四・六九〇）

右の二首は、いずれも相聞の部立てに属する。大伴三依は神亀末年から天平初期にかけて大宰府におり、大伴旅人にも仕えたと推測される。五七八は旅人上京の折の「別離」の作（萬葉代匠記・初稿本）とも、「天地と共に久しく」が「天地と共に終へむと」（巻二・一七六　舎人等の挽歌）、「天地と共にもがも」（巻十五・三六九一　葛井連子老作挽歌）のように挽歌に用いられる表現であることから、旅人薨去後「その佐保邸を悲しんで作った」（萬葉集私注）とも解されている。しかし、相聞に属していることは挽歌としての把握ではなく、「別離」の抒情を主とする把握によることを意味している。そこに嘆かれるのは上司と下僚として期待していた未来の時間の消失である。一方、六九〇は涙で濡れた袖を干す人への思慕がある。その内容は「此別ハ旅ト聞ユレバ、落句ハ、ホシテ得サスベキ妹モナキトナリ」（萬葉代匠記・精撰本）とされるように、旅にある悲嘆の情を共有できない相手の存在が意識されている。身体的別れは「干す」行為を通して実は精神的別れでもあることを感得させ、情愛の届かない別れへの嘆きを理解させる。二首は同一の題詞で共に「悲別」の語を用いているが、そこに官人の別れと男女の別れという内実の相違を窺える。

官人の別れを「悲別」とする作に、家持が少納言に任ぜられて越中国から帰京する際の作が見える。

以二七月十七日一遷二任少納言一。仍作二悲レ別之歌一、贈二貽朝集使掾久米朝臣広縄之館一二首

既満二六載之期一、忽値二遷替之運一。於レ是別レ旧之悽、心中鬱結、拭レ渧之袖、何以能旱。因作二悲歌二首一、式遺二莫忘之志一。其詞曰、

あらたまの年の緒長く相見てしその心引き忘らえめやも　（巻十九・四二四八）

石瀬野に秋萩しのぎ馬並めて初鳥狩だにせずや別れむ　（巻十九・四二四九）

家持は帰京に際して広縄の館を訪れたが、留守だったために別れの歌二首を書き残している。四二四八では共に過ごした過去の時間をいとおしみ、四二四九では逆に提示した未来の時間を共に過ごせないままに別れ行くことを惜しんでいる。別れの心情は惜別の情として表現され、「拭レ渧之袖、何以能旱」に干すべき人を思い浮かべるわけではない。

なお、官人達の別れでは、別れがたい情と道中の無事への祈りも詠まれている。天平二年庚午夏六月、大宰府で瘡脚の病を患った大伴旅人を見舞った稲公等を見送った大監大伴宿祢百代と少典山口忌寸若麻呂の二首がある。

草枕旅行く君をうるはしみたぐひてそ来し志賀の浜辺を　（巻四・五六六　百代）

周防なる磐国山を越えむ日は手向よくせよ荒しその道　（巻四・五六七　若麻呂）

左注には「共到二夷守駅家一、聊飲悲レ別。乃作二此歌一」とする。夷守駅における別れの宴での作で官人同士の「別離」の情を見送る側から詠むが、逆に見送られる側の歌もある。

堀江越え遠き里まで送り来る君が心は忘らゆましじ　（巻二十・四四八二）

右一首播磨介藤原朝臣執弓赴レ任悲レ別也　主人大原今城伝読云尓

「別離」の心情は見送りへの感謝に別れがたい情を託していて、官人間における「別離」の歌の形式を考えさせる。

一方、後者、男女の別れを「悲別」とするのは、巻十五の遣新羅使人等の歌群の冒頭十一首の題詞に見える。

遣二新羅一使人等、悲レ別贈答、及海路慟レ情陳レ思、并当レ所誦之古歌

武庫の浦の入江の渚鳥羽ぐくもる君を離れて恋に死ぬべし　（巻十五・三五七八）
大舟に妹乗るものにあらませば羽ぐくみ持ちて行かましものを　（巻十五・三五七九）
君が行く海辺の宿に霧立たば我が立ち嘆く息と知りませ　（巻十五・三五八〇）
秋さらば相見むものをなにしかも霧に立つべく嘆きしまさむ　（巻十五・三五八一）
大舟を荒海に出だしいます君障むことなくはや帰りませ　（巻十五・三五八二）
ま幸くて妹が斎はば沖つ波千重に立つとも障りあらめやも　（巻十五・三五八三）
別れなばうら悲しけむ我が衣下にを着ませ直に逢ふまでに　（巻十五・三五八四）
我妹子が下にも着よと送りたる衣の紐を我解かめやも　（巻十五・三五八五）
我が故に思ひな痩せそ秋風の吹かむその月逢はむもの故　（巻十五・三五八六）
栲衾新羅へいます君が目を今日か明日かと斎ひて待たむ　（巻十五・三五八七）
はろはろに思ほゆるかも然れども異しき心を我が思はなくに　（巻十五・三五八八）

右十一首、贈答

右に詠まれる男女の別れには、体温を感じさせる「羽ぐくもる君」との離別に身体的別れの感得（三五七八・三五七九）や「霧に立つべく」にその嘆きの視覚的把握（三五八〇・三五八一）があり、続いて早い帰京が望まれ、その実現のための「妹が斎はば」（三五八三）、「斎ひて待たむ」（三五八七）という呪的な儀礼の必然性に繋がっている。呪的な儀礼を詠むことは無事を祈る心情の具象化として両者の有縁的関係を示している。「うら悲し」は家持の好んだ語で「春の野に霞たなびきうら悲し」（巻十九・四二九〇）と同じく、「しかと定めがたい愁いを含んだ心情」（萬葉集全注）を示すと考えられる。そこには帰京までの間の「別離」の実態に想像が及ばない不安が漂い、それに対して両者の身体的な繋がりを保証するのが妹の衣を着（三五八四）、その紐を解かない（三五八五）という具体的な行為であり、共に「異しき心を」持たないという誓いが繰り返される。右の十一首には、身体的な別れの把握に始まる「別離」の情が精神的な連帯へと昂揚して行く過程が読み取れるが、それは男女相互の関係から生じているものである。

集中で、「悲別」の語を題詞に有して、女性が詠む歌は、他に次の一首に限られる。

悲レ別

朝戸出の君が姿をよく見ずて長き春日を恋ひや暮らさむ　（巻十・一九二五）

「悲別」とのみ題される右は、「春相聞」に配列される。寄物陳思の歌に「恋そ暮らしし雨の降る日を」（巻十一・二六八二）とあることから、訪れていた男が早朝帰って行く姿を詠んだとも解されるが、「朝戸出」の用例からは、朝の旅立ちの歌とも考えられる。

朝戸出の君が足結を濡らす露原早く起き出でつつ我も裳裾濡らさな　（巻十一・二三五七）

大君の　任けのまにまに　……　朝戸出の　かなしき我が子　あらたまの　年の緒長く　相見ずは　恋しく

あるべし　……　（巻二十・四四〇八）

二三五七は「足結」に旅支度を窺わせ、四四〇八は防人に出立する姿を詠んでいて、「朝戸出」は旅立ちを意味すると考えられる。一九二五はその旅への出立に際して、「君が姿をよく見ずて」と相手を十二分に見なかったことへの後悔を詠む。つまり別れの時において充分な見送りをせず、相手の姿を充分に目に焼きつけなかったことへの悔いである。「別離」における「見る」ことの意味を考えさせる。それは共に「別離」を詠む巻十五の冒頭十一首には見えなかった表現であり、巻十二の「悲別歌」の冒頭歌と同様の方向性を窺わせる。官人達の「別離」にも見えなかった、残される側の「見る」ことの意味である。

　他に遣唐使に行く阿倍老人が母に送った歌では、嘆きの対象として別れ行く遠さが把握されて、遣唐使という特異な事情を窺わせる。

　　天雲のそきへの極み我が思へる君に別れむ日近くなりぬ　（巻十九・四二四七）

また、遣唐使に行く人を見送る歌では、題詞に「悲別」の語はないが、歌中に「別悲美」が見える。

　　天雲の行き帰りなむもの故に思ひそ我がする別れ悲しみ（別悲美）　（巻十九・四二四二）

「別悲美」の表記には、別れ自体を「悲し」とする和語としての把握が窺える。

　さらに、家持作の「追㆓痛防人悲㆑別之心㆒作歌」（巻二十・四三三一～四三三三）及び「陳㆓防人悲㆑別之情㆒歌」（巻二十・四四〇八～四四一二）には「大君の　命のまにま　……　事し終はらば　障まはず　帰り来ませと　斎瓮を床辺に据ゑて　……　長き日を　待ちかも恋ひむ　愛しき妻らは」（巻二十・四三三一）、「家人の斎へにかあらむ平けく舟出はしぬと親に申さね」（巻二十・四四〇九）と無事を祈る呪的儀礼を行いつつ待つ姿とそれを期待しつつ船出する姿が詠まれて、巻十五の冒頭歌群に類似する表現が見られる。一方で、四二四二と同じく、歌に「悲し」と直接詠みこまれている点が注目される。

鶏が鳴く東男の妻別れ悲しくありけむ年の緒長み　（巻二十・四三三三）

……　ちちの実の　父の命は　……　朝戸出の　かなしき我が子　あらたまの　年の緒長く　相見ずは　恋しくあるべし　今日だにも　言問ひせむと　惜しみつつ　悲しびませば　……　（巻二十・四四〇八）

「悲し」は、「年の緒長み」を理由とした別れの時点での妻の心情であり、父の心情であって、四二四二の「別れ悲しみ」の心情に共通する。第三者として家持も「別離」の意味を別れることとそのこととして捉えていたことが窺える。巻十五の冒頭歌群には「別れなばうら悲しけむ」（巻十五・三五八四）と見えたが、「悲別歌」には「悲し」を直接詠む作はなく、[4]「悲別歌」における表現を検討する必要があると考えられる。

三　別れの表現性

『古事記』『日本書紀』において歌謡を伴って別れを記述する場面で注目されるのは、奈良朝の律令体制下の羈旅とは異なり、再会を望むことのない「別離」である点であろう。神代記において八千矛の神が嫡妻須勢理毘売の嫉妬に困惑して、出雲から倭国へと出立する際、八千矛の神は馬の鞍に手をかけ鐙に足をかけた状態で「ぬばたまの　黒き御衣を　……」に始まる長歌謡（記四）を歌う。出立の衣装を入念に選び終えた後、須勢理毘売に対して「愛子やの　妹の命」と呼びかけ、独り淋しく残る覚悟を問いかける。ここには倭国への出立における別れの場に、儀礼性を感じさせる別れが演出されている。二神は結果として別れないが、出立が唐突に行われるものではなく、別れの場のあることを考えさせる。その背景に旅が生死の「別離」に通じる大事であったことは当然推測できるが、死別との差をどのように把握しているのであろうか。

生別でありながら、再会がかなわないことを語るのは火遠理命と豊玉毘売命の「別離」譚である。豊玉毘売命は本来の姿を見られたことで地上と海の境を塞ぎ、火遠理命と住む世界を異にする。豊玉毘売命は火遠理命を恋うる歌で「白玉の君がよそひ」(記七)と、海神の宮から地上に戻る際の火遠理命の装束を愛でている。そこに別れの儀礼を認められることは別に述べた。(5) それは異界に住み、再会のかなわない「別離」である。

生別離が異界の者との「別離」の如く語られるのは、仁徳記における天皇と吉備の黒日売との「別離」譚である。吉備の黒日売は仁徳天皇に喚し上げられたが、大后石之日売の嫉妬を恐れて吉備に逃げ帰る、その別れの場面において、天皇は黒日売が舟を連ねて帰郷する様を望み瞻て歌い、見送っている。黒日売を追って吉備を訪れた仁徳天皇の帰京に際して、黒日売が歌う「倭辺に　西風吹き上げて　雲離れ　退き居りとも　我忘れめや」(記五五)は、水江の浦の島子譚(丹後国風土記逸文)で、神の女が島子との別れを歌う歌と類似する。本来海浜の遊女の歌が伝播したといった成立論は措いて、類歌としての存在は仁徳天皇と黒日売、浦の島子と神の女との関係が実は類似し、その「別離」が異界の者との「別離」の如く把握されていることを考えさせる。(6)

また顕宗天皇と置目との関係は男女の恋愛譚ではないが、別れを詠む点では共通する。顕宗天皇は年老いた置目が故郷近江へ退出する時に見送って別れを惜しむ。

置目もや　淡海の置目　明日よりは　み山隠りて　見えずかもあらむ　(記一一二)

別れに惜しまれるのは、日常にその姿が見えなくなることである。「見送る」行為が明記され、「別離」とは相手が見えなくなることと把握されている。相手が「見えず」とすることは存在の否定ではない。むしろ存在への確信であろう。それ故に逢えないことが嘆かれるのである。そこに「別離」の本質があることが理解される。それは別れに「悲傷」といった挽歌的な印象に繋がる「悲」の字を、いとおしさを含む情感を示す日本語の「かなし」の訓字としてあてていることの理由でもあろう。それ故に、近江は実際の距離とは異なる、再会を望めない遠さとして把握される。それは心情的には異界に在る者との「別離」に通じる遠さでもあるのだろう。

別れが「見えず」の嘆きに通じることは、『萬葉集』の「額田王下二近江国一時作歌」にも見られる。「うまさけ三輪の山　……　つばらにも　見つつ行かむを　しばしばも　見放けむ山を　心なく　雲の　隠さふべしや」（巻一・一七）は、雲が隠して見えない三輪山に対する嘆きは別れにおける見送りの情という通じ合いがないことを象徴する。近江への遷都は大和を棄てることであり、再び大和の地を都としては見ないことを意味し、別れが再会を望めないという意味に通じるものである。雲が隠すことについて、内田賢徳氏は「雲に有情のように呼びかける額田王歌の情感は、まなざしがそこに隠された三輪山を希求することと、それの蔽われてあることへの愛惜、そして蔽うものへの興味に構成されている(7)」とされる。

別れにおいて、別れる対象を見送ることは、その行為によって別れる対象の存在を確認し、その対象への自らの思いを感得することでもあり、それが見送りの儀礼性には、本来息づいていたと考えられる。生別は死別とは異なり、相手の存在を確信しながら、しかし、逢えないことである。それは距離的な遠さを含みつつ、距離だけでは計れない、或る隔絶として把握されている。旅立ちにおける装束の整い、見送りの儀礼における「見えず」の把握、そして生別が再会のかなわない異界にあることへの連想、そうした要素を読み取ることができると思われる。

なおこうした要素は、『萬葉集』の奈良朝以前の作品において、男女の別れを詠む「石見相聞歌」にも継承されていると考えられることは別に述べた(8)。

四　「悲別歌」

うらもなく去にし君故朝な朝なもとなそ恋ふる逢ふとはなけど　（巻十二・三一八〇）

巻十二の悲別歌群の冒頭に置かれた右の歌が、「正述心緒」に類する歌と見られ、その内容に「悲別（別れを悲しむ）」の場には相応しくない行為が窺えることはすでに指摘した。その理由について「旅立つ夫が心慌ただしかったためか」（萬葉集評釈〈窪田〉）とも、「夫は別れの悲しさを蔽うためにわざと『うらもな』きふりをして出て行ったのか」（萬葉集釈注）とも解される。その素っ気ない行為が「妻には恨めしかったのである」とし、それでも夫を「恋ふる」心情を詠んでいることについて、「一首の歌の中に、複雑な、屈折した気分の盛られている点で、極めて特殊な歌である」（萬葉集釈注）とされる。「うらもなく去にし」は、妻を拒絶する態度に見えるものであり、残された妻は夫のその対応をいぶかりつつ、「逢ふとはなけど」と、もはやその真意を知りようのない状況を嘆息している。三一八〇が示すのはむしろ「別れを惜しむことができない別れ」への戸惑いであり、「悲しい別れ」として印象づけられるものである。右の冒頭歌一首は別れを惜しむことができない状況のまま「逢ふとはなけど」という別れの現実のみが残された状況を詠む。そこに読み取れるのは別れを悲しめない「悲しい別れ」であろう。

右の歌は「悲別歌」群の冒頭に置かれ、かつ「正述心緒」に類する歌として一首のみである。続いて、「寄物陳思」に類する歌が配列され、その配列の順が人事から天象へと及ぶことはすでに述べた通りである。以下、その内容をA別れの時、B山越え―「見えず」の表現―、C不来見、D放り行く人・後れ居る人、E悲しい別れ、と区分して検証してみたい。

A別れの時

白たへの君が下紐我さへに今日結びてな逢はむ日のため　（三一八一～三一八五）

白たへの袖の別れは惜しけども思ひ乱れて許しつるかも　（巻十二・三一八一）

都辺に君は去にしを誰が解けか我が紐の緒の結ふ手たゆきも　（巻十二・三一八二）

草枕旅行く君を人目多み袖振らずしてあまた悔しも　（巻十二・三一八三）

まそ鏡手に取り持ちて見れど飽かぬ君に後れて生けりともなし　（巻十二・三一八四）

（巻十二・三一八五）

「下紐」を「結ふ」行為（三一八一）から「誰が解けか」（三一八三）という不安へ、「袖の別れ」（三一八二）から「袖振る」（三一八四）行為へと紐と袖を交互に繰り返しつつ展開し、具体的な行為を通して、身体的な別れに揺れる心情が詠まれる。それらはいずれも「思ひ乱れて許しつるかも」（三一八二）、「あまた悔しも」（三一八四）、「生けりともなし」（三一八五）といった自身に向く内的感情であって、巻十五遣新羅使人等歌群の冒頭十一首に見られた、「霧に立つ」（三五八〇・三五八一）という嘆きの視覚化や「障むことなく早帰りませ」（三五八二）という旅行く者への願い、さらには「斎ふ」（三五八三・三五八七）という旅の無事を祈る呪的行為といった、旅行く者との有縁的関係が見られない。冒頭第一首三一八〇の戸惑いとの対応を窺わせる点である。三で、「別離」が「見る」ことの否定にあるという奈良朝以前の理解に触れたが、三一八五にその踏襲が窺える。「まそ鏡」に始まる二句は「見れど飽かぬ君」を導き、日常的な所作として鏡を見ることと君を見ることとが重なるが、君の出立後、「君に後れて」の実態は「君が見えず」あることに他ならない。右の五首における別れは身体的な「別離」への時間であり、「見えず」である関係性の始まりであることを考えさせる。

（三一八六～三一九四）

B山越え―「見えず」の表現―

曇り夜のたどきも知らぬ山越えています君をばいつとか待たむ（巻十二・三一八六）
たたなづく青垣山の隔りなばしばしば君を言問はじかも（巻十二・三一八七）
朝霞たなびく山を越えて去なば我は恋ひむな逢はむ日までに（巻十二・三一八八）
あしひきの山は百重に隠すとも妹は忘れじ直に逢ふまでに〈一に云ふ「隠せども君を思はく止む時もなし」〉（巻十二・三一八九）
雲居なる海山越えてい行きなば我は恋ひむな後は相寝とも（巻十二・三一九〇）
よしゑやし恋ひじとすれど木綿間山越えにし君が思ほゆらくに（巻十二・三一九一）
草陰の荒藺の崎の笠島を見つつか君が山路越ゆらむ〈一に云ふ「み坂越ゆらむ」〉（巻十二・三一九二）
玉かつま島熊山の夕暮にひとりか君が山路越ゆらむ〈一に云ふ「夕霧に長恋しつつ寝ねかてぬかも」〉（巻十二・三一九三）
息の緒に我が思ふ君は鶏が鳴く東の坂を今日か越ゆらむ（巻十二・三一九四）

最初の四首には山を越えて行く行為を提示し、「隔りなば」（三一八七）、「越えて去なば」（三一八八）、「百重に隠すとも」（三一八九）と去りゆく姿を仮定法で繰り返す。三一八九は本歌が去りゆく側の歌で一云歌が残された側の歌であるが、逆接の仮定法が「忘れじ」「止む時もなし」という強い意志の表明を導く。この表現は、逆に「百重に隠す」状況は忘れ、思い止むことが一般であり、かつ仮定法を重ねるところに隠されて見えなくなることへの確信のあることを考えさせる。ここには近江の置目に対して「み山隠りて　見えずかもあらむ」と顕宗天皇が詠んだ世界が広がっている。

三一九〇は「雲居なる海山越えて」と、海山は見えない可能性を含む水平線上の遥か彼方を示している。[9]「い行きなば」（三一九〇）はもはや捉えがたい空間故への仮定法であろうし、「我は恋ひむな後は相寝とも」における現在の恋情は、かなうという保証のない遠い未来を逆接の仮定条件「とも」で受けることから生じている。海山を越えることには、戻れない異界に行くことへの遠い記憶への連想が働こう。それ故の恋情でもあろう。

続く三首は「木綿間山」（三一九一）、「荒蘭の崎」（三一九二）、「島熊山」（三一九三）と具体的な地名が挙がっているが、いずれも所在未詳であることに注意したい。「木綿間山」は東歌に類歌が「恋ひつつも居らむとすれど遊布麻山隠れし君を思ひかねつも」（巻十四・三四七五）と見える。影響関係は不明だが、東国に関連する山としての知識があったかもしれず、「越えにし」（三一九一）と「隠れし」（三四七五）とする山の理解には共通性が把握できる。前半部が「たたなづく青垣山」（三一八七）、「朝霞たなびく山」（三一八八）、「あし引きの山」（三一八九）、「雲居なる海山」（三一九〇）のように特定の地が詠まれないのに対して、具体的な地名「木綿間山」「荒蘭の崎」「島熊山」が所在未詳であることは、逆に名のみ知っている地であった可能性を窺わせ、現実感のなさが把握できる。それは繰り返される「越ゆらむ」のラムの用法「表現者自ら確かめることができないので、一抹の疑念を残して、推量的に言う」（時代別国語大辞典上代編）と対応し、「木綿間山」を「越えにし」先は、もはや手の届かない地という理解に繋がる。なお、「島熊山」に対する、枕詞「玉かつま」の懸かり方は未詳だが、[10]「島熊山」のシマに締まる意を考慮すると、外部から籠の中に入ることのできない意が想起され、その山越えは続く「夕暮」と響き合って大層暗く寂しい様子として浮き上がってくる。そこに見えるのは旅行く人であり、妻から放り行く人である。

さらに三一九四の「鳥が鳴く東の坂」は東国のいずれの坂か、特定していないが、(11) 境を想起させる東国の坂を越えることは、ある境界を越えることを示して、もはや戻れないことを示唆している。

C不来見（三一九五）

磐城山直越え来ませ磯崎の許奴美の浜に我立ち待たむ　（巻十二・三一九五）

右は、地名「許奴美《こぬみ》」に「来ぬ身（来ない身）」を懸けている。下河辺長流の『続歌林良材集　上』「てこのよひ坂の事」には『駿河国風土記』を引き、岩木山を越えて庵原郡不来見の浜の妻（女神）の許に通う神が、荒ぶる神に妨げられて岩木山を通れず、通えなくなった。待ちかねた女神が男神の名を呼んだところからそこを「てこ（女の意）の呼坂」としたとし、三一九五の類歌を載せて、「こぬみの浜は男神の来ぬよりいへると云々」とする。『続歌林良材集　上』はこの説話を東歌「東道の手児の呼坂越えて去なば我は恋ひむな後は相寝とも」（巻十四・三四七七）の類歌の解説として載せている。三一九五を「悲別歌」群のこの位置に記載することは、夫に対する諦念の情を示す。山を越えた先にいる夫はもはや戻らないことを理解しつつも、待つ身であることのやるせなさが表明されている。「てこの呼坂」説話に通じる歌の存在は、「寄物陳思」に類する歌群に、ある区切りとしての位置づけのあることを考えさせる。

D放り行く人・後れ居る人（三一九六～三二〇六）

春日野の浅茅が原に後れ居て時そともなし我が恋ふらくは　（巻十二・三一九六）

住吉の岸に向かへる淡路島あはれと君を言はぬ日はなし　（巻十二・三一九七）

明日よりはいなむの川の出でて去なば留まれる我は恋ひつつやあらむ　（巻十二・三一九八）
海の底沖は恐し磯廻より漕ぎたみいませ月は経ぬとも　（巻十二・三一九九）
飼飯の浦に寄する白波しくしくに妹が姿は思ほゆるかも　（巻十二・三二〇〇）
時つ風吹飯の浜に出で居つつ贖ふ命は妹がためこそ　（巻十二・三二〇一）
熟田津に舟乗りせむと聞きしなへなにかも君が見え来ざるらむ　（巻十二・三二〇二）
みさご居る渚に居る舟の漕ぎ出なばうら恋しけむ後は相寝とも　（巻十二・三二〇三）
玉かづら幸くいまさね山菅の思ひ乱れて恋ひつつ待たむ　（巻十二・三二〇四）
後れ居て恋ひつつあらずは田子の浦の海人ならましを玉藻刈る刈る　（巻十二・三二〇五）
筑紫道の荒磯の玉藻刈るとかも君が久しく待てど来まさぬ　（巻十二・三二〇六）

三一九六以下の歌々の地名は、いずれも所在が確認できるものであり、『萬葉集』中に他に見られる著名な地ばかりである。地名の順は淡路島・難波という都に近い地域から四国の熟田津・そして筑紫道に至っている。その間の田子の浦は都からは中国にあたる。筑紫道に向かって放り行く人を詠みつつ、後れ居る人の心情が反対方向の田子の浦での「海人ならましを」という反実仮想として示されるところには、両者の心情的な遠さを距離的にも把握させる。三一九七・三一九八・三二〇〇では地名「住吉の岸・淡路島」「いなむの川」「飼飯の浦」が序詞に使われ、三一九六の「春日野の浅茅が原」は巻十二・三〇五〇に類似表現が見え、三二〇二は額田王の有名な「熟田津に舟乗りせむと」（巻一・八）を想起させる等、文飾、類型的な発想が窺える。他に「時そともなし我が恋ふらくは」（三一九六）は巻十二・三〇八八・三一六八に、「贖ふ命は妹がためこそ」（三二〇一）は巻十一・二四〇三に類句が見え、「みさご居る渚に居る舟の」（三二〇三）は巻十一・二八三一に、「海人ならましを玉藻刈る刈る」（三二〇五）は巻十一・二七四三或本歌に同句があるなど、表現上の類型性を数えることができる。もちろん、巻十二が作者未詳歌群であることを考慮しなければならないが、D歌群におけるこうした傾向は山を越えた地への想像といった情況を窺わせる。後れ居る人の心情も、「磯廻より漕ぎたみいませ」（三一九九）と早い帰京よりも安全を願う余裕が見え、「君が見え来ざるらむ」（三二〇二）の不審を含み、「久しく待てど来まさぬ」（三二〇六）という現実が確認される。D歌群には旅行く人の歌（三二〇〇・三二〇一）や土地の女（三二〇二、萬葉集評釈〈窪田〉）・土地の遊行女婦（三二〇三）[12]の歌かともされる歌が混じる。こうした揺れは放り行く人への後れ居る人の諦念を窺わせる。

E悲しい別れ

あらたまの年の緒長く照る月の飽かざる君や明日別れなむ　（巻十二・三二〇七）
久にあらむ君を思ふにひさかたの清き月夜も闇のみに見ゆ　（巻十二・三二〇八）
春日なる三笠の山に居る雲を出で見るごとに君をしそ思ふ　（巻十二・三二〇九）
あしひきの片山雉立ち行かむ君に後れて現しけめやも　（巻十二・三二一〇）

最後の四首は「明日別れなむ」（三二〇七）と別れの前日が提示され、月・雲・鳥と空に関連する素材が見えて、三二〇六までの展開とその有り様を異にする。月と対照させて三二〇七は君への讃美を、三二〇八は我の心情の闇のような暗さを表現する。三二〇九で、雲に託して繰り返される思慕には「額田王下二近江国一時作歌」（巻一・一七）が想起され、雲は隠す雲であり、隠れて見えない君への思慕が詠まれる。と共に、雲の遠さに君との測りがたい距離の遠さが重なる。そして三二一〇の旅立つ君を雉に託す表現には雌や子を残して羽音激しく勢いよく飛び立ってしまう雉の生態が重なる。[13] その印象と「後れて現しけめやも」との対比は『萬葉集全注』の「雉に寄せて別れの悲しみを強烈に歌った。……『悲別歌』の結びにふさわしい」という評価を納得させる。ただし、「立ち行かむ」の推量は出立の前であることを示す。四首を纏まりとすれば、時間的には巻十二の冒頭歌一首以前の作と位置づけられる。

巻十二の冒頭歌は別れを悲しめない「悲しい別れ」を詠んでいた。別れにおける古代的な発想や理解、すなわち「見えず」への視点や山を越えた地があたかも異界であるかの如く戻ることのない地という視点を持って読む時、「悲別歌」群には従来とは異なる、「残る者（後れ居る人）」の「別離」の時間の推移と心情の展開を読むことが可能であり、末尾四首を別れの前日に置く時、「後れて」「現しけめやも」の心情が「悲別歌」冒頭の「悲しい別れ」を経て、放り行く人への諦念へと展開することが理解され、筋立てを持つ歌群として読むことが可能な表現がなされていた。巻十二「悲別歌」歌群を読む試論である。

注

（1）伊藤博「歌群配列と歌群研究」『萬葉集の歌群と配列　上』塙書房　平成二年　初出昭和五五年一一月

（2）露木悟義氏「羈旅発思と悲別歌」『万葉集を学ぶ　第六集』有斐閣　昭和五三年

（3）李善注に「言四時代移、日月遞運。年寿将レ盡而人莫二已知一。恐被二讒邪一横遭二揮斥一。故願覩レ卒二歓好一不レ見悲二別離一」とあり、「時代の変革、即ち魏の天下が衰えて、よくない人のために排斥の憂き目に遇おうとするのを悲しむ意が、こめられていると見られよう」（文選（詩篇）上〈新釈漢文大系〉）といった解釈に繋がる。

（4）「羈旅発思」にも「旅の悲しく」（巻十二・三一四一）とはあるが、別れ自体を「悲し」とは把握しない。

（5）本書第一章第一節参照。

（6）本書第一章第二節参照。
（7）『萬葉の知』塙書房　平成四年
（8）本書第一章第五節参照。
（9）「雲居」の理解については茂野智大氏「石中死人歌の構成―「われ」の視点と方法―」（『萬葉』一三六号　平成二二年一二月）を参照。
（10）「玉かつま阿倍島山」（三一五二）の転訛説（萬葉集私注）がある。阿倍島山は所在未詳。「玉かつま」と「島熊山」との関係は、籠を締めて組む意（萬葉代匠記・精撰本）とも籠や箱の身と蓋が合い隙間がない意（萬葉集〈新編日本古典文学全集〉）ともする。
（11）萬葉代匠記・初稿本は「うすひ（碓日）の坂」、精撰本は「足柄御坂」とする。
（12）船着き場にいる女子（萬葉集全注釈）、港の女（萬葉集私注）、港の遊行女婦（萬葉集〈日本古典文学全集〉・萬葉集釈注）といった理解がある。
（13）雉は繁殖期を除いて別々に暮らすことが知られている。東光治『続萬葉動物考』（人文書院　昭和一九年）参照。

終章　「別離」の表現の展開

1　別れの場

玉衣のさゐさゐしづみ家の妹に物言はず来にて思ひかねつも　（巻四・五〇三　人麻呂）

『萬葉集』巻四相聞の部に載せる「柿本朝臣人麻呂歌三首」中の一首で、人麻呂歌集中出とある類歌（巻十四・三四八一）が東歌相聞の部に見える。「玉衣の」は枕詞。衣に縫いつけられた玉が触れ合って、音を立てるようにざわめきの中に沈んで、家の妻と語り合うこともなく出立して来てしまって、思う気持ちを抑えることができない、の意。具体的な事情は想像をたくましくするばかりだが、慌ただしい喧噪の中での旅立ちにおいて、充分に別れの言葉を尽くさなかった後悔が詠まれている。旅立ちによる生別離が、別れること自体のみならず、そこに醸成される情意のあり方を問題とすることが理解される一首である。

生別離におけるこうした問題は、記紀歌謡においては、別れにおける儀礼への視点としても見ることが可能である。

『古事記』神代の条は、別れの場として、八千矛の神と嫡妻須勢理毘売との歌謡の唱和（記四・五）を載せている。須勢理毘売の嫉妬に困惑した八千矛の神は倭国へと出立しようとして須勢理毘売に歌いかける。歌の須勢理毘売とのその内容は、前半で繰り返し装束を着替えて出立に相応しく整えた様子を、後半では八千矛の神が出立した後に「山処の　一本薄」（記四）のように心許なく佇む須勢理毘売の様子の指摘とを含んでいて、和解の最後の機会を提示する。応える須勢理毘売は、旅先で新しい妻を求めるであろう八千矛の神と異なり、自身は一途な思いを抱いていることを詠い、さらに共寝への誘いを詠って和解を申し出るのである。二神は和解を果たし、「別離」は回避されるが、二神の唱和には「別離」を主題とする表現における基本的な内容が含まれていると考えられる。

一つは、二神の唱和が、出立直前の別れの儀礼的要素を窺わせる点である。八千矛の神は「片御手は御馬の鞍にかけ、片御足はその御鐙に踏み入れて、歌ひたまひしく」とあり、須勢理毘売が「大御酒杯を取らして、立ち依り指挙げて」とあって、その行為は儀礼的な所作の要素を多分に含んでいる。八千矛の神が繰り返し着替え、装束を整えていることは、その着替えの様が所作を伴うような描写からなり、出立にあたっての儀礼が求められたことが推測される。他国への出立は長い旅が予想されるものであり、安全の祈願に通じる要素とも推測される。装束を整えることは豊玉毘売命の「白玉の　君が装し　貴かりけり」（記七）に通じる（第一章第一節）。

もう一つは和解に通じるやりとりが充分になされていることである。八千矛の神は自身の出立を「群鳥の　我が群れ往なば　引け鳥の　我が引け往なば」（記四）と従神達を大勢引き連れて出立することとして詠んでいる。王者の出立ともいえるもので、八千矛の神の権威を象徴する。その喧噪は、後に残される「一本薄」の姿の静けさとを対比的に捉えた表現であり、須勢理毘売への説得力を持ち、和解の成立に無理がない。

『古事記』において、難波京から去る吉備の黒日売を見送る仁徳天皇の歌が大后の忿りを買うのも、そこに黒日売との別れが密やかなものではなかったことを示しているからであろう（第一章第二節）。『萬葉集』では、その王者の出立を窺わせるのが岡本天皇の御製（第一章第三節）である。旅への出立が、丁寧に対応され、言祝がれるべきものであることが理解される。伊勢の斎宮である大伯皇女の御作歌（第一章第四節）が、大和へ帰る大津皇子を見送って「暁露に我が立ち濡れし」（巻二・一〇五）と詠うのは、大津皇子の無事が信じられない状況の中で、見送って立ち尽くす行為には儀礼以上のものが推測できるが、見送る儀礼が許されてこその行為であったと考えられる。

また、遣新羅使人等歌群の冒頭歌群には「ま幸くて妹が斎はば」（巻十五・三五八三）、「今日か明日かと斎ひて待たむ」（巻十五・三五八七）と、家にある妹が旅行く人の無事を祈って物忌みをすることが詠まれている。出立時の儀礼ではないが、旅行く者にこうした儀礼が行われることは当然あったと考えられる。ところが、「別離」に対して、もっとも意識的な部類と推測される「羈旅発思」「悲別歌」にはそうした要素が見られない。巻十二の問答歌には「荒津の海我幣奉り斎ひてむはや帰りませ面変はりせず」（三二一七）が見えることからすると、載せていないことはむしろ意識的な配列であったのだろうか。しかも、「羈旅発思」の正述心緒の旅行く人の冒頭歌と「悲別歌」の冒頭歌とには、「な行きそと帰りも来やとかへり見に行けど帰らず道の長手を」（三一三二）、「うらもなく去にし君故朝な朝なもとなそ恋ふる逢ふとはなけど」（三一八〇）と、相手への不信に繋がる表現が、まず配列されていて、且つ対応している。それぞれの部類内の作品には、配列に従って、情感の推移を読み取ることができ、末尾の歌においては、諦念ともいえる心情に至り着いている。いずれも筋立てを読むことのできる歌群としての表現をなしていた。

別れの場における視点には、儀礼的な要素から心情へ、しかもすれ違う心情の把握へと、表現の推移を辿りうる。

2　「別離」の歌の表現

桜花咲きかも散ると見るまでに誰かもここに見えて散り行く　（巻十二・三一二九）

『萬葉集』巻十二「羇旅発思」歌群の冒頭に置かれた人麻呂歌集出四首中の第三首で、起承転結構成の転にあたるとされる歌である。右の歌は、旅への出立が生別離の始まりであり、旅先にあっても出会いと別れのあることを端的に把握した作品である。生別離の悲しみを中国詩では「悲莫レ悲二兮生別離一、楽莫レ楽二兮新相知一」（楚辞九弁・少司命）として、生別離の悲しみと新相知、すなわち新たな出会いの楽しみとは対局にあるものとして捉えている。『萬葉集』の右の歌は、そうした悲しみと楽しみがいずれも旅という場にあり、その二つの感情は旅路における離合集散に感得されるものとして把握している。『萬葉集』が生別離について、「別離」にあることの悲しみのみを見ていたわけではないことが注目される。

人との「別離」において、死別が人は再生しないという認識に立つ嘆きを抱かせるのに対して、生別離は再会を期しながら、それが容易にはかなわないという認識に立つ嘆きを抱かせる。当然のことながら、生別離は別れた後にお互いがそれぞれの生を生きていることを意味している。『萬葉集』は、そうした生別離の始まりから、空間的時間的な距離を把握しつつ、それぞれの生を生きる中で移ろってゆく情感をも見つめてもいるのである。『萬葉集』巻十二に見える「羇旅発思」「悲別歌」という部類は、そうした生別離に対する情感の展開を把握して、上代文学における生別離に対する理解の到達を示す部類といえる（第二章第五・第六節）。

七世紀から八世紀における、氏族制社会から律令制社会への社会体制の変化は、生別離における空間的把握を、異界との「別離」から、異郷との「別離」、言い換えると都と地方との「別離」へと展開させている。『古事記』

の神話における火遠理命と豊玉毘売との「別離」譚（第一章第一節）は上つ国（地上）と海神の世界という異界との「別離」を語っている。御子の出産時に本つ国の形を見られた豊玉毘売は、「以ㇾ為心恥ㇾ」として海道にある「塞ㇾ海坂ㇾ」て海神の世界にある綿津見神の宮に還ってしまう。海神の世界と地上との往来を可能にしていた海道には境となる海坂が想定され、そこを塞がれた後には、海神の世界との交流は叶わないことが語られる。そこでの「別離」の情感は豊玉毘売による火遠理命への「白玉の　君が装し　貴くありけり」（記七）という讃美と、それに答える火遠理命の「我が率寝し　妹は忘れじ　世の悉に」（紀八）という永遠の思慕の情の表明で閉じられる。別れの時を「悲し」とは詠まないものの、相手への讃美と思慕はその情感を十二分に表現していると考えられる。しかし、別れた後の異界が語られることはない。

同様に、仁徳天皇と吉備の黒日売との「別離」譚（第一章第二節）においても別れた後が語られることはない。大后石之日売命の嫉妬を畏んで本つ国である吉備国に逃げかえった黒日売を追って、仁徳天皇は淡路島を経由して吉備国を訪れる。淡路島における仁徳天皇の国見歌謡は「我が国見れば　淡島　淤能碁呂島　檳榔の　島も見ゆ　離つ島見ゆ」（記五三）と詠んで、国生みの神話を呼び込んでいる。天皇が「そのような神話的根源を負う世界を所有するのだと確認して、『我が国』という」（古事記〈新編日本古典文学全集〉）とされる。黒日売の本つ国は、その神話的根源を負う世界のさらに先にある遠い吉備国である。天皇の上京に際しての黒日売の別れの歌「倭方に　西風吹き上げて　雲離れ　退き居りとも　我忘れめや」（記五五）が、『丹後国風土記』逸文に見える浦島子譚の神女の別れの歌と類似することは、倭（大和）と吉備の遠さが異界の遠さであるかのように把握されていた可能性を考えさせる。そして天皇と別れた後の黒日売について語られることはない。

『古事記』に見られる「別離」譚の中で、置目の老媼が本つ国近江に帰る際に顕宗天皇が詠んだ歌「置目もや

近江の置目　明日よりは　み山隠りて　見えずかもあらむ」（記一一二）は、別れが山という境界を越えて「見えず」となることを把握している。み山の向こうに置目の存在を確信しながら、しかし直接に見ることが叶わないという慨嘆である。生別離に対する端的な把握といえよう。豊玉毘売や黒日売の別れと類似するが、ここにある別れの把握は、異境（他国）へという「別離」の把握への展開を示している。それは都から地方へという展開であり、後の「羈旅」における「別離」へと継承されて行く質を窺わせる。

別れの歌において、地方という把握が顕著なのは、人麻呂作の「石見相聞歌」（第一章第五節）であろう。石見国に妻を置いて上京する様子が、石見国の海の景を背景に放り行く人の姿として詠われる。都と石見国との行程は大宰府よりも遠く、妹の里は海に繋がる僻遠の地である。その石見の海の景の描写は序詞として丹念に描かれ、景の一部分である玉藻から妹の姿を導いている。その妹との「別離」には、海神の宮という異界との「別離」の遠い記憶が想起される。別れを嘆きつつ、異郷へと山を越えて放り行く人の心情と行為の描写には、放り行く時間的経過と空間的距離が把握される。さらに、「妹が門見む」（巻二・一三一）、「我が振る袖を妹見つらむか」（巻二・一三二）という「見る」ことへの希求と疑問には、見ることへの双方向性への欲求があり、それが果たされない時に、「我は妹思ふ別れ来ぬれば」（巻二・一三三）と妹を思う我の心情の凝視へと向かっている。「別離」という主題が十全に形成されているといえよう。

律令体制に基づく中央集権国家の樹立は、それまでの氏族制社会の枠を越えて、地方を中央政権が掌握し、管理する方向へと向かわせる。和銅六年（七一三）五月甲子之条の『風土記』撰進の命「畿内七道諸国郡郷名、着二好字一」という詔命も、地名を知ることが領《し》ることであるという管理を推測させる。遣新羅使人等歌群の行路の地名の表現にある傾向が見られる（第二章第一節）のも、そうした状況を反映していると考えられ、「別離」を詠む歌の背後を理解させる。『萬葉集』巻十五の前半を占める遣新羅使人等歌群（巻十五・三五七八〜三七二二）は、天平八年六月に難波を出立し、対馬に着いたのは紅葉の散る頃という長く苦しい旅の様子を綴っている。遣新羅使人等歌群の冒頭歌群十一首は家の妻との別れの嘆きの贈答である。官名を帯びているという意識は持ちつつ（第二章第二節）、しかし、吐露されるのは旅の苦しさと家郷への思慕（第二章第三節）である。そこでの旅程は中国である備後国長井の浦からは記録的要素を帯び、筑紫国を異郷との境の地として、歌群を構成している。この構成には、「別離」に対する認識が単に男女の「別離」にあるのではなく、神話の世界における異界への記憶が、長い旅程に構成性を持たせていることを考えさせる。

一方で官命を帯びた役人達の旅は、「柿本朝臣人麻呂羈旅歌八首」（巻三・二四九〜二五六）のように、「羈旅」という主題を成立させている。旅において畿内から畿外へという視点を持つのは、巻七の「芳野作」「山背作」「摂津作」と「羈旅作」とである。前者三作が遊覧を主体とするのに対して、後者は「羈旅」における眼前の景や生活ぶりを具体的に描写している。その描写からはしばしば望郷の念が誘発されているが、そこでの情意が傾いて行くのは、都人としては「羈旅」にあり、「羈旅」にある地では都人として二重に疎外されている不安定さと行く先の定まらない不安である。

対して巻十二では、「羈旅」にある者の歌は「羈旅発思」（第二章第五節）に、残された者の歌は「悲別歌」（第二章第六節）としてほぼ部類されている。そこには、「羈旅」における時間的空間的な推移の中で、旅行く者と残された者の心情のうつろいが読み取れる。「羈旅発思」における旅行く者の心情は、「羈旅」にあって家郷の妻に強い思慕を求める出立時から、やがて旅先の出会いと破綻、再び家郷の妻への思慕が繰り返される。やがて、山川を越えて異郷へと入ると妻を見ることへの希求は持てず、遠い思慕へと変化する。本項冒頭に掲げた三一二九が

「羈旅発思」にあることの意味が理解されるのである。また、「悲別歌」（第二章第六節）も「羈旅」の旅程を推測しつつ、思慕の情を募らせるものの、異境の遠さは想像の世界であり、あきらめの心情へという推移を読み取ることが可能である。

以上、「別離」を主題として、『萬葉集』の「悲別歌」までの表現の意匠について検討した。

初出一覧

第一章　「別離」の歌の形成
第一節　「白玉の　君がよそひ」　『萬葉集研究　第三十四集』塙書房　平成二五年一〇月
第二節　吉備の黒日売訪問譚　『説話論集　第十八集』清文堂出版　平成二二年四月
第三節　岡本天皇御製一首　『国語と国文学』第八二巻九号　平成一七年九月
第四節　大伯皇女御作歌　『王朝文学と斎宮・斎院』竹林舎　平成二一年五月
第五節　石見相聞歌――放り行く人・その心――　『萬葉集研究　第三十一集』塙書房　平成二二年一二月
第二章　「悲別歌」の成立
第一節　遣新羅使人たちの航路　高岡市萬葉歴史館叢書『万葉集と環日本海』高岡市万葉歴史館　平成二四年三月
第二節　属物発思歌――『遣新羅使人歌群』中の位置――　『萬葉集研究　第二十七集』塙書房　平成一八年六月
第三節　辛き恋――遣新羅使人歌の旅情――　『萬葉』二〇六号　平成二二年三月
第四節　天の鶴群――遣唐使の母が贈る歌――　『国文目白』四九号　平成二二年二月
第六節　「悲別歌」の表現　『上代文学』一一一号　平成二三年一一月

＊節の名称は原題のとおり。序章・第二章第五節・終章は新稿。

あとがき

『萬葉集』歌における生別離という主題について、挽歌における死別との差をおぼろげながら抱えていましたが、岡本天皇の御製一首は生別離という主題に対する表現の有り様を考える契機となりました。その後遣新羅使人等歌群を読む中で、相聞における別れとも異なる生別離という主題のあり方への興味が、記歌謡から萬葉歌への生別離の表現の展開を把握したいという願いに繋がりました。別れの時における嘆きの表現手法から、「別離」がもたらす時間的空間的な距離の把握にうつろう人の心の表現へ、その意匠の展開が捉えられていれば幸いです。なお、本書に「別離」の背景に類する論も収めているのは、「別離」の情況を把握するためです。また既発表論文については一書にまとめるにあたって、多少の統一をはかっています。索引の作成は日本女子大学助教岩田芳子さんと大学院生安井絢子さんにお世話になりました。

本書の出版に際して、お世話いただいた塙書房の白石タイ社長、寺島正行氏に感謝申し上げます。

なお、本書は、『日本女子大学叢書　17』としての刊行助成の交付のもとに刊行されました。

平成二十七年三月

平舘英子

平舘　英子（たいらだて　えいこ）

略歴
1947年　神奈川県生まれ
1970年　日本女子大学文学部国文学科卒業
1975年　東京教育大学大学院文学研究科博士課程中途退学
2000年　筑波大学博士（文学）
東京成徳短期大学専任講師（1975年）、同助教授（1980年）、同教授（1991年）、東京成徳大学教授（2000年）、日本女子大学教授（2003年）、現在に至る

主要著書
『萬葉歌の主題と意匠』（塙書房・1998年）

萬《まん》葉《よう》悲《ひ》別《べつ》歌《か》の意《い》匠《しょう》

2015年3月31日　第1版第1刷

著　者　平舘英子
発行者　白石タイ
発行所　株式会社　塙書房
〒113-0033　東京都文京区本郷6丁目8-16
電話　03(3812)5821
FAX　03(3811)0617
振替　00100-6-8782

日本女子大学叢書　17
亜細亜印刷・弘伸製本

ISBN978-4-8273-0122-9　C3091

索　　引

I　歌謡番号・歌番号索引

記紀・風土記歌謡番号は『古代歌謡集』（日本古典文学大系）、萬葉集歌番号は『補訂版　萬葉集　本文篇』（塙書房）による。なお、記号〜は本文に即したもので、記号–は列挙されている歌で同頁に見えるものをまとめてあることを意味する。

Ⅱ 人名・神名索引

人名・神名は記紀・萬葉集・古語拾遺及び本文中でそれらに関係するものを採録した。

あ行